HEYNE <

Zum Buch

Gerade hat Viviane Sonntag (31) in einer der besten Unternehmensberatungen den Sprung zur Managerin geschafft, und das bedeutet: mehr Geld, mehr Verantwortung und noch mehr Arbeit. Dabei ist ihr langjähriger Freund Simon schon genervt genug, dass sie nie Zeit hat. Nun verlässt er sie. Zurück bleibt nur der von ihm liebevoll gebastelte Adventskalender, der sie wie ein Mahnmal daran erinnert, Beziehung und Karriere nicht unter einen Hut gebracht zu haben. Liebeskummergeplagt kommt Vivi eine Geschäftsidee der anderen Art: *Amors Wichtel.*

Gefühl garantiert: Der neue Roman der Erfolgsautorin Jana Voosen.

Zum Autor

Jana Voosen, Jahrgang 1976, studierte Schauspiel in Hamburg und New York. Es folgten Engagements an Hamburger Theatern. Des Weiteren war sie in TV-Produktionen wie *Tatort, Stahlnetz* und *Im Tal der wilden Rosen* zu sehen. Neben ihren Romanen schrieb sie das erfolgreiche Jugendtheaterstück *Hunger.* Jana Voosen lebt und arbeitet in Hamburg.

Lieferbare Titel

Zauberküsse – Venus allein zu Haus – Er liebt mich…

JANA VOOSEN

Mit freundlichen Küssen

Roman

WILHELM HEYNE VERLAG
MÜNCHEN

FSC
Mix
Produktgruppe aus vorbildlich bewirtschafteten Wäldern und anderen kontrollierten Herkünften
Zert.-Nr. SGS-COC-1940
www.fsc.org

Verlagsgruppe Random House FSC-DEU-0100
Das für dieses Buch verwendete
FSC-zertifizierte Papier *Holmen Book Cream*
liefert Holmen Paper, Hallstavik, Schweden.

Vollständige Originalausgabe 07/2008

Printed in Germany 2008
Umschlagfotos: © Image Source Pink/Getty Images;
Dorley Kindersley/Getty Images
Gestaltung: Eisele Grafik Design, München
Satz: KompetenzCenter, Mönchengladbach
Druck und Bindung: GGP Media GmbH, Pößneck
ISBN: 978-3-453-40571-4

www.heyne.de

Für all die unverbesserlichen Romantiker da draußen!
Weiter so!

Kapitel 1

Montagmorgen, 5.35 Uhr:

Wie vom Donner gerührt stehe ich mitten im Flur unserer Hamburger Altbauwohnung, bekleidet nur mit meinem bunten Badehandtuch, mit bloßen Füßen und tropfnassen Haaren. Ich befinde mich Auge in Auge mit einem dicken, weißhaarigen Mann. Bitte nicht, schießt es mir durch den Kopf. Nicht schon wieder! Er trägt eine rote Mütze und einen weiten Mantel in derselben Farbe, das rundliche Gesicht fast völlig verdeckt von einem dichten, weißen Vollbart. Sein Blick ruht vorwurfsvoll auf mir, die ich halbnackt vor ihm stehe und voller schlechten Gewissens die Augen niederschlage. Mir läuft ein Schauer den Rücken herunter. Sicher, er kann mir nichts tun. Er ist bloß sechzig Zentimeter groß, zudem aus Pappe und mit einem Nagel an die Schlafzimmertür gepinnt. Dennoch hätte mir der Weihnachtsmann keinen größeren Schrecken einjagen können, wenn er leibhaftig vor mir stünde.

»Nun, Viviane, warst du etwa ein böses Mädchen«, scheint er mich zu fragen, und meine Schultern wandern noch ein Stückchen höher, sodass mein Hals nahezu vollkommen zwischen ihnen verschwindet. Verlegen trete ich von einem Fuß auf den anderen und schiele dabei verstohlen auf die dicke Weidenrute in der Hand von Santa Claus.

»Warst du ein faules Mädchen?«, forscht er weiter. Empört reiße ich meinen Blick von den Holzdielen zu meinen

Füßen hoch und sehe dem Pappkameraden vor mir direkt in die Augen. Ein faules Mädchen? Ich? Man kann mir vieles nachsagen, ja, aber das lasse ich nicht auf mir sitzen. Ich weiß nicht, wann ich das letzte Mal Urlaub gemacht habe. Seit über vier Jahren arbeite ich nicht weniger als sechzig Stunden die Woche. Ich habe es bis zur Managerin gebracht, seit ich bei »Wisenberg Consulting«, einer der größten Unternehmensberatungen weltweit, angefangen habe. Feindselig schaue ich den Weihnachtsmann an, doch der sieht plötzlich gar nicht mehr so böse aus. Im Gegenteil. Sein linkes Auge sitzt etwas höher als das rechte, wodurch er ein bisschen schielt. Unter dem mächtigen weißen Schnauzer biegen sich seine roten Lippen zu einem herzlichen Lächeln nach oben. Ach so, jetzt war also plötzlich alles nicht mehr so gemeint, ja? Er zuckt die Schultern und schüttelt mit einem unschuldigen Augenaufschlag den Kopf, dass die vierundzwanzig roten, rosa und weißen Päckchen, die an seinem Körper herunterbaumeln, nur so klimpern.

»Ich habe doch gar nichts gesagt«, meint er und lächelt mich unschuldig an, »ich hänge friedlich an deiner Schlafzimmertür, um dir eine fröhliche und beschauliche Adventszeit zu wünschen. Bald nun ist Weihnachtszeit, fröhliche Zeit …«, trällert er hinter mir her, während ich ins Schlafzimmer stürme, den Kleiderschrank öffne und hektisch nach einem Outfit zu kramen beginne. Da hängt mein dunkelblauer Hosenanzug, frisch aus der Reinigung und noch in durchsichtiger Folie. Erneut packt mich das schlechte Gewissen, denn ich kann mich nicht erinnern, wann ich das letzte Mal selbst dort war. Das übernimmt nämlich mein Freund Simon für mich. Ohne ihn wäre ich vermutlich mehr als nur einmal Montagmorgens nackt in den Flieger gestiegen. Und nebenher bastelt er mir auch noch in liebevoller Kleinarbeit einen Adventskalender. Es besteht überhaupt kein Zweifel daran, dass der Weihnachtsmann an meiner Schlafzimmertür von der weißen Troddel seiner Zipfelmütze bis hinunter zu den braunen, überdimensionalen Stiefeln von Simon selbst entworfen, ausgeschnitten und zusammengeklebt worden ist. Und in jedem seiner vierundzwanzig in Glanzpapier eingeschlagenen Päckchen befindet sich eine wohlüberlegte romantische Kleinigkeit, die mein Herz zur Morgenstunde erfreuen soll. Leider steht für mich auf jedem Geschenk vor allem in greller Leuchtschrift geschrieben: SIEH MAL, WIE AUFMERKSAM DEIN FREUND IST, NACH ALL DEN JAHREN. UND WAS IST MIT DIR?

Ja, was ist mit mir? Nach einem schnellen Blick auf den Radiowecker neben unserem Bett entscheide ich mich wie fast jeden Morgen, auf die Bodylotion zu verzichten. Wie lange meine Haut bei dermaßen stiefmütterlicher Behandlung noch so weich und glatt sein wird wie jetzt, bleibt abzuwarten. Vermutlich nicht mehr sehr lange. Ab jetzt werde ich früher aufstehen, schwöre ich mir, und wo ich schon mal beim Schwören bin, verspreche ich hiermit auch hoch und heilig, im nächsten November einen Adventskalender für Simon zu basteln. Eigenhändig! Zugegeben, das habe ich bereits vor einem Jahr geschworen, als ich mich auf dem Weg aus der Dusche beinahe mit der goldenen Schnur und den vierundzwanzig Päckchen stranguliert habe, die plötzlich in unserem Flur hingen. Die daran befestigten Glöckchen riefen zum Glück Simon auf den Plan, der mich vor dem sicheren Erstickungstod rettete.

Nächstes Jahr, nächstes Jahr, wiederhole ich wie ein Mantra, nächstes Jahr wird alles anders. Nächstes Jahr mache ich den schönsten, aufwendigsten und romantischsten Kalender der ganzen Welt für Simon. Ich darf es nur nicht vergessen. Wo ist mein Blackberry? Ich greife nach dem Mini-Computer auf meinem Nachtschrank und trage für den fünften November des nächsten Jahres die Notiz »ADVENTSKALENDER FÜR SIMON« mit höchster Priorität ein. Danach geht es mir ein bisschen besser. Ich schließe den obersten Knopf meiner weißen Bluse und mustere mich kritisch in der verspiegelten Tür des Kleiderschrankes. Die schmal geschnittene Hose sitzt schon wieder lockerer am Bund, irgendwie komme ich bei all dem Stress in der Firma nie dazu, anständig zu essen. Ansonsten gefällt mir die schlanke, hochgewachsene Frau mit den kinnlangen rotbraunen Haaren, die mir aus dem Spiegel entgegenblickt. Kompetent sieht sie aus, eine, die sich in der von Männern beherrschten Unternehmensberaterwelt durchsetzen kann. Nur die Schatten unter meinen hellgrünen Augen sollte ich dringend noch wegschminken. Während ich ein ganz dezentes Tages-Make-up auflege, höre ich Simon in der Küche rumoren, und als ich wenig später ins Wohnzimmer mit der offenen, modernen Küchenzeile trete, steht er dort und quetscht mit der elektrischen Saftpresse Orangen aus. Ich bleibe einen Moment lang im Türrahmen stehen und betrachte seine schlaksige, fast eins neunzig große Gestalt in den knallgrünen Boxershorts. Irgendwie hat er sich kein bisschen verändert seit der Zeit, als wir uns vor sieben Jahren in der Mensa um den letzten verbliebenen Schoko-Muffin gestritten haben. Von einem Streit kann eigentlich keine Rede sein, er verzichtete sofort heldenhaft, aber ich wollte das nicht annehmen. Mit Ritterlichkeit hatte ich schon immer ein Problem. In meinem Job kann man sich solche Gesten von Kollegen nicht gefallen lassen. Hält dir einer die Tür auf, schnappt er dir im nächsten Moment einen Auftrag vor der Nase weg, denn man ist plötzlich nur noch Frau und damit nicht mehr ernst zu nehmen. Den Muffin habe ich mir schließlich doch aufdrängen lassen, und keine zwei Wochen später waren Simon und ich ein Paar: Die aufstrebende

BWLerin und der angehende Studienrat (Englisch und Geschichte). Seine dunkelbraunen Haare sind seit damals vielleicht an der Stirn ein kleines bisschen lichter geworden, aber sie stehen immer noch kreuz und quer in alle Richtungen, reichen weit über die Ohren und im Nacken noch weiter über den Hemdkragen, wenn er denn jemals ein Hemd tragen würde. Aber Simon kauft seine Klamotten nach wie vor am liebsten in Secondhand-Läden. Und diese grässlichen, verwaschenen grünen Unterhosen hat er, glaube ich, schon seit ich ihn kenne. Aber der Po darin ist noch so knackig wie früher. Ich versuche mich daran zu erinnern, wann ich ihn das letzte Mal unverpackt gesehen habe.

»Guten Morgen«, ich zucke ertappt zusammen, als Simon sich zu mir umdreht.

»Guten Morgen«, nuschele ich und schaue schnell in eine andere Richtung, aber da kommt er schon grinsend auf mich zu.

»Na, wo hast du denn da gerade so interessiert hingeschaut?« fragt er, legt seine Hände auf meine Hüften und zieht mich zu sich heran. Sein schmales, jungenhaftes Gesicht mit den grünbraunen Augen ist jetzt ganz dicht an meinem, ich sehe seinen Mund mit der etwas breiteren Oberlippe, die ihm immer ein leicht schmollendes Aussehen gibt, auf mich zukommen. Ich hebe den Kopf, unsere Lippen treffen sich, und ich schließe kurz die Augen. Hmm, das fühlt sich gut an. Simons Hände wandern an meiner Taille hinauf und beginnen damit, meine Bluse aus der Hose zu ziehen. Alarmiert öffne ich die Augen wieder und sehe den Kranz dunkler Wimpern über seinen genießerisch geschlossenen Augen. Eine Hand wandert hoch zu meinem Nacken und streichelt leicht darüber. Mir läuft ein wohliger Schauer den Rücken hinunter, doch dann fällt mein Blick auf die Küchenuhr. Zehn vor sechs.

»Simon«, nuschele ich abwehrend.

»Vivi«, murmelt er zärtlich und drängelt mich gegen die Arbeitsplatte. Ich beende den Kuss mit einem lauten Schmatzer und schiebe Simon von mir weg.

»Simon, bitte«, sage ich und finde mich selber schrecklich. Ich klinge wie eine Gouvernante. Mit dieser Meinung stehe ich scheinbar nicht alleine da. Mit einem resignierten Schulterzucken wendet er sich wieder dem Orangensaft zu und reicht mir ein Glas.

»Hier.«

»Danke.« In wenigen Schlucken stürze ich das Getränk herunter, während ich zum Aquarium hinübergehe, um meinem Goldfisch Tristan einen Guten Morgen zu wünschen. Er kommt freudig angeschwommen und klappt grüßend das Maul auf und zu. Eigentlich wollte ich immer eine Katze oder einen Hund haben, aber das ist in meinem Job völlig ausgeschlossen. Wenn es Simon nicht gäbe, würde auch Tristan elendig verhungern, denn während der Woche bin ich momentan immer in München. Ich streue etwas Fischfutter in das Wasser und beobachte, wie er sich daraufstürzt. Mein Blick wandert durch das große, rechteckige Aquarium. Hinten links steht das Felsenhaus mit den fünf Löchern, in das Tristan sich zurückziehen kann, rechts ein wahrer Urwald von Zierpflanzen. Ein bisschen fühle ich mich wie eine berufstätige Mutter, die ihr Kind aus schlechtem Gewissen mit Spielzeug überhäuft. »Bis Freitag«, sage ich leise und tippe noch einmal grüßend gegen die Glaswand. Dann wende ich mich Simon zu, der gerade den Entsafter in seine Einzelteile zerlegt und diese unter fließendem Wasser abspült. »Das ist so lieb von dir, aber du brauchst doch wirklich nicht mit mir aufzustehen um diese Zeit«, sage ich wie jeden Montagmorgen, und wie jedes Mal antwortet er:

»Sonst bekomme ich dich doch gar nicht mehr zu Gesicht.« Die gleichen Worte wie immer. Jedes einzelne ein Vorwurf. Zumindest empfinde ich es so. Ich weiß, dass es nicht ewig so weitergehen kann. Ich weiß, dass ich mir zu wenig Zeit für Simon, für unsere Beziehung nehme, aber woher soll ich die nehmen? Der Tag hat ja kaum genug Stunden, um meinen Job zu erledigen. »Du, Simon, vielen Dank für den Adventskalender.«

»Gern geschehen.«

»Ich kann es nicht fassen, dass bald schon wieder Weihnachten ist«, sage ich verlegen und nippe an dem Milchkaffee, der ebenfalls schon für mich bereitsteht. In einem hohen Glas mit hübscher Milchschaumkrone obendrauf. Wie jeden Montagmorgen.

»Ja, die Zeit fliegt«, antwortet mein Freund ein bisschen steif. Apropos fliegen, verdammt, ich muss los. Just in diesem Moment klingelt es dann auch an der Wohnungstür. Das ist das Taxi, das ich gestern Abend schon bestellt habe. Hilflos stehe ich da, den halb vollen Kaffee in der Hand, und sehe Simon an, der jetzt mit verschränkten Armen am Kühlschrank lehnt und mich erwartungsvoll ansieht. Aber was soll ich sagen? Ihm versprechen, dass alles anders wird? Das habe ich schon so oft gesagt, aber was ist passiert? Vor allem seit meiner Beförderung zur Managerin vor sechs Monaten? Noch mehr Arbeit, noch weniger Zeit. Verdammt, was soll ich denn machen? Plötzlich bin ich furchtbar wütend auf Simon, auf den Weihnachtsmann aus Pappe, den er mir gebastelt hat und auf das Herz aus Kakao auf meinem Milchschaum. Nicht jeder hat einen Job am fünfzehn Autominuten entfernt gelegenen Gymnasium, der um vierzehn Uhr endet, möchte ich Simon am liebsten anschreien. Gleichzeitig möchte ich ihn in den Arm nehmen und sagen, dass es mir Leid tut und dass ich ihn liebe und dass ich ihm nächstes Jahr den schönsten und kreativsten Adventskalender basteln werde, den die Welt je gesehen hat. Ich tue weder das eine noch das andere. Die Türklingel schellt erneut, diesmal länger.

»Ich muss los«, sage ich hastig, mache einen Schritt auf Simon zu, stelle mich auf die Zehenspitzen und küsse ihn zum Abschied auf die Lippen. Mein Kuss bleibt unerwidert. Ich schlinge meine Arme um ihn, doch er bleibt stocksteif. »Es tut mir Leid«, flüstere ich ihm ins Ohr, bevor ich hektisch in den Flur laufe. »Ja doch, ich komme runter«, brülle ich in die Gegensprechanlage, bevor der Taxifahrer mit seiner Sturmklingelei noch den letzten unserer Nachbarn aus dem Bett holen kann. Ich schnappe mir meinen langen, schwarzen Wintermantel und mein Bordcase, das schon fertig gepackt an der Wohnungstür auf mich wartet. Die Hand an der Klinke zähle ich langsam bis fünf und schiele in Richtung Wohnzimmer, ob Simon vielleicht doch noch mal um die Ecke kommt, um mir ein Zeichen der Versöhnung zu geben. Aber nichts rührt sich.

»Tschüss«, rufe ich so fröhlich wie möglich, »ich rufe dich heute Abend an.« Keine Antwort. Na, dann eben nicht, denke ich nun ebenfalls eingeschnappt und stürme die Treppe hinunter.

Als ich die Haustür öffne, weht mir ein kalter Wind ins Gesicht. Dicke Schneeflocken tanzen durch die Luft, und die dunkle, von Altbauten gesäumte Straße schimmert wie mit Puderzucker bestäubt. Auch die kahlen Linden haben ein weißes Kleid bekommen. Die rundliche Verkäuferin aus der Bäckerei gegenüber winkt mir fröhlich zu, während sie die Tür aufschließt, ansonsten wirkt unser Stadtteil zu dieser nachtschlafenden Zeit noch wie ausgestorben. Einmal ausschlafen, denke ich seufzend, während ich in meinen halbhohen Pumps vorsichtig auf das wartende Taxi zustöckele.

Schneeränder an meinen Schuhen kann ich wirklich nicht gebrauchen. Der dunkelhaarige Taxifahrer steht lässig an sein Fahrzeug gelehnt und raucht eine Zigarette, die er jetzt im Aschenbecher ausdrückt, um mir meinen Koffer abzunehmen.

»Dann wollnwer ma, wa?«, fragt er gut gelaunt und öffnet mir mit Schwung die Tür.

»Ja, danke!« Ich nehme auf dem Rücksitz Platz. »Zum Flughafen, bitte.«

»Allet klar!« Mit quietschenden Reifen geht die Fahrt los, während ich zu unserer Wohnung im zweiten Stock hochsehe. Doch die roten Vorhänge rühren sich nicht. Seufzend lehne ich mich in den Sitz zurück und schließe die Augen. Was für ein Montagmorgen. Aber es wird trotzdem eine gute und erfolgreiche Woche werden, bete ich vor mich hin. Ich darf mich jetzt nicht ablenken lassen, denn in München leite ich zur Zeit mein erstes Projekt als Managerin für »Wisenberg Consulting«. Das Rechnungswesen der Vereinsbank wird auf internationale Rechnungslegung umgestellt, unsere Vorstudien stehen kurz vor dem Abschluss, und bis zur Präsentation ist noch eine Menge zu tun. Während sich das Taxi seinen Weg durch die kreuz und quer parkenden Autos bahnt, warte ich auf den aufgeregten Hüpfer in der Magengegend, der sich früher immer eingestellt hat, wenn ich an meinen Job dachte. Stattdessen spüre ich Übelkeit aufsteigen. Was ist denn nur los mit mir? Ich liebe doch meinen Job, ich lebe für ihn. Seit Jahren widme ich ihm all meine Energie. Wenn Simon doch bloß verstehen würde …

»Oh nein«, schreie ich plötzlich und reiße die Augen auf. Mein Fahrer zuckt erschreckt zusammen und reißt das Lenkrad herum. Der Wagen beginnt bedrohlich zu schlenkern und hinter uns ertönt ein wahres Hupkonzert. Mit aufheulendem Motor überholt uns rechts ein schwarzer

Mercedes, dessen Insasse sich unmissverständlich an die Stirn tippt und mit hochrotem Kopf Verwünschungen ausstößt. Ich sitze immer noch wie erstarrt mit kerzengeradem Rücken da, während der Taxifahrer entschuldigende Gesten in sämtliche Richtungen vollführt.

»Jute Frau«, sagt er dann kopfschüttelnd, »watt brüllen Sie denn so?«

»Nichts, es tut mir Leid«, flüstere ich atemlos.

»Sie sehn nich jut aus, kann ich Ihnen sagen«, meint er besorgt, und unsere Augen treffen sich im Rückspiegel.

»Es ist alles in Ordnung«, beeile ich mich zu versichern. Soeben passieren wir das Schild, das den Hamburger Flughafen ankündigt. Nur noch eineinhalb Kilometer. Eindeutig zu spät, um noch umzukehren, und das erste Päckchen meines Adventskalenders zu öffnen.

Kapitel 2

Als ich am selben Abend in mein Hotelbett sinke, ist es bereits nach ein Uhr nachts. Erschöpft schließe ich die Augen. Warum muss dieser dämliche Peter Krüger sich auch ausgerechnet jetzt einen Bandscheibenvorfall zuziehen? Nun bleibt noch mehr Arbeit an mir hängen, denke ich gereizt. Und Simon habe ich schon wieder nicht angerufen, und um diese Zeit sollte ich das vielleicht auch besser nicht mehr tun. Lieber eine SMS! Ich greife nach meinem Blackberry und überlege angestrengt. Soll ich mich dafür entschuldigen, dass ich (mal wieder) mein Versprechen an ihn nicht gehalten habe? Oder einfach eine zärtliche Gute-Nacht-SMS schreiben?

Irgendwann muss ich wohl eingeschlafen sein, denn das Nächste, was ich höre, ist der penetrante Weckruf meines Blackberrys, das jetzt irgendwo unter meiner linken Brust vibriert. Kaum habe ich mich aus dem Laken gewühlt und einen Blick auf die begonnene Kurznachricht geworfen: »Liebster Simon, ich …«, sitzt mir auch schon das schlechte Gewissen im Nacken. Was ist bloß los mit mir? Eine kurze SMS an meinen Freund, das muss doch wohl drin sein. Ich schwöre, mir heute eine ganze Stunde für die Mittagspause freizuschaufeln, um wenigstens in Ruhe mit ihm telefonieren zu können. Mit diesem Vorsatz geht es mir ein wenig besser, und ich schwinge die Beine aus dem Bett.

Leider muss ich auch diesen Plan gegen zwölf wieder über

Bord werfen. Es gibt einfach zu viel zu tun, und meine Pause verbringe ich gemeinsam mit Benjamin Walsenfels am Schreibtisch. Benjamin hat am selben Tag wie ich bei »Wisenberg Consulting« angefangen und vorher eine ganz ähnliche Ausbildung absolviert: Studium der internationalen BWL, gefolgt von diversen Auslandspraktika. Schulter an Schulter haben wir den Job angetreten, wobei mir seine Schulter gerade mal bis zur Brust reichte. Ich bin nun mal eine große Frau und trug damals gern sieben Zentimeter hohe Schuhe zum viel zu kurzen Kostüm. Am Anfang waren wir uns nicht unbedingt sympathisch. Er musterte mich missbilligend aus wasserblauen Augen unter einem blonden Bürstenhaarschnitt, und seine laute, aggressive Art schüchterte mich anfangs ein. Aber irgendwie haben wir uns zusammengerauft. Ich verzichtete mit der Zeit auf hohe Absätze und gewann Selbstvertrauen, und Benjamin zollte mir schließlich einen gewissen Respekt. Nach meiner Beförderung zur Managerin hatte ich allerdings kurzzeitig das Gefühl, dass sich unser Verhältnis wieder abkühlte. Möglicherweise war das aber auch Einbildung. »Du redest dir das ein, weil du tief in dir drin Schuldgefühle hast, dass du als Frau schneller Karriere machst als ein dir gleichgestellter Mann«, sagt meine Schwester Christiane immer.

Gerade stellen wir einen ersten Entwurf der Maßnahmenplanung auf, als Benjamins Telefon klingelt.

»Entschuldige, das ist meine Frau«, sagt er nach einem kurzen Blick auf das Display, und ich nicke verständnisvoll. »Hallo Süße«, spricht er in den Hörer und wendet sich ein wenig von mir ab. Verstohlen betrachte ich ihn von der Seite. Wie immer trägt er einen tadellos sitzenden Anzug, heute in Dunkelbraun mit einem rosa Hemd und gleichfarbiger Krawatte. Ob seine Frau dieses Outfit für ihn ausgesucht hat? Die redet gerade ohne Punkt und Komma, während Benjamin nur hier und da ein »Hmm«, »Ach« und »Soso« fallen lässt. In diesem Moment fällt mir ein, dass ich die Unterbrechung nutzen könnte, um Simon anzurufen. Selbst wenn er gerade im Unterricht sein sollte, so kann ich immerhin eine Nachricht auf seine Mailbox sprechen. Gerade will ich nach meinem Blackberry greifen, als Benjamin sagt:

»Süße, ich stecke hier mitten in einer wichtigen Besprechung, ich rufe dich heute Nacht an. Bis dann, tschüss!« Und noch ehe seine Frau die Chance zum Widerspruch oder auch nur einer Verabschiedung hat, legt er auf und wendet sich mir wieder zu. »Entschuldige, wo waren wir?« Bei so viel Pflichtbewusstsein wage ich es nicht, nun selber um eine kleine Unterbrechung zu bitten, und lasse das Blackberry sinken.

Ich bin ein schlechter Mensch! Es ist Sonntagmittag, und ich lande gerade auf dem Hamburger Flughafen. Ich habe die anstrengendste Woche meines bisherigen Arbeitslebens hinter mir. Außer Peter ist noch ein anderer Consultant aus dem Team ausgefallen, Martin Sommer, der mit einer Salmonellenvergiftung im Krankenhaus liegt. Die ganze Woche habe ich nicht ein einziges Mal bei Simon angerufen. Und ganze drei SMS geschrieben. Die zweite am Freitagabend:

LIEBSTER SIMON, ES TUT MIR SO LEID, ABER WIR MÜSSEN MORGEN ARBEITEN, KOMME AM SAMSTAG MIT DER LETZTEN MASCHINE. DEINE VIVI.

Dann eine gestern Abend:

LIEBSTER SIMON, ES TUT MIR SO LEID, ES HAT LÄNGER GEDAUERT, ICH KOMME ERST MORGEN WIEDER. ABER WIR MACHEN UNS EINEN GANZ SCHÖNEN SONNTAGABEND, JA? DEINE VIVI.

Ich kann es ihm noch nicht einmal verübeln, dass er mir darauf nicht geantwortet hat. Die erste SMS lautete nämlich:

GANZ BESTIMMT, VERSPROCHEN!!!

Und war die Antwort auf seine SMS von Mittwochvormittag:

LIEBE VIVI, BITTE RUF MICH HEUTE ABEND AN. ICH MUSS UNBEDINGT MIT DIR SPRECHEN. ICH VERMISSE DICH! DEIN SIMON.

Während ich im Taxi sitze, starre ich auf diese Nachricht. Ich bin ein solcher Hornochse! Eigentlich lohnt es sich ja gar nicht, für einen halben Tag nach Hause zu fliegen, wo ich doch morgen um halb sieben schon wieder zurück nach München muss, aber ich brauche wenigstens einen Abend zu Hause. Mit Simon. Ich bin so erschöpft, dass ich heulen könnte. Zum vierten Mal hintereinander versuche ich, ihn anzurufen, aber es geht nur die Mailbox dran. Vermutlich ist er so sauer, dass er sein Telefon einfach ausgeschaltet hat. Und ehrlich gesagt kann ich ihn sogar verstehen. Auch wenn ich selber in tausend Jahren mein Handy nie, nie, niemals ausschalten würde.

»Hallo Simon, hier ist Vivi, schade, ich erreiche dich nicht«, sage ich mit bemüht fröhlicher Stimme und muss plötzlich an die vielen Male denken, die Simon mich nicht erreicht hat. Weil ich in einer wichtigen Konferenz war. Mit dem Vorstand der Vereinsbank beim Lunch. Mit meinem Chef auf der anderen Leitung. »Bitte ruf mich an, wenn du das hier abhörst, ja? Ich freue mich so auf dich. Ich komme jetzt nach Hause, okay? Bis gleich!« Voll des schlechten Gewissens lege ich auf und starre gedankenverloren aus dem Fenster in den trüben, nebligen Himmel. Der Schnee vom Anfang der Woche ist nicht liegen geblieben, das Wetter ist einfach nur grau und trostlos. Aus dem Radio dringen die Klänge von »Oh du fröhliche« an mein Ohr. Von wegen selige Weihnachtszeit. Nichts als Stress und Hektik. Im Geiste gehe ich durch, für wen ich noch alles Geschenke besorgen muss. Für Simon natürlich. Irgendetwas richtig Schönes und Romantisches und Durchdachtes muss es sein. Keine Krawatte jedenfalls. Die würde er sich vermutlich sowieso eher als Stirnband um den Kopf binden, bevor er damit seinen Kehlkopf in Gefahr bringt. Kurz muss ich bei dem Gedanken grinsen, aber dann klopfen schon wieder die Sorgen an. Ich brauche ein gutes Geschenk für Simon. Etwas, worüber er sich richtig freut. Ich muss die Sache mit dem Adventskalender wieder gutmachen. Und den verpatzten Urlaub im Sommer. Die vielen Wochenenden, die ich durchgearbeitet habe. Die unbeantworteten Anrufe. Ich zerbreche mir den Kopf, aber statt des zündenden Gedankens fährt ein scharfer Schmerz durch meine Schläfen. Das kenne ich schon. Zu Hause werde ich mich als Erstes in die Badewanne legen, um ein wenig zu entspannen. Dann könnten wir Essen bei unserem Lieblingsasiaten bestellen, Ente süß-sauer und Schweinefleisch mit Gemüse, und uns ein bisschen vor die Glotze hauen. Eigentlich wäre es auch mal wieder Zeit, dass wir miteinander schlafen. Ich versuche, mich an das letzte Mal zu erinnern, und bin erschrocken, dass ich es nicht kann. So lange ist das schon her?

Als ich den Schlüssel ins Schloss stecke und ihn zweimal herumdrehen muß, bin ich ein wenig enttäuscht. Ist Simon denn nicht zu Hause? Was macht der bloß? Sofort rufe ich mich innerlich zur Ordnung. Was erwarte ich von ihm? Dass er hier in der Wohnung rumsitzt und darauf wartet, dass ich gnädigerweise mal auftauche? Na eben. Wahrscheinlich ist er mit irgendeinem seiner Freunde unterwegs.

»Simon«, rufe ich dennoch leise, als ich in den Flur trete, aber natürlich bekomme ich keine Antwort. Ich lasse meine Aktentasche zu Boden fallen und schäle mich aus dem Mantel. Mein Blick fällt in den Garderobenspiegel, und ich zucke erschreckt zurück. Furchtbar sehe ich aus. Die Augen liegen in dunklen Höhlen und funkeln nicht mehr leuchtend grün wie sonst, sondern wirken matt und tot. Ich trete einen Schritt näher und betrachte mich kritisch. An beiden Schläfen und auf dem Kinn habe ich Pickel, die Haut wirkt grau und unrein, die Haare sind stumpf und ohne Glanz.

»Du bist eben keine fünfundzwanzig mehr, sondern einunddreißig«, sage ich kritisch zu meinem Spiegelbild. Mein Konterfei reagiert alles andere als begeistert auf mein gnadenloses Urteil. Es presst die Lippen zusammen, und seine Augen füllen sich mit Tränen. Schnell reiße ich mich vom Spiegel los, bevor ich noch anfange, hier rumzuflennen. Dann ist es nämlich endgültig vorbei mit der Attraktivität. Ich stelle meinen Koffer im Schlafzimmer ab, das am Ende des Flures liegt, und werfe einen Blick auf unser breites, gemütliches Bett mit den weinroten Bezügen, das viel zu lange nur zum Schlafen benutzt worden ist. Plötzlich muss ich daran denken, wie wir das Bett gemeinsam gekauft haben. Wie wir stundenlang durch die verschiedensten Matratzengeschäfte gelaufen sind und probegelegen haben. Wie viel Zeit wir damals noch gehabt haben. Und wie glücklich wir waren. Als das Bett dann geliefert wurde, hat Simon einen Pfad aus Teelichtern und Rosenblättern durch den gesamten Flur gelegt, bis zum Bett, wo er mich erwartet hat. In seiner grünen Unterhose. Danach haben wir tagelang die Wohnung nicht verlassen. Ich habe Sehnsucht nach unserem alten Leben. Nach Simon. Unserer Zweisamkeit. Ich schüttele die Müdigkeit ab und laufe in die Wohnküche, wo ich Tristan im Vorbeilaufen ein Hallo zurufe. Natürlich kann ich die Vergangenheit nicht zurückholen. Wir sind nun keine Studenten mehr. Ich habe einen anstrengenden Job, der mich fordert. Habe viele Jahre darauf hingearbeitet, um dort hinzukommen, wo ich jetzt bin. Doch meine Beziehung zu

Simon ist mir auch wichtig. Heute Abend denke ich nicht mehr an die Arbeit. Heute Abend werde ich Sex haben. Irgendwo müsste doch hier noch ein Beutel Teelichter herumliegen. Ich finde ihn schließlich in der hintersten Ecke einer Schublade. Die Ausbeute ist mager, nur noch sieben Stück, aber immerhin. Ich spurte zurück ins Schlafzimmer und verteile sie auf der Fensterbank und den Nachtschränkchen. Dann gehe ich ins nebenan liegende Badezimmer und krame im Spiegelschrank nach den Badezusätzen. Oh, wie schön wäre es, nach einem heißen Bad in die Kissen zu sinken und einfach bis zum Morgen durchzuschlafen. Achtzehn Stunden lang! Ich widerstehe der Versuchung jedoch heldenhaft und greife nach einem Fläschchen Rosmarin und Minze, »wirkt belebend bei geistiger Erschöpfung und Antriebsschwäche«. Na, das klingt doch wie für mich gemacht. Während sich die Badewanne mit heißem Wasser füllt und ein ätherischer Duft sich breit macht, schlüpfe ich schnell aus meinen Klamotten. Auweia, wie lange habe ich mir eigentlich nicht mehr die Beine rasiert? Von der Bikinizone ganz zu schweigen. Vorsichtig gleite ich in das warme Wasser und schließe kurz die Augen. Nein, das ist keine gute Idee. So anregend Rosmarin und Minze auch sein mögen, bei meinem Müdigkeitszustand ist das Liegen in einer Badewanne mit geschlossenen Augen lebensgefährlich. Ich öffne sie also wieder und beschäftige mich lieber damit, mich in eine ansehnliche und begehrenswerte Frau zu verwandeln. Haare waschen und kuren, Beine rasieren und so weiter. Tatsächlich kehren allmählich meine Lebensgeister zurück. Nach dem Bad creme ich mich mit einer nach Vanille duftenden Lotion ein und mache den Pickeln in meinem Gesicht den Garaus. Na toll, jetzt sehe ich aus wie ein Streuselkuchen. Vorsichtig tupfe ich Concealer auf die geröteten Stellen und trage gleichzeitig ein wenig Wimperntusche,

Rouge und Lipgloss auf. Na also, schon sehe ich nicht mehr aus wie ein Gespenst auf Urlaub. Im Schlafzimmer suche ich in meiner Kommode nach schicker Unterwäsche und ziehe schließlich einen dunkelbraunen Spitzen-BH nebst passendem Höschen hervor. Ich schlüpfe hinein und sehe kritisch an mir herunter. Na schön, meine Oberschenkel waren ein wenig straffer, als ich noch Zeit hatte, zweimal in der Woche zum Aerobic zu rennen. Wo Simon nur bleibt? In diesem Moment höre ich ein Geräusch und lausche angestrengt. Ein Schlüssel dreht sich im Schloss, und ich höre, wie jemand die Wohnung betritt.

»Simon?«, frage ich.

»Ja«, gibt er zurück. Na, wer sollte es auch sonst sein?

»Hallo«, rufe ich und plötzlich beginnt mein Herz, ein wenig schneller zu schlagen. Was ist denn bloß los mit mir? Bin ich tatsächlich aufgeregt? Nur weil ich mit Simon schlafen will? Simon, mit dem ich seit fast sieben Jahren zusammen bin? Verdammt, über sieben Jahre. Mein Magen macht einen entsetzten Hüpfer. Was ist denn bloß los mit mir? Letzte Woche war unser Jahrestag. Am Mittwoch. Als ich so viel zu tun hatte, dass noch nicht einmal ein kurzes Telefonat mit Simon drin war. Keine zwei Minuten. Ich habe unseren Jahrestag vergessen. Unglücklich starre ich mich in der Spiegeltür des Kleiderschranks an, doch dann hellt sich meine Miene wieder etwas auf. Eigentlich bin ich gar kein schlechter Anblick, in Unterwäsche und mit ein bisschen Make-up im Gesicht. Wir feiern einfach heute unseren Jahrestag nach. Ich wünschte, ich hätte ein Geschenk für Simon, aber dann muss es eben so gehen. Jetzt aber flott, bevor er hier reinkommt. Mit wenigen Handgriffen klaube ich die herumliegenden Klamotten vom Boden auf und werfe sie unten in den Schrank. Dann entzünde ich hektisch die Teelichter und schalte das elektrische Licht aus. Prüfend schaue ich mich um. Ein paar Kerzen mehr wären schon ganz nett, aber das ist ja jetzt nicht mehr zu ändern. Ich drapiere mich halb liegend auf der dunkelroten Bettdecke und stopfe mir ein Kissen in den Rücken. Ups, vielleicht sollte ich vorher noch den Handtuch-Turban auf meinem Kopf loswerden. Ich reiße ihn herunter und fahre mir mit den Fingern ein paar Mal durch die noch feuchten Haare, rutsche ein wenig hin und her, um einen möglichst erotischen Anblick zu bieten. Dann warte ich. Eine Minute, zwei Minuten.

»Simon«, rufe ich halblaut. Ich erhalte keine Antwort. »Simon«, wiederhole ich lauter. Warum kommt er denn nicht her? Wir haben uns doch das ganze Wochenende nicht gesehen. Ob er sehr sauer ist wegen des Jahrestages? Ich lausche angestrengt. Aber im Flur bleibt alles still. Ich warte noch ein paar Sekunden, dann rappele ich mich seufzend auf und tapse barfuß über den Holzfußboden. »Simon? Wo bist du?«

»Hier«, erklingt seine Stimme vom anderen Ende der Wohnung aus dem Wohnzimmer. Bauch rein, Brust raus. Ich fühle mich ja ehrlich gesagt immer ein bisschen unwohl, wenn ich halbnackt durch die Gegend laufe. Doch ich nehme Haltung an und gehe zu Simon ins Wohnzimmer. Irgendwie sieht er traurig aus, wie er da mit hängenden Schultern an unserem großen Esstisch sitzt und vor sich hin starrt.

»Hey«, sage ich und mache einen Schritt auf ihn zu. Er blickt hoch, und seine Augen flackern kurz irritiert auf. Ich stütze eine Hand in meine Taille und versuche so etwas wie ein kokettes Lächeln auf mein Gesicht zu zaubern. Seinem Gesichtsausdruck nach zu urteilen gelingt es mir nicht ganz. Ich gehe noch einen Schritt auf ihn zu. Was soll ich sagen? »Herzlichen Glückwunsch zum Jahrestag« und mich dann auf ihn stürzen? Irgendwie ist so etwas in der Theorie viel leichter als in der Praxis. Außerdem schaut Simon mich die ganze Zeit so merkwürdig an. Seine Augen scheinen mich zu durchbohren, und ich wünsche mir noch mehr als vorher, dass ich mir etwas übergezogen hätte. Irgendwas stimmt doch hier nicht. Es ist, als befände sich zwischen uns eine unsichtbare Mauer. Simon wirkt wie ein Fremdkörper in seiner eigenen Wohnung. Plötzlich läuft mir ein eisiger Schauer über den Rücken, die Härchen auf meinen Armen stellen sich auf.

»Warum hast du denn deine Jacke noch an?«, frage ich alarmiert und kann meinen Blick nicht losreißen von dem Kleidungsstück aus dunkelbraunem Tweed. Der Reißverschluss ist bis unter das Kinn geschlossen, der Kragen hochgestellt. Meine Nacktheit wird mir noch mehr bewusst dadurch, dass Simon so völlig unpassend angezogen und zugeknöpft in unserem gut beheizten Wohnzimmer sitzt. »Warum hast du deine Jacke an«, wiederhole ich und schaue Simon in die Augen. Er weicht mir aus und starrt auf die Tischplatte. Ich folge seinem Blick. Da liegt der Schlüsselanhänger, mein allererstes Geschenk an Simon. Die kleine, mittlerweile arg ramponierte und abgegriffene Schildkröte. An dem silbernen Ring hängen vier Schlüssel, für die Haus- und Wohnungstür, Briefkasten und Dachboden.

»Was ist das?«

»Das sind die Schlüssel zu deiner Wohnung.« Ich öffne den Mund, um ihn darauf aufmerksam zu machen, dass es die Schlüssel zu unserer Wohnung sind. Zu unserer Wohnung, nicht meiner. Aber da hebt Simon wieder den Blick, und die Härte in seinen Augen lässt mich verstummen.

»Ich habe dich verlassen. Nur für den Fall, dass es dir noch nicht aufgefallen sein sollte.«

Kapitel 3

Ich stehe noch immer wie zur Salzsäule erstarrt mitten im Wohnzimmer, nachdem sich die Wohnungstür längst hinter Simon geschlossen hat. Eine Salzsäule in dunkelbrauner Spitzenunterwäsche. Wie hat er das gemeint, er hat mich verlassen? Angestrengt versuche ich, meine Gedanken zu ordnen. Mein Gehirn fühlt sich an, als hätte jemand einen Topf mit extra zähflüssigem Klebstoff darüber ausgeleert. Es kann nicht sein, ich muss mich verhört haben. Man setzt sich nicht an einen Tisch, ohne auch nur Jacke und Schuhe auszuziehen, und eröffnet seiner langjährigen Freundin das Ende der Beziehung. So was tut man nicht. Na gut, mann vielleicht schon, aber doch nicht Simon. Sieben Jahre, die löscht man nicht einfach aus. Es ist ja nun nicht so, dass wir uns ab und zu mal zum Kino oder Vögeln verabredet hätten. Wir wohnen schließlich zusammen. Ach so! Plötzlich wird mir alles klar, und vor lauter Erleichterung werden meine Knie ganz weich. Natürlich, das war ein Schreckschuss! Eine Verwarnung! Simon zeigt mir die gelbe Karte! Die Erleichterung darüber, dass alles nicht so schlimm ist, und die Wut über den Schrecken, den er mir damit eingejagt hat, wechseln einander ab, aber schließlich gewinnt doch die Erleichterung. Ich muss ja zugeben, dass Simon es in der letzten Zeit nicht ganz leicht mit mir gehabt hat. Streng genommen in den letzten vier Jahren. Irgendwie kann ich sogar verstehen, dass er jetzt zu härteren Bandagen greift, um mir klarzumachen, dass es so nicht weitergehen kann. Aber eigentlich habe ich das doch gerade selber begriffen, oder etwa nicht? Nachdenklich sehe ich an meinem fast nackten Körper herunter. Wie konnte er mich einfach hier so stehen lassen, in meiner Blöße? Es hätte so ein schöner Abend werden können! Warum ist er denn nicht einfach ins Schlafzimmer gekommen, um mich zu »verlassen«? Dann hätte er sehen können, dass ich mich bemühe. Dass er mir nicht egal ist. Nachdenklich starre ich auf die Stoffschildkröte, die noch immer, hilflos auf ihrem Panzer liegend und die Beine in die Höhe gestreckt, vom Esstisch zu mir hoch schielt. Ob Simon erwartet hat, dass ich ihn aufhalte? Vielleicht hätte ich das tun sollen. Und wieso habe ich nicht? Na gut, ich werde ihn anrufen. Jetzt sofort. Ich werde ihn bitten zurückzukommen. Ich werde von mir aus auch betteln. Wo habe ich mein Telefon? Vermutlich in meiner Handtasche im Flur. Gerade bin ich im Begriff, es zu holen, als mein Blick an einer Unstimmigkeit hängen bleibt. Irritiert sehe ich auf die breiten, weißen Regalborde, die Simon bei unserem Einzug über die gesamte Längsseite des Raumes verteilt hat. Die langen Reihen von DVDs weisen unverkennbare Lücken auf. Ich trete vor das Regal, lege meinen Kopf schief und lese die Rücken der DVD-Boxen. »Titanic«, »Pretty Woman«, »Dirty Dancing«, »Die Hochzeit meines besten Freundes«. Nein, das kann nicht sein. Immer schneller fliegen meine Augen von Filmtitel zu Filmtitel. »Vom Winde verweht«, »Fackeln im Sturm«, »Romeo&Julia«, »Die fabelhafte Welt der Amélie«. Es kann nicht sein. Wo sind »Das Fest« und »Dogville«, wo »Die Hard« und »Kill Bill«? Diese DVD-Sammlung sieht aus, als hätte nie ein Mann in dieser Wohnung gewohnt. »X-Man«, »Star-Wars« und »Spiderman« sind ebenso spurlos verschwunden wie die ersten beiden Staffeln von »Doktor House«, sonst eingequetscht zwischen »Sex and the City« und »Desperate Housewives – Staffel zwei«. Mich überkommt eine böse Vorahnung. Ganz langsam drehe ich mich um und sehe auf einen weißen Fleck an der gegenüberliegenden Wand. Strahlend, nahezu unnatürlich weiß leuchtet er mitten auf der vergilbten Fläche. Ungläubig betrachte ich das leere Rechteck. Von links unten nach rechts oben misst es exakt fünfundsechzig Zentimeter. Genau so viel wie der Flachbildfernseher, der bis vor Kurzem noch an dieser Stelle hing. Der DVD-Player hat mich ebenfalls verlassen, genauso wie die Hi-Fi-Anlage. Ganz langsam dämmert es mir, dass Simon seinen »Schreckschuss« anscheinend von langer Hand geplant haben muss. Schwankend laufe ich durch die Wohnung. Es fehlt nicht viel, aber Entscheidendes. Kein einziges Möbelstück hat Simon mitgenommen, obwohl wir das meiste zusammen gekauft haben. Nur der Technikkram ist fort, und all seine persönlichen Sachen. Seine Klamotten, auch die Sommersachen. Ja, du liebe Güte, wie lange will er denn wegbleiben? Im Badezimmerschrank wühle ich mich durch diverse Tages- und Nachtcremes, Haarlack, Bodylotion, Shampoos und Slipeinlagen. Kein »Nivea for man«, kein »Emporio-Armani«-After-Shave, nichts. Unter dem Spiegelschrank steht der Zahnputzbecher mit einer einzelnen gelben Zahnbürste darin. Wie konnte ich das nur übersehen? Einsam und allein hält sie die Stellung, ohne ihren blauen Freund, der ihr so viele Jahre treu zur Seite stand. Ich greife nach der Verlassenen, streiche sanft über ihre Borsten. Sie sind schon recht unansehnlich, zerzaust und platt gebürstet durch den Zahn der Zeit. Gewissenhaft hat sie ihren Job gemacht, und was hat sie jetzt davon? Ich gebe Ajona-Zahncreme auf den Bürstenkopf und nehme nur noch am Rande wahr, dass natürlich auch das Signal-Sportgel verschwunden ist. Mechanisch putze ich mir die Zähne und starre dabei in meine weit aufgerissenen Augen, unter denen die Wimperntusche in schwarzen Streifen in Richtung Mundwinkel läuft. Ich versuche mir das eben Geschehene wieder ins Gedächtnis zu rufen. Was hat Simon gesagt? Hat er noch irgendetwas zum Abschied gesagt? Ich kann mich beim besten Willen nicht daran erinnern. Nur noch an seine Worte: »Ich habe dich verlassen. Nur, falls es dir nicht aufgefallen sein sollte.«

Jetzt weiß ich natürlich auch, wie er das gemeint hat. Der weiße Fleck an der Wohnzimmerwand ist eigentlich ziemlich unübersehbar. Alles, was danach kam, ist wie in einen Nebel gehüllt. Ist er aufgestanden und gegangen? Ohne ein weiteres Wort? Und ich? Habe ich einfach dagestanden und geschwiegen? Oh mein Gott, ich kann mich nicht an die letzten Worte erinnern, die Simon zu mir gesprochen hat. Das geht nicht, beschließe ich. Verschleierte Erinnerungen sind etwas Furchteinflößendes. Also nehme ich meinen Plan von vorhin wieder auf und laufe in den Flur zu meinem Handy. Wähle Simons Nummer. Vielleicht klärt sich doch noch alles auf.

»Ich bin gerade nicht zu sprechen, hinterlasst eine Nachricht nach dem altbekannten Piep.«

»Simon«, hauche ich in den Hörer. Was soll ich ihm sagen? »Bitte ruf mich zurück«, würge ich hervor und lege auf. Dann schleppe ich mich wieder in Richtung Schlafzimmer. Ein übergewichtiger, bärtiger Mann in roten Klamotten versperrt mir den Weg und schüttelt seine Päckchen, die noch vollzählig von seinem mächtigen Leib herunterbaumeln. Welches Datum haben wir heute eigentlich? Der Weihnachtsmann schielt mich freundlich und zugleich einladend an. Zögernd strecke ich die Hand aus und greife nach dem kleinen, in rot glänzendes Papier eingeschlagenen Päckchen mit der Nummer eins. Ich starre darauf und sehe plötzlich Simon vor mir, wie er an unserem großen Esstisch sitzt, vierundzwanzig sorgsam ausgewählte Kleinigkeiten vor sich aufgebaut, und mit seinen zwei linken Händen das Geschenkpapier darumwickelt. Ich lasse das Ding fallen wie eine heiße Kartoffel und stolpere in das noch immer von Kerzenschein erhellte Schlafzimmer. Simons Hälfte im Kleiderschrank – leer. Ich puste die Teelichter aus und verkrieche mich schutzsuchend unter der riesigen, zwei mal zwei Meter großen Bettdecke, versenke meine Nase in den Kissen. Ich atme tief ein und stelle mir vor, an Simons Haaren zu riechen. Ich kann seinen Duft deutlich wahrnehmen, diese Mischung aus Kräutershampoo, Emporio und Zahnpasta, vermischt mit dem Geruch seiner Haut. Unruhig werfe ich mich auf die andere Seite, umklammere das Kopfkissen mit beiden Händen, stutze und ziehe etwas von darunter hervor. Ich breite den Stofffetzen vor mir aus. Homer Simpson starrt mich an. Sein T-Shirt, Simon hat sein heiß geliebtes T-Shirt hiergelassen. Vielleicht ist noch nicht alles verloren. Ich schlüpfe hinein und fühle mich Simon plötzlich wieder nah. Es wird alles gut werden, ganz bestimmt. Wie ein Embryo rolle ich mich in unserem Bett zusammen und schließe die Augen.

Ich befinde mich in einer großen Kirche. Der Altar ist mit festlichen Blumengestecken überladen, und ganz oben auf der Kanzel stehe ich in meinem schicksten Hosenanzug. Auf den harten, dunklen Bänken hockt der Vorstand der Vereinsbank, dem ich gerade die Abschlusspräsentation mit Hilfe eines riesigen Projektors vorlege. Ich spüre, wie mir der Schweiß die Schläfen herunterläuft. Jetzt bloß keinen Fehler machen. Ich habe so lange an dieser Präsentation gearbeitet.

»Wir haben zunächst die derzeitige Situation in Ihrem Unternehmen aufgenommen und analysiert«, erkläre ich mit fester Stimme und drücke auf das kleine Knöpfchen, um die erste Folie meines Vortrages auf der rückwärtigen Wand der Kirche hinter dem Altar erscheinen zu lassen. Doch dort sieht man nur einen rechteckigen Fleck. Strahlend weiß. Immer hektischer klicke ich auf der Fernbedienung herum, doch der Fleck bleibt. Mein Herz wird schwer, die fragenden Gesichter unter mir verschwimmen zu einer undefinierbaren Masse. »Nun, wir haben die Ist-Lage analysiert und haben festgestellt, dass sie nicht ideal ist«, fasse ich kurz zusammen. »Alles muss anders werden! Jeder Angestellte muss zum Beispiel am ersten Dezember einen Adventskalender geschenkt bekommen«, fahre ich fort.

»Und wer soll den basteln?« Ich werfe dem Störenfried einen vernichtenden Blick zu.

»Nun, ich natürlich!«, antworte ich im Brustton der Überzeugung und wiederhole, lauter über die zu mir hoch schallenden Oh- und Ah-Rufe hinweg, »jawohl, ich werde jedem einzelnen Angestellten einen Weihnachtskalender basteln! Des Weiteren brauchen wir ausreichend freie Zeit für sexuelle Kontakte zwischen den Mitarbeitern, ein ausgeklügeltes, an den Zentralcomputer angeschlossenes Terminplaner-System, damit Namens-, Jahres- oder Geburtstage nicht mehr vergessen werden«, die letzten Sätze brülle ich fast von meiner Kanzel hinunter, denn über mir beginnt jetzt die massige Glocke im Kirchturm zu läuten. »Dingdong, dingdong.« Ihr Klang dröhnt mir in den Ohren, doch ich versuche, sie zu übertönen, indem ich schließlich beide Hände wie einen Trichter um meinen Mund lege und rufe: »Wir brauchen Zeit füreinander!« In diesem Moment beginnt der Boden unter mir zu vibrieren, während die Kirchenglocke weiter vor sich hin läutet. Verwirrt sehe ich mich um, meine Zuhörer springen aus ihren Holzbänken hervor und strömen in wilder Panik gen Ausgang, während ich zum Glockenturm emporschaue, in dem es sich anhört, als würden die Glocken mit einem Presslufthammer bearbeitet. Entsetzt presse ich mir beide Hände auf die Ohren.

Ding-dong, brrrrrrr. Ding-dong, brrrrrr. Ich sitze kerzengerade in meinem Bett und versuche verwirrt, mich zu orientieren. In diesem Moment fällt mein vibrierendes Blackberry mit leuchtendem Display vom Nachtschränkchen und landet mit einem hörbaren Scheppern auf dem Fußboden. Mit einem langen Hechtsprung werfe ich mich quer übers Bett, schnappe das zuckende Teil am Schlafittchen und drücke die Annahmetaste. Simon, denke ich hoffnungsfroh und sage:

»Hallo?«

»Um Gottes willen, Vivi, wo steckst du?«

»Im Bett«, antworte ich wahrheitsgemäß, während ich mich bemühe, die Stimme am anderen Ende der Leitung einzuordnen.

»Im Bett?«, wiederholt mein Gesprächspartner entsetzt.

»Ach, Benjamin, du bist das«, fällt es mir endlich auf. »Oh mein Gott, wie spät ist es?«

Spät. Genau genommen zu spät! Zu spät für meinen Flieger nach München. Ich stammele hektisch eine Entschuldigung in den Hörer und verspreche Benjamin, so schnell wie möglich zu kommen.

»Halte bitte bis dahin die Stellung, okay?«, flehe ich ihn an und klinge dabei anscheinend so verzweifelt, dass er in beruhigendem Tonfall sagt:

»Vivi, ist doch in Ordnung. Mach dir keine Gedanken, hier geht die Welt nicht unter ohne dich.« Und genau das kann ich mir eben überhaupt nicht vorstellen. »Hör zu«, fährt er fort, während ich hektisch einige Kostüme aus dem Kleiderschrank reiße und in meinen Koffer stopfe. Nicht mal gepackt habe ich gestern. »Ich regele das hier, und für Otto lasse ich mir irgendetwas einfallen. Bis später.« Ohne meine Antwort abzuwarten, legt er auf. Mein Herzschlag hat bei der Nennung unseres Hauptansprechpartners und Vorstandsmitglieds der Vereinsbank für einen Moment ausgesetzt und nimmt jetzt umso schneller seine Arbeit wieder auf. So ein verdammter Mist! An jedem zweiten Montag im Monat haben wir um zehn ein Meeting vereinbart, um ihn über den Fortgang des Projektes auf dem Laufenden zu halten. Und nun tauche ich einfach nicht auf. Wie konnte ich nur vergessen, meinen Wecker zu stellen? Eilig ziehe ich mir das Shirt über den Kopf. Ein bekannter Duft steigt mir dabei in die Nase. Simon, fährt es mir durch den Kopf, und entsetzt starre ich auf das zerwühlte, leere Bett. Jetzt fällt es mir wieder ein. Simon ist weg. Ich bin allein. Wie soll ich diesen Tag überstehen?

Gerade, als ich die Wohnung verlassen will, fällt mir siedend heiß Tristan ein. Er wird verhungern, wenn die ganze Woche niemand zu Hause ist. Ich widerstehe der Versuchung, ihn in einer Plastiktüte durch die Flughafenkontrolle zu schmuggeln, obwohl ich in München jede seelische Unterstützung brauchen könnte. Stattdessen werfe ich Simons Schlüssel bei Herrn Lorenz in den Briefkasten, zusammen mit dem flehentlichen Gesuch um seine nachbarschaftliche Hilfe.

»Bald bin ich wieder da, Tristan«, verspreche ich ihm und komme mir schon wieder vor wie eine Mutter, die ihr Kind vernachlässigt. Eine alleinerziehende Mutter, um es genau zu nehmen.

Irgendwie habe ich den Tag dann doch überstanden. Als ich mit schamesrotem Kopf nach der Mittagspause ins Büro geschlichen kam, hatte Benjamin alles unter Kontrolle. Auf dem sechzigminütigen Flug konnte ich mir auch eine einigermaßen glaubhafte Geschichte von einem eingeklemmten Nerv in meinem Rücken ausdenken, die er ohne zu zögern geschluckt hat. Am Abend habe ich mich dermaßen in diese

Lüge hineingesteigert, dass ich, während ich müde und mit schmerzenden Füßen in mein Hotelzimmer wanke, selber daran glaube.

»Guten Abend, Frau Sonntag«, wünscht die Rezeptionistin Frau Meier mir mit einem strahlenden Lächeln.

»Guten Abend«, gebe ich stöhnend zurück, woraufhin sie mich mit einem besorgten Ausdruck in den blauen Augen mustert. »Geht es Ihnen nicht gut?«

»Rückenschmerzen«, antworte ich, so wie heute schon ungefähr hundertmal.

»Haben Sie was zum Einnehmen?«, erkundigt sie sich fürsorglich, »ich hätte sonst hier …« Schon beginnt sie in einer der zahlreichen Schubladen vor sich herumzukramen.

»Ach, lassen Sie nur«, winke ich schwach ab, aber da wedelt sie schon triumphierend mit einem silbernen Tablettenstreifen vor meiner Nase herum.

»Das ist nur gegen die Schmerzen«, versichert sie mir, »damit sich die Muskeln entspannen können, verstehen Sie? Sonst machen Sie durch Ihre Ausweichhaltung nur alles schlimmer.« Sie drückt mir die Pillen in die Hand. »Nehmen Sie zwei heute Abend und dann noch mal zwei morgen Früh.«

»Na schön. Danke«, flüstere ich am Ende meiner Kraft. »Gute Nacht.« Damit humpele ich auf die beiden gläsernen Fahrstühle am Ende der Eingangshalle zu.

»Wie immer Weckruf um sechs Uhr fünfundvierzig?«, ruft Frau Meier mir hinterher, und ich nicke dankbar.

»Ja, bitte.«

»Gute Nacht!« Als sich die Türen des Aufzugs lautlos öffnen, sehe ich mich Benjamin sowie Carola und Stefan, zwei weiteren Consultants aus meinem Team, gegenüber. Während die beiden anderen in Richtung Hotelbar davongehen, bleibt Benjamin kurz stehen und mustert mich besorgt von oben bis unten.

»Du bist ja ganz grün im Gesicht. Was ist denn bloß los mit dir?«

»Ich sag doch, der Rücken, alles bestens sonst, wirklich.« Anscheinend wirke ich nicht besonders überzeugend, denn er dringt weiter in mich:

»Bist du sicher?«

»Ja doch.«

»Hm! Na schön.«

»Gute Nacht«, versuche ich das Gespräch zu beenden, trete an ihm vorbei in den Fahrstuhl und drücke den Knopf mit der Sechs.

»Willst du nicht noch auf einen Drink mit an die Bar kommen?«, startet Benjamin einen letzten Versuch, aber ich schüttele vehement den Kopf. So vehement, wie es mein eingebildet kranker Rücken zulässt, jedenfalls.

»Nein, danke.«

»Okay. Dann schlaf gut und erhol dich«, meint er achselzuckend. Ich sehe ihm hinterher, wie er aufrechten Gangs, noch immer im Anzug, aber ohne Krawatte und mit aufgeknöpftem Hemdkragen, Stefan und Carola in Richtung Hotelbar folgt, dann schließen sich die Fahrstuhltüren.

Im Hotelzimmer angekommen, das mittlerweile meine zweite Heimat geworden ist, kicke ich als Erstes meine Schuhe von mir und lasse Blazer, Rock und Bluse einfach zu Boden fallen. In Unterwäsche sinke ich auf das weiche, hellblau bezogene Kingsizebett, auf dessen Kopfkissen sich wie immer ein Täfelchen Minzschokolade befindet, und lasse meinen Blick durch den modern eingerichteten Raum schweifen. Auf dem kleinen Tisch, der mit zwei Stühlen an der Fensterfront steht, leuchtet fröhlich ein roter Weihnachtsstern in seinem grünen Übertopf, auf dem Fernsehmonitor mir gegenüber lese ich die Worte »Herzlich willkommen in unserem Hause,

Frau Sonntag. Wir hoffen, dass Sie sich bei uns wohlfühlen. Unter der Rufnummer 99 sind wir rund um die Uhr für Sie da.« Ich taste nach der Fernbedienung und drücke wahllos einen Knopf, zappe mich dann über diverse Gameshows, Liebesfilme und Krimiserien zum Nachrichtensender durch, von dem ich mich jeden Abend nach der Arbeit berieseln lasse. In der linken Hand habe ich noch immer den Tablettenstreifen von Frau Meier und drücke entschlossen zwei der rosa Pillen in meine Handfläche. Irgendwie ist es lächerlich, Medikamente gegen Schmerzen zu nehmen, die man sich selber eingeredet hat, aber vielleicht wird der Herzschmerz ja dadurch auch ein wenig gelindert. Simon. Plötzlich fällt mir das Atmen schwer. Mit zusammengepressten Lippen gehe ich zu der in Chrom und dunkelbraunem Holz gehaltenen Pantry-Küche und fülle ein Glas mit Leitungswasser. Nicht an Simon denken, nicht an Simon denken, bete ich wie ein Mantra vor mich hin, während ich die Tabletten an dem Kloß in meinem Hals vorbei hinunterspüle. Halb zehn. Für meine Verhältnisse ein richtig kurzer Arbeitstag. Unter normalen Umständen würde ich mir jetzt einen Salat mit Putenstreifen beim Zimmerservice bestellen und endlich mal Gelegenheit haben, in Ruhe mit Simon zu telefonieren. Leider ist mein Magen wie zugeschnürt, und ich habe die schreckliche Befürchtung, dass Simon nicht das leiseste Interesse daran hat, mit seiner Ex zu sprechen. Schon wieder spüre ich die Tränen aufsteigen, aber ich kämpfe sie zurück. Habe das Gefühl, dass ich, wenn ich jetzt anfangen würde zu weinen, nicht wieder aufhören könnte. Nie wieder. Das geht natürlich nicht. Ich habe eine Präsentation vorzubereiten. Ich muss leistungsfähig sein. Wer würde mich ernst nehmen, wenn ich heulend unsere Ergebnisse der Vorstudie zum Besten gäbe?

Einige Minuten versuche ich, mich auf die Nachrichten zu konzentrieren, aber ich muss jetzt einfach mit irgendjemandem reden. Also schnappe ich mir mein Handy und schreibe eine SMS an meine Schwester Christiane:

»Chrissy, kannst du mich im Hotel anrufen? Brauche jemanden zum Reden. Vivi.« Angespannt warte ich darauf, dass das Telefon klingelt. Hoffentlich hat sie meine Nachricht gehört. Ich würde ja auch anrufen, aber beim letzten Mal sind meine beiden Nichten Anna und Klara aufgewacht und Gerüchten zufolge die ganze Nacht nicht wieder eingeschlafen. Chrissy hat mir daraufhin das Versprechen abgenommen, nie wieder nach acht Uhr abends bei ihr zu Hause anzurufen, außer im absoluten Notfall. Also kralle ich meine Finger in das raschelnde Bettlaken und warte auf ihren Rückruf. Ich warte und warte. Es wird Viertel vor zehn, zehn vor zehn. Um kurz vor zehn beschließe ich, dass es sich durchaus um einen Notfall handelt, und greife zum Telefon. Nach viermaligem Klingeln höre ich die Stimme meiner Schwester:

»Hallo?« Sie klingt abgehetzt.

»Hallo, ich bin es«, sage ich und höre in diesem Moment im Hintergrund ein Kind weinen.

»Oh nein«, stöhnt Chrissy, »Daniel, kannst du bitte gehen? Bevor Klara auch noch aufwacht. Du sollst doch nach acht nicht mehr anrufen«, blafft sie mich ziemlich ungehalten an, als das Geschrei zweistimmig wird.

»Es tut mir Leid«, entschuldige ich mich eingeschüchtert, »aber es ist ein Notfall. Ich habe auch eine SMS geschickt.«

»Hab ich nicht gelesen. Es hat ewig gedauert, bis die Kinder geschlafen haben.« Der Vorwurf in ihrer Stimme ist nicht zu überhören, und als das Weinen im Hintergrund lauter und schriller wird, ist es auch mit meiner Beherrschung vorbei.

»Simon ist ausgezogen«, wimmere ich. »Er hat mich verlassen.«

»Oh Gott, Vivi …«, ertönt es schockiert von der anderen Seite der Leitung. »Das tut mir Leid. Nein, ich kann sie jetzt nicht nehmen«, höre ich sie wispern, eine Tür klappt hörbar zu, und das Weinen von Klara und Anna ist ausgesperrt. »Erzähl, was ist passiert?« Ich stammele etwas von einem Haustürschlüssel und Adventskalendern und dass es gar kein Wunder ist, dass Simon nichts mehr mit mir zu tun haben will, weil ich die schlechteste Freundin auf der ganzen Welt bin. »Ehrlich gesagt verstehe ich kein Wort«, sagt Chrissy schließlich hilflos. »Bist du in München?«

»Ja.«

»Willst du nicht morgen Früh herkommen?« Meine Schwester lebt mit ihrer Familie in einem kleinen Vorort von Stuttgart. So richtig idyllisch in einem Reihenhaus mit Garten und verkehrsberuhigter Zone.

»Ich muss doch arbeiten«, gebe ich kläglich zurück.

»Na und? Dann machst du halt mal frei«, schlägt sie vor, und es verschlägt mir für einen Augenblick glatt die Sprache.

»Das geht nicht«, sage ich bestimmt, als ich mich wieder gefangen habe. Gleichzeitig fühle ich mich noch einsamer als vorher. Sie hat eben keine Ahnung davon, was ich für ein Leben führe. Niemand hat das. Als könnte ich hier einfach blaumachen. Schlimm genug, dass ich heute Vormittag gefehlt habe. Ich wage zu bezweifeln, dass Chrissy meine Situation nachvollziehen kann, aber immerhin versucht sie nicht, mich umzustimmen, sondern beginnt laut zu überlegen:

»Na ja, ich könnte ja auch nach München rüberkommen. Könnte allerdings recht anstrengend werden, mit den Kleinen. Aber irgendwie schaffe ich es schon. Wir könnten zusammen Mittag essen.« Schnell überschlage ich in meinem Kopf das Pensum für den morgigen Tag. Mehr als dreißig bis höchstens fünfundvierzig Minuten werde ich nicht für die Pause freischaufeln können. Meine Schwester dafür der Tortur »Bahnfahren mit zwei Dreijährigen plus Kinderwagen« auszusetzen, bringe ich nicht über mich.

»Lass mal, das lohnt sich nicht«, wehre ich deshalb ab.

»Chrissy, könntest du bitte aufhören zu telefonieren und mir mit deinen Töchtern helfen?«, höre ich Daniel im Hintergrund fluchen.

»Du meinst wohl unsere Töchter«, pariert meine Schwester, »und nein, kann ich nicht, meine Schwester hat Probleme. Also«, spricht sie wieder in den Hörer. Ich bekomme jetzt ein schlechtes Gewissen. Will ja nicht, dass der Haussegen meinetwegen schiefhängt.

»Geh ruhig«, sage ich daher, und spüre den Kloß in meinem Hals anschwellen, »ich komme schon klar.«

»Wirklich?«, erkundigt sie sich besorgt. »Du klingst nicht gut.«

»Wird schon«, versuche ich sie und mich gleichermaßen zu überzeugen.

»Na schön«, kommt es zögernd vom anderen Ende der Leitung. Ich kann förmlich spüren, wie sie hin- und hergerissen ist zwischen ihrer Loyalität mir gegenüber und dem Bedürfnis, sich um die schreienden Zwillinge zu kümmern. »Dann Kopf hoch.« Oh nein, das klingt nach Abschied. Leg nicht auf, will ich am liebsten aufjaulen. Es ist so einsam hier in meinem Hotelzimmer, und wann immer ich versuche, nicht an Simon zu denken, steht er wie der sprichwörtliche rosa Elefant in der Ecke.

»Chrissy, warte«, flehe ich, »hast du nicht wenigstens einen Tipp, was ich machen kann, um nicht ständig an ihn zu denken?«

»Hm. Hirntransplantation?«, schlägt sie vor.

»Sehr witzig.« Mir ist jetzt überhaupt nicht nach dummen Scherzen zumute. »Was hast du denn gemacht, als Gregor dich damals verlassen hat?« Gregor, das war Chrissys

Freund, bevor sie Daniel kennengelernt hat. Sie hatte monatelang Liebeskummer seinetwegen.

»Da hilft nur eins: Rotwein«, kommt es wie aus der Pistole geschossen zurück.

»Aber ich vertrage doch keinen Alkohol«, gebe ich zu bedenken.

»Umso besser, dann wird's nicht so teuer. Du, ich muss jetzt wirklich …«

»Ja ja, schon gut«, sage ich hastig, »grüß deine Süßen, ja?«

»So süß kann ich sie im Moment beim besten Willen nicht finden«, antwortet sie mit Galgenhumor. »Ich ruf dich an, Vivi, morgen, versprochen.«

»Ja, danke.« Es klickt in der Leitung, und ich lasse langsam den Hörer sinken. Zehn Minuten nach zehn. Sekunden später erscheint Simon schon wieder in der Ecke des Hotelzimmers und sieht auf mich nieder. Er soll weggehen! Weg! Er trägt seine braune Cordhose und die Winterjacke. Dann plötzlich, wie von Zauberhand, steht er halbnackt da. In seiner grünen Unterhose. Je mehr ich mich bemühe, ihn mittels meiner Gedankenkraft verschwinden zu lassen, desto kontrastreicher und realer wird sein Bild. Es ist wirklich sehr schwer, bei diesem Anblick nicht zu heulen. Er verfolgt mich sogar bis ins Badezimmer, sieht mir zu, wie ich mich abschminke und meine Zähne putze. Nur in Unterwäsche stolpere ich ins Bett, ziehe mir die Decke über den Kopf und bemühe mich, schnell einzuschlafen.

Um halb zwölf hat Chrissy gewonnen. Ich stürze zur Minibar, hole die kleine Flasche Rotwein daraus hervor, schenke mir das danebenstehende Glas randvoll und nehme es mit ins Bett. Dort sitze ich aufrecht, den Rücken an das Kopfkissen gelehnt, und nehme einen Schluck. Puh! Ist das eklig. Wie gesagt, ich vertrage keinen Alkohol. Ergo trinke ich nie welchen. Egal jetzt, runter mit dem Zeugs. Ich halte mir die Nase zu und stürze das Glas auf einmal hinunter. Zwinge mich, zu schlucken, obwohl mich schon ein Würgereiz überkommt. Ich leere das Glas bis zur Neige und setze es dann mit so viel Schwung auf dem Nachttisch ab, dass der Stiel abbricht. Vorsichtig lege ich die zwei Teile nebeneinander, damit sich niemand daran schneidet. Der bauchige Teil kullert über die Glasplatte. Ich greife danach, doch er entwischt meiner Hand und zerschellt auf dem Fußboden. So ein Mist! Ich sehe ein wenig stumpfsinnig auf die Bescherung und beuge mich dann hinunter, um die Scherben aufzuklauben. Als sich mein Kopf tiefer als mein Körper befindet, beginnt sich das Hotelzimmer zu drehen. Schnell richte ich mich wieder auf, doch der Raum beruhigt sich leider nicht. Jetzt bewegt er sich in wabernden Auf- und Abbewegungen, und mir wird plötzlich hundeelend. Während der Rotwein in meinem Bauch gluckert und droht, sich den direkten Weg zurück nach draußen zu bahnen, erscheint auch Simon wieder auf der Bildfläche. Gerade den wollte ich doch loswerden. Wie paralysiert sitze ich da und wage nicht, mich zu rühren, aus Angst, mich dann sofort übergeben zu müssen. Eine bleierne Schwere befällt meinen ganzen Körper, während mein Kopf immer leichter und leichter zu werden scheint. Ich fühle mich wie ein riesiges Eisengewicht mit einem Luftballon oben dran, der sich jetzt von seiner Schnur löst und in den tiefschwarzen Nachthimmel verschwindet.

Kapitel 4

Ein ohrenbetäubendes Schrillen dringt an mein Ohr und reißt mich aus dem Schlaf. Mühsam hebe ich ein Augenlid. Halb liegend, halb sitzend befinde ich mich im oberen Drittel des Bettes, den tonnenschweren Kopf in einem seltsamen Winkel zum Körper gegen die Rückenlehne gepresst. Penetrant bimmelt ganz dicht an meinem Ohr das Telefon. Den Versuch, mich aufzurichten, gebe ich sofort wieder auf, als mich eine Welle von Übelkeit überschwemmt. So strecke ich blind meinen linken Arm unter der Decke hervor und fuchtele damit auf dem Nachttisch herum, bis ich gegen das Telefon stoße, das daraufhin krachend zu Boden fällt. Wenigstens hat es aufgehört zu klingeln.

»Hallo, Frau Sonntag, dies ist Ihr Weckruf«, erklingt es schwach aus dem Hörer. »Frau Sonntag? Frau Sonntag!«

»Hhhmmmphhjaaa«, versuche ich zu rufen, aber meine Zunge scheint zu groß für meinen Mund zu sein. Ein widerlicher Geschmack lässt mich angeekelt zusammenfahren.

»Frau Sonntag? Frau Sonntag?«

»Hmmph.«

»Tutututututut.« Im Zeitlupentempo versuche ich, mich in eine etwas bequemere Lage zu bringen, doch der Schmerz läuft vom Steißbein durch meine gesamte Wirbelsäule, um dann in meinem Kopf zu explodieren. Was ist gestern geschehen, überlege ich angestrengt. Meine Gedanken kämpfen sich einzeln durch das Watteknäuel in meinem Kopf. Habe ich in meiner Verzweiflung den Schädel gegen die

Wand gehauen und mir das Rückgrad gebrochen? Das wird es sein. Der gesunde Menschenverstand sagt mir, dass ich in diesem Fall ruhig liegen bleiben sollte.

»Vivi? Vivi!« Ich spüre, wie jemand an meinem großen Zeh wackelt. Unwillig ziehe ich mein Bein unter die Decke zurück und stöhne bei der Bewegung auf. »Vivi, was ist los, bist du krank?« Jetzt erkenne ich die Stimme. Sie gehört Benjamin Walsenfels. Vorsichtig öffne ich ein Auge. Ich liege in meinem Hotelbett. Was macht Benjamin hier? Ächzend richte ich mich auf und blicke in das besorgte Gesicht von Frau Meier von der Rezeption, die schüchtern im Türrahmen steht.

»Ich dachte, wir sollten besser nach Ihnen sehen«, stammelt sie. Jetzt sehe ich auch Benjamin, der ihr beruhigend zunickt:

»Das war eine gute Idee von Ihnen. Gehen Sie nur, ich habe alles unter Kontrolle.« Während die Rezeptionistin aufatmend verschwindet, kommt er um das Bett herum auf mich zu.

»Benjamin«, bringe ich mühsam hervor, als er strauchelt und auf den Boden zu seinen Füßen sieht. Sein Ausdruck wechselt von besorgt zu angeekelt. Ich folge seinem Blick und muss feststellen, dass seine blitzblank geputzten, schwarzen Schuhe in einer undefinierbaren, unappetitlichen Masse stehen. Und dann fällt mir siedendheiß ein, dass mir heute Nacht schlecht geworden ist. Sehr schlecht …. Auweia! Schuldbewusst linse ich zu ihm hoch, während er immer noch fassungslos auf die Bescherung sieht.

»Also, ich nehme an, du bist krank«, schlussfolgert er, um Haltung bemüht, und versucht, seine Sohle an einem sauberen Stück Teppich zu reinigen. Dann fällt sein Blick auf das kaputte Weinglas.

»Ich vertrage keinen Alkohol«, versuche ich ihm zu erklären und fasse mir an den schmerzenden Kopf.

»Warum trinkst du dann welchen?«, erkundigt er sich sarkastisch. »Du liebe Güte, was ist denn bloß los mit dir, Vivi? Hast du eine ungefähre Ahnung, wie du aussiehst? Mein Großvater würde sagen: wie Braunbier mit Spucke.« Bei diesem Vergleich spüre ich, wie mir die Galle schon wieder die Speiseröhre hochschießt.

»Bitte«, flehe ich würgend und presse mir die Hand vor den Mund. Doch Benjamin kennt kein Erbarmen:

»Und das ausgerechnet jetzt, wo das Projekt in die heiße Phase geht. Wir haben in drei Tagen eine Präsentation. Und du sitzt auf deinem Hotelzimmer und lässt dich volllaufen. Wie kann man nur so unprofessionell sein.«

»Ich habe mich nicht volllaufen lassen«, versuche ich mich zu verteidigen, als mir plötzlich bewusst wird, dass ich nichts als Unterwäsche trage. Beschämt versuche ich, meinen Körper zu bedecken. »Es war bloß ein Glas Wein, damit ich schlafen kann.«

»Das konntest du offensichtlich. Es ist gleich acht.« Wirklich? Auweia.

»Es ist … wegen meines Rückens«, stottere ich und schnappe mir den Tablettenstreifen vom Nachttisch. »Vielleicht hätte ich die nicht mit Alkohol mixen dürfen.«

»Vermutlich nicht«, kommt es sarkastisch zurück. »Was ist, stehst du jetzt auf, oder ruhst du dich aus und lässt andere deinen Job machen?« Damit meint er wohl sich. Und meine Verspätung von gestern. Auf einmal fühle ich mich genötigt, mich bei ihm zu entschuldigen. Er hat ja recht. Ich benehme mich einfach unmöglich. Benjamin hat genau so auf die Beförderung zum Manager gehofft und hingearbeitet wie ich. Aber nicht er wurde befördert, sondern ich. Jetzt ist er mir unterstellt und muss mir trotzdem permanent den Hintern retten. Schuldbewusst sehe ich zu ihm auf.

»Es tut mir Leid, ehrlich«, nuschele ich. »Glaub mir, unter normalen Umständen ...« Die Schmerzen in meinem Körper ignorierend schlage ich die Decke zur Seite. Eine Sekunde lang saugt sich Benjamins Blick an meiner halbnackten Erscheinung fest, dann schlägt er wohlerzogen die Augen nieder, nicht, ohne mich weiter auszuschimpfen:

»Glaubst du nicht, dass wir alle schon mal eine Verspannung im Rücken hatten? Ich kenne niemanden, der sich deshalb so anstellt«, meint er missbilligend »Nimm halt noch ein paar von diesen Pillen und dann reiß dich gefälligst zusammen. Ich warte unten auf dich.«

»Ich bin in fünf Minuten da«, verspreche ich, ins Badezimmer verschwindend. »Äh, zehn«, korrigiere ich mich nach einem Blick in den Spiegel. Mit einem ungläubigen Schnauben verlässt Benjamin den Raum.

Im grauen Nadelstreifenkostüm, sorgfältig geschminkt und einigermaßen gefasst trete ich eine Viertelstunde später aus dem Aufzug in die Hotellobby, wo Benjamin auf einem der schwarzledernen Sessel sitzt und auf seinem Laptop herumhackt. Schweigend verlassen wir das Hotel und steigen in das erste der vor dem Hotel wartenden Taxis.

»Bist du auf die Telko heute Nachmittag vorbereitet?« Damit meint er die wöchentliche Telefonkonferenz mit dem für uns zuständigen Seniorpartner Harald Huber. Anscheinend will er den Vorfall von heute Morgen nicht mehr erwähnen. Ich bin ihm unendlich dankbar dafür, denn allein der Gedanke an die Situation treibt mir die Schamesröte ins Gesicht: Ich halbnackt, mit einer Kotzepfütze auf dem Teppichboden und einem zerbrochenen Weinglas neben mir.

»Hallo?«, dringt seine Stimme an mein Ohr, und er wedelt

mir mit der Hand vor dem Gesicht rum. »Du bist wohl immer noch nicht ganz wach.« Er klingt gereizt. Entschlossen wende ich mich ihm zu. Es hilft nichts, ich muss die Karten auf den Tisch legen, wenn ich nicht seinen gesamten Respekt verlieren will. Ich atme tief durch und sage mit fester Stimme:

»Es tut mir wirklich Leid, dass ich im Moment so neben der Spur bin. Mein Freund hat mich am Wochenende verlassen«, ich ignoriere den Kloß in meinem Hals, »und ich gebe zu, dass mich das schockiert hat. Ich danke dir sehr dafür, dass du gestern und heute meinen Hals gerettet hast. Ab jetzt werde ich mich zusammenreißen.« Erschöpft von dieser kleinen Ansprache lehne ich mich im Sitz zurück und schließe die Augen. Ich bin recht stolz auf mich, dass ich so nüchtern und klar gesprochen habe. In diesem Moment spüre ich eine Hand auf meinem Arm. Der Daumen streichelt fast unmerklich über meine Haut. Ich sehe auf und in Benjamins Gesicht. Seine Züge sind jetzt ganz weich, mitfühlend.

»Wieso hast du das nicht gleich gesagt, Vivi? Tut mir wirklich schrecklich Leid.« Ich ringe um Fassung.

»Schon gut«, sage ich schnell. »Wo waren wir? Die Telko …«

»Hör zu, mach dir keine Sorgen, okay? Ich werde versuchen, dir diese Woche so viel wie möglich abzunehmen.«

»Aber …?«

»Natürlich. Wir sitzen doch alle in einem Boot. Glaub mir, ich weiß am besten, dass unser Job ein Beziehungskiller sein kann.« Nachdenklich fummelt er an dem goldenen Ring an seiner rechten Hand herum. Mit großen Kulleraugen starre ich ihn an.

»Aber du und deine Frau, ihr seid doch wohl nicht auch …«

»Nein, nein, wir sind noch zusammen, aber …« Er seufzt tief. »Es ist nicht so einfach, wenn man keine Zeit hat.«

»Ich weiß«, bestätige ich inbrünstig.

»Manchmal glaube ich, Lydia bleibt nur noch bei mir, weil ich ihre Kreditkartenrechnung zahle«, sinniert Benjamin. Tja, mit schnödem Materialismus konnte ich Simon leider nie kommen. Der ist so was von konsumresistent. Was ich aber eigentlich wirklich toll fand. Nicht drüber nachdenken. »Also jedenfalls, sei dir meiner vollen Unterstützung sicher. Gemeinsam werden wir das Kind schon schaukeln.« Dankbar lächele ich ihn an.

Mit Benjamins Hilfe komme ich in den nächsten Tagen tatsächlich einigermaßen über die Runden. Er ist geradezu rührend besorgt um mich, nimmt im Büro stillschweigend das Ruder in die Hand und springt ein, wenn ich nicht mehr weiter weiß, schirmt mich vor den anderen so gut es geht ab, damit ich nicht vor dem Team mein Gesicht verliere. Ich kann nicht beschreiben, wie dankbar ich ihm bin.

Am Donnerstagabend, ich habe mich gerade am Schreibtisch niedergelassen, um ein letztes Mal an der Präsentation für morgen zu feilen, steckt er seinen Kopf zur Tür meines Büros hinein.

»Wie läuft es? Alles klar bei dir?« Ich nicke angestrengt und wende mich der endlosen Aufstellung von Zahlen zu. Schon wieder sind meine Gedanken zu Simon abgeglitten. Kein Wunder, sitzt der doch ungeachtet der sich stapelnden Aktenordner und lose herumfliegenden Papiere mitten auf dem Tisch und lässt die beturnschuhten Füße baumeln. Langsam frage ich mich, ob das normal ist, solch ausgeprägte Halluzinationen zu haben. Simons Anwesenheit ist nämlich nicht nur eine Redensart, nein, ich sehe ihn wirklich vor mir, bis hin zu den dunkelbraunen Sprenkeln in seiner sonst grünen Iris. Noch ein Tag, dann kann ich nach Hause fahren. Und nach der Präsentation, wenn die Vereinsbank, möge

Gott uns helfen, unser Angebot akzeptiert hat, wird es ruhiger werden.

»Vivi?« Mist, ich bin schon wieder abgedriftet. Wenn ich so weitermache, bekommen wir den Auftrag erst gar nicht. Und damit wäre ich im Hause Wisenberg Consulting Geschichte, da mache ich mir keine Illusionen. Mein erstes Projekt als verantwortliche Managerin muss reibungslos ablaufen. Und ein voller Erfolg werden. »Rechner aus und Feierabend«, sagt Benjamin sehr bestimmt.

»Nein, ich bin noch nicht genug vorbereitet«, widerspreche ich, »irgendwie kann ich mich überhaupt nicht konzentrieren.«

»Es ist wichtig, dass du morgen Früh frisch und ausgeruht bist«, antwortet er in einem Ton, der keinen Widerspruch duldet. Sicher, er hat Recht. Auch wenn es sich in den letzten Nächten nicht gerade hervorragend in meinem Hotelbett geschlafen hat, mit einem imaginären Simon neben mir, der sich für einen Geist geradezu unverschämt breit macht.

»Na gut«, sage ich ergeben und öffne die Maske für den Drucker, »wenn du noch zehn Minuten Zeit hast, können wir zusammen ins Hotel fahren.«

»Einverstanden, ich hole dich gleich ab.« Damit verschwindet er, und ich starre stumpfsinnig auf den hochmodernen Laserdrucker in der Ecke, der Papier um Papier ausspuckt. Sorgfältig loche ich die Stapel und füge sie in die bereitliegenden schwarzen Mappen mit dem silbernen Firmenschriftzug ein. Zwei, drei, vier Exemplare für die Verantwortlichen der Vereinsbank, eins für mich, eins für die Akte. Dann die Folien für den Overhead-Projektor. Gerade als ich fertig bin, kommt Benjamin zurück.

»Können wir?«

»Ja.« Ich werfe einen letzten Blick zurück auf das Chaos, in dessen Mitte sich fein säuberlich die Präsentationsmappen stapeln, und beschließe, morgen das Büro erst in Richtung Flughafen zu verlassen, wenn die gläserne Platte meines Schreibtisches blitzt und blinkt.

Als ich am nächsten Morgen um Viertel vor acht, noch früher als gewöhnlich, die Büroräume betrete, die uns von der Vereinsbank zur Verfügung gestellt wurden, bin ich überrascht, Benjamin schon an seinem Schreibtisch vorzufinden.

»Was machst du denn schon hier?« Er sieht müde aus, als er zu mir hochblickt, mit dunklen Ringen unter den Augen.

»Ich konnte nicht mehr schlafen«, sagt er achselzuckend, »Lydia hielt es für eine gute Idee, mich mitten in der Nacht anzurufen, um über unsere Beziehung zu reden. Das war um zwei.«

»Oh.«

»Und nachdem ich drei Stunden mit ihr darüber gesprochen habe, hat sie den Hörer auf die Gabel geknallt. Nicht ohne mir vorher zu drohen, dass sie sich scheiden lässt, wenn ich nicht was ändere.«

»Oh«, sage ich erneut.

»Danach konnte ich natürlich nicht mehr einschlafen, also bin ich hierher gefahren.« Ich nicke mitfühlend.

»Hör zu, ich weiß, wie du dich fühlst«, das weiß ich wirklich, »und sollte es zum Schlimmsten kommen, dann bin ich für dich da. So, wie du für mich da gewesen bist in dieser Woche.« Dankbar lächelt er zu mir hoch.

»Danke, Vivi. Ich hoffe nicht, dass es so weit kommt.«

Ich kann mir nicht helfen, aber Benjamins Unglück gibt mir neue Kraft. Wie verwerflich ist das, bitteschön? Aber schon das Wissen, mit meinem Schicksal nicht alleine dazustehen, hilft enorm. Und ich fühle mich nicht mehr halb so unzulänglich wie noch vor zehn Minuten. Vielleicht bin ich keine so schlechte Freundin für Simon gewesen? Vielleicht hätte er einfach auch ein bisschen mehr Verständnis für mich haben sollen? Und für meinen Job. Okay, er hatte eine ganze Menge Verständnis, aber ja wohl in letzter Konsequenz nicht genug. Vielleicht ist es nicht möglich, beides zu haben: Liebe und Karriere?

Energischen Schrittes betrete ich mein Büro und sehe entsetzt auf meinen chaotischen Schreibtisch. Das ist aber wirklich kein schöner Anblick, wenn man hier reinkommt. Als verantwortliche Managerin sollte ich ein Vorbild für die Mitglieder meines Teams sein. Und noch wichtiger, als Repräsentantin der Firma vor dem Kunden auftreten. Ein Blick auf die Uhr zeigt mir, dass ich noch über eine Stunde Zeit habe, bis man sich zur Präsentation im Konferenzraum versammelt. Das Aufräumen wird mich zugleich erden und meine Nerven beruhigen, die beim Anblick des Mappenstapels schon wieder zu flattern beginnen. Ich zähle noch mal geschwind durch, sechs an der Zahl, und deponiere sie griffbereit auf dem kleinen Chromregal neben der Tür. Dann gehe ich ans Werk, trage Schicht um Schicht von meinem Schreibtisch ab. Memos, Notizzettel, Sitzungsprotokolle. Mehr als neunzig Prozent des Papierkrams ist längst erledigt und landet nach kurzem Überfliegen im Mülleimer. Den Rest lege ich in den dazugehörigen Aktenordnern ab. So habe ich bereits den kompletten linken Stapel abgearbeitet und wende mich nun der rechten Seite zu. Nanu. Ich stutze und ziehe eine weitere Präsentationsmappe hervor, die halb unter einem verrutschten Berg ausgedruckter E-Mails herauslugt. Hä? Das verstehe ich nicht. Ich kontrolliere noch mal meinen bereitliegenden Stapel und zähle erneut sechs Mappen. Kopfschüttelnd verstaue ich das überzählige Exemplar in der obersten Schublade meines Schreibtisches. Ich muss mich wirklich besser konzentrieren. Schließlich jongliere ich hier mit sechsstelligen Beträgen, da ist es kein gutes Zeichen, wenn man nicht mal bis sechs zählen kann. Mein Blick gleitet über die freie Hälfte des Tisches. Dann über die andere Seite. Gerade will ich mich wieder in die Arbeit stürzen, als mein Blackberry durch ein Piepsen die Ankunft einer SMS verkündet. Sie ist von Simon. Meine Hand beginnt unkontrolliert zu zittern. Simon hat mir eine SMS geschrieben. Und das, nachdem ich in dieser Woche mindestens zwanzig Mal versucht habe, ihn anzurufen.

»LIEBE VIVI, ENTSCHULDIGE, WENN ICH STÖRE, ABER ICH HABE MEINE SKIER AUF DEM SPEICHER VERGESSEN. KÖNNTE ICH SIE AM WOCHENENDE ABHOLEN? DANKE, LIEBER GRUSS, SIMON.«

Ungläubig starre ich auf die Nachricht, die vor meinen Augen verschwimmt. Skier? Seine verdammten Skier will er haben? Auch wenn nur Bruchteile von Sekunden vergangen sind, bis ich die SMS in meinem Telefon geöffnet habe, so liefen vor meinem inneren Auge doch sofort die unterschiedlichsten Szenarien ab. Ich könnte mich ohrfeigen. Was bin ich doch für eine einfältige Kuh! Habe ich allen Ernstes angenommen, dass er zu mir zurückkommen will? Habe ich eine Liebeserklärung erwartet? Ehrlich gesagt, ja. Und das macht die Erkenntnis, dass er seine Skier zurückhaben will, um so bitterer. Wieder und wieder fliegen meine Augen über die wenigen Zeilen. Analysieren sie, obwohl mir klar ist, dass jetzt, fünf Minuten vor meiner Präsentation, nicht der richtige Zeitpunkt ist, sich mit dieser Sache zu befassen. Später, später, ruft eine innere Stimme mir zu, leg das Ding weg, konzentriere dich. Aber ich kann nicht. Ohne es zu wollen, ziehe ich Schlussfolgerungen: Simon will seine Skier, das heißt, er wird in absehbarer Zeit Skiurlaub machen. Die Frage ist, mit wem? Aber was noch mehr wehtut, ist die Art und Weise, in der die SMS formuliert ist. Nicht nur höflich, nein. Freundschaftlich! Das ist der wahre Dolchstoß in mein Herz. Keine Kränkung, kein Schmerz ist ihm anzumerken durch seine Worte.

»Guten Morgen«, wünscht mir Stefan in diesem Moment und streckt den Kopf zur Türe herein. Fassungslos sieht er auf meinen ordentlichen Schreibtisch. »Wow. Übrigens, es ist gleich neun.«

»Ja, danke.« Betäubt stehe ich auf, streiche den Rock meines Kostüms mit einer fahrigen Handbewegung glatt.

»Alles in Ordnung?«, erkundigt sich Stefan, und ich nicke mechanisch mit dem Kopf. Dann klemme ich den bereitgelegten Stapel unter meinen Arm und atme tief durch.

Während ich durch den langen, mit modernen Gemälden ausgestatteten Gang laufe, werde ich den Anblick von Simons SMS nicht los. Es ist, als hätten sich die Lettern in Leuchtschrift auf meine Netzhaut gebrannt. »LIEBE VIVI«, flackert es vor meinen Augen. »LIEBER GRUSS.« Was fällt dem ein? Plötzlich spüre ich eine unbändige Wut in meinem Bauch. Wieso schreibt er, kaum eine Woche nach unserer Trennung, eine SMS mit der Begrüßung »liebe Vivi«? Ein kurzes, beleidigtes: ICH BRAUCHE MEINE SKIER, wäre verständlich gewesen, mit einem gekränkten VIVIANE und einem vorwurfsvollen Ausrufezeichen dahinter vielleicht. Plötzlich ist mir glasklar, was der eigentliche Inhalt der Textmitteilung ist:

LIEBE VIVI, GUCK MAL, WIE GUT ES MIR GEHT. ES GEHT MIR BLENDEND. ICH BIN LÄNGST WEG ÜBER DICH, DER SCHMERZ ÜBER DIE KAPUTTE BEZIEHUNG LIEGT GANZ AUF DEINER SEITE, LIEBE VIVI. VON MIR AUS KÖNNEN WIR, DU, LIEBE VIVI, UND ICH, LIEBER GRUSS, SIMON, FREUNDE SEIN. WEIL DU MIR SCHON TOTAL EGAL BIST. NACH NUR FÜNF TAGEN. HA! LIEBER GRUSS, SIMON.

PS: UND ICH HABE SCHON EINE NEUE, DIE ZEIT HAT, MIT MIR IN DEN SKIURLAUB ZU FAHREN.

In diesem Moment höre ich eilige Schritte auf mich zukommen, und gleich darauf schließt Herr Dr. Dr. Otto, Vorstandsmitglied der Vereinsbank, zu mir auf. Er trägt einen tadellos sitzenden Designeranzug und eine grüne Krawatte. Für knapp sechzig ist er in beneidenswert guter Form. Ich frage mich, wie er in seiner Position noch die Zeit dazu findet, sich eine gepflegte Sonnenbräune zuzulegen. Im Gehen streckt er mir die Hand hin:

»Guten Morgen, Frau Sonntag, da sind Sie ja.«

»Jawohl«, antworte ich in unbeabsichtigt militärischem Tonfall und lege meine Hand in seine. »Guten Morgen, Herr Doktor Doktor Otto.«

»Ach, nun hören Sie schon auf. Das müssen Sie nun wirklich nicht jedes Mal sagen«, wehrt er geschmeichelt ab.

»Herr D Zwei O?«, schlage ich unschuldig lächelnd vor, und sein glatt rasiertes Kinn zittert vor unterdrücktem Lachen.

»Den muss ich mir merken«, meint er schmunzelnd, während er mir die Tür zum Konferenzsaal aufhält. Innerlich atme ich erleichtert auf und betrete festen Schrittes den Raum. Ich lasse meinen Blick über die Anwesenden gleiten, die sich bereits an dem ovalen Mahagonitisch niedergelassen haben. Jeder hat eine Tasse Kaffee vor und eine schwarz glänzende Aktentasche neben sich. Herr Krüger, Mitte vierzig, mit wasserblauen Augen und stets glänzender Halbglatze, Herr Meisner, Ende fünfzig und Ehrfurcht gebietend mit seinen zwei Meter fünf und dem strengen Blick hinter randlosen Brillengläsern, und zu guter Letzt Frau Sinning im schwarzen Hosenanzug und mit blonder Kurzhaarfrisur. Ich lächle in die Runde und warte auf den Adrenalinkick, der mich unter normalen Umständen jetzt ereilen sollte. Immerhin sitzen hier vier der obersten Köpfe der Vereinsbank, um mir zuzuhören. Ich bin über zehn Jahre jünger als der Jüngste von ihnen, und dennoch sehen sie mich alle voller Respekt an. Das ist ein gutes Gefühl. Doch während ich von einem zum anderen gehe, sie mit festem, selbstbewussten Händedruck begrüße und Small Talk betreibe, taucht auf dem mit schwarzem Leder bezogenen Sessel neben Frau Sinning Simon auf. Und zwar in voller Skiausrüstung, mit dunkelbrauner Wollmütze und Schneebrille. Am liebsten möchte ich ihn anbrüllen, dass er verschwinden soll. Zum Glück bin ich mir völlig im Klaren darüber, dass all das nur meiner Einbildung, meinen überreizten Nerven entspringt. Eine Unternehmensberaterin, die zu Beginn der Präsentation erst mal einen unschuldigen Ledersessel zusammenschreit, wäre sicher alles andere als vertrauenerweckend. Ich muss mich jetzt zusammenreißen. Simon ignorieren. Mit wackeligen Beinen gehe ich an das hintere Tischende, wo schon der Overheadprojektor bereitsteht, und lege meine Sachen ab. Als ich gerade die schwarzen Angebotsmappen verteilen will, klingelt mein Blackberry.

»Verzeihung«, sage ich hastig und greife danach, um es auszustellen. Fast im selben Moment gehen zum Glück noch zwei weitere Telefone los, und Frau Sinning und D2O kramen hastig in ihren Taschen.

»Sinning?«

»Otto?« Na schön, wenn hier sowieso telefoniert wird … Ich werfe einen Blick auf das Display und öffne die neue Nachricht.

LIEBE VIVI, lese ich und weiß schon jetzt, dass ich gerade einen schweren Fehler begangen habe, ES TUT MIR SO LEID. ICH HABE WIRKLICH VERGESSEN, DASS HEUTE DEINE GROSSE PRÄSENTATION IST. WENN ICH DARAN

GEDACHT HÄTTE, HÄTTE ICH MICH ERST SPÄTER GEMELDET. HOFFENTLICH HABE ICH DICH NICHT AUS DEM KONZEPT GEBRACHT. VIEL ERFOLG. SIMON.

»Ist Ihnen nicht gut, Frau Sonntag?«, dringt eine Stimme von weither an mein Ohr, und ich blicke verwirrt um mich.

»Doch, alles gut«, wehre ich ab, während in meinem Kopf ein einziges Wort widerhallt: Mistkerl, Mistkerl, verdammter Mistkerl. Dann fällt mein Blick auf die erwartungsvollen Gesichter vor mir, und ich teile die Mappen aus, anhand derer meine Zuhörer die Präsentation verfolgen können, die ich nun mit sachlicher Stimme, aber ohne Elan zu halten beginne. Seltsamerweise läuft alles wie am Schnürchen, obwohl mich die ganze Zeit über ein zeternder Kobold in meinem Kopf begleitet, der sich die Haare rauft und gen Himmel flucht: Mistkerl, Mistkerl, Mistkerl. Aber nebenher laufe ich irgendwie auf Autopilot, und mache meine Sache anscheinend gar nicht mal so schlecht. Hier und da werfe ich zur Auflockerung einen kleinen Scherz ein, der von meinen Zuhörern mit einem wohlwollenden Grinsen belohnt wird. Verdammt, ich mache meine Sache so gut, dass ich es selber kaum glauben kann. Nachdem das Angebot ausgesprochen, mein Vortrag beendet ist, kehre ich in meinen Körper zurück, in dem sich jetzt eine bleierne Schwere ausbreitet. So locker und leicht das Ganze von außen auch gewirkt haben mag, es hat mich an die Grenzen meiner Kraft gebracht. Ich kann mich kaum noch auf den Beinen halten. Bevor meine Knie unter mir wegknicken, lasse ich mich auf den bequemen Ledersessel gleiten, an dessen Lehne ich mich bislang festgehalten habe.

»Großartig«, dröhnt eine männliche Stimme durch den Raum. Als ich den Kopf hebe, in die Runde sehe, erblicke ich strahlende Gesichter. Jetzt steht D2O auf, schließt seinen Sakkoknopf über dem Bauch und kommt auf mich zu.

»Vielen Dank, Frau Sonntag, gute Arbeit, wirklich«, lobt er und hört gar nicht mehr auf, meine Hand zu schütteln. Erschöpft lächelnd sehe ich zu ihm hoch. Lob ist in meiner Branche selten. Es wird einfach davon ausgegangen, dass alles wie am Schnürchen läuft.

»Wirklich?« Es ist kaum mehr als ein Hauchen.

»Ausgezeichnet«, bestätigt er, und drei Köpfe nicken im Chor.

»Das freut mich sehr«, antworte ich mit fester Stimme.

»Uns auch.« Er hat meine Hand noch immer nicht losgelassen. Ich scheine ja ein wahres Naturtalent zu sein, denn schon jetzt habe ich nicht einmal mehr den blassesten Schimmer, was ich überhaupt von mir gegeben habe. Mit zitternden Knien erhebe ich mich und sammele meine Unterlagen wieder ein. Ich nicke noch mal grüßend in die Runde und dann nichts wie weg.

Am Ende des Ganges wartet Benjamin mit gespannter Miene auf meinen Bericht. Als er mich sieht, erschrickt er:

»Was ist los …« Er wagt nicht, seinen Satz zu beenden.

»Nein, nein.« Müde schüttele ich den Kopf. »Es ist alles bestens gelaufen.«

»Mensch, super.« Einen Augenblick lang stutzt er und sagt mit zusammengezogenen Augenbrauen: »Du bist richtig fertig, oder?« Ich kann nicht einmal mehr antworten, nur noch schwach mit dem Kopf nicken. Wie konnte Simon mir das nur antun? Mir eine heitere SMS über Skier zu senden, Minuten vor dem wichtigsten Vortrag meiner bisherigen Karriere? Selbstverständlich wusste er genau, wie bedeutsam der heutige Tag für mich ist. Simon hat ein Gedächtnis wie ein Elefant. Und jetzt hat er sich für seine Rache ausgerechnet diesen wunden Punkt ausgesucht. Der wahre Inhalt seiner SMS lautet:

LIEBE VIVE, ICH SCHIEBE ZWAR MEINE DÄMLICHEN SKIER VOR, ABER EIGENTLICH SCHREIBE ICH DIR GENAU IN DIESEM MOMENT, WEIL ICH HOFFE, DASS DU DEINE PRÄSENTATION VERSEMMELST UND DANN BEIDES LOS BIST, MICH UND DEINEN JOB. DU HAST MEIN HERZ GEBROCHEN UND DAS IST MEINE RACHE. LIEBER GRUSS, SIMON

Aber ich habe meine Präsentation nicht versemmelt. Ha! Leider bin ich zu erschöpft, um mich wirklich zu freuen. Und zu traurig. Was ist aus meinem Leben geworden? Simon war doch immer für mich da, mein Halt im Sturm der Welt. Und jetzt ist er plötzlich mein Gegner. Ich spüre, wie ich von den Wellen aufs Meer hinausgetragen werde. Woran soll ich mich bloß festhalten?

»Vivi? Viviane?« Schon wieder fuchtelt Benjamin mit seiner Flosse vor meinem Gesicht herum. Ich wünschte, er würde sich das abgewöhnen. »Du hast jetzt sehr lange auf meinen oberen Hemdknopf gestarrt und nicht reagiert«, sagt er vorsichtig.

»Tatsächlich? Wie lange?«

»Ich würde sagen, lange genug, um dir für den Rest des Tages freizunehmen.«

»Unsinn«, sage ich bestimmt und will mich an ihm vorbeidrücken, aber er hält mich am Arm fest. »Autsch«, mache ich empört.

»Du lässt dir jetzt vom Sekretariat deinen Flug umbuchen, und dann fliegst du heim und ruhst dich ein ganzes Wochenende aus, verstanden«, sagt er in einem Ton, der keinen Widerspruch duldet.

»Nein, das …«, setze ich an, doch er lässt mich gar nicht ausreden.

»Und wenn ich dich persönlich in den Flieger setze«, wettert er. »Du hast dein Soll für heute erfüllt. Deine Präsentation war ein voller Erfolg. Das reicht. Ich möchte dich nicht heute Abend auch noch ins Krankenhaus bringen müssen. Los jetzt, Marsch. Und zu Hause schaltest du das Blackberry ab und spannst mal richtig aus. Verstanden?« Seine hellen Augen funkeln richtig bedrohlich. Eigentlich will ich protestieren, aber plötzlich fehlt mir jede Kraft dazu. Ich verspüre richtiggehend Erleichterung darüber, dass mir gesagt wird, was ich tun soll. Ich bin so müde. Gehorsam nicke ich und trotte hinter Benjamin her. Er setzt mich vor der Vereinsbank in ein Taxi und hebt dann grüßend die Hand. Ich schaue aus dem Seitenfenster auf die gedrungene Gestalt in dem teuren schwarzen Anzug zurück, die kleiner und kleiner wird. Dann lehne ich mich erschöpft gegen die Rückbank. Ich will mich einfach nie wieder bewegen. Dennoch krame ich nach ein paar Minuten mein Blackberry hervor. Nachdem ich eine Weile gegrübelt habe, tippe ich folgende SMS:

ICH STELLE DIE SKIER HEUTE NACHMITTAG VOR UNSERE WOHNUNGSTÜR. DA KANNST DU SIE ABHOLEN.

Bevor ich sie absende, setze ich noch ein gekränktes SIMON! an den Anfang der Nachricht. Kaum zwanzig Sekunden später klingelt das Blackberry und teilt mir auf dem Display mit, dass ein unbekannter Teilnehmer anruft. Ich kann mir schon denken, wer das ist. Es hat mich immer wahnsinnig gemacht, dass Simon seine Rufnummernkennung ausgeschaltet hat. Kurzentschlossen drücke ich den Anruf weg. Nachdenklich sehe ich auf das Blackberry hinunter und fahre mit dem Zeigefinger über die linke Seite. Dort befindet sich der Aus-Knopf. Ich halte den Atem an und drücke ihn, betrachte dann ungläubig, wie der Minicomputer heruntergefahren wird und schließlich nur noch ein leeres, dunkelgraues Display zeigt.

Kapitel 5

Nachdem ich mich als Erstes davon überzeugt habe, dass Tristan wohlauf ist, bringe ich Herrn Lorenz eine Flasche Wein und bitte ihn, auch in der nächsten Woche meinen Fisch zu versorgen, worauf er sich nach langem Zögern grummelnd einlässt. Dann steige ich auf den Speicher hinauf und wuchte Simons Skier in dem blau-schwarzen Skisack nebst Skistiefeln in den zweiten Stock hinunter, wo ich sie an die Wand neben unserer Wohnungstür lehne. Ich schließe selbige hinter mir, stolpere ins Schlafzimmer und falle so wie ich bin ins Bett. Stunden später weckt mich das Klingeln an der Haustür. Es ist halb sechs. Schlaftrunken wanke ich den Flur entlang, doch gerade, als ich den Hörer der Gegensprechanlage abnehmen will, kommt mir ein Gedanke. Das kann doch eigentlich nur Simon sein? Ich drücke den Türöffner und presse mein Auge gegen den Spion. Unten klickt die Haustür und Sekunden später steht Simon mir gegenüber. Kaum einen Meter entfernt, nur ein Stück weiß lackiertes Holz trennt uns voneinander. Atemlos presse ich mich gegen die Tür und beobachte, wie Simon augenscheinlich irritiert auf seine Skier guckt. Dann schaut er geradeaus, mir direkt ins Auge. Ich schrecke zurück, doch dann fällt mir ein, dass er mich gar nicht sehen kann. Irgendwie fürchte ich trotzdem, dass mein pumperndes Herz sowohl die Tür als auch den Fußboden unter ihm zum Vibrieren bringt. Unschlüssig steht er da, dann streckt er den Arm aus, und die Türklingel über mir schrillt. Einmal, zweimal, dreimal. Ich wage nicht, mich zu rühren. Ich wage nicht zu atmen. Den Teufel werde ich tun und ihm aufmachen. Was will er denn noch? Seine verfluchten Skier stehen doch da! Höchstwahrscheinlich will er sich nur davon überzeugen, dass sein grausamer Plan aufgegangen ist und ich gefeuert wurde. Ich beobachte ihn, wie er ratlos vor unserer ehemals gemeinsamen Wohnung steht, und obwohl ich ihn nur verschwommen und verzerrt sehen kann, fällt es mir schwer, ihn zu hassen. Er drückt noch ein paar Mal auf die Klingel und zieht dann sein Handy hervor. Mein Blackberry ist aber aus! Ha! Vielleicht denkt er jetzt, ich sei tot. Normalerweise die einzig sinnvolle Erklärung für mein ausgeschaltetes Telefon. Ich hoffe, er macht sich Sorgen. Und Vorwürfe. Vor lauter Selbstmitleid steigen mir die Tränen in die Augen. Und Simon sieht jetzt irgendwie auch ein wenig besorgt aus. Er hämmert mit der Faust an die Tür. Es klingt dumpf, logisch, schließlich lehne ich ja von der anderen Seite dagegen. Ich wage nicht, mich zu rühren. Jetzt wählt Simon eine andere Nummer, und ich höre im Wohnzimmer das melodische Bimmeln unseres, Verzeihung, meines Festnetzanschlusses, das schließlich von Simons Stimme unterbrochen wird:

»Dies ist der Anschluss von Vivi und Simon, leider sind wir im Moment nicht zu Hause.« Oh Gott, ich muss dringend den Anrufbeantworter neu besprechen. »Hinterlasst uns bitte eine Nachricht. Piep.« Nach einer kurzen Pause höre ich erneut seine Stimme, diesmal in einem merkwürdigen Doppelhall, einmal gedämpft durch die Tür, und verzerrt auf dem Band. »Vivi, hier ist Simon, ich … bin hier wegen der Skier und hätte dich gerne kurz gesprochen. Wie war die Präsentation?« In diesem Moment würde ich am liebsten die Türe aufreißen und ihn mit seinem Ski erschlagen. Oder mit dem Skistock aufspießen. »Na ja, du bist nicht da. Lass mich raten, du arbeitest noch.« Ein freudloses Lachen erklingt. »Also dann.« Er legt auf, verstaut sein Telefon in der Hosentasche und greift nach dem Skisack. Wirft einen letzten Blick zurück und trottet dann langsam, mit hängenden Schultern, die Treppen hinunter. Als er meinem Blick endgültig entschwunden ist, setze ich mich mitten im Flur auf den Boden und starre vor mich hin. Als das Telefon erneut klingelt, springe ich auf und reiße das Telefonkabel mit so viel Schwung aus der Dose, dass diese sich halb aus der Wand löst. Ist mir egal. Ich will nie wieder Simons Stimme hören! Erneut überfällt mich bleierne Müdigkeit. Doch an der Schlafzimmertür halte ich inne. Santa Claus lächelt mich unschuldig an. Ich kann nicht widerstehen und pflücke wahllos ein Päckchen von seinem Körper. Öffne es und starre betroffen auf eine Theaterkarte. »Wer hat Angst vor Virginia Woolf?«, 6. Dezember um 20 Uhr. Darauf klebt ein in Herzform ausgeschnittenes Post-it mit einer handschriftlichen Nachricht von Simon:

»Alles Liebe zum Nikolaus! Ich warte im Foyer auf Dich! Dein Simon.« Mir wird plötzlich heiß und kalt, als vor meinem inneren Auge das Bild aufsteigt, wie mein Freund am Nikolausabend im Eingangsbereich des Theaters steht und auf mich wartet. Wie die Glocke einmal, zweimal, dreimal schrillt. Menschen strömen in Richtung Zuschauersaal davon, bis er schließlich ganz alleine zurückbleibt und einsehen muss, dass ich nicht kommen werde. Der Gedanke zerreißt mir beinahe das Herz. Fast automatisch greife ich nach dem nächsten Geschenk, das die Form eines Bonbons hat. Ein zusammengerolltes Papier kommt zum Vorschein. Nein, bitte kein Liebesgedicht! Mit zitternden Fingern glätte ich den hellblauen Zettel und lese:

»Du weißt, du bist entweder eine Prostituierte oder ein Berater, wenn:

- Du sehr schräge Arbeitszeiten hast
- Du sehr gut bezahlt wirst, um deinen Kunden glücklich zu machen
- Du nicht einmal besonders gut in deinem Job sein musst
- Man viel für dich bezahlt, aber dein Chef das Meiste für sich behält
- Du sehr viel Zeit in Hotelzimmern verbringst
- Du eine enge Beziehung zu deinen Kollegen entwickelst
- Es schwer für dich ist, eine Familie zu haben
- Du dafür belohnt wirst, Fantasien in den Köpfen deiner Kunden zu wecken
- Du morgens zum Kunden gehst und großartig aussiehst, abends beim Heimkommen dagegen furchtbar«

Soll das etwa witzig sein? Ich blicke hoch zu dem Weihnachtsmann, der sich anscheinend gut über den geschmacklosen Scherz meines Exfreundes amüsieren kann, wenn ich sein Grinsen richtig deute. Ich dagegen bin tödlich beleidigt. Ich sah also furchtbar aus, wenn ich heimkam?

»Hohoho, das war doch nur ein harmloser kleiner Witz, Viviane. Wo ist denn dein Humor geblieben?«, fragt Santa Claus und lächelt auf mich herunter.

»Den habe ich wahrscheinlich in irgendeinem Hotelzimmer verloren«, blaffe ich und rappele mich vom Boden auf. Mit funkelnden Augen baue ich mich vor dem Weihnachtsmann auf, der plötzlich ein bisschen verängstigt schaut. Doch da habe ich ihn schon von seinem Nagel gerissen. Hilflos zappelnd hängt er in der Luft, während ich mit ihm den Flur herunterlaufe, um ihn im Küchenmülleimer zu versenken. Von unten herauf schielt er mich flehend an. Mitten in der Bewegung halte ich inne. Es ist verrückt, ich weiß. Ich bin mir wohl bewusst darüber, dass es sich bei dem Adventskalender um ein paar zusammengeklebte Stücke bunter Pappe handelt.

Dennoch. Ich bringe es einfach nicht über mich, den Weihnachtsmann in den Abfall zu werfen. Seufzend versenke ich ihn stattdessen in einem Pappkarton aus der Abstellkammer. Einmal in Fahrt gekommen, durchforste ich meine ganze Wohnung nach Erinnerungsstücken an Simon und werfe sie hinterher, um dann alles auf den Speicher zu bringen.

Den Rest des Wochenendes verbringe ich in der Gesellschaft von Tristan vor meinem Laptop und schaue die letzten drei Staffeln von »Sex and The City«. Sich das verkorkste Liebesleben anderer Frauen über dreißig anzuschauen, hilft ungemein, um sich von seinem eigenen Schicksal abzulenken. Und da ich ja keinen Fernseher mehr besitze, sondern nur noch ein weißes Rechteck an der Wand, muss ich die Serie wohl oder übel auf dem Computerbildschirm anschauen. Am Sonntagabend ist es endlich so weit: Carrie und Mr Big sind wieder ein Paar, alle sind glücklich, außer mir. Steifbeinig erhebe ich mich von der Couch und wanke ins Bett.

Ein fieser Nieselregen empfängt mich, als ich am nächsten Morgen aus dem Haus trete, aber die Trübheit des Tages passt zu meiner Gemütsverfassung. Im Taxi auf dem Weg zum Flughafen schalte ich mein Blackberry ein, das sofort mit einem wilden Piepkonzert beginnt, nachdem das Betreiberlogo verloschen ist. Gnade, bitte, wir haben noch nicht einmal sieben Uhr. Mit immer größer werdenden Augen beobachte ich, wie sich die Kurzmitteilungen auf dem Display häufen. Zwanzig neue Kurzmitteilungen. Simon, denke ich sofort, und bin auf einmal hellwach. Doch stattdessen:

»RUFEN SIE MICH GEFÄLLIGST AN. H. HUBER.«

Ich spüre, wie mir das Blut in die Füße sackt. Was will mein Chef von mir? Und was veranlasst ihn dazu, mir gegenüber einen solchen Ton anzuschlagen? Die Antwort darauf erhalte ich, nachdem ich meine Mailbox abgehört habe. Keine einzige Nachricht ist von Simon. Harald Huber hat, im Wechsel mit Benjamin, seit Freitagnachmittag alle paar Stunden versucht, mich zu erreichen. Ich bin vollkommen ratlos. Was kann jetzt, nachdem die Präsentation so glatt über die Bühne gelaufen ist, so dringend sein? Ich halte mein Telefon ein Stück von meinem Ohr weg, weil mein Boss mittlerweile seine Stimmlage von normal über laut bis hin zu brüllend gesteigert hat. Mein Blick trifft den des Taxifahrers im Rückspiegel.

»Alles okay?«, fragt er mich, und ich nicke und unterbreche die Schimpftiraden von Herrn Huber, auch wenn ich immer noch nicht so genau weiß, worum es geht. Mit zitternden Fingern versuche ich, eine Verbindung zu Huber herzustellen. Noch immer ruhen zwei braune Augen besorgt auf mir. Schmerzlich wird mir bewusst, dass die einzigen Menschen, die sich in den letzten Wochen Sorgen um mich gemacht haben, Mitarbeiter des Unternehmens »Hamburgtaxi« sind. In diesem Moment werde ich vom anderen Ende der Leitung begrüßt. Alles andere als freundlich.

»Verdammt noch mal, Frau Sonntag, was ist das für ein Bockmist, den Sie da fabriziert haben?«, schreit mir Harald Huber ins Ohr, sodass ich erneut das Telefon ein wenig auf Abstand halte.

»Entschuldigung, was meinen Sie, Herr Huber?«, frage ich hilflos und bemühe mich, das Piepen in meinem Ohr zu ignorieren.

»Wo waren Sie das ganze Wochenende, warum haben Sie sich nicht zurückgemeldet?«

»Ich war zu Hause«, flüstere ich und suche, quasi zur seelischen Unterstützung, die dunkelbraunen Augen meines Fahrers. Aber der denkt gar nicht daran, mich zu bemitleiden, sondern hält den Blick stur auf die Straße gerichtet.

»Zu Hause? Und da machen Sie ihre Telefone aus? Alle Ihre Telefone? Ja, sind Sie denn noch zu retten? Was denken Sie sich eigentlich dabei«, donnert mein Chef aufgebracht, »bilden Sie sich ein, Sie verkaufen Würstchen an der Fleischtheke und können Ihren Job am Freitagmittag mit dem Kittel ablegen, oder was?«

»N … nein«, stottere ich.

»Wissen Sie, was eine Fleischverkäuferin verdient?«

»Nun, äh …« Aber anscheinend wollte Herr Huber gar keine Antwort von mir haben, denn schon geht es weiter mit der Schimpftirade:

»Sie sind Beraterin, Frau Sonntag. Das ist kein Nine-to-Five-Job.« Als ob ich das nicht wüsste »Noch dazu sind Sie Managerin.«

»Verdammt, worum geht es denn überhaupt?«, platze ich heraus und halte mir gleich darauf erschrocken den Mund zu. So kann man doch nicht mit seinem Chef reden. Dennoch, wie lange hätte ich mir das noch anhören sollen? Soeben überquert das Taxi den Zubringer zum Flughafen. Ich muss in spätestens zehn Minuten eingecheckt sein. Immerhin habe ich Herrn Huber zum Schweigen gebracht. Ich kann durchs Telefon hören, wie er um Fassung ringt, dann sagt er in nüchternem Ton:

»Kommen Sie ins Office, sofort!«

»Aber ich bin auf dem Weg nach München.«

»Sitzen Sie im Flieger und befindet er sich auf dem Rollfeld?«, kommt es wie aus der Pistole geschossen zurück.

»Nein, natürlich nicht. Aber ich steige soeben am Hamburger Flughafen aus dem Taxi«, erkläre ich, just als der Wagen mit quietschenden Reifen vor Terminal zwei zum Stehen kommt. Um mich nicht selber Lügen zu strafen, stoße ich die Tür des noch rollenden Autos auf, strecke meinen schwarzen Pumps hinaus und stolpere auf den Bürgersteig. »Ich schlage gerade die Tür zu«, erläutere ich weiterhin und tue genau das.

»Mann, Lady, warten Sie doch wenigstens, bis ich angehalten habe«, schimpft der Taxifahrer und signalisiert dem vor uns stehenden Fahrer, der gemütlich an sein Gefährt gelehnt dasteht, dass er soeben eine arme Irre kutschiert hat. Augenrollend und kopfschüttelnd geht er zum Kofferraum, um mein Bordcase herauszuholen. Gerade, als er es mir mit soviel Schwung vor die Füße knallt, dass mir Angst und Bange um den darin befindlichen Laptop wird, ertönt wieder die Stimme meines Chefs durch das Telefon. Beinahe sanft klingt sie:

»Dann drehen Sie sich jetzt um und öffnen die Tür wieder.«

»Aber ich ...«

»Tun Sie einfach, was ich sage.« Gehorsam wie ein Lamm, das zur Schlachtbank geführt wird, ignoriere ich den vor mir stehenden Koffer und öffne stattdessen die Wagentür.

»Nun steigen Sie ein und sagen Sie dem Fahrer, er soll Sie zum Jungfernstieg 26 bringen.«

»Okay«, sage ich ergeben und gebe dem Fahrer, der mich ungläubig beim Einsteigen beobachtet hat, ein stummes Zeichen, dass er mein Bordcase wieder einpacken soll. Verärgert rollt er, als er endlich kapiert hat, dass er die Irre immer noch nicht los ist, mit den Augen, schleudert meinen armen Koffer samt Laptop in das Taxi zurück und steigt ein.

»Sagen Sie es ihm. Sagen Sie Jungfernstieg 26«, fordert Harald Huber an meinem Ohr. Wieso nur behandelt er mich, als könnte ich nicht bis drei zählen?

»Zum Jungfernstieg 26 bitte«, wiederhole ich widerwillig und höre es gleichzeitig in der Leitung klicken. Der Taxifahrer gibt einen undefinierbaren Laut von sich und tritt aufs Gaspedal.

Kapitel 6

Als ich durch die Glastüren des Bürogebäudes trete, fühlen sich meine Schultern an wie Stein. Der Niesel- hat sich mittlerweile in einen ausgewachsenen Platzregen verwandelt, und meine Haare kleben nass und strähnig an meinem Kopf, wie ich in der verspiegelten Aufzugtür feststellen muss. Durch die immer stärker werdenden Rückenschmerzen hat sich mein Körper in eine unattraktive Schonhaltung mit eingezogenem Kopf und eindeutiger Schieflage des Schultergürtels verschoben. Alles in allem fühle ich mich genau so, wie man sich nicht fühlen will, wenn man seinem Chef gegenübertreten muss, der aus unerklärlichen Gründen furchtbar wütend zu sein scheint. Ich zerre mein Bordcase, das durch die ruppige Behandlung tatsächlich eine seiner Rollen eingebüßt hat, hinter mir her aus dem Aufzug und gehe eiligst den langen Flur entlang, vorbei an den offenen Türen der elegant eingerichteten Büroräume, die aufgrund der frühen Stunde ausnahmsweise einmal menschenleer sind. Das ganze Office wirkt wie ausgestorben, das Neonlicht brennt in meinen Augen, und meine Absätze verursachen ein unnatürlich hallendes Geräusch auf dem dunklen Granitfußboden. Klick-klack, klick-klack, klick-klack. Während ich auf die geschlossene schwarze Tür ganz am Ende des Ganges zulaufe, werden meine Schritte schwerer und schwerer. Klick … Klack … Klick … Klack … Noch immer habe ich keine Ahnung, warum mein Chef so wütend auf mich ist. Habe ich nicht seit Jahren bis spät in die Nacht geschuftet?

Habe ich nicht mein Privatleben hintangestellt, bis es sich verabschiedet hat? Habe ich nicht Simon meinem Job geopfert? In diesem Moment hält das Klacken inne. Ich muss mich sammeln. Keine gute Idee, in diesem Augenblick an Simon zu denken. Ich würge den Kloß in meinem Hals hinunter und setze meinen Weg fort. Welche andere Angestellte nimmt ihren Job so ernst wie ich? Ich habe mir den Allerwertesten aufgerissen, ich habe diesen Job zu Ende gebracht, ohne Zeitverzögerung, obwohl meine Welt um mich herum zusammengebrochen ist. Und dieser Huber nennt mich eine Fleischverkäuferin?

HARALD HUBER, PARTNER verkünden die strengen, schnörkellosen Buchstaben auf dem silbernen Türschild. Ich hebe den Arm und klopfe an.

»Herein«, erklingt die Stimme von Frau Sandner. Als ich die Tür aufmache und schüchtern den Kopf hereinstecke, sitzt Herrn Hubers grauhaarige Sekretärin wie immer mit kerzengeradem Rücken und tadellos gekleidet an ihrem Schreibtisch. Ihre wachen grauen Augen mustern mich streng durch die randlose Brille, und ich spüre, wie ich innerlich noch ein Stückchen kleiner werde.

»Guten Morgen«, wünsche ich mit dem Versuch eines Lächelns, das kläglich verrutscht.

»Guten Morgen«, kommt es eisig zurück, und die Endfünfzigerin hebt in der für sie typischen, furchterregenden Weise die linke Augenbraue um einen halben Millimeter nach oben. Ganz eindeutig wird es kein guter Morgen für mich werden. Ich versuche, trotz meiner Verspannung das Rückgrat zu straffen, und verziehe vor lauter Schmerzen kläglich das Gesicht. »Herr Huber erwartet Sie«, erläutert mein Gegenüber knapp und wendet sich mit gewichtigem Gesichtsausdruck wieder dem Computermonitor zu. Natürlich, verstehe, immerhin ist es sieben Uhr morgens, da gibt es natürlich unheimlich wichtige Dinge zu erledigen für die Tippse vom Oberboss. Wütend drehe ich mich auf dem Absatz um und gehe auf die Tür zu, hinter der Herr Huber anscheinend darauf wartet, mir aus unerfindlichen Gründen den Kopf abzureißen. Das Herz klopft mir bis zum Hals, dennoch betrete ich nach kurzem Anklopfen beherrscht das Büro. Nichts ist schlimmer als die Ungewissheit.

In dem großen Raum mit dem imposanten Schreibtisch, der edlen Ledersitzgarnitur und der riesigen Fensterfront stehen zwei Männer in dunklen Anzügen und sehen mir entgegen. Ein graues Augenpaar unter buschigen Brauen sieht finster drein, das hellblaue ist voller Mitleid.

»Benjamin«, stoße ich überrascht hervor, als ich meinen Kollegen sehe. Doch eine Sekunde später habe ich mich wieder im Griff. Ich stelle das Bordcase an der Wand neben der Tür ab, die soeben leise hinter mir ins Schloss fällt und humpele auf meinen Boss zu, um ihm die Hand zu reichen.

»Da sind Sie ja endlich«, knurrt er und lässt sich, noch während meine Hand in seiner liegt, auf seinen schwarzledernen Bürosessel fallen.

»Guten Morgen, Herr Huber«, sage ich betont, um zu beweisen, dass wenigstens ich so etwas wie eine gute Kinderstube genossen habe. Dann werfe ich Benjamin einen verstohlenen Blick zu, der, die Hände in seiner Anzughose vergraben, zwei Meter entfernt steht und sich offensichtlich unwohl fühlt. Stecken wir in der Klemme? Ist irgendwas bei dem Projekt schiefgelaufen?

»Frau Sonntag«, beginnt Herr Huber und wirkt plötzlich sehr erschöpft. Er stützt den Kopf schwer in die Hände und sieht mich von unten herauf an. Noch nicht einmal einen Stuhl hat er mir angeboten. »Wie konnte das passieren? Ausgerechnet Ihnen? Das hätte ich nicht von Ihnen gedacht.« Er sieht jetzt gar nicht mehr wütend aus, sondern enttäuscht.

»Ja, aber was meinen Sie denn bloß?«, frage ich ratlos und trete verlegen von einem Bein aufs andere. »Äh, darf ich mich setzen?«

»Bitte.« Aufatmend lasse ich mich in den bequemen Sessel ihm gegenüber fallen. »Frau Sonntag, ich hielt Sie immer für eine meiner verantwortungsbewusstesten und zuverlässigsten Mitarbeiterinnen.« Tatsächlich? Was für ein erfreuliches Lob, wenn es denn nicht in der Vergangenheit formuliert wäre.

»Und jetzt nicht mehr?« In diesem Moment holt Herr Huber eine Mappe hervor und lässt sie mit einem hörbaren Knall auf die Schreibtischoberfläche fallen. Meine Präsentation.

»Sie haben der Vereinsbank die komplette Umstellung ihres Rechnungswesen auf internationale Rechnungslegung für diesen Festpreis angeboten, ist das richtig?« Sein Zeigefinger tippt auf eine sechsstellige Zahl, die in der untersten Zeile meines Angebots steht, zweifach unterstrichen.

»Ja, genau«, sage ich ungeduldig. »Wo ist das Problem?«

»Schauen Sie sich Ihre Berechnung noch mal an«, fordert er mich auf und schiebt mir die Mappe zu. Verärgert ziehe ich sie zu mir heran. Ich kenne dieses Projekt in- und auswendig, ich habe Monate lang nur dafür gelebt, was bildet diese Fatzke sich eigentlich …

»Na?«, fragt er, und ich kann in seinem Ton fast so etwas wie Süffisanz heraushören. Ungläubig starre ich auf die Zahlen vor mir, blättere hektisch vor und zurück. Das kann nicht sein. Es kann nicht sein. »Ich nehme an, jetzt ist der Groschen gefallen.« Sprachlos sehe ich von ihm zu Benjamin, der hilflos mit den Schultern zuckt.

»Wie konnte das passieren?«, flüstere ich entsetzt.

»Das wüsste ich gerne von Ihnen«, versetzt mein Boss, und sein Blick durchbohrt mich. Wieder versenke ich mich in meine Präsentation. Diese Zahlen, warum ist mir das nicht aufgefallen?

»Die Zahlen«, sage ich gequält, »es sind veraltete Zahlen. Wir haben sie für unsere ersten groben Berechnungen benutzt.«

»Und wie kommen sie in das Angebot für den Kunden?«, fragt Huber mich lauernd. Ich habe nicht die leiseste Ahnung und schüttele nur ratlos den Kopf. Fragend sehe ich zu Benjamin hinüber, der meinem Blick ausweicht.

»Nein, gucken Sie nicht Herrn Walsenfels an«, blafft mein Chef so laut, dass ich erschreckt zusammenzucke. »Es handelt sich hier alleine um Ihre Verantwortung. Sie sind die Managerin in diesem Projekt, und Sie haben das Angebot erstellt, das unser Unternehmen mehr als hunderttausend Euro kosten wird.« Hunderttausend Euro. Ich schlucke schwer. »Ich muss Ihnen wohl nicht sagen, dass die Vereinsbank das Angebot noch am Freitagabend mit Freuden angenommen hat.« Und plötzlich wird mir klar, was geschehen ist. Was geschehen sein muss. Anscheinend habe ich Privates und Geschäftliches doch nicht so strikt auseinander halten können, wie ich mir eingebildet habe. Scheinbar war ich von dem ganzen Simon-Drama so durch den Wind, dass ich am Abend vor der Präsentation irgendwie die alten Beispielzahlen in die Berechnungen eingesetzt habe. Aber nein, ich kann mich genau daran erinnern, Summe für Summe durchgegangen zu sein. Dann kann es nur eins sein. Der dümmste aller Fehler. Der Fehler, über den man sich kaputtlacht, seit es Computer gibt. Ich muss irgendwie das Abspeichern vergessen haben. Wie konnte mir das passieren? Herr Huber hat doch Recht, ich bin seine sorgfältigste und pflichtbewussteste Mitarbeiterin.

»Haben Sie vielleicht irgendetwas zu Ihrer Verteidigung zu sagen?«, erkundigt sich mein Chef. Ich hebe den Kopf und sehe in sein strenges Gesicht, das plötzlich vor meinen Augen zu verschwimmen beginnt. Ich öffne den Mund und höre einen lang gezogenen Ton, der klingt wie das Wimmern einer getretenen Katze.

Das Nächste, was ich höre, ist das Klatschen von Haut auf Haut und ein Stimmengewirr um mich herum. Verwirrt öffne ich die Augen und nehme aus dem Augenwinkel eine große, behaarte Hand wahr, die in meinem Gesicht herumklopft. Sie gehört zu einem Mann, dessen freundliches, bärtiges Gesicht sich jetzt über mich beugt:

»Na, da sind Sie ja wieder, Frau Sonntag«, sagt er und grinst mich an, wobei er überdimensionale Schneidezähne freilegt.

»Kennen wir uns?«, will ich ihn fragen, doch irgendwie fühlt sich meine Zunge ungewöhnlich breit und schwer in meinem Mund an. Angestrengt versuche ich, einen Ton rauszubringen, doch der Mann winkt ab:

»Reden Sie erst mal nicht, bleiben Sie einfach liegen und atmen gleichmäßig ein und aus.« Na schön. Atmen ist ja immer gut. Ich ziehe Luft durch meine Nase in die Lungen und langsam erweitert sich mein Gesichtsfeld wieder ein wenig. Mit Schrecken stelle ich fest, dass ich mitten in Herrn Hubers Büro auf dem Boden liege, unter mir irgendeine Art Stoffdecke, die Unterschenkel auf einen Stuhl hochgelagert. Jetzt kommt auch die Erinnerung wieder hoch, und ich wappne mich für das unvermeidbare Einsetzen der Anzeichen für Panik: Beschleunigter Herzschlag, Atemnot, Verzweiflung. Merkwürdigerweise verspüre ich nichts von alldem. Sonderbar. Noch einmal lasse ich das Erlebte Revue passieren. Ich habe mein Projekt vergeigt. Den Vereinsbank-Auftrag, ein Riesending und meine erste eigenverantwortliche Aufgabe als Managerin. Mein Fehler kostet Wisenberg Consulting das stolze Sümmchen von einhunderttausend

Euro. Ehrfürchtig lasse ich die Zahl in meinen Gedanken nachklingen, lausche in mich hinein, doch keine Reaktion. Nun stelle ich sie mir gar bildlich vor, eine kerzengerade Eins mit fünf zackigen Nullen dahinter. Nichts! Meine vollständige Emotionslosigkeit ist wirklich beunruhigend, stelle ich fest, ohne auch nur im Mindesten davon beunruhigt zu sein. Wirklich, meine ich. Ich lasse meine Augen durch den Raum wandern und sehe, einige Meter entfernt am Fenster stehend, Herrn Huber und Benjamin miteinander tuscheln. Mein Blick trifft den meines Chefs. Er wirkt unergründlich und löst wiederum rein gar nichts in mir aus. Aber soviel klaren Menschenverstand besitze ich noch, dass ich mir merkwürdig vorkomme, hier wie eine Figur aus einer Kafka-Erzählung hilflos auf dem Rücken zu liegen, die Füße in die Höhe gestreckt. Ich hebe den Kopf an und versuche mich aufzurichten. Dabei stelle ich erfreut fest, dass die Verspannung in meinem Rücken sich so gut wie aufgelöst zu haben scheint. Ich schwinge meine inzwischen nur noch bestrumpften Füße von der Sitzfläche des Sessels und suche den Raum nach meinen Schuhen ab, als der freundliche Mann von eben wieder bei mir ist.

»Bleiben Sie noch einen Moment liegen, Frau Sonntag«, fordert er mich auf und drückt mich mit sanfter Gewalt in eine liegende Position zurück. Ich öffne den Mund, um Protest zu erheben, als er fortfährt: »Ich habe Ihnen ein ziemlich starkes Beruhigungsmittel gespritzt, und Ihr Kreislauf dürfte davon noch ziemlich im Keller sein.«

Ein Beruhigungsmittel? Aber warum denn nur? Vorsichtig linse ich auf meine Armbanduhr. Gleich halb neun. Nanu? Wo sind die letzten eineinhalb Stunden hin? Vergeblich krame ich in meinem Gedächtnis nach der nächsten Vergangenheit, als Benjamin auf mich zutritt und sich auf ein Knie neben mir niederlässt.

»Um Gottes willen, Vivi, bist du wieder okay?«, fragt er, und der Ausdruck in seinen Augen macht mir wirklich Angst. Er sieht mich an wie eine Geisteskranke, mit einer Mischung aus Mitleid und Alarmbereitschaft.

»Natürlich bin ich okay«, bringe ich mühsam hervor und sehe ratlos zu ihm hoch. »Was ist denn bloß passiert?«, wispere ich ihm zu, damit Herr Huber, der noch immer an der Fensterfront seines Büros steht und über die verregnete Stadt sieht, nicht mitbekommt, dass ich anscheinend einen Filmriss habe.

»Tja, also, du bist irgendwie ausgerastet, würde ich sagen«, druckst Benjamin herum, und ich sehe ihn verständnislos an.

»Was willst du denn damit sagen?«, frage ich, als sich der freundliche Mann von eben wieder zu uns gesellt. Er trägt eine orangefarbene Jacke, nimmt jetzt meine Hand in seine und tätschelt sie:

»Sie hatten einen kleinen Nervenzusammenbruch, Frau Sonntag, aber das wird schon wieder«, erklärt er mir sanft.

»Nervenzusammenbruch«, wiederhole ich schwach.

»Eine Reaktion auf übermäßige psychische Belastung, das kommt in den besten Familien vor«, versucht er einen Scherz und grinst breit auf mich herunter.

»Ich bin so müde«, flüstere ich, und tatsächlich kann ich kaum die Augen offen halten.

»Das ist ganz normal«, beruhigt mich der Mann, auf dessen Namensschild »Anton Binder, Notarzt« steht. »Sie brauchen jetzt vor allem Ruhe, dann sind Sie bald wieder so gut wie neu.«

»Das geht nicht …«, will ich protestieren, aber er fährt schon fort: »Wen können wir anrufen, damit er Sie abholt?« Ratlos sehe ich erst ihn und dann Benjamin an. »Haben Sie einen Mann? Oder Freund?« Ich schüttele den Kopf. »Was ist mit Familie?«

»Die lebt in Baden-Württemberg«, bringe ich mühsam hervor.

»Sie sind ganz allein?«, erkundigt er sich und sieht mich voller Mitgefühl an. Ich nicke.

»Ja, ganz allein«, bestätige ich und bemerke selber, wie furchtbar traurig das klingen muss. Und ich sehe es in den Augen von Doktor Binder und Benjamin. Aber ich selber empfinde nichts darüber, keine Trauer, keinen Schmerz.

»Tja, was machen wir denn mit Ihnen? Dann nehmen wir Sie wohl doch besser erst mal mit«, überlegt er laut und winkt in Richtung Tür, hinter der jetzt zwei Sanitäter mit einer fahrbaren Trage hervorkommen.

»Aber wohin denn?«

»Ins Krankenhaus.«

»Nein, auf keinen Fall«, erkläre ich entschlossen und sehe Benjamin flehentlich an. Auch wenn ich im Moment nichts fühle, so viel Stolz besitze ich noch, dass ich mich aus Wisenberg Consulting nicht mit den Füßen zuerst rausfahren lasse. »Benjamin, das geht nicht. Sag doch was! Wir müssen sofort nach München. Ich werde die notwendigen Prozesse noch mal genau durchgehen, vielleicht können wir das Projekt straffen und damit wenigstens einen Teil des Verlustes ausgleichen«, rede ich auf ihn ein.

»Soll ich Simon anrufen?«, fragt er, und ich sehe ihn verstört an. Wie kommt er denn auf die Idee?

»Nein, du sollst nicht Simon anrufen, hast du mir denn nicht zugehört?« Nun richte ich mich doch endlich auf, anscheinend nimmt man mich ja nicht ernst, wenn ich flach auf dem Rücken liege. Gegen den Schwindel ankämpfend atme ich einmal tief durch und fahre dann fort: »Ich bin sicher, dass wir noch etwa zwanzig Prozent an Arbeitsstunden unserer Consultants einsparen können, wenn wir ihnen nur richtig auf die Füße treten.«

»Vivi, ich bin sicher, Simon würde sich um dich kümmern, wenn er wüsste, wie schlecht es dir geht«, unterbricht er mich mitten im Satz, was mich, wenn ich nicht vollgepumpt mit dieser Superdroge wäre, vermutlich ganz schön wütend machen würde.

»Benjamin, Simon erfährt nichts von diesem Zwischenfall, ist das klar«, sage ich eindringlich, und er zuckt resignierend mit den Schultern.

Mir ist ein bisschen flau im Magen, aber ich werde mich jetzt verdammt noch mal wieder auf meine eigenen Füße stellen und hocherhobenen Hauptes Hubers Büro verlassen. Wenn wir uns sehr beeilen, bekommen wir noch die Neun-Uhr-Zwanzig-Maschine nach München und sitzen vor zwölf am Schreibtisch. Zeit ist Geld! Mit einem Ruck erhebe ich mich.

»Nein, nicht«, höre ich Doktor Binder rufen und sehe einen der Sanitäter auf mich zustürzen. Verwundert sehe ich in sein blasses Gesicht mit dem blonden Schnurrbart über der vollen Oberlippe, der sich mir vom Ende eines langen schwarzen Tunnels entgegenbauscht.

Kapitel 7

Ich rieche den durchdringenden Duft von Desinfektionsmitteln und spüre das poröse Kratzen von zu oft gewaschener Bettwäsche auf meiner Haut. Angestrengt hebe ich ein Augenlid und blicke in ein rundes, gutmütiges Frauengesicht, das von kurzen, braunen Locken umgeben ist.

»Schlafen Sie, Kind, das tut Ihnen gut«, sagt sie mit sanfter Stimme, und schon fallen mir die Augen wieder zu.

Als ich das nächste Mal wach werde, fühle ich mich besser. Ich wälze mich in dem schmalen Bett, das man eigentlich nur als Pritsche bezeichnen kann, herum und muss aufpassen, nicht herauszufallen. Zu meiner Linken befindet sich ein Fenster mit Blick auf einen Krankenhauspark. Der graue Nebel des Morgens hat sich aufgelöst, hell steht die Sonne am klarblauen Himmel. Wie spät mag es sein? Ich entdecke meine Armbanduhr auf dem fahrbaren Tisch neben meinem Bett, auf dem sich auch ein Telefon befindet. Es ist halb vier. Den ganzen Tag habe ich verschlafen. Schemenhaft kommt die Erinnerung an heute Morgen zurück, an das Gespräch mit Herrn Huber. Und plötzlich erscheinen auch bruchstückhafte Bilder meines sogenannten »Nervenzusammenbruchs«. Weinkrampf würde ich es eher nennen. O Gott, ich habe vor meinem Chef und Benjamin geheult wie ein Baby, im Sessel zusammengekauert. Ich schüttele den Kopf, um diesen Gedanken zu vertreiben, und sehe mich stattdessen in dem schlichten, weiß getünchten Raum um.

»Na, aufgewacht?«, erklingt eine raue Stimme rechts von mir, und ich wende meinen Kopf zu meiner Bettnachbarin, die sich jetzt auf die Seite rollt, den Kopf in die Hand gestützt und mich neugierig ansieht. Ihre schwarzen, langen Haare umfließen ihr blasses Gesicht mit den eingefallenen Wangen wie ein unheimlicher, dunkler Schleier.

»Äh, ja, hallo«, gebe ich zurück.

»Ich bin Nele«, stellt sie sich vor und winkt mir lässig mit ihrem spindeldürren Ärmchen zu. Man muss kein Arzt sein, um in ihr eine Magersuchtspatientin zu erkennen. Ihr kleiner Körper zeichnet sich kaum unter der weißen Krankenhausdecke ab.

»Ich heiße Vivi«, sage ich und drücke gleichzeitig auf die über mir hin- und herbaumelnde Klingel, um eine Schwester zu rufen. Anscheinend hat man mich tatsächlich in eine Psychiatrische Anstalt eingeliefert, oder was gibt es sonst für eine Erklärung, dass ich mit dieser halben Portion neben mir ein Zimmer teile? Da es mir zu lange dauert, bis endlich jemand erscheint, wende ich mich noch mal Nele zu, deren Blick unentwegt auf mir ruht.

»In welcher Abteilung liegen wir hier?«, erkundige ich mich vorsichtig, und sie verzieht den Mund zu einem Lächeln.

»Psychiatrische«, erklärt sie und fügt beruhigend hinzu, »offene.«

»Das heißt …?«

»Das heißt, dass sie dich nicht hierbehalten, wenn du nicht willst.«

»Aha. Okay.« Na, wenigstens etwas.

»Frau Sonntag, ausgeschlafen?«, erklingt jetzt eine kräftige Stimme aus Richtung Tür, und dann erscheint eine mollige Krankenschwester im Türrahmen.

»Ich möchte bitte jetzt nach Hause«, sage ich und schwinge meine Beine aus dem Bett.

»Natürlich. Sobald der Arzt noch einmal nach Ihnen geschaut hat. Und dann sollten Sie sich zu Hause sofort wieder hinlegen.«

»Na klar, mache ich«, nicke ich zustimmend. Von wegen. Ich habe ein Projekt zu retten. »Wann kommt denn der Arzt?«, erkundige ich mich ungeduldig. Hoffentlich bald, damit ich nicht erst mitten in der Nacht in München ankomme. Meine Geduld wird jedoch auf eine harte Probe gestellt. Es ist schon beinahe acht Uhr, als sich der greise Arzt namens Dr. Lindemann endlich bequemt, in mein Zimmer zu kommen. Und dann hat er sich auch noch in den Kopf gesetzt, mir eine Krankschreibung über sechs Wochen aufzudrängen.

»Glauben Sie allen Ernstes, dass ich einfach sechs Wochen krankfeiern kann?«, frage ich den Arzt. »Ich bin Unternehmensberaterin«, pruste ich, ohne zu wissen, was daran eigentlich so witzig ist, »sechs Wochen ohne mich, und das Projekt bricht zusammen.«

»Ist es Ihnen lieber, wenn Sie selber zusammenbrechen?«, erkundigt sich der Doktor mit unbeweglicher Miene. Ach du liebe Güte, müssen diese Leute denn wirklich immer alles so schrecklich dramatisieren?

»Na schön, dann geben Sie schon her«, sage ich barsch und reiße ihm den Wisch förmlich aus der Hand.

»So ist es recht«, nickt er zufrieden und tätschelt meinen Arm. Stillschweigend verstaue ich den Zettel in meiner Handtasche. Wenn es ihn glücklich macht. Bei mir zu Hause wird das Ding sowieso gleich im Müll verschwinden. Ich bin nicht krank. Vielleicht ein klitzekleines bisschen mit den Nerven runter, das gebe ich ja zu, aber deshalb muss man mich ja nun wirklich nicht gleich zum Invaliden abstempeln. »Und hiervon nehmen Sie dreimal täglich eine, das wird Ihnen helfen, sich zu entspannen.« Neugierig sehe ich auf das kleine, braune Glasfläschchen in seiner Hand.

»Ist das der gleiche Wirkstoff, den ich heute Morgen gespritzt bekommen habe?«, erkundige ich mich, und als er nickt, reiße ich ihm das Zeug förmlich aus der Hand. Prima.

»Ihre Reaktionszeit wird davon jedoch massiv beeinträchtigt, also sind Sie nicht verkehrstüchtig«, bekomme ich noch eine Warnung mit auf den Weg, und dann darf ich mich endlich anziehen und das Krankenhaus verlassen. »Schlafen Sie so viel wie möglich, ruhen Sie sich aus, und vielleicht suchen Sie sich auch einen Therapeuten«, redet die Schwester auf mich ein. Mit hochgezogenen Augenbrauen sehe ich sie an.

»Einen Therapeuten? Ja, wozu das denn, um Himmels willen?«

»Ein Nervenzusammenbruch ist immer auf große psychische Belastungen zurückzuführen. Sicher würde es Ihnen guttun, sich einmal all Ihre Sorgen von der Seele zu reden. Das befreit.«

»Aha, hm, na ja«, mache ich unbestimmt. Das fehlt mir gerade noch. Was soll ich denn bitte schön mit einem Seelenklempner?

Kaum bin ich außer Sichtweite des Krankenhauses, wühle ich hektisch mein Telefon aus der Handtasche hervor und schalte es ein. Am liebsten würde ich sofort ein Taxi zum Flughafen nehmen, entscheide mich aber dann doch, zuerst ins Hamburger Büro zu fahren und mich Herrn Huber noch mal zu stellen. Zunächst ist es meine wichtigste Aufgabe, Schadensbegrenzung bei meinem Boss zu betreiben. Das letzte Bild, das er von mir hat, in Tränen aufgelöst und ohnmächtig auf dem Boden seines Büros zusammengebrochen, muss so schnell wie möglich aus seinem Kopf gelöscht werden. An seine Stelle muss die Viviane Sonntag treten, die er seit Jahren kennt und schätzt: Zuverlässig, rational und stets korrekt. Und deshalb verschwinde ich zunächst mit meinem Koffer im Waschraum am Ende des Ganges und mustere mich in der großen Spiegelwand über dem Marmorwaschbecken. Wow, ich sehe echt schlimm aus. Aber nichts, was man nicht mit ein bisschen Make-up und einem Kamm wieder in den Griff bekommen könnte. Ich überschminke sorgfältig die blauen Schatten unter meinen Augen, tusche die Wimpern zweimal und trage kräftig Rouge auf die Wangenknochen auf. Während ich den Kamm durch meine zerzausten Haare zerre, sehe ich mir tief in die Augen und versuche, zu innerer Ruhe und Ausgeglichenheit zu finden. Aus meinem Bordcase ziehe ich eine frische, rosafarbene Bluse und tausche sie gegen den zerknitterten Fetzen, den ich trage. Dieser glasige, leicht hysterische Ausdruck in meinen Augen gefällt mir nicht. Sicher, souverän muss ich auftreten und Herrn Huber davon überzeugen, dass mein Ausbruch vom Morgen ein wirklich einmaliger Ausrutscher gewesen ist. Ich lasse das Bordcase unter dem Waschbecken stehen und schüttele entschlossen zwei längliche Kapseln aus dem Glasfläschchen, das mir der Doktor mitgegeben hat. Einen weiteren emotionalen Ausbruch kann ich mir nicht leisten. Ich spüle die Tabletten mit einem Schluck Wasser herunter und würge kurz, weil sich eine in meiner Kehle querstellt. Panisch hänge ich mich unter den Wasserhahn und trinke in langen Zügen, bis sich das Ding in meinem Hals löst. Röchelnd richte ich mich auf und tupfe dann mit einem Papiertuch aus dem silbernen Spender die Wassertropfen von meinem Gesicht. Ich atme tief durch und spüre bereits die beruhigende Wirkung der Pillen. Mein Körper fühlt sich mit einem Mal schwerer an, die Schultern sinken einige Zentimeter herab, der verkniffene Zug um den Mund löst sich. Plötzlich kommt mir all das nicht mehr so dramatisch vor, fast könnte man sogar darüber schmunzeln. Leichtfüßig trippele ich durch den Gang auf Herrn Hubers Büro zu. Hoffentlich ist die olle Schreckschraube von Sekretärin nicht mehr da, sende ich ein Stoßgebet zum Himmel, bevor ich beherzt an die Tür klopfe.

»Ja«, ertönt etwas irritiert Frau Sandners Stimme. Pech gehabt. Ich drücke die Klinke hinunter und trete ein:

»Guten Abend«, wünsche ich fröhlich, und sie sieht mir fassungslos entgegen.

»Sie?«

»Ja, ich«, gebe ich zurück und gehe entschlossen auf die mir gegenüberliegende, geschlossene Tür zu. »Darf ich?« Frau Sandner greift hektisch nach dem Telefon.

»Moment, ich kündige Sie wohl besser an«, meint sie und drückt eine Taste. »Herr Huber, äh, Frau Sonntag steht hier vor mir … Hmm … Das weiß ich auch nicht … das dachte ich auch …« Ungeduldig stehe ich da und tippe rhythmisch mit der Fußsohle auf den Boden. Na, was ist denn nun? Würde mich ja sehr interessieren, was die beiden gedacht haben. »Soll ich sie reinschicken? Ja, gut.« Sie legt den Hörer auf und macht eine einladende Handbewegung. »Herr Huber erwartet Sie.«

»Danke.«

»Möchten Sie vielleicht … ein Glas Wasser oder so?«, erkundigt sie sich, und ich sehe mich, die Türklinke schon in der Hand, überrascht zu ihr um.

»Ja gerne, danke«, antworte ich. Ein solches Angebot bekommt man schließlich nicht alle Tage von der Schreckschraube.

»Kommt sofort.« Verwundert trete ich in das Büro, wo Herr Huber sich gerade aus seinem Sessel erhebt und mir entgegentritt.

»Frau Sonntag, was für eine Überraschung«, meint er und gibt mir die Hand. »Wie geht es Ihnen?«

»Bestens, wirklich, vielen Dank«, gebe ich zurück und setze mein strahlendstes Lächeln auf.

»Setzen Sie sich doch.« Er deutet auf den Lederstuhl vor seinem Schreibtisch, auf dessen Sitzfläche sich heute Morgen noch meine Unterschenkel befanden. Unter normalen Umständen würde mir diese Erinnerung wohl die Schamesröte ins Gesicht treiben, aber diese kleinen Glückskapseln tun wahrhaftig ihre Wirkung. Ganz locker und selbstbewusst lasse ich mich auf den Sessel fallen.

»Vielen Dank!« Mein Chef setzt sich mir gegenüber hin und sieht mir ernst in die Augen.

»Frau Sonntag, was machen Sie hier?«, erkundigt er sich.

»Ich bin hier, um Ihnen meinen, nun ja, Auftritt von heute Morgen zu erklären«, beginne ich eifrig, doch er winkt ab.

»Nicht nötig, wirklich.«

»Doch, Sie verstehen nicht …«

»Sehen Sie, es tut mir sehr Leid für Sie, dass Sie derzeit private Probleme haben, ich hätte Sie sicher nicht so angegangen, wenn ich davon gewusst hätte.« Jetzt ist es an mir abzuwinken.

»Nicht doch, es ist …« Aber er lässt mich nicht zu Wort kommen.

»Ich habe Sie für eine sehr starke Persönlichkeit gehalten, von Anfang an. Ungewöhnlich für eine Frau«, setzt er hinzu, und ich kneife ungläubig die Augen zusammen. Habe ich das eben richtig verstanden? »Deshalb habe ich Sie auch als Erste zur Managerin befördert, noch vor Ihrem Kollegen Herrn Walsenfels, der, das können Sie mir glauben, alles andere als glücklich mit meiner Entscheidung war. Aber ich fand, dass Ihr Einsatz und Ihre Qualifikation außergewöhnlich waren. Für eine Frau.« Da, er hat es schon wieder gesagt. Ich schnappe nach Luft und frage mich, wie empört ich wohl über diese Ansprache wäre, wenn ich sie nicht im Beruhigungsmittelrausch anhören müsste. »Ich mache Ihnen ja keinen Vorwurf«, fährt mein Chef fort und verschränkt die Hände vor sich auf der Schreibtischplatte, »es ist allein meine Verantwortung, Sie überschätzt zu haben.«

»Aber …«

»Es ist ganz normal, dass die Trennung von Ihrem Freund Sie mitnimmt.« Wenn ich diesen Benjamin in die Finger bekomme, dann drehe ich ihm mit meinen bloßen Händen den Hals um. Dieses Plappermaul! »Wissen Sie, meine Frau hat mich ebenfalls verlassen. Sie ist vor einem Jahr ausgezogen«, erzählt Huber, und ich lege bedauernd den Kopf auf die Seite. »Wissen Sie, was ich an jenem Morgen getan habe, als sie plötzlich mit gepackten Koffern vor mir stand und das Ende unserer Ehe verkündete?«

»Nein, was?«, frage ich atemlos, und er beugt sich weiter zu mir herüber.

»Ich bin ins Büro gefahren und habe meinen Job gemacht. So wie jeden anderen Tag auch«, sagt er in so scharfem Tonfall, dass ich erschrocken zurückzucke. »Dies ist nun mal ein Job, der hundertprozentigen Einsatz von Ihnen fordert. Das Privatleben muss hinten anstehen«, fährt Herr Huber fort. Dieser Mistkerl, er hat mich reingelegt. »Es geht ums Geschäft, da haben Emotionen einfach keinen Platz, verstehen Sie? Oder haben Sie schon einmal einen Ihrer männlichen Kollegen an seinem Arbeitsplatz in sein Taschentuch heulen sehen?«

»Nun, nein, aber …«

»Diese Männer haben auch alle Probleme, glauben Sie mir. Die meisten sind verheiratet und arbeiten trotzdem sechzig und mehr Stunden die Woche. Und diese Leute verdienen es dann auch, Manager zu werden.« In diesem Moment kommt Frau Sandner mit meinem Wasserglas herein.

»Danke«, sage ich, denn tatsächlich ist mein Mund mittlerweile so ausgetrocknet wie die Wüste Gobi. Meine Gedanken rasen, und ich versuche irgendwie einzuordnen, was mein Chef da gerade vom Stapel lässt. Ich trinke in langen Zügen und wünschte, ich hätte ein Diktiergerät in meiner Handtasche, mit dem ich die chauvinistischen Ausführungen von Herrn Huber für die Nachwelt aufzeichnen könnte. Ich atme tief ein und sehe Herrn Huber in die Augen:

»Bin ich gefeuert?«, erkundige ich mich ohne das leiseste Zittern in meiner Stimme. Doch mein Gegenüber schüttelt resigniert den Kopf.

»Ich kann es moralisch schlecht mit mir vereinbaren, Ihnen zu kündigen, während Sie krankgeschrieben sind.« Das Bedauern über diese Tatsache ist nicht zu überhören. »Sie sind doch krankgeschrieben?« Ja, natürlich. Während ich in meiner Handtasche nach dem gelben Zettel krame, danke ich Dr. Lindemann nachträglich dafür, dass er auf der Krankschreibung bestanden und mich damit vor der Kündigung gerettet hat.

»Für die nächsten sechs Wochen«, verkünde ich und wedele den Wisch wie eine Siegesfahne durch die Luft.

»Dann sollten Sie jetzt nach Hause gehen. Danach sehen wir weiter«, meint Huber unbestimmt und erhebt sich. Die Unterredung ist anscheinend beendet. Das ist nicht gut, gar nicht gut.

»Einen Moment mal«, flehe ich beinahe und weigere mich, den Sessel, auf dem ich sitze, zu verlassen, »ich habe nicht vor, sechs Wochen lang zu Hause zu bleiben.«

»Ach nein.«

»Nein, sehen Sie, ich habe mir den ganzen Tag den Kopf über das Vereinsbank-Projekt zerbrochen«, jedenfalls wenn ich nicht gerade bewusstlos war, füge ich im Geiste hinzu, »ich bin mir sicher, dass ich den Schaden zumindest begrenzen kann. Gleich morgen Früh nehme ich die erste Maschine nach München und …«

»Sie dürfen nicht arbeiten, wenn Sie krank sind.«

»Aber ich bin nicht krank, sehen Sie«, sage ich und zerreiße die Krankschreibung vor seinen Augen in winzig kleine Fetzen.

»Das ist wirklich überzeugend«, bemerkt Huber trocken, und ich schäme mich ein bisschen. Was ist bloß los mit mir? Ich wollte doch kompetent und verständig auftreten und jetzt schmeiße ich hier eine Konfettiparty.

»Verzeihung, ich weiß auch nicht, warum ...«, beginne ich und schiebe die Schnipsel auf der glänzenden Schreibtischoberfläche zu einem ordentlichen Haufen zusammen. »Aber hören Sie, ich bin wirklich nicht krank.«

»Sie sind krankgeschrieben und damit nicht versichert. Wenn Ihnen während der Arbeitszeit etwas passiert ...«

»Es tut mir Leid«, sage ich. »Bitte, ich gehe morgen zum Arzt und lasse mich gesundschreiben. Ich kann das Projekt retten. Geben Sie mir eine Chance. Was soll denn mein Team da unten in München jetzt machen?«

»Es ist schon jemand unterwegs, der den Karren für Sie aus dem Dreck zieht«, versetzt Huber, und ich starre ihn mit offenem Mund an. »Bitte gehen Sie jetzt nach Hause und legen Sie sich hin. Ich will Sie nicht feuern, aber vielleicht sollten Sie darüber nachdenken, ob Sie dem Job wirklich gewachsen sind.« Ich öffne den Mund, um etwas zu sagen, aber Herr Huber dreht mir abrupt den Rücken zu und erklärt somit das Gespräch für beendet. Wie betäubt stehe ich auf, meine Beine zittern leicht, als ich die Tür zum Vorzimmer öffne.

»Auf Wiedersehen«, sage ich leise, doch es kommt keine Antwort mehr. Frau Sandner wirft mir einen mitleidigen Blick zu, als ich an ihr vorbeigehe und schwach mit dem Kopf nicke. Langsam gehe ich den Flur hinunter in Richtung Aufzug, hole vorher noch meinen Koffer aus dem Waschraum. Nichts ist zu hören außer meinen Absätzen auf dem

Boden, dem leisen Schleifen des Koffers auf den glatten Fliesen, dem Surren der Neonleuchten über mir, meinem schwerfälligen Atem und dem dumpfen Schlagen meines Herzens, das ich plötzlich überdeutlich in den Schläfen spüre. Jetzt nur nicht umfallen. Ich möchte das Gebäude wenigstens mit einem Rest an Würde verlassen. Endlich kommt der Aufzug, und ich trete aufatmend in die hell erleuchtete, verspiegelte Kabine. Ein letzter Blick zurück, dann schließt sich lautlos die Stahltür.

Am nächsten Morgen erwache ich von einem Geräusch und schreie entsetzt auf, als ich eine fremde Gestalt in meinem Schlafzimmer erkenne.

»Wieso soll ich Ihren Fisch füttern, wenn Sie zu Hause sind?«, fragt Herr Lorenz mich vorwurfsvoll, während ich mit auf das Herz gepresster Hand aufrecht im Bett sitze. Am liebsten würde ich ihn fragen, ob er auf der Suche nach Fischfutter ist oder welche Erklärung er sonst für den Rundgang durch meine Wohnung hat. Stattdessen murmele ich etwas von geänderten Plänen und bedanke mich herzlich für seine Hilfe, während ich ihn zur Tür begleite. Ratlos bleibe ich dann mitten im Flur stehen. Ein langer Tag liegt vor mir, den ich irgendwie auszufüllen habe. Aber wie? Soll ich vielleicht den ganzen Tag über Tristan füttern? Das arme Tier wird spätestens Ende der Woche an Überfettung eingegangen sein. Ich durchsuche mein Adressbuch nach irgendwelchen Freunden, mit denen ich mich endlich mal wieder treffen könnte, aber dabei wird mir mit Schrecken bewusst, dass all die Nummern irgendwelchen Geschäftsbeziehungen gehören, denen ich in meinem jetzigen Zustand kaum unter die Augen treten kann. Einige der Namen im Telefon kann ich nicht einmal mehr zuordnen. Schließlich rufe ich Chrissy an.

»Hallo?«

»Störe ich? Sind die Kinder krank? Oder schlafen sie? Oder esst ihr gerade?«, rassele ich herunter, um jede Eventualität eines möglicherweise unpassenden Zeitpunkts abzuklappern.

»Nein, alles okay. Wie geht es dir?«, erkundigt sich meine Schwester, während im Hintergrund zufrieden gurgelnde Geräusche zu hören sind.

»Ach, gar nicht gut«, seufze ich, und dann erzähle ich ihr die ganze Geschichte. Als ich geendet habe, herrscht erst mal Schweigen am anderen Ende der Leitung.

»Ein Nervenzusammenbruch, Vivi, das ist ja furchtbar«, meint Chrissy, als sie die Sprache wiedergefunden hat.

»Das war halb so schlimm, ehrlich«, beteuere ich, denn anscheinend hat sie mein echtes Problem gar nicht begriffen. »Aber ich habe keinen blassen Schimmer, wie ich Huber davon überzeugen kann, dass ich trotz allem sein bestes Pferd im Stall bin.«

»Du solltest diesen Job aufgeben, Vivi.« Ist die noch ganz bei Trost? Meine Arbeit ist alles, was ich noch habe auf der Welt. »Das ist ein ernstzunehmender Warnschuss deines Körpers, den du nicht auf die leichte Schulter nehmen solltest«, fährt sie fort, während im Hintergrund jemand losbrüllt.

»Ist das Klara?«

»Du, ich muss aufhören. Versuch, die nächsten sechs Wochen für dich zu nutzen, okay? Entspann dich und frag dich, was du aus deinem Leben machen willst.« Aber das weiß ich doch, das wusste ich schon mit vierzehn. Ich will Unternehmensberaterin sein. »Und vielleicht kannst du ja auch die Sache mit Simon wieder geradebiegen«, schlägt sie vor. Als ob das so einfach wäre.

»Der will doch nichts mehr mit mir zu tun haben«, gebe

ich düster zurück. Das Geschrei wird lauter, und Chrissy wirkt jetzt merklich abgelenkt:

»Das glaube ich nicht«, meint sie zerstreut, »du solltest ihn einfach mal anrufen.« Nee, ist klar. »Ich muss wirklich auflegen. Genieß die Zeit. Eigentlich beneide ich dich fast ein bisschen. Sechs Wochen Nichtstun, das wäre zu schön. Und gerade so kurz vor Weihnachten. Also, tschüssi!«

Kapitel 8

Nichtstun vor Weihnachten ist schrecklich. Es wird schon nachmittags dunkel, und wenn es so kalt und ungemütlich ist, wünscht man sich nichts mehr als jemanden, mit dem man sich gemütlich auf die Couch kuscheln kann. So jemanden habe ich aber nicht. Also sitze ich alleine auf meinem Sofa, und weil mir beim Aufräumen meine alten Stricknadeln und ein paar Wollreste in die Finger gekommen sind, beginne ich zu stricken. Ich stricke und stricke. Ich fertige für meine sämtlichen Familienmitglieder zu Weihnachten Mützen, Schals, Pulswärmer und Socken in den kompliziertesten Mustern, weil das Maschenzählen mich daran hindert, über mein verkorkstes Leben nachzudenken. Dann kaufe ich ein Buch mit dem Titel: »Geschenke kreativ verpacken« und reise schließlich an Heiligmorgen mit einem riesigen Koffer voller Pakete in Stuttgart an. Ein Paar braunbeige gestreifter Ringelsocken in Größe 46 bleibt einsam und allein auf dem Küchentisch zurück. Ich habe keine Ahnung, warum ich für Simon überhaupt ein Geschenk gemacht habe. Seitdem er seine Skier abgeholt hat, habe ich ihn nicht mehr gesehen. Ich weiß ja nicht mal, wo er jetzt wohnt. Und ehrlich gesagt habe ich auch gar nicht vor, ihm die Socken jemals zu geben. Irgendwie war es einfach ein gutes Gefühl, sie zu stricken.

Auf dem kurzen Weg vom Bahnhof zu meinen Eltern hole ich mir nasse Füße. Der Schnee, der die letzten Tage gefallen ist, fällt dem Hoch aus Richtung Süden zum Opfer. Statt eines romantischen Puderzuckerüberzugs versinken die Straßen in grauem Matsch.

»Kind, schön, dass du da bist«, werde ich von meiner Mutter begrüßt, die in ihrer blütenweißen Schürze in der ebenso blütenweiß gestrichenen Haustür meines Elternhauses steht und mich an ihren mächtigen Busen drückt. Ein Attribut, das ich nicht von ihr geerbt habe. Ebenso wenig wie die blond gelockten Haare und die zierliche Körpergröße. Aber die hellgrünen Augen, die mich gleich darauf kritisch von oben bis unten mustern, sind Beweis genug für unsere genetische Verbindung. »Warum siehst du denn noch immer so dünn und abgespannt aus? Das wird noch mal ein schlimmes Ende mit dir nehmen«, orakelt sie düster, und ich bin froh, dass jetzt mein Vater hinter ihr erscheint, groß und schlank und dunkelhaarig, so wie ich. Er umarmt mich und nimmt mir mein Gepäck ab.

»Wie lange willst du denn bleiben?«, fragt er mit einem Blick auf die beiden riesigen Koffer, die ich angeschleppt habe.

»Nur ein paar Tage«, winke ich ab, »das meiste sind Geschenke.«

»Tatsächlich?« Meine Mutter zieht bass erstaunt die Augenbrauen in die Höhe. »Und ich habe mich schon gewundert, dass noch nicht Dutzende Päckchen von Amazon angekommen sind.« Beleidigt öffne ich den Mund, um mich zu verteidigen, schließe ihn aber dann doch wieder. Sie hat ja Recht. Seit ich bei Wisenberg angefangen habe, bestand mein Weihnachtsshopping aus einer hektischen Stunde Rumsurfen im Internet am 22. Dezember, das immer damit endete, dass sämtliche Familienmitglieder Bücher, DVDs oder technische Geräte von der Amazon-Bestsellerliste zugesandt bekamen. Per Overnight-Express, sehr praktisch. Für sagenhafte zwei Euro und sechzig Cent wurde das Ganze sogar in Geschenkpapier eingewickelt, und einen kleinen Gruß konnte ich ebenfalls hinzufügen. »Fröhliche Weihnachten wünscht Vivi.« Und so konnte ich mit meinem Bordcase direkt vom Büro in den Flieger nach Stuttgart steigen, um meine Familie mit meiner Anwesenheit zu beehren. Ich fand das Konzept genial, aber irgendwie konnten meine Eltern meine Begeisterung nie teilen.

Nachdem die Weihnachtsgans verzehrt ist, sitzen wir alle, Mama, Papa, Chrissy, Daniel, Anna, Klara und ich, auf der hellen Ledergarnitur, die Kerzen am Weihnachtsbaum tauchen das Wohnzimmer in feierliches Licht, es riecht nach Spekulatius und Tanne, und meine Mutter hält gerade fassungslos mein Weihnachtsgeschenk in den Händen. Ihr stehen jetzt schon Tränen in den Augen, obwohl sie es noch nicht einmal ausgepackt hat.

»Ist das wunderschön«, haucht sie und betrachtet ehrfürchtig das Paket aus weißem Seidenpapier, auf das ich Dutzende von roten Pappherzen geklebt habe. Ein wahres Schleifenkunstwerk aus Tüll und rotem Satinband ziert die linke Ecke.

»Wo hast du das denn einpacken lassen?«, erkundigt sich Chrissy, und ich schlage bescheiden die Augen nieder.

»Das habe ich selbst gemacht«, sage ich mit verhaltenem Stolz.

»Ist nicht möglich«, kommt es fassungslos zurück, und meine Mutter sieht aus, als würde sie gleich losheulen.

»Ich kann dir zeigen, wie das geht«, biete ich Chrissy an, doch sie winkt lachend ab:

»Na klar, aber bitte erst, wenn die Zwillinge in den Kindergarten gehen. Oder in die Schule.«

»Oder an die Uni«, ergänzt Daniel, der gerade versucht,

Klara davon abzuhalten, sämtliche Weingläser vom Tisch zu fegen, wogegen diese lautstark schreiend protestiert.

»Nun mach schon auf, das Beste kommt doch noch«, drängele ich meine Mutter, und sie sieht plötzlich aus, als hielte sie eine tickende Zeitbombe in den Händen.

Vorsichtig beginnt sie, die Tesafilmstreifen abzuknibbeln, während mein Vater vor lauter Aufregung auf dem Sofa hin- und herrutscht.

»Rita«, sagt er vorwurfsvoll, aber meine Mutter lässt sich nicht beirren. Nach einer halben Ewigkeit hält sie endlich den flauschigen Schal aus weißer Angorawolle in der Hand, den ich für sie gestrickt habe.

»Wie schön«, sagt sie ehrfürchtig und streicht über das edle Teil.

»Habe ich selbst gestrickt«, füge ich hinzu, falls in meiner Familie noch irgendjemand zu denken wagen sollte, dass ich lieblos gekauften Kram verschenke. »Und hast du die passenden Pulswärmer gesehen?«

Ohne Frage bin ich der Star des Abends. Gegen Mitternacht liegt mein Vater auf dem Sofa, dreht sein Rotweinglas zwischen den Fingern und betrachtet versonnen die geringelten Socken an seinen Füßen. Meine beiden Nichten wollen ihre neuen Pudelmützen, türkis für Anna, pink für Klara, mit ins Bett nehmen, Chrissy hält an ihren rosa Pulswärmern fest, trotz der Hitze, die vom knisternden Kaminfeuer verbreitet wird. Wer hätte gedacht, wie einfach man Menschen glücklich machen kann? Mit ein paar Wollknäueln und Stricknadeln, einem Bogen Papier und Geschenkband. Der Bildband über Leonardo da Vinci für einhundertfünfzig Euro hat meinen Vater im letzten Jahr nicht halb so erfreut wie die Strümpfe, in denen er jetzt zufrieden mit den Zehen wackelt. Ich lehne mich in dem gemütlichen Ohrensessel zurück und nippe an meinem Glas. Während alle anderen Rotwein trinken, gibt es für Anna, Klara und mich Kinderpunsch ohne Alkohol. Aus dem uralten Plattenspieler erklingt leiernd »Stille Nacht, heilige Nacht«, gesungen von den Wiener Sängerknaben, obwohl ich meinen Eltern vor drei Jahren die entsprechende CD und außerdem einen CD-Player geschenkt habe, der angeblich nicht funktioniert. Genauso wie der DVD-Spieler. Eigentlich wehren sich meine Eltern einfach nur durch absolutes Dummstellen gegen diesen ganzen »neumodischen Kram«, da kann ich noch so oft mit Engelszungen auf sie einreden, dass man einen CD-Spieler nun wirklich nicht mehr als technische Neuerung bezeichnen kann.

Die Kinder sind im Bett, und wir Erwachsenen sitzen still beisammen und hängen unseren Gedanken nach. Meine wandern irgendwann, wie sollte es anders sein, zu Simon. Es ist das erste Weihnachtsfest seit sieben Jahren, das wir nicht gemeinsam verbringen. Heiligabend bei meiner Familie, erster Feiertag bei seiner. Ich vermisse ihn schrecklich.

Das neue Jahr fängt genauso trostlos und grau an, wie das alte sich verabschiedet hat. Schweren Herzens bin ich nach Silvester endlich wieder aus dem Schoß der Familie gekrochen, um zurück nach Hamburg zu fliegen. Heute ist der fünfte, und nach den beschaulichen Feiertagen, nachdem alle ihren Silvesterrausch ausgeschlafen haben, geht es mit Schwung zurück in die Arbeitswelt. Zumindest für die meisten meiner Mitmenschen. Nicht für mich. Ich werde wahnsinnig, wenn ich nicht bald etwas zu tun bekomme. Als mir zu Hause die Decke auf den Kopf fällt, laufe ich zu Fuß in die Hamburger Innenstadt, wo ein buntes Treiben herrscht. Ich schlage meinen Mantelkragen nach oben, um mich gegen den scharfen Wind zu schützen, und schlendere an den

Schaufenstern vorbei, die hier und da noch von der letzten Weihnachtsdekoration befreit werden. Dem tapferen Straßenmusiker, der trotz der Eiseskälte mit klammen Fingern seine Gitarre bearbeitet und dabei aus Leibeskräften »Let it be« singt, werfe ich ein Zweieurostück in seinen Instrumentenkasten, was er mit einem erfreuten Kopfnicken quittiert. Ich verlangsame meine Schritte, weil sich auf dem Bürgersteig vor C&A ein Stau gebildet hat. Inmitten einer bunten Kinderschar steht ein gelb-roter Hund mit riesigem Kopf und verfilztem, gefleckten Fell und macht allerhand Mätzchen, jagt seinem eigenen Schwanz hinterher und führt zu guter Letzt eine Art Stepptanz vor. Dann beendet er seine Vorstellung und nimmt den Applaus der vielen kleinen Hände sich verbeugend entgegen, wobei er seinen Kopf festhalten muss, damit er ihm nicht abfällt. Er greift in seine Bauchtasche und fördert kleine Tüten mit Süßigkeiten zum Vorschein, die er unter lautem Jubel an die Umstehenden verteilt. Er tätschelt hier einen Kopf, schüttelt da ein kleines Händchen, während er sich einen Weg durch die Masse bahnt. Er kommt direkt auf mich zu, ein intensiver Duft nach Mottenkugeln eilt ihm voraus. Unter der langen Schnauze mit der schwarzen, leicht abgescheuerten Spitze lugt das Gesicht eines jungen Mannes hervor.

»Na, Lady, auch was Süßes?«, fragt er und streckt seine pelzige, gelbe Hand nach mir aus.

»Nein, danke«, schüttele ich den Kopf.

»Nicht, dass Sie nicht selber süß genug wären«, versichert er, und ich sehe seinen Mund unter dem Hundemaul breit grinsen.

»Sehr originell«, versetze ich steif.

»Nein, nicht besonders«, feixt er und fuchtelt mir mit einer Gummibärchentüte vor dem Gesicht herum. »Nicht doch ein Tütchen?«

»Ich habe Nein gesagt«, blaffe ich ihn an und gehe schnell weiter.

»He, Moment mal«, ruft er mir hinterher, aber ich bin jetzt nicht in der Stimmung, mich von einem C&A-Hund anbaggern zu lassen. Schnellen Schrittes laufe ich die Mönckebergstraße hinunter. Wie konnte all das nur so entsetzlich schieflaufen? Ich vermisse meinen Job. Und ich vermisse Simon. Und ehrlich gesagt, nicht in dieser Reihenfolge. Ein gut aussehender Mann im Anzug mit bereits leicht angegrauten Schläfen geht an mir vorbei und lächelt mich an. Schüchtern lächele ich zurück, woraufhin er ein bisschen in sich hineinkichert, aber wortlos an mir vorbeigeht. Oje, es wird so schwer werden, einen neuen Mann zu finden. Wahrscheinlich werde ich als alte Jungfer enden. Schon wieder kommt mir einer entgegen, diesmal in Jeans und Barbourjacke, und auch er grinst breit. Wow, so viele Blicke ziehe ich sonst nicht auf mich. Und dabei bin ich noch nicht einmal besonders schick in meiner legeren Jeans, dem dunkelgrünen Rolli und dem langen Wollmantel darüber. Na schön, vielleicht bekomme ich doch irgendwann noch einen Mann ab, denke ich hoffnungsvoll, als mich innerhalb der nächsten fünf Meter der dritte Typ anzwinkert. Aber ob jemals wieder einer so toll sein wird wie Simon? Nicht drüber nachdenken. Ich werde mich dort hinten ins Café Balzac setzen, eine Latte macchiato trinken und mir in Ruhe eine Strategie überlegen, wie ich Herrn Huber wieder von meinen Qualitäten überzeugen kann. In diesem Moment fällt mein Blick auf eine junge blonde Frau, die mir entgegenkommt, an jeder Hand einen ebenso blonden Sprössling mit rot gefrorener Nase und buntem Anorak. Das Mädchen hüpft wie ein Gummiball auf und ab, während der Junge in diesem Moment die Hand hebt und mit seinem Spielzeugroboter auf mich zeigt.

»Mami, schau mal«, johlt er, und ich zucke erschrocken zusammen, während seine Schwester nun auch ihren Blick auf mich heftet und in das Jubelgeschrei einfällt. Vergnügt reißt sie sich von ihrer Mutter los und stürmt auf mich zu.

»Wauwau«, ruft sie dabei, »wauwauwau.« Ich bleibe stocksteif stehen, während die Kleine wie ein wild gewordener Dackel auf mich zukommt. Sie wird sich doch wohl nicht in meiner Wade verbeißen? Ich werfe ihrer Mutter einen Hilfe suchenden Blick zu und bin gerade im Begriff, mich zur Seite zu werfen, als das Mädchen einen Haken schlägt und an mir vorbeiläuft – mitten in die Arme eines gelb-roten Hundes, der kaum eineinhalb Meter hinter mir auf dem Bordstein steht und das Kind jetzt im Kreis herumschwingt.

»Was zum Teufel«, fluche ich und bin mit einem einzigen Schritt bei ihm, als er die Kleine wieder abgesetzt hat und nun freigiebig Süßigkeiten an sie und ihren Bruder verteilt.

»Wie sagt man, Sophia? Bruno?«

»Danke schön«, singen die beiden im Chor und gehen Gummibärchen kauend und zufrieden ihrer Wege, während ich mich mit in die Hüften gestemmten Fäusten vor dem Hund aufbaue. Das macht selbstverständlich wenig Eindruck auf ihn, schließlich ist er mit seiner Riesenbirne sicher zwei Meter dreißig hoch.

»Verfolgen Sie mich?«, wettere ich dennoch ziemlich unerschrocken, denn in diesem Moment wird mir klar, dass ich auf den letzten Metern nicht wegen meiner umwerfenden Ausstrahlung von drei verschiedenen Männern angelächelt, sondern wegen meines merkwürdigen Verfolgers ausgelacht wurde. Die Enttäuschung darüber schwappt in mir hoch und entlädt sich in einem Wutanfall. »Was fällt Ihnen ein, mich zu belästigen?«, tobe ich, »verschwinden Sie, na los.« Doch statt das Weite zu suchen, macht das Vieh einen Schritt auf mich zu und streckt schon wieder seine behaarte, verfilzte Flosse nach mir aus. Ehe ich mich versehe, hat er sie mir auf die Schulter gelegt.

»Hey, erkennst du mich denn nicht?«, ertönt es dumpf unter der Hundeschnauze.

»Lassen Sie mich los!«, rufe ich empört und schubse das Ungetüm mit beiden Händen von mir weg. Mit rudernden Armen trippelt er einige Schritte rückwärts, um das Gleichgewicht wiederzufinden, der riesige Hundekopf schwankt vor und zurück, bevor er Sekunden später mit einem Aufschrei zu Boden geht. Gleichzeitig ertönt ein erschrockener Ruf aus zwei Kinderkehlen.

»Mami, warum hat die Frau den lieben Hund gestoßen?«, fragt Sophia, die, mit Bruno an der Hand, im Laufschritt zum Ort des Unglücks zurückkehrt.

»Ist er kaputt?«, erkundigt sich ihr Bruder sensationslüstern und tritt dem am Boden Liegenden probeweise seinen kleinen, roten Gummistiefel in die Seite.

»Bruno, lass das«, ertönt es streng, während die Frau sich, nicht ohne mir einen strafenden Blick zugeworfen zu haben, über den Hund beugt. »Alles in Ordnung?«

»Ja doch«, ertönt es aus dem Fellschädel, und ich atme erleichtert auf. Ich hatte mich schon wegen schwerer Körperverletzung vor Gericht sitzen sehen.

»Es geht schon, alles in Ordnung«, beteuert der Hund und rappelt sich mühsam in eine sitzende Stellung auf. »Du musst wirklich nicht weinen«, beschwichtigt er die aufgeregte Sophia, »möchtest du noch was Süßes?« Die Kinder werden also nochmals mit Süßigkeiten verarztet und werfen mir im Davongehen einen vernichtenden Blick zu. Obwohl ich das Ding auf dem Boden immer noch nicht recht leiden kann, nähere ich mich pflichtschuldig und strecke ihm meine Hand hin, um ihm aufzuhelfen.

»Tut mir Leid«, knirsche ich zwischen den Zähnen hindurch. »Sind Sie okay?« Er nickt mit seinem mächtigen Schädel und lacht:

»Mensch, Vivi, du bist ja immer noch so umwerfend wie früher.«

»Wie bitte?« Hat der mich eben Vivi genannt? »Kennen wir uns?«, erkundige ich mich und versuche, endlich einen klaren Blick auf das halb unter dem Kostüm verborgene Gesicht zu werfen.

»Das will ich meinen«, nickt er und kommt wieder auf die Füße. Mit beiden Händen fasst er sich an den Kopf und nimmt ihn ab. Darunter kommt ein überaus attraktiver Mann mit plattgedrückten, dunkelblonden Haaren, strahlend blauen Augen, einem geradezu klassisch-griechischen Profil und markantem Kinn zum Vorschein.

»Lutz Wichtel«, sage ich verblüfft und spüre, wie mir das Blut ins Gesicht schießt. Wahrscheinlich bin ich rot wie eine Tomate.

»Wie er leibt und lebt. Hallo Vivi.« Damit stellt er seinen Hundekopf neben sich auf den Boden und reißt mich in seine Arme. »Mensch, haben wir uns lange nicht gesehen«, stellt er fest, während er mich ausgiebig knuddelt. Als mir die Luft knapp wird, stemme ich meine Arme erneut gegen Lutz Brust, um mich zu befreien. Ohne es zu wollen, erspüre ich mit den Handflächen das appetitliche Spiel seiner Muskeln. Anscheinend ist er noch immer genau so gut in Form wie vor elf Jahren, als wir gemeinsam an der Uni Hamburg begonnen haben, BWL zu studieren. Er war definitiv der bestaussehende Mann auf dem Campus, da waren sich alle einig. Aber bei mir hat er es nie versucht. Ich weiß noch, dass ich darüber schrecklich beleidigt war.

»Du siehst super aus«, meint Lutz, nachdem er mich auf Armeslänge von sich geschoben und einmal kurz von oben bis unten durchgescannt hat. Du liebe Güte, ich fühle mich richtig durchleuchtet von diesem Röntgenblick. Ob er sehen kann, dass mein BH nicht zur Unterhose passt? Blödsinn. Seine stahlblauen Augen blitzen vergnügt, sein Lächeln entblößt geradezu unnatürlich weiße Zähne. »Echt super«, bekräftigt er sein Kompliment noch mal.

»Wundert dich das?«, frage ich schnippisch und trete noch einen Schritt zurück.

»Überhaupt nicht, du warst immer schon sehr attraktiv«, gibt er ernst zurück. Ach ja, und warum hast du es dann damals an der Uni nicht probiert, würde ich ihn am liebsten fragen. Stattdessen lasse ich ein sehr cooles »Danke« aus meinem Mundwinkel tropfen.

»Nichts zu danken. Ich danke dir«, gibt er zurück und greift sich wieder seinen Hundekopf.

»Wofür denn?«

»Dafür, dass du so schön bist und meinen Tag erhellt hast.« Würg, was ist denn das für eine Schleimerei? Ich wusste es ja immer schon, der Typ ist einfach dämlich.

»Super Spruch«, sage ich vernichtend. »Also dann.«

»Das war kein Spruch«, beteuert er, aber ich wende mich schon zum Gehen, drehe mich aber dann noch mal um und recke ihm meinen erhobenen Zeigefinger unter die Nase.

»Untersteh dich, mir weiter zu folgen.«

»Wollen wir nicht einen Kaffee zusammen trinken? Ich wollte eh gerade Pause machen.«

»Kaffee?«, frage ich irritiert.

»Ja, da im Balzac. Hast du Lust?« Unschlüssig wiege ich den Kopf hin und her. Eigentlich nicht. »Komm schon, wir haben uns so lange nicht mehr gesehen. Es gibt bestimmt eine Menge zu erzählen«, drängelt er und beginnt ganz selbstverständlich neben mir her zu laufen, den Hundekopf unter den rechten Arm geklemmt.

»Nicht, dass wir früher besonders viel miteinander geredet hätten«, sage ich kopfschüttelnd.

»Ich weiß«, fällt er mir ins Wort, »fand ich immer total schade.« Na, sicher doch. »Ich dachte nur, dass du nichts mit mir zu tun haben wolltest, wo du doch so ein Überflieger warst.«

»Tatsächlich?« Ich kann mir ein geschmeicheltes Lächeln leider nicht verkneifen.

»BWL war ja nicht so mein Ding«, fährt er fort, »aber das habe ich ja sowieso nur so als Übergang gemacht.«

»Bevor du deine Karriere als C&A-Hund starten konntest?«, spotte ich und beiße mir gleich darauf auf die Lippe. Besser C&A-Hund als mit Burn-Out-Syndrom aus der Arbeitswelt verbannt zu sein. Aber Lutz ist kein bisschen beleidigt, sondern grinst mich fröhlich an. Seine Zähne sind wirklich unverschämt weiß.

»Das ist doch bloß ein Nebenjob. Davon habe ich eine ganze Menge.«

»Und was machst du hauptberuflich?«

»Ich bin Schauspieler«, verkündet er feierlich.

Im Balzac angekommen setzen wir uns an den letzten noch freien Tisch hinten rechts in der Ecke. Nach wie vor zieht Lutz in seinem merkwürdigen Aufzug die Blicke auf sich. Doch besonders in den Augen der Frauen weicht der Ausdruck der Belustigung bei näherem Hinsehen schnell etwas anderem: Gier. Der Mann neben mir schafft es allen Ernstes, sogar in einem knallgelben Ganzkörperoverall mit roten Flecken noch sexy auszusehen. Ich kann ihn nicht davon abhalten, mich zu einem Latte macchiato einzuladen, und dann erhalte ich eine Zusammenfassung über das Leben von Lutz Wichtel, seitdem er der Universität Hamburg den Rücken zugewendet hat, um Schauspieler zu werden.

»Nach der Schauspielausbildung habe ich ein paar Mal Theater gespielt. Hast du mich vielleicht in »Tartuffe« am Altonaer Theater gesehen?«

»Nein, leider nicht«, antworte ich bedauernd und knabbere an meinem Double-Chocolate-Keks herum.

»Im Ernst-Deutsch-Theater habe ich auch gespielt. Und an der Basilika. Theater für Kinder«, zählt er auf und sieht mich dabei hoffnungsvoll an.

»Ich gehe leider nie ins Theater«, gebe ich schließlich zu und komme mir vor wie ein Kulturbanause.

»Tja, das tut leider kaum jemand mehr«, nickt Lutz wissend und nimmt einen Schluck Kaffee. »Meiner Meinung nach ist das eine aussterbende Form der Unterhaltung. Deshalb habe ich mich auch entschlossen, mich in Richtung Fernsehen zu orientieren. Hast du mich da denn schon mal gesehen?«, fragt er hoffnungsvoll, und es tut mir richtig Leid, ihn enttäuschen zu müssen.

»Leider nicht.«

»Ehrlich nicht? Ich hatte mal eine Rolle in ›Tiefe der Gefühle‹.«

»Ist das nicht so eine Soap?«, frage ich, stolz, wenigstens ein bisschen Ahnung zu haben. Lutz wirft mir einen beleidigten Blick zu.

»Man kann ja nicht direkt in einem Tatort mitspielen. Jeder hat mal klein angefangen«, sagt er düster und legt die schöne Stirn in Falten.

»Natürlich, klar, das war gar nicht abfällig gemeint. Ist doch super, wenn du da mitgemacht hast«, beeile ich mich zu sagen.

»Ja, und ich habe echt viel gelernt«, nickt er eifrig, und schon glättet sich sein Gesicht wieder. »Du bist sicher, dass du mich nicht gesehen hast? Ich war drei Wochen lang dabei!«

»Vielleicht habe ich dich auch nur nicht erkannt«, lenke ich ein.

»Das könnte sein. Man hat mir schon öfters gesagt, ich sei sehr wandelbar«, meint er stolz und lächelt mich an. Könntest du dann bitte aufhören, so unverschämt gut auszusehen, denke ich im Stillen, während ich gleichzeitig die neidischen Blicke der weiblichen Gäste genieße, die mich durchbohren. »In letzter Zeit läuft es nicht so gut«, fährt Lutz fort, »aber das wird schon.«

»Und was machst du neben deinem C&A-Hundedasein?«, erkundige ich mich.

»Alles Mögliche. Im Dezember war ich viel als Weihnachtsmann unterwegs. Außerdem überbringe ich gesungene Grußbotschaften.« Anscheinend mache ich ein wenig intelligentes Gesicht, denn er fährt fort: »Blumengrüße mit persönlicher Widmung. Hör zu ...« Noch ehe ich es verhindern kann, springt er auf, breitet die Arme aus und beginnt mit volltönender Stimme zu singen:

»Kann ich heut auch nicht bei dir sein,
mein Herz, das schlägt für dich allein,
du bist mein Licht in dieser Welt,
würd dich nicht tauschen, nicht für Geld,
du bist die schönste aller Frauen,
ich könnte dich ewig anschauen,
bitte wart heut nicht auf mich,
doch vergiss nicht, ich liebe dich.«

Ich spüre, wie mir das Blut in den Kopf schießt und versuche, mich auf meinem Platz so klein wie möglich zu machen. Wie peinlich. Alle starren uns an. Doch dann sieht Lutz beifallheischend in die Runde, und siehe da, es gibt tatsächlich ein halbherziges Klatschen für die Einlage.

»Wow, ist ja interessant«, knirsche ich zwischen den Zähnen hindurch und fasse nach seinem Arm, um ihn wieder auf den Stuhl zurückzuziehen. Als ob nichts gewesen wäre, nimmt er einen weiteren Schluck Kaffee und sagt:

»Ach ja, und manchmal arbeite ich für einen Begleitservice.«

»Wie bitte?« Mir rutscht der Kaffee in die Luftröhre, und ich ringe keuchend nach Luft.

»Das ist völlig harmlos, nichts mit Sex oder so. Meistens geht man einfach nur schön Essen und dann ins Konzert oder so. Manchmal auch auf irgendwelche geschäftlichen Veranstaltungen.«

»Aha«, sage ich wenig überzeugt, »und deine … äh, Kundschaft, was sind das für Frauen?«

»Ganz normale Frauen, oft auch viel jünger, als man glaubt. Karrierefrauen meist, die keine Zeit für eine Beziehung, aber auch keine Lust haben, überall alleine aufzutauchen«, meint er achselzuckend, und es durchfährt mich wie ein Stromschlag. Schließlich weiß ich ganz genau, wovon er spricht. »Kann einem schon echt Leid tun. Ihr Frauen habt es gar nicht so leicht heutzutage.« Ich nicke wie paralysiert. Nein, wir haben es nicht leicht. Ich habe es nicht leicht. »Wie ist denn das eigentlich bei dir? Mann, ich quatsche die ganze Zeit nur über mich, erzähl doch auch mal was. Du hast doch bestimmt eine steile Karriere hingelegt, oder?«

»Na ja«, druckse ich und knibbele an meiner Nagelhaut herum, »ich habe nach dem Diplom diverse Auslandspraktika gemacht und bin dann zu Wisenberg Consulting gegangen.«

»Wow, wirklich?« Mit kugelrunden Kinderaugen starrt Lutz mich an. Er wirkt richtig beeindruckt. »Ist das nicht eine der größten Unternehmensberatungen überhaupt? Das ist ja der Wahnsinn!« Er strahlt über das ganze Gesicht.

»Nun ja«, versuche ich zu relativieren, aber natürlich hat er Recht. Wisenberg Consulting ist tatsächlich eine der besten Unternehmensberatungen der Welt. Und es war der Wahnsinn, dass ich dort gleich nach der Uni einen Job ergattern konnte.

»Dass du es packen würdest, war mir von Anfang an klar. Seit ich dich zum ersten Mal gesehen habe. Du hast einfach den Biss«, schwärmt Lutz weiter, und ich rutsche verlegen auf meinem Stuhl hin und her. »Du brauchst gar nicht so verlegen zu schauen.«

»Ich überlege, ob ich kündige«, sage ich schnell, bevor die Lobhudelei überhand nimmt.

»Tatsächlich?«

»Ja. Weißt du, ich habe das jetzt über vier Jahre lang gemacht, und der Job ist echt 'ne Knochenmühle. Vielleicht ist es Zeit für etwas Neues.«

»Na klar«, nickt er verstehend, »ich könnte auch nicht jahrelang dasselbe machen. Deshalb bin ich ja Schauspieler geworden, weißt du. Weil man immer neue Rollen spielen kann. Kein Tag ist wie der andere. Und was willst du machen?« Und da ist sie schon, die Gretchenfrage.

»Tjaaa«, mache ich gedehnt, »vielleicht mache ich mich selbstständig«, sage ich ins Blaue hinein und finde im selben Moment die Idee gar nicht mal so übel. Genau, mein eigener Chef sein. Keine chauvinistischen Vorgesetzten mehr, für die man sich erst halb zu Tode rackert und die einem dann sagen, dass man ja recht engagiert zu sein scheint – für eine Frau.

»Toll«, findet Lutz, »hast du schon eine Idee?« Hilflos starre ich in die Milchschaumpfütze auf dem Grund meines Kaffeebechers. »Oh, möchtest du noch einen?«, erkundigt er sich und steht schon halb auf.

»Warum nicht, danke«, gebe ich zurück und linse hinüber

zum Kaffeetresen, vor dem sich, wie immer um diese Zeit, eine ziemlich lange Schlange gebildet hat. Ob sie jedoch lang genug ist, um einen Businessplan für mein eigenes Geschäft zu entwerfen, bis Lutz mit zwei Kaffee zurück ist, wage ich zu bezweifeln. Selbstbewusst läuft er da in seinem Hundekostüm, das seine schmalen Hüften und breiten Schultern so appetitlich zur Schau stellt, durch den Laden. Ich kann gerade noch verhindern, dass mir ein Spuckefaden das Kinn hinunterläuft, und rufe mich innerlich zur Ordnung. Was ist denn bloß los mit mir? Na schön, ganz so doof fand ich Lutz damals an der Uni nicht. Aber heute bin ich eine selbstbewusste Frau von einunddreißig Jahren. Dass meine Hormone bei seinem Anblick Samba tanzen, hat nur einen einzigen Grund, und das ist meine Unterbeschäftigung. Wie oft habe ich schließlich an Sex gedacht, als ich noch bei Wisenberg gearbeitet habe? Höchst selten. Und wenn, dann erst, wenn Simon mich auf die Idee gebracht hat. Simon. Mein Herz krampft sich schmerzhaft zusammen, als ich an ihn denke. Ich vermisse ihn. Wie konnte er mich nur verlassen? Ich fühle mich so einsam und allein, dass ich kurz davor stehe, den C&A-Hund um eine gemeinsame Nacht anzubetteln.

»Du hattest doch damals diesen Freund, seid ihr eigentlich noch zusammen?«, reißt mich Lutz aus meinen Gedanken und stellt mir einen dampfenden Milchkaffee vor die Nase.

»Ähm, nein, seit Kurzem nicht mehr«, sage ich so emotionslos wie möglich. »Danke.«

»Verstehe«, nickt Lutz und seufzt tief. »Lass mich raten, die Beziehung ist neben der Karriere auf der Strecke geblieben?« Erschrocken sehe ich ihn an, und er legt mir eine Hand auf den Arm. »Solche Geschichten habe ich schon tausendmal gehört«, erklärt er mitfühlend. »Glaubst du, auch nur eine Einzige meiner Kundinnen würde freiwillig dreihundert

Euro für ein Date zahlen, wenn sie die Zeit hätte, sich einen richtigen Freund zu suchen.«

»Vermutlich nicht«, flüstere ich.

»Eben.« Kopfschüttelnd sieht er vor sich hin. »Die Leute kapieren einfach nicht, dass es Wichtigeres im Leben gibt als Geld und Erfolg. Was hat man denn davon, wenn man niemanden hat, der das Glück mit einem teilt?«, sinniert er vor sich hin, und ich muss mir jetzt wirklich die größte Mühe geben, um nicht hier und jetzt in Tränen auszubrechen. »Liebe ist das Wichtigste auf der Welt, aber heutzutage ist sie nur noch eine Begleiterscheinung. Alle wollen einen Partner, aber sich Mühe geben, das will keiner.« Vor meinem inneren Auge erscheint ein bunter Weihnachtsmann aus Pappe, der ein bisschen schielt, und ich würge den Kloß in meinem Hals hinunter. Verwundert schaue ich Lutz an, der hier mal so eben nebenbei erläutert, was in meinem Leben schiefgelaufen ist. Wie kann er das bloß wissen? Er hebt den Blick, und der Ausdruck seiner blauen Augen verändert sich von einer Sekunde auf die andere:

»Oh, Vivi, damit meine ich natürlich nicht dich. Ich weiß ja gar nicht, wie das bei euch war. Tut mir echt Leid, das mit deinem Freund, ehrlich«, beteuert er und tätschelt meinen Arm. Ich nicke mechanisch:

»Ja, danke.« Wie kann man sich nur so schlecht fühlen? Plötzlich kann ich es Simon nicht einmal mehr übelnehmen, dass er mich verlassen hat. Ich habe meine Arbeit tatsächlich immer viel wichtiger genommen als meine Beziehung. Simon, na, der war eben da, aber für meinen Job musste ich jeden Tag wieder kämpfen. All meine Energie habe ich dort gelassen, bis nichts mehr übrig war. Keine Zeit für eine zärtliche SMS in der Mittagspause, weil ich da lieber noch mal eine Kalkulation durchsehen wollte. Wieso bin ich nicht auf die Idee gekommen, wenigstens am Sonntag mal für ihn den

Kaffee zu kochen? Orangensaft auszupressen? Wieso habe ich am Montagmorgen keine Nachricht auf dem beschlagenen Badezimmerspiegel hinterlassen? Wieso habe ich nicht ein einziges Mal aus dem Souvenirshop des Münchener Flughafens einen Teddybären in Lederhosen und mit Herz auf dem Bauch mitgebracht? Warum, verdammt noch mal, habe ich keinen Adventskalender gebastelt? Verblüfft stelle ich fest, dass es tausendundeine Möglichkeit für romantische Aufmerksamkeiten im Alltag gibt. Warum nur war ich nur immer so schrecklich unkreativ? Vermutlich, weil mein gesamter Ideenreichtum sich auf die Projekte konzentriert hat, die ich im Auftrag von Wisenberg Consulting bearbeitet habe.

»Hab ich was Falsches gesagt? Du bist plötzlich so blass«, reißt Lutz mich aus meinen Gedanken.

»Nein, nein«, versichere ich und versuche, mich wieder auf das Gespräch zu konzentrieren.

»Na ja, schließlich ist ja jeder für sein Glück selber verantwortlich«, fährt Lutz fort, »sollen die doch alle ihrer Karriere hinterherhecheln. Und ganz ehrlich, wenn die Männer nicht abends im Büro festhängen würden, könnte ich ihren Frauen keine gesungenen Grußbotschaften übermitteln. Stimmt's?« Nachdenklich sehe ich ihn an. »Hey, hörst du mir eigentlich zu?«, fragt er und stupst mich mit dem Ellenbogen an, nachdem ich ihm eine Antwort schuldig bleibe.

»Und ob ich dir zuhöre«, platze ich heraus, »und du bist brillant.«

»Wer? Ich?« Er fährt sich verlegen durchs Haar und läuft allen Ernstes ein bisschen rot an. In diesem Moment spüre ich eine Welle von Adrenalin, die durch meinen Körper läuft. Ich fühle mich wie ein Raubtier, das seine Beute wittert. Jede Muskelfaser ist bereit zum Angriff, ich rieche eine gute Idee, eine verdammt gute Idee. Lutz sieht jetzt fast ein bisschen ängstlich aus. Keine Sorge, er ist nicht meine Beute, obwohl er gerade schon ein bisschen Ähnlichkeit mit dem Kaninchen vor der Schlange hat.

»Ich weiß jetzt, womit ich mich selbstständig mache«, rufe ich triumphierend aus und haue ihm vor lauter Begeisterung gegen den Oberarm, dass der Staub nur so aus seinem Kostüm hervorwirbelt.

»Tatsächlich? Womit denn?« Ich stocke einen Moment und horche in mich hinein. Vielleicht ist es verrückt. Eine Übersprungshandlung. Noch vor einer Viertelstunde war ich deprimiert, mit den Nerven am Ende und wusste nicht, wie es weitergehen soll. Zwei Kaffee später fühle ich mich plötzlich wieder voller Energie. Entweder bin ich im Koffeinrausch, oder meine Idee ist tatsächlich genial. Im Bruchteil von Sekunden habe ich mich dazu entschlossen, Herrn Hubers Bitten zu erhören. Ich werde bei Wisenberg kündigen. Was soll ich in einer Firma, der ich mein Privatleben geopfert habe, und die mich dennoch nicht zu schätzen weiß? Obwohl ich engagiert und kompetent bin – zumindest für eine Frau. Ich werde ein Unternehmen gründen, und ich habe das untrügliche Gefühl, dass soeben eine geniale Geschäftsidee geboren wurde.

»Jetzt sag schon«, drängelt Lutz und rutscht ungeduldig auf seinem Stuhl hin und her. Ich zögere. Wie gut ist die Idee wirklich? Eine Idee, aus einer Laune heraus entstanden, aus einem Gefühlszustand? In diesem Moment sehe ich das gerötete Gesicht von Herrn Huber vor mir, höre seine Stimme:

»Geschäft ist Geschäft, da haben Emotionen keinen Platz.« Na, das werden wir ja sehen. Entschlossen hebe ich den Kopf und meine Kaffeetasse: »Ich gründe eine Liebesdiensteagentur!«

Kapitel 9

Leider verweigert mir mein Gegenüber seinen weißen Porzellanbecher zum Anstoßen, aber davon lasse ich mich nicht beirren. Stattdessen proste ich ihm zu und nehme einen tiefen Schluck.

»Und was soll daran neu sein?«, fragt Lutz mich mit ratlosem Gesichtsausdruck, »ist das nicht das älteste Gewerbe der Welt? Und ausgerechnet hier in Hamburg. Meinst du nicht, auf der Reeperbahn gibt es genug Puffs und so'n Kram?« Erneut haue ich ihm auf den Arm, diesmal vor Empörung.

»Ich rede doch nicht von Prostitution, was denkst du denn von mir?« Ich als Puffmutter, das wäre es noch. »Nein, hör zu, du hast es doch eben selber gesagt: Wir leben in einer Welt von machthungrigen Karrieremenschen. Aber wenn der Tag zu Ende ist und wir müde in unsere Wohnung zurückkommen, dann wünschen wir uns einen Partner. Nichts ist so deprimierend wie ein leeres Bett, eine einsame Zahnbürste im Becher, alleine frühstücken.« Mit einem eifrigen Nicken bestätigt Lutz, dass er mir bis hierhin folgen kann. »Aber eine Beziehung fordert natürlich auch Aufmerksamkeit von uns. Und wenn wir uns nicht um sie kümmern, dann …«, ich muss mich kurz räuspern, »… dann verlieren wir sie.« Kurz sehe ich Simon vor mir, der in seiner Jacke an unserem Esstisch sitzt und mir das Ende unserer Beziehung verkündet. Die Erinnerung ist so real, dass ich sogar die kalte Luft zu spüren glaube, die über meinen halbnackten Körper streicht. Mich schaudert. Na schön, vielleicht sollte man doch nicht zu emotional an geschäftliche Dinge herangehen. Ich verbanne Simon aus meinen Gedanken und widme mich stattdessen einem anderen Bild. »Und ehe man sich versieht, steht der oder die Liebste plötzlich mit gepackten Koffern da und will die Scheidung.« Jetzt grinse ich ein wenig diabolisch. Obwohl ich Hubers Exfrau, eine zarte, eher unscheinbare Erscheinung mit grauem Pagenkopf und nervös umherhuschenden Knopfaugen nur einmal kurz auf einer Weihnachtsfeier zu Gesicht bekommen habe, kann ich mir lebhaft ausmalen, wie sie meinem Chef ihre Ehe vor die Füße wirft. Ich weide mich ein wenig an der Vorstellung seines Gesichtes. Auch wenn er danach ins Büro gegangen ist, um seinen Job zu machen, schön war es bestimmt nicht.

»Äh, ja und?«, fragt Lutz begriffsstutzig, und ich führe weiter aus:

»Geld ist nicht das Problem bei diesen Leuten.« Und mit »diesen Leuten« meine ich jene Menschen, mit denen ich in den letzten vier Jahren ausschließlich zu tun hatte. Mich eingeschlossen. »Das Problem ist die Zeit. Sie haben einfach keine Zeit, um sich ihrem Partner zu widmen, sich liebevolle Überraschungen, romantische Kleinigkeiten einfallen zu lassen. Das hat nichts damit zu tun, dass sie nicht lieben«, verteidige ich mich und die gesamte Zunft der überarbeiteten Manager. »Verstehst du?«

»Ehrlich gesagt nein.«

»Hier komme ich ins Spiel«, sage ich begeistert, »ich kümmere mich um die vernachlässigten Partner von gestressten Managertypen.«

»So was wie gesungene Grußbotschaften«, nickt Lutz verstehend.

»Genau, aber das ist nur die Spitze des Eisberges. Ich biete eine Rundumbetreuung an. Vielleicht in mehreren, unterschiedlich teuren Paketen. Von Standard bis Premium. Ich bin sicher, die Leute würden eine Menge Geld dafür bezahlen, nur um einen zufriedenen Partner zu Hause zu haben.« Mir jedenfalls wäre es eine Menge Geld wert gewesen, füge ich im Geiste hinzu. Gespannt sehe ich mein Gegenüber an. »Na? Was sagst du?«

»Hmm«, macht er unbestimmt. »Ich weiß nicht so genau. Ist das nicht irgendwie unmoralisch?«

»Die Menschen wären glücklicher, die Beziehungen stabiler, was soll daran falsch sein?«, kontere ich und er nickt langsam.

»Na ja, so betrachtet ...«

»Genau«, strahle ich und krame in meiner Handtasche nach einem Kugelschreiber. Dann streiche ich die weiße, leicht zerknautschte Serviette glatt, nachdem ich die Kekskrümel davon heruntergeschüttelt habe, und setze die Stiftspitze an die linke obere Ecke. »Schieß los! Erzähl mir von jeder romantischen Aktion, die du je in deinem Leben gebracht hast«, fordere ich ihn auf.

»Wie meinst du ...«

»Na ja, Judith hat mir von eurem Trip mit dem Paddelboot auf die Alster erzählt. Bei Mondschein«, helfe ich ihm auf die Sprünge und er nickt.

»Ja, das habe ich öfter getan. Aber wer war Judith?« Empört haue ich ihm auf den Arm.

»Judith war meine Freundin, und du hast sie noch im Ruderboot vernascht und am nächsten Morgen abgeschossen«, erkläre ich grimmig, und er grinst schuldbewusst.

»Das tut mir Leid. Ich, äh, war ganz gut beschäftigt damals auf der Uni.«

»Was du nicht sagst«, kontere ich trocken.

»Heute bin ich ganz anders«, versichert er mit treuherzigem Augenaufschlag.

»Wer's glaubt, wird selig«, spotte ich.

»Jedenfalls bin ich viel ruhiger geworden. Willst du jetzt meine Tipps hören oder nicht?«, fragt er beleidigt.

»Schieß los!«

»Ganz ehrlich, bei so viel kreativer Energie hast du es dir wirklich verdient, die gesamte Hamburger Uni durchgevögelt zu haben«, sage ich zufrieden, nachdem ich die dritte Papierserviette vollgeschrieben habe.

»Danke.« Er lächelt bescheiden.

»Na ja, wenn dir noch was einfällt, dann sei doch so lieb und schreib mir eine E-Mail, okay«, sage ich und krame meine Visitenkarte hervor, die ich ihm in die Hand drücke. »War super, dich getroffen zu haben.« Beflügelt von meiner genialen Idee will ich so schnell wie möglich an meinen Laptop und ein Konzept ausarbeiten. Sorgfältig lege ich die Servietten übereinander und verstaue das kostbare Gut in meiner Handtasche. Dann stehe ich auf und gebe Lutz einen Schmatzer auf die Wange. »Hast mir sehr geholfen.«

»Moment mal.« Damit schließt sich seine mittlerweile nicht mehr in einem filzigen Fausthandschuh steckende Hand um meinen Unterarm. »Du kannst doch jetzt nicht einfach gehen.« Irritiert sehe ich auf seine schlanken Finger herab, deren Griff zugleich sanft, aber auch irgendwie bestimmt ist. Meine Knie werden ein wenig weich, als ich wieder hoch und in Lutz' strahlend blaue Augen sehe.

»Nicht?«, frage ich heiser und sinke in Zeitlupe auf meinen Stuhl zurück.

»Nein. Du kannst mir doch nicht all meine Dating-Geheimnisse klauen und dann einfach gehen«, meint er und lässt meinen Arm wieder los. Schade eigentlich. Ich möchte wetten, dass ich so etwas wie einen Funken habe sprühen sehen.

»Nicht?«, wiederhole ich wenig eloquent und hänge an seinen Lippen. Mein Verstand sagt mir natürlich, dass es eine absolute Frechheit von Lutz ist, jetzt im Gegenzug von mir Sex zu verlangen. Indiskutabel. Unmoralisch. Auf der anderen Seite sehne ich mich so sehr nach einem Körper, an den ich mich anschmiegen kann. Es muss ja nichts auf Dauer werden, denke ich nach einem Blick auf sein Hundekostüm. Nur ein bisschen Sex, um mein Selbstbewusstsein aufzupolieren. Was ist denn schon dabei?

»Also, ich denke, du brauchst doch sowieso noch jemanden, oder willst du es alleine machen?«, fragt Lutz, und ich starre ihn verwirrt an.

»Das tue ich ja nun nicht freiwillig, aber, also, Frauen haben ja schließlich auch gewisse Dings, Bedürfnisse.« Ich merke, wie mir das Blut in die Wangen schießt. Verdammt noch mal, was rede ich denn da? Ob und wie gerne oder ungerne ich es mir selber mache, geht Lutz ja wohl einen feuchten Kehricht an.

»Hä?« Jetzt stellt der Kerl sich auch noch dumm, vermutlich, um irgendwelche pikanten Details aus mir herauszulocken. Da hat er sich aber geschnitten.

»Das Thema ist beendet«, sage ich knapp, da greift er mitten in meine Handtasche und zieht den Stapel Servietten hervor.

»Dann darfst du meine Ideen nicht verwenden«, sagt er trotzig.

»Wie bitte?«, frage ich empört.

»Jawohl. Das hier ist mein Gedankengut. Entweder sind wir Partner in der Sache oder du musst dir selber was einfallen lassen.« Plötzlich ereilt mich der Verdacht, dass wir beide von unterschiedlichen Dingen sprechen:

»Partner«, echoe ich, denn das klingt für mich nicht nach Sex, sondern nach Geschäft.

»Ja doch. Ich gebe ja zu, deine Idee ist super, aber du brauchst mich! Glaub mir, ich habe noch tausend weitere Ideen.« Damit wedelt er mir mit seinem »Gedankengut« vor der Nase herum. »Wir wären ein klasse Team.«

»Du willst, dass wir Geschäftspartner werden?«, frage ich nach, nur um wirklich ganz sicher zu gehen.

»Ja, natürlich, was denn sonst?«, gibt er zurück, und ich unterdrücke ein Seufzen. Genau, was denn sonst?

»Du träumst wohl«, versetze ich heftig, und er sieht mich beleidigt an.

»Wieso denn nicht?« Wieso nicht? Ist das sein Ernst? Auch wenn sein derzeitiges Outfit vielleicht nicht repräsentativ ist und auch wenn ich so gut wie nichts von ihm weiß, so ist mir doch ziemlich klar, dass Lutz so ziemlich der letzte Mensch auf Erden wäre, den ich mir freiwillig als Mitarbeiter aussuchen würde. »Glaubst du etwa, ich kann das nicht?«, fragt er mich empört.

»Na ja, ich dachte … du bist doch Schauspieler«, antworte ich ausweichend, aber er schüttelt vehement den Kopf.

»Da hast du mir nicht richtig zugehört. Sicher, ich bin Schauspieler, aber ich bin auch noch eine Menge mehr. Ich kann alles sein. Und deine Idee ist gut, verdammt gut.«

»Nicht unmoralisch?« Heldenhaft ignoriert er meinen Kommentar.

»Und ganz ehrlich, ein regelmäßiges Einkommen wäre auch mal nicht schlecht für mich. Frauen sind ganz schön teuer. Also, was zahlst du mir?«

Oje, dieser Mann hat wirklich nicht den blassesten Schimmer, was es bedeutet, ein Geschäft aufzuziehen. Nachdem ich ihm erklärt habe, dass ich ihm, wenn er denn mein Partner sein will, gar nichts bezahle, sondern wir vermutlich erstmal beide ordentlich Geld investieren müssen, war er schon nicht mehr ganz so begeistert von der Idee. Die Servietten wollte er aber auch nicht wieder rausrücken und nun habe ich tatsächlich meinen ersten Angestellten, noch bevor mein Gewerbe angemeldet oder auch nur mein alter Job gekündigt ist. Er hat mich da so reingequatscht, das ich irgendwann nicht mehr anders konnte, als Ja zu sagen.

Heute zerbreche ich mir schon den ganzen Tag über den Schädel wegen eines Firmennamens, aber das Einzige, was mir einfällt, lautet »Romantik auf Rädern«, und das klingt mir eindeutig zu sehr nach Altersheim. Völlig entnervt rufe ich bei Lutz an.

»Hallo Vivi, na, ist dir was eingefallen?«, begrüßt er mich gut gelaunt.

»Nein«, raunze ich ihn an, »und wozu habe ich überhaupt einen kreativen Berater wenn nicht für solche Aufgaben? Also, wir werden uns gemeinsam einen Namen ausdenken. Ich erwarte dich um acht.«

»Was? Aber ich bin gleich verabredet«, kommt es entgeistert zurück.

»Doch nicht heute Abend. Morgen Früh meine ich natürlich.«

»Um acht? Da bin ich noch nicht wach.« Na, das wird ja immer besser.

»Wann wäre es dir denn genehm?«, erkundige ich mich, meinen Ärger herunterschluckend.

»Na, so um elf?«

»Zehn«, gebe ich zurück, und er seufzt ergeben:

»Na gut.«

Am nächsten Morgen öffne ich Lutz um zwanzig nach zehn die Tür und sehe ihn vorwurfsvoll an.

»Das fängt ja gut an. Du bist viel zu spät.«

»Na, jetzt bin ich ja da«, meint er achselzuckend und

gähnt herzhaft, während er seine dunkelblaue Winterjacke an den Garderobenständer hängt. Darunter trägt er einen weißen Zopfpullover und verwaschene Jeans, die schon bessere Tage gesehen haben. Ich sehe kurz an mir selber herunter: Ich trage heute meinen grauen Nadelstreifenanzug, dazu eine weinrote Bluse und halbhohe Pumps. Nun bemerkt auch Lutz meinen Aufzug und pfeift anerkennend durch die Zähne:

»Wow, schick bist du, Vivi. Hast du noch was vor?«

»Das ist mein Arbeitsoutfit«, sage ich steif, und Lutz begreift sofort:

»Oh. Da bin ich wohl ein bisschen zu leger angezogen, was?«

»Nun ja.«

»Tut mir Leid, Vivi, aber in so was wie einen Anzug bekommst du mich nicht rein. Ich bin kreativer Berater. Ich brauche Bewegungsfreiheit. Raum für meine Ideen, verstehst du.« Damit führt er ein paar Kniebeugen aus und schlenkert mit den Armen durch die Luft.

»Ist ja gut«, unterbreche ich ihn unwirsch, »los, komm mit, ich zeige dir das Büro.« Gehorsam trottet Lutz hinter mir her in das geräumige Arbeitszimmer. Hinten links am Fenster steht mein Schreibtisch mit der gläsernen Arbeitsplatte, an der rechten Wand der antike Sekretär aus dunklem Nussbaumholz, den ich gestern Abend mühsam aus Simons Zimmer herübergeschleppt habe. Auf ihm habe ich meinen alten Computer platziert, an dem Lutz fürs Erste arbeiten wird. Die gegenüberliegende Wand ist von einem Regal verdeckt und über und über mit Büchern über Management und Betriebswirtschaft vollgestopft. Lutz stürzt sich sofort auf seinen Schreibtisch.

»Der ist ja toll. Antik?«, fragt er begeistert und streichelt prüfend über die verzierten Schubladengriffe.

»Ja, das ist deiner«, sage ich lächelnd, und er freut sich wie ein kleines Kind.

»Das ist ja super. Wir müssten ihn nur da hinstellen«, meint er und zeigt in Richtung meines Schreibtisches.

»Wie du siehst, steht dort bereits meiner«, sage ich spitz.

»Aber ich will da sitzen!« Fehlt nur noch, dass er sich auf den Boden schmeißt und mit den Füßen strampelt. Sind wir hier eigentlich im Kindergarten?

»Du kannst auch gleich wieder gehen«, fahre ich ihn an und erkenne, dass es eine Schnapsidee war, Lutz als Mitarbeiter auch nur in Erwägung zu ziehen.

»Komm, lass uns nicht streiten, wir wollen doch Spaß zusammen haben«, meint er friedfertig.

»Spaß? Das hier ist ein Unternehmen im Aufbau!«, gebe ich zurück, doch er zuckt nur die Schultern.

»Das kann doch trotzdem Spaß machen. Und wenn du darauf bestehst, dann sitze ich auch hier, ich dachte nur, weißt du, ich bin doch schließlich dein kreativer Berater. Ich brauche die lebensspendende Energie der Sonne, die meine Ideen …«

»Schon gut«, unterbreche ich ihn. Dann soll er eben seinen blöden Platz an der Sonne haben.

»Morgen bringe ich noch ein paar Grünpflanzen mit, der Raum ist ja sonst so trostlos«, meint Lutz, während wir das Zimmer nach seinen Vorstellungen umräumen. »Und das eine oder andere Bild für die Wände …«

»… darfst du gerne malen. In deiner Freizeit«, sage ich bestimmt und lasse mich in meinen ledernen Bürosessel fallen. »Jetzt wird gearbeitet. Hattest du vielleicht schon einen Geistesblitz wegen unseres Namens?« Hoffnungsfroh sehe ich ihn an.

»Klar doch. Amors Wichtel«, kommt es wie aus der Pistole geschossen zurück. »Kann ich einen Kaffee haben?« Er dreht sich auf seinem Sessel in Richtung Fenster, stützt den hübschen Kopf in die Hände und schaut nach draußen in den Innenhof, wo die Bäume sich kahl und dürr in Richtung Himmel strecken.

»Sicher! In der Frühstückspause«, gebe ich spitz zurück.

»Und wann ist die?«, erkundigt er sich.

»Sobald wir einen Namen gefunden haben.«

»Aber das haben wir doch schon.«

»Amors Wichtel?«, wiederhole ich spöttisch. Er dreht sich betont langsam zu mir um und sieht mir in die Augen.

»Genau.«

»Na ja, für einen ersten Vorschlag gar nicht übel. Da können wir weiter drauf rumdenken«, räume ich großzügig ein, doch er schüttelt den Kopf.

»Da gibt es nichts mehr rumzudenken. Amors Wichtel.«

»Meinst du, der Name wird besser, indem du ihn ständig wiederholst?«, frage ich gereizt, obwohl es mir insgeheim genau so vorkommt. Amors Wichtel, das ist gut. Das bleibt im Ohr.

»Der Name ist gut, gib es zu. Wir sind die Heinzelmännchen vom Liebesgott. Wir agieren still und leise und sind megafleißig. Was mehr willst du ausdrücken?« Für einen Moment hat es mir die Sprache verschlagen. Er ist wirklich kreativ, mein Berater. Und nicht auf den Kopf gefallen. Trotzdem, mir ist das unheimlich. Ich hatte mich doch auf einen anstrengenden Vormittag der Namensfindung eingestellt.

»Es muss nicht immer alles anstrengend und krampfig sein«, erklärt Lutz, als habe er meine Gedanken erraten, »die besten Ideen können einem manchmal auch einfach zufliegen. Bekomme ich jetzt einen Kaffee?«

»Wir haben doch gerade erst angefangen«, sage ich verärgert mit einem Blick auf die Uhr.

»Kreativität braucht Pausen«, erklärt er mir sanft.

»Ja ja, ich weiß. Und Licht und Platz«, murre ich in mich hinein.

»Na komm, ein Kaffee wird dir auch guttun«, meint er und fasst mich am Arm, »und außerdem habe ich deine Wohnung ja noch gar nicht angeschaut.« Während ich uns einen Milchkaffee zubereite, kann ich hören, wie Lutz meine Wohnung inspiziert und hier und da einen Schrei der Begeisterung ausstößt. »Wow, ist ja super hier. Und so geräumig«, sagt er anerkennend, als er in die Wohnküche zurückkommt.

»Ja, es ist ganz nett«, gebe ich zu.

»Und wer ist das hier?«, erkundigt er sich mit Blick auf das Aquarium.

»Das ist Tristan. Tristan, das ist Lutz«, stelle ich kurz vor und reiche ihm seinen Becher.

»Tristan. Und wo ist seine Isolde?«, fragt er und ich schüttele den Kopf. »Keine Isolde?«

»Nein, Tristan ist Single«, gebe ich zurück.

»Du Armer, mein Beileid«, höre ich ihn meinen Goldfisch bemitleiden, während ich kopfschüttelnd das Wohnzimmer verlassen will. Männer!

»Und wo ist deine Freundin?«, frage ich spöttisch und ein Schatten huscht über sein Gesicht.

»Die ist weg«, kommt es knapp zurück.

»Oh, Entschuldigung«, sage ich überrascht, »hat sie dich ...?«

»Verlassen, ja. Vor drei Jahren.«

»Vor drei Jahren?« Gerade will ich lachen, aber der Ausdruck in seinen Augen lässt mich verstummen. »Äh, das war wohl was Ernstes?«

»Ich will nicht darüber reden.«

»Okay«, meine ich achselzuckend und wende mich ab. Ich will nämlich eigentlich auch nicht reden. Sondern arbeiten.

»Wo willst du denn hin?«

»Na, zurück ins Büro natürlich.«

»Nein, nein, nein, jetzt machen wir Pause«, meint er und dirigiert mich in Richtung meiner mit rotem Rosenstoff bezogenen Couch.

»Aber ich habe doch schon eine Pause gemacht, während ich den Kaffee gekocht habe«, versuche ich mich zu wehren, »also können wir den Kaffee doch jetzt vor dem Computer trinken.«

»Das können wir nicht«, sagt Lutz bestimmt und drückt mich mit sanfter Gewalt auf das Sofa. »Unser innerer Künstler muss sich jetzt ausruhen, damit er nachher wieder vor Ideen sprühen kann.« Was ist denn das für ein Müll, den er da erzählt? Misstrauisch betrachte ich Lutz von der Seite, der sich jetzt entspannt zurücklehnt, den linken Fuß auf das rechte Knie legt und einen Schluck Kaffee trinkt. Wenn ich mich nicht irre, bezahle ich ihn in diesem Moment fürs Rumfaulenzen. Das hätte es bei Wisenberg nicht gegeben. In diesem Moment fühle ich mich, als hätte ich einen Schlag in die Magengrube erhalten.

»Was ist los?«, fragt Lutz alarmiert, »wieso bist du so blass plötzlich?«

»Ach, es ist nichts.« Ich lächele matt. »Mir ist nur gerade wieder eingefallen, dass ich das mit meinem alten Job noch regeln muss. Und irgendwie wird mir bei dem Gedanken schlecht.«

»Verstehe.«

»Ich möchte wenigstens eine hohe Abfindung rausschlagen«, fahre ich fort, »nachdem mich Huber wie Dreck behandelt hat. Aber ich bin nicht gut in so etwas. Wenn es ums Projekt geht, bin ich ein harter Verhandlungspartner, aber sobald es um meine eigenen Interessen geht, traue ich mich irgendwie nicht so richtig.« Missmutig starre ich in meine Kaffeetasse, als ich Lutz' Hand auf meiner Schulter spüre.

»Keine Sorge«, meint er und tätschelt mich freundschaftlich, »jetzt hast du ja mich. Und ich habe eine gute Idee.«

Ich muss sagen, anscheinend tut diesem inneren Künstler eine kleine Kaffeepause tatsächlich gut. Was er da vorgeschlagen hat, könnte wirklich klappen. Dennoch schlägt mir das Herz bis zum Hals, als ich jetzt zögernd die Nummer von Herrn Hubers Sekretariat wähle. Lutz ist mit seinem Stuhl ganz dicht an mich herangerückt und lächelt mir aufmunternd zu. Gerade als ich das Telefon auf Lautsprecher schalte, damit er mithören kann, hebt Frau Sandner am anderen Ende der Leitung den Hörer ab.

»Hallo Frau Sandner, hier ist Viviane Sonntag. Würden Sie mich bitte zu Herrn Huber durchstellen«, sage ich so beschwingt wie möglich.

»Frau Sonntag, wie geht es Ihnen denn?«, erkundigt sie sich und bemüht sich dabei um einen mitfühlenden Tonfall.

»Es geht mir ausgezeichnet, wirklich sehr gut. Ich kann es kaum erwarten, wieder zur Arbeit zu kommen«, sage ich enthusiastisch, was sie mit einem überraschten Hüsteln quittiert.

»Tatsächlich?«

»Aber ja. Ich bin guter Hoffnung, äh, ich meine, guter Hoffnung, dass mein Arzt mich noch diese Woche gesundschreiben wird.« Damit stoße ich ein hysterisch anmutendes Lachen aus und sehe unsicher zu Lutz, der heftig mit dem Kopf nickt.

»Sehr gut, weiter so«, flüstert er.

»Soso, ja, ich stelle Sie durch«, kommt es eilig vom anderen Ende der Leitung, und ohne mir noch eine Chance zu geben, mich von ihr zu verabschieden, hat sie mich auch schon in die Warteschleife verfrachtet. Fröhlich dudelt mir irgendeine Fahrstuhlmusik ins Ohr, und ich wippe im Takt dazu auf meinem Bürosessel hin und her, um mich in die richtige

Stimmung zu grooven. Derweil erhalte ich noch ein letztes Coaching von Lutz.

»Los, grins«, fordert er mich auf, und ich ziehe pflichtschuldig die Mundwinkel nach oben. »Noch mehr. Noch mehr. Und rede ein bisschen lauter als normal.«

»Ich komme mir so blöd dabei vor«, wispere ich ihm zu, doch er schüttelt vehement den Kopf.

»Ich habe mal für das Stück ›Einer flog über das Kuckucksnest‹ vorgesprochen. Vertrau mir«, sagt er und tätschelt meine Hand. Gerade will ich ihn fragen, warum er denn die Rolle nicht bekommen hat, wenn er so ein Profi ist, da knackt es in der Leitung.

»Huber?«

»Guten Tag, Herr Huber, hier spricht Viviane Sonntag«, rufe ich fröhlich in den Hörer.

»Ach, Frau Sonntag«, kommt es reserviert zurück.

»Ich habe gute Neuigkeiten«, trompete ich, »wenn alles gut geht, kann ich noch diese Woche zurück zur Arbeit kommen. Wie finden Sie das?«

»Wie ich das finde?«, fragt Herr Huber hilflos, »na ja, also, das ist ja nun schon etwas … überraschend. Die sechs Wochen sind doch noch nicht vorbei. Wollten Sie sich nicht erst einmal gründlich ausruhen?«

»Aber das habe ich doch getan«, schreie ich aus Leibeskräften, »aber bei mir geht eben alles schneller als bei anderen Leuten. Auch das Erholen, wissen Sie?« Ich stoße dasselbe hysterische Lachen aus wie vorher bei Frau Sandner, und auch hier verfehlt es seine Wirkung nicht. Ich kann Herrn Huber förmlich durch die Leitung transpirieren hören.

Lutz nickt begeistert und zeigt mir den hochgereckten Daumen.

»Frau Sonntag, Sie klingen aber noch nicht besonders gesund, wenn ich das so sagen darf.«

»Ich bin vollkommen gesund«, jaule ich.

»Aber warum schreien Sie denn so?«, fragt er mit merklicher Erschöpfung in der Stimme. »Ich bin doch nicht taub.«

»Oh, Entschuldigung«, sage ich und drossele meine Lautstärke um einige Dezibel, »es muss meine überschäumende Energie sein. Ich muss einfach schleunigst wieder arbeiten.«

»Aber … äh …« Er ist höchst eloquent, mein Chef. Schließlich bringt er doch noch so etwas wie einen vollständigen Satz zustande: »Frau Sonntag, wollten Sie sich nicht Gedanken darüber machen, sich möglicherweise einen weniger, nun, äh, belastenden Job zu suchen?«

»Wie kommen Sie denn darauf?«, kreische ich.

»Nun, zum Beispiel wegen des verpatzten Vereinsbank-Projektes.«

»Das werde ich wieder ausbügeln, gar kein Problem«, versichere ich lautstark.

»Frau Sonntag, bitte, schreien Sie doch nicht so«, fleht Herr Huber, der mit den Nerven anscheinend schon ziemlich am Ende ist. Und so was nennt sich Seniorpartner!

»Entschuldigung«, flüstere ich, »also, dann komme ich am Montag wieder vorbei. Wo werden Sie mich einsetzen?« Es entsteht eine lange Pause, an deren Ende sich Huber vernehmlich räuspert.

»Frau Sonntag«, sagt er dann sanft, »bitte seien Sie doch vernünftig.«

»Bruch«, wispert Lutz mir zu, und ich atme tief durch. Der »Bruch«, das hat er mir erklärt, ist der plötzliche Stimmungsumschwung der Figur in der Szene. In meinem Fall, denn ich bin ja nicht ganz dicht, von »himmelhochjauchzend« zu »zu Tode betrübt«.

»Wie meinen Sie das?«, erkundige ich mich mit einem gekonnten Zittern in der Stimme. Huber seufzt.

»Ich wünschte, Sie würden endlich einsehen, dass dieser Job nicht das Richtige für Sie ist.«

»Ja aber …« Ich tue so, als würde mir die Stimme brechen, und sehe in Lutz' Gesicht, der die ganze Geschichte mit zu durchleben scheint. »Soll das heißen, dass Sie mir kündigen wollen?«, frage ich weinerlich.

»Nein, keinesfalls.« Ich grinse in mich hinein. Eigentlich meint er nämlich: Ja, unbedingt. Nur weiß er, dass ich ihn verklagen kann, wenn er mich wegen eines Nervenzusammenbruchs rauswirft, der auch noch durch die unmenschlichen Arbeitszeiten in seiner Firma zustande gekommen ist.

»Was denn dann?«, schluchze ich und schüttele mich innerlich. Dieses Schmierentheater ist ja wirklich schrecklich. Aber Lutz, der mir gegenübersitzt, nickt heftig mit dem Kopf und krümmt sich auf seinem Stuhl zusammen, verzieht das Gesicht, bis er aussieht wie eine verschrumpelte Rosine. Bei diesem Anblick muss ich plötzlich losgackern und halte mir gleich darauf erschrocken die Hand vor den Mund. Huber muss denken, er hat eine vollkommen Wahnsinnige am Ohr.

»Beruhigen Sie sich«, beeilt er sich jetzt auch schon zu sagen, »hören Sie, Sie bekommen sechs Monate lang weiter Ihr Gehalt, damit Sie sich in aller Ruhe etwas anderes suchen können.« Ich röchele in den Hörer. »Na gut, neun Monate.« Fassungslos sehe ich Lutz an, der schon die Arme in die Höhe reißt. Ich will gerade nach Luft schnappen, um »Einverstanden« zu brüllen, da kommt Huber mir, in etwa der gleichen Lautstärke, zuvor.

»Na schön, zwölf Monate dann eben. Das ist mein letztes Angebot.«

»Also gut«, sage ich gequält.

»Der Auflösungsvertrag des Arbeitsverhältnisses, in dem auch alle Formalitäten der Abfindung festgelegt sind, geht Ihnen in den nächsten Tagen zu.«

»Einverstanden. Aber ich muss Ihnen trotzdem noch sagen, wie tieftraurig ich darüber bin …«

TUT-TUT-TUT.

»Na so was. Wie unhöflich«, bemerke ich vergnügt und lasse den Hörer sinken, während Lutz die Siegesfaust zum Himmel reckt und mich stürmisch umarmt.

»Wow, das war super, Vivi! Du hast echt Talent«, schwärmt er und drückt mich an sich. »Vor allem dieser Lachkrampf mitten in der Heulattacke. Das war großes Kino, ganz großes Kino.«

»Danke«, lächele ich schwach. Ich kann es immer noch nicht fassen. Zwölf Monate volles Gehalt. Das hätte ich in meinen kühnsten Träumen nicht erwartet. Wir können in aller Ruhe unser Unternehmen aufbauen und werden dabei quasi von Wisenberg gesponsort. Na ja, genug Beziehungen hat diese Firma ja schließlich auf dem Gewissen. »Ich glaube, du bist der erste kreative Berater aller Zeiten, der sich nach nur einer Stunde Arbeit eine Gehaltserhöhung verdient hat«, sage ich zu Lutz, der mich überrascht ansieht.

»Wirklich?«

»Wirklich.«

»Wie wäre es, wenn es erst mal bei dem alten Gehalt bleibt und ich mir stattdessen etwas wünschen darf?« Misstrauisch sehe ich ihn an.

»Und das wäre?«, erkundige ich mich vorsichtig und habe schon wieder ein Bild von Lutz und mir im Kopf. Nackt, ineinander verschlungen. Bauchmuskeln, auf denen man Wäsche schrubben könnte.

»Na ja, ich habe mich gefragt, ob du den Raum nebenan überhaupt nutzt.«

»Du meinst Si … du meinst, das zweite Arbeitszimmer«, frage ich und schüttele den Kopf, um meine Sexfantasien zu vertreiben. Wie kann man nur so unprofessionell sein, schelte ich mich innerlich und schwöre mir hoch und heilig, Lutz ab jetzt nur noch als meinen Mitarbeiter zu sehen.

»Ja, genau.«

Damit geht Lutz vorneweg und in das ehemalige Arbeitszimmer meines Exfreundes, aus dem ich gestern ganz alleine den Sekretär herübergeschleppt habe. Darin stehen nur ein altes Regal und meine ehemalige Schlafcouch herum, die wir zum Gästebett umfunktioniert hatten, ansonsten ist das Zimmer leer. »Könnte ich hier vielleicht einziehen?«, erkundigt sich Lutz, während er ans Fenster tritt und den Ausblick auf die von Linden gesäumte Straße überprüft. Vollkommen perplex sehe ich ihn an.

»Wie bitte?«

»Na ja, ich muss aus meiner WG raus und habe noch nichts Neues gefunden. Wäre doch lustig.«

»Das denke ich ganz und gar nicht«, gebe ich sehr bestimmt zurück.

»Ach komm schon!« Er baut sich vor mir auf und lächelt mich mit schiefgelegtem Kopf an. Seine Zähne blitzen in der Sonne, die sich endlich einen Weg durch die Wolkendecke gebahnt hat. »Du kannst mir doch nicht erzählen, dass es Spaß macht, ganz alleine in dieser riesigen Wohnung zu wohnen. Fühlst du dich denn nicht einsam?«

»Doch.«

»Na also!« Sein Lächeln wird noch eine Spur breiter. Aber da freut er sich zu früh.

»Aber nicht so einsam«, versetze ich in einem Ton, der keinen Widerspruch duldet. Gleichzeitig wird mir bewusst, wie alleine ich mich wirklich hier fühle. Achtzig Quadratmeter können einen erschlagen. Es war natürlich viel schöner, als Simon noch hier war. Aber deshalb hole ich mir noch lange nicht diesen Chaoten ins Haus, der jetzt mit beiden Händen meine Oberarme fasst und mir tief in die Augen sieht:

»Vivi, ich glaube, es wäre wirklich gut für dich. Und für mich natürlich auch. Du wirst sehen, wir werden einen Heidenspaß zusammen haben. Und auf diese Weise komme ich auch immer pünktlich ins Büro«, argumentiert er, und ich muss lächeln. »Sag ja, wir versuchen es für ein paar Wochen, und wenn es nicht klappt, dann ziehe ich wieder aus. So einfach ist das. Deal?«

»Ich werde es mir überlegen«, lenke ich schließlich ein, damit die Nervensäge endlich Ruhe gibt.

»Versprochen?«, fragt er. Zögernd nehme ich die mir entgegengestreckte Rechte und schüttele sie.

»Versprochen.«

So ein Mistkerl! Ganz systematisch hat er mich weichgekocht, fluche ich innerlich, als ich nur drei Tage später vom Gewerbeamt wiederkomme und meine Wohnung in heillosem Chaos vorfinde. Der gesamte Flur steht voller Umzugskartons, die sämtliche schon bessere Tage gesehen haben. Im ersten Stock liegt ein Wust aus Büchern, DVDs und Kleidungsstücken.

»Sorry, Vivi, ich sammle das gleich auf, der Karton war wohl nass, und der Boden ist aufgeweicht«, erklärt Lutz, während er sich an mir vorbeidrückt.

»Du solltest dich direkt darum kümmern, wenn Herr Lorenz aus dem ersten Stock das sieht, bekommt er einen Anfall.«

»Oh, ist das der grauhaarige Mann mit dem Stock?«, fragt Lutz, und mir schwant Böses. »Ja, den habe ich schon, ähm, kennengelernt.« Na wunderbar.

»Und was ist das hier alles?«, frage ich mit einer ausladenden Handbewegung.

»Ach, das ist nur mein Kram, das räume ich alles in mein Zimmer, keine Sorge.«

»Das will ich dir auch geraten haben«, sage ich und sehe ihn drohend an. Er lacht schallend und klopft mir auf die Schulter.

»Huh, Vivi, mach doch nicht so ein Gesicht, da bekomme ich ja Angst.«

»Das ist ja auch der Zweck der Übung. Ich gehe jetzt ins Arbeitszimmer und schließe die Tür hinter mir. Du kannst anklopfen, wenn das Chaos hier beseitigt ist. Ich kümmere mich derweil um unseren Businessplan.« In diesem Moment spüre ich einen Stoß im Rücken und fliege beinahe in Lutz Arme.

»Kannst du nicht aufpassen?«, herrscht dieser einen schmächtigen Kerl mit schulterlangem, dunklen Haar an, der mit einem riesigen Karton hereingekeucht kommt.

»Tschuldigung«, nuschelt er, »das war der Letzte.«

»Das ist Paul, mein alter Mitbewohner. Paul, das ist Vivi.«

»Jo«, sagt der und wirft Lutz wohl so etwas wie einen anerkennenden Blick zu.

»Seine neue Mitbewohnerin und Chefin«, sage ich steif und reiche Paul die Hand.

»Jo«, wiederholt der. Ob er auch was anderes sagen kann?

»Paul ist Musiker. Geiger, um es genau zu sagen«, erklärt Lutz.

»Jo.«

»Also, ich bin im Büro«, sage ich und nicke Paul noch einmal zu: »Man sieht sich.«

»Jo.«

»Kannst du Trottel auch was anderes sagen?«, höre ich Lutz fragen, bevor ich das Chaos aussperre und mich am Schreibtisch niederlasse.

Kapitel 10

AMORS WICHTEL

Willkommen auf der Homepage von
Amors Wichtel

Ihr Tag hat nur vierundzwanzig Stunden?
Sie sind beruflich stark ausgelastet?
Dennoch möchten Sie Ihre Beziehung nicht vernachlässigen?

Wir sind eine Dienstleistungsfirma, die Sie darin unterstützt,
Privatleben und Karriere unter einen Hut zu bekommen.
Wir entlasten Sie!
Wir geben Ihnen Zeit!

Ob Rosen zum Hochzeitstag,
selbstgebackene Geburtstagstorten,
ein romantischer Kurztrip nach London,
wir liefern zuverlässig und diskret!

Bitte treten Sie ein …

HOME SERVICES ÜBER UNS KONTAKT

AMORS WICHTEL

Unsere einzelnen Pakete:

Starter:

- Wir erinnern Sie an sämtliche wichtigen Tage im Jahr (Geburts-, Hochzeits-, Valentins-, Kennenlerntag usw.) und kaufen, verpacken und liefern ein romantisches Geschenk (in dem von Ihnen gewünschten Preislimit). Mehr dazu hier.

Standard:

- Wie das Starterpaket, zusätzlich zeitintensivere Betreuung durch selbstgeschriebene Gedichte, handgearbeitete Geschenke (z. B. Torten, Adventskalender), Picknicks etc. Mehr dazu hier.

Premium:

- Unser Rundum-Verwöhnprogramm lässt keine Wünsche offen. Wir tragen Ihren Partner auf Händen, natürlich in Ihrem Namen. Mehr dazu hier.

HOME SERVICES ÜBER UNS KONTAKT

In den nächsten Wochen komme ich kaum zum Schlafen. Wahrscheinlich würde ich noch mehr arbeiten als zuvor, wenn ich nicht diesen neuen Mitbewohner hätte, der darauf besteht, dass ich regelmäßig Nahrung zu mir nehme, Pausen einhalte und mich manchmal abends entspanne, um mit ihm auf der Couch zu liegen und einen Film anzugucken. Insofern ist es gar nicht so schlecht, mit Lutz zusammenzuwohnen. Teilweise bin ich richtig gerührt, wie er sich um mich kümmert. Wie eine Mutter. Oder wie Simon. Dann treibt er mich wieder zur Weißglut mit seiner, wie er es nennt, entspannten Art. Ich nenne das eher schlampig und unzuverlässig. Am meisten stören mich die ständig wechselnden Frauen, die er am Wochenende anschleppt. Für die Nacht habe ich mir jetzt Ohropax aus der Apotheke geholt, seitdem ist es ein bisschen besser. Aber wenn ich abends im Arbeitszimmer sitze und die sich nebenan die Seele aus dem Leib stöhnen, flippe ich immer noch regelmäßig aus. Kann man es mir verdenken? Ich will gar nicht darüber nachdenken, wie lange ich selber keinen Sex mehr gehabt habe. Ich finde, Lutz könnte darauf ruhig mal Rücksicht nehmen. Aber er zuckt die Achseln und sagt:

»Jeder hat seine eigene Methode, mit enttäuschter Liebe fertig zu werden. Das ist nun mal meine.«

»Ach so, du verarbeitest mit all diesen Frauen deinen Liebeskummer um eine Frau, die dich vor Ewigkeiten verlassen hat«, schnaube ich empört. »Das glaubst du doch wohl selber nicht.« Aber obwohl ich vor lauter Neugier platze, mehr über diese Geschichte zu erfahren, bekomme ich einfach nichts aus ihm heraus.

»Ich will nicht darüber reden«, sagt er verbissen und verschwindet in seinem Zimmer, um das nächste »Trostpflaster« zu vernaschen. Männer!

Nachdem die Webseite steht, die Visitenkarten und das Briefpapier gedruckt, ein Firmenkonto eröffnet, sämtliche Behördengänge erledigt und unser Angebotskatalog erstellt sind, geht es ans Marketing. Wie erreichen wir unsere Zielgruppe? Wie führen wir uns auf dem Markt ein? Zum ersten Mal seit meinem wenig ruhmreichen Abgang bei Wisenberg Consulting öffne ich im »Outlook Explorer« mein Adressbuch, in dem sich im Laufe der Jahre eine stattliche Anzahl von Kontakten angesammelt hat. Ich fasse sämtliche E-Mail-Adressen aus Hamburg und Umgebung in einem Ordner zusammen. Mit diesen werde ich beginnen. Wer weiß, wenn die Idee gut ankommt und das Geschäft blüht, kann man möglicherweise bundesweit arbeiten, Filialen eröffnen ... Nun ja, zunächst mal beginne ich in einem kleineren Radius.

»Lutz, schläfst du denn immer noch? Lutz, wach auf«, rufe ich und hämmere wie wild an seine Tür. Es ist bereits halb elf, und wir hatten uns eigentlich für zehn Uhr in der Küche verabredet. Heute ist ein besonderer Tag, Donnerstag, der neunundzwanzigste Januar. Der endgültige Startschuss für »Amors Wichtel«. Heute wollen wir sozusagen den Pfeil abschießen, wenn man es denn so nennen will. Ich selber bin seit halb sieben knallwach und tigere seitdem in der Wohnung herum. Und was macht mein werter Mitarbeiter?

»Mensch Vivi, was machst du für einen Krach?« Mit diesen Worten öffnet Lutz, nur mit Boxershorts bekleidet, die Tür und räkelt sich ausgiebig. Ich habe mich mittlerweile daran gewöhnt, ihn ständig so zu sehen und verfalle schon lange nicht mehr in den gleichen Sabbermodus wie am Anfang.

»Ich will jetzt die E-Mails rausschicken und brauche deine seelische Unterstützung«, sage ich anklagend und linse an ihm vorbei in das Zimmer, das sich seit seinem Einzug vollkommen verändert hat. Die linke Wand hat er dunkelrot gestrichen, und sein riesiges, selbstgezimmertes Bett bildet das Zentrum des bis auf ein paar vollgestopfte Billy-Regale und Kleiderstangen leeren Raumes. Unter der schwarz bezogenen Bettdecke erkenne ich die Umrisse eines weiblichen Körpers, ein nackter Fuß mit rot lackierten Zehnnägeln hängt über den Rand des Bettes hinaus. Kopfschüttelnd sehe ich Lutz an, der sich verlegen am Kopf kratzt.

»Ist spät geworden«, nuschelt er. »Ich hüpfe schnell unter die Dusche, dann mache ich Kaffee, und in spätestens einer Stunde schicken wir das Ding auf die Reise, okay?«

»Na gut«, sage ich kurz, »aber beeil dich.«

»Ja okay.« Er will die Türe wieder schließen, aber ich halte ihn davon ab, indem ich sein Handgelenk packe.

»Wolltest du nicht ins Bad gehen?«

»Nur kurz guten Morgen sagen«, raunt er mit einem Blick auf die Frau, die jetzt verschlafen unter der Decke hervorlugt. Ihre blonden langen Haare sind ganz zerzaust.

»Nichts da, dein Guten-Morgen-Sagen kenne ich«, zische ich zurück, während ich seiner Gespielin zuwinke: »Hallo, ich bin Vivi.«

»Ich bin Lena«, antwortet sie.

»Tut mir Leid, wenn ich hier so reinplatze, aber Lutz und ich haben heute was Wichtiges vor.«

»Schon gut.« Mit einer geschickten Drehung entwindet sich Lutz meinem Griff und geht auf Lena zu. Völlig ungeniert gibt er ihr einen langen Kuss. Ich wende mich diskret ab und hüstele vernehmlich:

»Lutz?«

»Ja doch.« Widerwillig rappelt er sich auf und tapst gehorsam aus dem Zimmer. »In einer halben Stunde gibt es Frühstück«, verspricht er.

Tatsächlich sitzen wir fünfundzwanzig Minuten später einträchtig zusammen am Küchentresen. Das ist ein weiterer Vorteil meiner neuen Wohngemeinschaft. Wenn Lutz seiner jeweiligen Bettgenossin, ganz Gentleman, zum Frühstück amerikanische Pancakes mit Ahornsirup serviert, bekomme ich immer etwas ab. Während Lutz und Lena sich im Wohnungsflur voneinander verabschieden, gehe ich ins Büro und lese mir noch einmal die Rund-E-Mail durch, die wir gleich auf den Weg schicken werden:

Wünschen Sie sich auch manchmal, dass Ihr Tag achtundvierzig Stunden hat? Wünschen Sie sich mehr Zeit für Ihre Beziehung, aber der Job nimmt Sie einfach zu sehr in Anspruch?
Wir helfen Ihnen!
In Zukunft können Sie einen glücklichen Partner, eine zufriedene Partnerin zu Hause haben. Kein enttäuschtes Gesicht, weil Sie schon wieder einen Jahrestag vergessen haben.
Wir nehmen Ihr Privatleben in die Hand und machen es besser. Damit Sie glücklicher sind!
Besuchen Sie uns auf unserer Internetpräsenz unter www.amors-wichtel.de und geben Sie dort gleich Ihre Bestellung auf.
Ein Katalog mit unserem Dienstleistungsangebot steht zum Download für Sie bereit. Wenn Sie Fragen haben, rufen Sie uns gerne an!

Mit herzlichen Grüßen und freundlichen Küssen,

Viviane Sonntag
Geschäftsführerin

Ludger Wichtel
Kreativer Berater

»Es wird nicht besser, indem du stundenlang draufstarrst«, sagt Lutz, der unbemerkt hinter mich getreten ist, und bevor ich es verhindern kann, greift er mir über die Schulter und klickt auf »Alle Nachrichten aus Postausgang senden«. Dann reicht er mir meinen noch halbvollen Becher Kaffee und setzt sich auf seinen Bürostuhl, die Füße auf dem Tisch.

»Entspann dich, solange es noch geht«, meint er gutgelaunt, »ich wette, spätestens morgen ist hier die Hölle los.«

Es vergehen genau siebenundvierzig Minuten, bis das Telefon das erste Mal klingelt. Ich atme tief durch und hebe ab:

»Amors Wichtel, mein Name ist Viviane Sonntag, hallo?«

»Mensch, Vivi, du bist es also wirklich«, erklingt eine mir bekannte Stimme vom anderen Ende der Leitung.

»Benjamin?«

»Natürlich. Was hast du dir da denn ausgedacht?«, fragt er gutgelaunt. »Ich dachte, ich sehe nicht richtig.« Ich mache Lutz ein Zeichen, dass es sich um einen privaten Anruf handelt, und er nickt verstehend und trollt sich in die Küche.

»Von dir habe ich ja ewig nichts gehört«, sage ich, während ich mich in meinem Bürosessel zurücklehne. Im selben Moment wird mir klar, dass ich genau genommen seit meinem Zusammenbruch in Hubers Büro nichts von Benjamin gehört habe. Auch wenn mir das bisher nicht aufgefallen ist, so bin ich jetzt doch gekränkt. Kein Anruf, keine SMS, keine E-Mail. Das war wirklich nicht sehr nett von ihm. Wenn wir vielleicht auch nicht die besten Freunde waren, so dachte ich doch, dass wir gerade in der letzten Zeit eine Art Verbundenheit zueinander aufgebaut hatten. Ich mit meiner Trennung und er mit seinen Eheproblemen. Na ja, da habe ich mich wohl getäuscht.

»Es tut mir so Leid, dass ich mich nicht bei dir gemeldet habe«, sagt Benjamin jetzt, »ich hatte bestimmt ein Dutzend

Mal den Hörer in der Hand aber irgendwie wusste ich nicht so recht, was ich sagen sollte.«

»Ja, schon gut, das verstehe ich«, winke ich großmütig ab.

»Aber ich habe viel an dich gedacht«, beteuert er nun, »und ich war vollkommen schockiert, als Huber sagte, dass du gekündigt hast.«

»Nun ja …«

»Aber wie ich sehe, stehst du ja schon wieder ganz gut auf deinen Füßen«, meint er anerkennend. »Amors Wichtel. Wie bist du bloß auf diese Idee gekommen?«

»Na, das liegt doch nahe«, erkläre ich freudestrahlend und beginne, ihm die Entstehung des Konzepts zu erläutern.

»Alle Achtung«, lobt er, als ich geendet habe, »damit kannst du reich werden.«

»Ach, es geht mir nicht ums Geld, weißt du«, sage ich, »ich wollte einfach mal was anderes machen. Apropos, wie läuft es denn bei dir so? Was macht das Vereinsbank-Projekt?« Meine Stimme zittert ein wenig, als ich das frage. Ich kann es immer noch nicht fassen, dass ich einen solchen Fehler gemacht habe. Und plötzlich habe ich ein furchtbar schlechtes Gewissen, mich einfach sang- und klanglos aus dem Staub gemacht zu haben, während andere den Karren aus dem Dreck ziehen müssen.

»Na ja, wir kämpfen uns so durch«, kommt es vage zurück, und ich schlucke schwer. So etwas in der Art hatte ich befürchtet. Am liebsten würde ich das Thema damit beenden, aber mir brennt noch eine Frage unter den Nägeln:

»Und wer leitet das Projekt jetzt?« Die kurze Pause am anderen Ende der Leitung sagt mehr als tausend Worte.

»Äh, ich.«

»Aha.«

»Tut mir Leid, Vivi.« Ich kralle mich an meiner Armlehne fest und atme einmal tief durch. Wie albern von mir, schelte ich mich dann innerlich. Ich habe mit dem Laden nichts mehr zu tun. Und wer jetzt meinen Job macht, kann mir eigentlich piepegal sein. Und dann doch lieber Benjamin, der mir immerhin zur Seite gestanden hat, als irgendein anderer. Oder nicht? Na eben.

»Mir nicht«, sage ich deshalb bestimmt, »ich freue mich für dich. Herzlichen Glückwunsch.«

»Danke.« Er klingt richtig erleichtert.

»Und wie läuft es mit Lydia?«, erkundige ich mich, und er seufzt tief:

»Nicht besonders. Du weißt ja, wie wenig Zeit ich für sie habe.«

»Allerdings.« Ich lausche aufmerksam. Ist dieses Gespräch vielleicht nicht rein privater Natur?

»Also, ich, nun«, druckst er herum, und ich versuche, es ihm leicht zu machen: »Du möchtest uns beauftragen?«

»Ja«, stößt er sichtlich erleichtert hervor. »Das Premium-Paket, bitte.«

Als wäre durch diesen ersten Auftrag ein Knoten geplatzt, steht das Telefon nun nicht mehr still. Den ganzen Nachmittag beantworten Lutz und ich Fragen unserer angehenden Klienten. Glücklicherweise sind diese Gespräche stets kurz und knapp, denn schließlich ist der Zeitmangel unserer Kunden hinlänglich bekannt. Schon am ersten Tag ist unser Katalog über fünfzig Mal von unserer Internetseite runtergeladen worden, wir haben knapp vierzig Erstkontakte per Telefon gehabt, zwanzig E-Mails erhalten und immerhin sechs Aufträge entgegengenommen. Davon zweimal das Premium-Paket, drei Starter- und ein Standard-Pack. Weitere zwanzig potenzielle Klienten sind ernsthaft interessiert und haben sich unseren »Fragebogen zur Partnerschaft« zumailen lassen, auf dem wir kurz und knapp alle wichtigen Infos abfragen, die benötigt werden, um treffsicher die richtigen Dates und Geschenke für die jeweilige Person auszuwählen.

Genauer gesagt, für die jeweilige Frau. Unter den insgesamt sechzig Kontakten war nämlich nicht eine einzige weibliche Person.

FRAGEBOGEN ZU IHRER PARTNERSCHAFT

Das Ausfüllen des vorliegenden Fragebogens nimmt nur wenige Minuten in Anspruch und hilft uns dabei, die individuell beste Betreuung Ihrer Freundin/Lebensgefährtin/Ehefrau zu gewährleisten. Sollten Sie sich bei der Beantwortung einer oder mehrerer Fragen unsicher sein, vermerken Sie dies bitte, damit wir die entsprechende Information auf anderem Wege für Sie herausfinden können.

Name:
Kosename:
Geburtstag:
Hochzeitstag:
Kennenlerntag (wie und wo?):
Verlobungstag:
Sonstige wichtige Daten?:
Konfektionsgröße:
Lieblingsfarbe:
Lieblingsmusik:
Lieblingsblume:

Interessen (bitte ein oder mehrere Interessen anklicken):

Action	❍	Lesen	❍
Beauty	❍	Musik	❍
Design	❍	Reisen	❍
Elektronik	❍	Relaxen	❍
Film	❍	Spiel	❍
Genießen	❍	Sport	❍

Geschichte	❍	Theater	❍
Handarbeiten	❍	Wellness	❍
Kultur	❍	________	❍
Kunst	❍	________	❍

Charakter (bitte eine oder mehrere Charaktereigenschaften anklicken):

Aktiv	❍	Kontaktfreudig	❍
Aufgeschlossen	❍	Lustig	❍
Emotional	❍	Modern	❍
Ernsthaft	❍	Romantisch	❍
Extrovertiert	❍	Sachlich	❍
Herzlich	❍	Sanft	❍
Introvertiert	❍	Schüchtern	❍
Kreativ	❍	Traditionell	❍
___________	❍	___________	❍

Wie viel Geld möchten Sie ausgeben für:

Aufmerksamkeiten außer der Reihe:
10–20 Euro ❍
20–40 Euro ❍
mehr als 40 Euro ❍

Zu besonderen Anlässen:
Unter 50 Euro ❍
50–100 Euro ❍
mehr als 100 Euro ❍

Geschenke zum Valentins-/Geburts- und Hochzeitstag:
100–200 Euro ❍
200–500 Euro ❍
mehr als 500 Euro ❍

Wir danken Ihnen für Ihre Mithilfe!
Herzlichst,
Ihr Amors-Wichtel-Team

»Ich verstehe das nicht«, sage ich kopfschüttelnd zu Lutz, während ich damit beschäftigt bin, auf dem Computer eine Kartei unserer zukünftigen Kunden anzulegen, »soll das etwa heißen, dass all die Karrierefrauen, die ich kenne, sich problemlos selber um ihre Beziehung kümmern können? Und dass ich die einzig Dumme war, die das nicht unter einen Hut gebracht hat?« Anscheinend mache ich ein so deprimiertes Gesicht, dass Lutz mit seinem Bürostuhl zu mir rüberrollt und mich fest in den Arm nimmt.

»Das heißt es ganz und gar nicht«, tröstet er mich und streichelt mir dabei das Köpfchen.

»Nein?«

»Nein. Vermutlich bedeutet das einfach nur, dass den meisten Frauen der Mann längst stiften gegangen ist. Und im Umkehrschluss heißt das nun wieder, dass Frauen sich die Vernachlässigung durch ihre überarbeiteten Männer einfach viel länger gefallen lassen. Für die meisten Managerinnen, die sich so weit hochgeackert haben, kommt vermutlich die Hilfe einfach ein bisschen zu spät.« Nachdenklich sehe ich ihn an. Vermutlich hat er Recht.

»Na ja, das war ja auch nur der Anfang heute. Es werden sich schon auch noch ein paar Frauen melden«, sage ich hoffnungsvoll und räkele mich ausgiebig, um meine verkrampfte Rückenmuskulatur zu dehnen.

»Ja, sicher«, stimmt Lutz wenig überzeugt zu. »Ist doch auch egal. Ich finde, wir sollten jetzt endlich Schluss machen.« Ich werfe einen Blick auf die Zeitanzeige meines Computer. Es ist tatsächlich schon halb zehn. »Komm, ich koche uns eine leckere Pasta, und dann trinken wir noch ein Glas Wein zusammen.«

»Hast du keine Verabredung heute?«, erkundige ich mich verwundert.

»Nö, heute nicht.«

»Hast wohl ganz Hamburg durch, was?«, necke ich und gebe ihm einen freundschaftlichen Schubs.

»Nun, ganz Hamburg nicht«, grinst er mich an, und mir läuft ein Schauer über den Rücken. Doch ich schüttele lachend den Kopf:

»Vergiss es.«

»War doch nicht ernst gemeint.« Damit erhebt er sich und verlässt das Arbeitszimmer, während ich ihm konsterniert hinterhersehe. Nicht ernst gemeint, so so. Und warum nicht?

Als ich am nächsten Morgen um halb neun meinen Computer hochfahre, poppt als Erstes ein Fenster mit den Terminen des heutigen Tages auf.

»35. Geburtstag, Lydia Walsenfels.« Ich brauche einen Moment, um das zu verarbeiten. Ist mir gestern gar nicht aufgefallen, kein Wunder bei all den Daten, die ich in den Kalender übertragen habe. Auch wenn wir für den heutigen Tag eigentlich kaum verantwortlich sein können, rufe ich Benjamin gleich auf dem Handy an.

»Walsenfels«, meldet er sich. Seine Stimme klingt abgehetzt.

»Hier ist Vivi, hallo Benjamin«, begrüße ich ihn.

»Hallo«, kommt es kurz zurück, »kann ich dich zurückrufen?«

»Nicht nötig«, beeile ich mich zu sagen. Diesen Dauerstress am Freitagmorgen kenne ich, wenn vor dem Wochenende noch genug Arbeit für drei Werktage anliegt. »Ich wollte nur kurz anrufen wegen Lydias Geburtstag heute …« Ja, was wollte ich eigentlich? Bevor ich mir darüber klar werden kann, erklingt ein entsetztes:

»Wie meinst du das?«, aus dem Hörer.

»Na ja, Lydia hat doch heute …«

»Geburtstag???« Er klingt jetzt ernstlich schockiert. »Aber haben wir denn nicht den neunundzwanzigsten?«

»Nein, den dreißigsten«, erkläre ich ihm geduldig, und er gibt ein lang gezogenes Stöhnen von sich.

»Das kann doch nicht wahr sein.«

»Du hast es also vergessen«, stelle ich fest und versuche, meiner Stimme einen neutralen Klang zu verleihen. Hornochse, Riesenross, denke ich für mich und schiebe die Tatsache, dass es nicht viel besser ist, den Jahrestag oder Nikolaus zu vergessen, weit von mir.

»Total vergessen«, kommt es tonlos zurück.

»Hast du heute schon mit ihr gesprochen?«, erkundige ich mich, das Schlimmste befürchtend, und atme erleichtert aus, als er mit »Nein« antwortet.

»Alles klar, das kriegen wir hin.«

»Aber wie denn bloß?«, jammert Benjamin vor sich hin, »ich habe den ganzen Tag ein Meeting nach dem nächsten ...«

»Kein Problem, dafür hast du ja jetzt uns«, beruhige ich ihn, obwohl mir innerlich der Allerwerteste auf Grundeis geht. Unser erster Auftrag, und dann gleich eine solche Feuerprobe. Jetzt nur nicht die Nerven verlieren. »Schaffst du wenigstens den Flieger um halb sechs?«, erkundige ich mich, und er bejaht.

»Gut, ich kümmere mich um alles Weitere und halte dich per E-Mail auf dem Laufenden über den Ablauf des Tages. Das Einzige, was du tun musst, ist, um Viertel nach sieben im besten Anzug, den du mithast, am Hamburger Flughafen aus dem Flieger zu steigen. Alles klar?«

»Aber was hast du denn ...?«

»Lass das meine Sorge sein«, unterbreche ich ihn, »aber sprich nicht mit deiner Frau, hörst du?«

»Ja, gut«, antwortet er gehorsam. »Vivi, danke, du bist meine Rettung. Mach, was du willst, es ist mir egal, was es kostet, Hauptsache, Lydia ist nicht schon wieder enttäuscht von mir.«

»Das wird sie nicht sein. Dann bis später«, verabschiede ich mich von ihm und lege auf. Dann hämmere ich mit beiden Fäusten gegen die Verbindungswand zu Lutz' Schlafzimmer. Das schaffe ich nicht alleine, ich brauche seine Unterstützung. »Lutz, wach auf«, brülle ich hinüber, und als er zehn Sekunden später immer noch nicht vor mir steht, springe ich auf und sprinte ohne anzuklopfen in sein Zimmer, wo er leise schnarchend auf dem Rücken in seinem Bett liegt.

»Lutz? Lutz!« Grunzend dreht er sich auf die Seite. Also lasse ich mich auf dem hölzernen Rahmen nieder und rüttele an seiner Schulter. Seine Haut ist glatt und warm. »Lutz, wach auf«, fordere ich ihn auf. Im selben Moment schlingt sich sein Arm um meinen Hals, und er zieht mich mit einer gekonnten Drehung ins Bett. Was ist denn jetzt kaputt? »He«, protestiere ich, als sich seine Lippen auf meine legen, während er sich auf mich rollt. Sein Gewicht presst mir die Luft aus den Lungen, und ich liege so ungünstig auf meinem eigenen Arm, dass ich nichts unternehmen kann. Als sich aber sein Mund öffnet und er mir die Zunge in den Hals schieben will, beschließe ich, dass er jetzt eindeutig zu weit geht. Und da ich mir nicht anders zu helfen weiß, beiße ich kräftig zu.

»Aaaaaah.« Mit einem lauten Schrei reißt Lutz die Augen auf und starrt mich zunächst entsetzt und dann verständnislos an. »Was … ich meine, wieso, häää?« Verwirrt setzt er sich auf, und ich atme erleichtert ein. Luft! Lutz reibt sich derweil die Augen und greift dann wehleidig an seinen Mund, aus dem seine malträtierte Zunge ein wenig heraushängt.

»Aufstehen«, sage ich grinsend und krabbele aus dem Bett.

»Aber wieso …«

»Weil wir einen Notfallauftrag haben«, antworte ich, obwohl er das vermutlich gar nicht gemeint hat.

»Okay, ich bin gleich da«, er nickt und sieht noch immer irritiert von seinem Bett zu mir und wieder zurück.

»Ich bin dann drüben«, sage ich mit Unschuldsmiene.

»Vivi, bitte warte.«

»Ja?«

»Wie kommst du in mein Bett? Haben wir etwa …?«

»Das wüsstest du doch wohl noch, oder«, antworte ich empört. »Ich wollte dich wecken, da hast du dich wie ein Wahnsinniger auf mich gestürzt.«

»Ehrlich?« Ich nicke, und er schaut beschämt auf seine Zehen herunter. »Tut mir Leid. Ist wohl so eine Art Reflex.«

»Schon gut«, winke ich großmütig ab. So schlecht fand ichs nämlich gar nicht. Jetzt kommt endlich Leben in Lutz, und er steigt aus seinem Bett.

»Puh, für einen Moment dachte ich echt, wir hätten, na ja, du weißt schon.« Er lacht erleichtert. »Schwein gehabt, was?«

»Einer von uns jedenfalls«, sage ich bissig und rausche davon.

Zurück im Arbeitszimmer könnte ich mir selber in den Hintern beißen. Schlimm genug, dass mich Lutz völliges Desinteresse an mir als Bettgespielin beleidigt. Aber muss ich ihm das auch noch unter die Nase reiben? Schnell verdränge ich die unsägliche Begegnung und wende mich statt dessen lieber meiner Aufgabe zu. Lydia Walsenfels. Zunächst einmal rufe ich bei meiner Partnerfloristin Emily Flunkert an. In den letzten Wochen habe ich mehrere Blumenläden abgeklappert und mich schließlich für eine Zusammenarbeit mit Emily entschieden. Sie verkauft uns die Blumen zu einem sehr fairen Preis, während wir im Gegenzug exklusiv mit ihr zusammenarbeiten. So bestelle ich nun einen Strauß aus fünfunddreißig langstieligen Baccara-Rosen für Benjamins Frau bei ihr.

»Sehr gerne. Steht in einer halben Stunde zur Abholung bereit.«

»Vielen Dank!« Dann hole ich aus dem »Lager«, dem antiken Bauernschrank aus massiver Eiche im Wohnzimmer, eine herzförmige Schachtel Pralinen und eine Karte mit Rosenmotiv, mit denen ich mich bei der Metro eingedeckt habe. Ich nehme den Füller zur Hand und schreibe in Schönschrift einen Gruß an Lydia:

»Liebste Lydia,
zu deinem Geburtstag wünsche ich dir alles Liebe!
Danke, dass du auch in schweren Zeiten zu mir hältst,
danke, dass du so viel Verständnis für mich hast!
Ich liebe dich,
dein Benjamin

So, das muss reichen. Um mir jetzt noch ein Gedicht aus den Rippen zu schneiden, fehlt mir wirklich die Zeit. Während ich die Tinte trocken puste, kommt Lutz endlich angeschlurft.

»Da bist du ja endlich«, sage ich, bemüht, meiner Stimme einen normalen Tonfall zu geben.

»Hier.« Er stellt mir einen Becher Milchkaffee vor die Nase, und meine Wut auf ihn schmilzt wie Butter in der Sonne. Kurz kläre ich Lutz über die Situation auf.

»Was für ein Depp«, ist sein Kommentar dazu, aber ich schüttele den Kopf.

»Depp hin oder her, wenn er nicht so blöd wäre, hätten wir jetzt keinen Auftrag. Und er hat so ein schlechtes Gewissen, dass wir es richtig krachen lassen können. Egal, was es kostet, hat er gesagt.« Wir grinsen uns vielsagend an. »Ich habe einen Strauß Rosen bei Emily bestellt. Würdest du ihn abholen und hiermit«, damit reiche ich ihm Karte und Pralinen, »an diese Adresse hier liefern.«

»Wird gemacht.«

»Und ich plane derweil das Geburtstagsdate ihres Lebens. Sag ihr bitte, dass sie um sieben Uhr bereit sein soll.« Damit wende ich mich wieder meinem Rechner zu. Hoffentlich klappt alles. Was ist, wenn ich so kurzfristig keine Limousine mehr bekomme? Keinen Geiger? Keine Reservierung in einem wirklich guten Restaurant? Angesichts der vielen Pannen, die passieren könnten, wird mir ein bisschen schlecht. In diesem Moment leuchtet Lutz' Gesicht auf:

»Ich habe eine tolle Idee, was hältst du davon, wenn ich mit Lydia shoppen gehe? Sie soll sich ein tolles Abendkleid kaufen, als Geburtstagsgeschenk. Dann ist sie beschäftigt und nicht so traurig darüber, dass ihr blöder Gatte lieber arbeitet, als mit ihr den Tag zu verbringen. Und sie hat gleich was Schönes zum Anziehen für heute Abend.«

»Brillant«, freue ich mich, während vor meinem inneren Auge Dollarzeichen erscheinen. Die Stunden, die Lutz mit ihr unterwegs ist, kann ich Benjamin in Rechnung stellen. Ganz abgesehen von den zwanzig Prozent, die wir als unseren Preis auf die Gesamtkosten aufschlagen. Was mehr als angemessen ist. Der Blumengruß, den Lutz gleich überbringen wird, kostet jetzt insgesamt knapp fünfzig Euro. Bei einem gängigen Blumenlieferanten aus dem Internet, bei dem Benjamin die Bestellung auch noch selbst hätte aufgeben müssen, hätte er über siebzig Euro dafür bezahlt. Na eben. Auf die Kosten des Abendkleides habe ich aber natürlich keinen Einfluss. »So gehst du aber nicht, oder?«, erkundige ich mich mit einem schiefen Blick auf Lutz' Outfit, das wie fast immer aus einer gammeligen Jeans, T-Shirt und ausgeleierter Kapuzenjacke besteht.

»Natürlich nicht, ich konnte ja nicht ahnen, dass es gleich losgeht«, gibt er zurück und verschwindet, um keine fünfzehn Minuten später wieder aufzutauchen. »Na, was sagst du?«, fragt er stolz und dreht sich einmal um die eigene Achse. Was ich sage? Nun, ehrlich gesagt gar nichts mehr. Der Anblick dieses hochgewachsenen, breitschultrigen Mannsbilds im schwarzen Anzug, mit dunkelgrünem Hemd und gleichfarbiger Krawatte kann einem schon die Sprache verschlagen. Sein markantes Kinn ist glatt rasiert, die Haare sind akkurat, aber nicht schmierig aus dem Gesicht gekämmt.

»Wow«, bringe ich schließlich hervor.

»Den habe ich mir für Castings zugelegt«, erklärt er mir.

»Und warum haben die trotzdem Daniel Craig genommen?«, sage ich grinsend, und er lächelt geschmeichelt.

»Ach komm, jetzt übertreibst du aber.« Ich übertreibe kein bisschen, er sieht aus wie James Bond. Und genauso steht er auch zu Beziehungen, warnt mich eine innere Stimme.

»Immerhin habe ich mit diesem Baby den Debitel-Werbespot bekommen«, meint er und streichelt zufrieden über das Revers. »Hast du den vielleicht gesehen?« Bedauernd schüttele ich den Kopf. »Na ja, macht nichts.« Ich erhebe mich und schiebe den Spion mit der Lizenz zum Kopfverdrehen in Richtung Wohnungstür. Als er die Treppen hinuntersteigt, fällt mir noch etwas ein.

»Lutz?« Er wendet sich um. Seufz.

»Ja?«

»Finger weg von Lydia, ist das klar?«

»Natürlich. Was denkst du denn von mir?«

»Dass du dich selbst im Schlaf auf jede Frau stürzt, die nicht bei drei auf den Bäumen ist«, gebe ich zurück und schließe kopfschüttelnd die Tür.

Kapitel 11

In den folgenden Stunden weiß ich nicht, wo mir der Kopf steht. Nachdem ich die ersten zehn Edelrestaurants auf meiner Liste abtelefoniert habe, wo man mir mit subtiler Arroganz klarmachte, dass ich wohl nicht mehr alle Tassen im Schrank hätte, verfluche ich Benjamin Walsenfels und seine blöde Frau, die dieses Jahr ausgerechnet auf einem Freitag Geburtstag haben muss. Nach weiteren zehn Anrufen verfluche ich mich selbst und überhaupt die ganze dumme Idee mit den Wichteln Amors. Einmal tief durchatmen! Okay, jetzt ist Kreativität gefragt. Zu dumm nur, dass mein kreativer Berater gerade durch irgendwelche Abendmodengeschäfte zieht und mich hier ganz alleine in dem Schlamassel sitzen lässt. Na gut, stellen wir das Problem des Essens mal hinten an und kümmern uns um die restliche Abendgestaltung. Als ich sämtliche Theater Hamburgs durchtelefoniere und man mir höchstens noch einen Platz in der letzten Reihe, Oberrang für die heutige Vorstellung von »Romeo und Julia« im Schauspielhaus anbieten kann, hebt das meine Laune kein bisschen. Auch sämtliche Limousinenunternehmen müssen mir bedauerlicherweise auf mehr oder minder höfliche Art mitteilen, dass ich wohl nicht ganz dicht sein kann, für heute Abend noch einen Wagen samt Fahrer mieten zu wollen. Na schön, dann muss eben Lutz heute Abend Chauffeur spielen, beschließe ich und rufe bei Sixt an, um, wenn schon keine Limousine, so doch wenigstens einen schnittigen Sportwagen zu mieten. Einen Jaguar? Aber gerne!

Dann rufe ich Lydias Profil auf meinem Computer auf und studiere es eingehend. An der Uni haben die beiden sich kennengelernt. Genauso wie Simon und ich. Aber ganz langweilig in einer Vorlesung, nicht so romantisch wie wir. Seufz. Vor meinem inneren Auge erscheint ein verlockender Schokoladenmuffin, nach dem gleichzeitig zwei Hände greifen. Sie treffen sich, die Fingerspitzen berühren einander, es funkt, der Rest ist Geschichte. Konzentrier dich, was machen wir denn jetzt bloß mit Lydia und Benjamin? Meine Augen fliegen über den Fragebogen. Sie mag Mode, Beauty, Sport, Spiel, eigentlich ist fast alles angekreuzt. Kein Wunder, irgendwie muss sie ja ihre Zeit rumkriegen, mit einem Unternehmensberater als Mann. Irgendwie hatte Simon mit den Jahren auch immer mehr Hobbys. Klettern, Squash, Segeln, Skilaufen. Nur ich habe nie dabei mitgemacht ... Ah, ihr Lieblingsgericht ist Sushi. Genau wie meins. Ob sie »Raw like Sushi« kennt, das hier in Hamburg direkt neben der Uni liegt? Ich habe den Gedanken noch nicht zu Ende gedacht, da durchfährt mich ein Geistesblitz. Siegesgewiss öffne ich mein Outlook.

Von: vsonntag@amors-wichtel.de
An: Benjamin.Walsenfels@wisenbergconsulting.com
Betreff: Lydia
Hallo Benjamin,
mein Mitarbeiter Lutz hat deiner Frau eben fünfunddreißig rote Rosen, Pralinen und eine Geburtstagskarte überbracht (Text: siehe Anhang). Jetzt geht er mit ihr ein Kleid für heute Abend kaufen (dein 2. Geschenk). Heute Abend wird sie mit einem Jaguar von zu Hause abgeholt, der dich dann am Flughafen einsammelt. Von dort fahrt ihr gemeinsam zum Campus (weil ihr euch an der Uni kennengelernt habt), wo euch ein romantisches Dinner

(Sushi) bei Kerzenschein erwartet. (Keine Sorge, die Wettervoraussagen sind gut, kein Regen, und natürlich stehen rundherum Heizpilze, also wird es muckelig warm). Ein Geiger wird für euch aufspielen, danach bringt euch der Fahrer ins Spielkasino, wo du den ganzen Abend auf die 35 setzt. Sag ihr, dass du alles aufs Spiel setzen würdest, aber nie wieder eure Beziehung und dass du ihr versprichst, sie im nächsten Jahr nicht mehr zu vernachlässigen. Am Ende des Abends fährt euch der Fahrer nach Hause.
Noch Fragen? Call me!
Ansonsten: Viel Spaß!
Vivi

Lutz ist ziemlich sauer auf mich, als er am frühen Nachmittag von seinem Einkaufsbummel zurückkommt und ich ihm eröffne, dass er heute Abend für Benjamin und seine Frau den Chauffeur spielen soll.

»Ich bin kreativer Berater und nicht das Mädchen für alles«, regt er sich auf.

»Es tut mir Leid, ehrlich, ich würde es ja selbst machen, wenn ich könnte«, rede ich mit Engelszungen auf ihn ein, »aber erstens kennt Lydia mich und zweitens muss ich den Tisch auf dem Campus vorbereiten. Ach so, bedienen müsstest du auch noch«, füge ich kleinlaut hinzu.

»Kommt überhaupt nicht in Frage.«

»Lutz, bitte!«

»Nein.« Ich sehe in sein entschlossenes Gesicht und seufze:

»Bitte denk noch mal drüber nach, während ich einen Geiger auftreibe.« Ich will gerade zum Telefon greifen, als er mich aufhält.

»Einen Geiger kenne ich, kein Problem. Ich rufe ihn an.«

Damit nimmt er mir den Hörer aus der Hand. »Hey, Paul, ich bin's. Hast du heute Abend schon was vor?« Paul? Ist das nicht der Typ, der nur »Jo« sagen kann? »Nein? Willst du dir hundertfünfzig Euro verdienen?«

»Hat er einen Anzug«, wispere ich Lutz zu, der ungeduldig abwinkt.

»Prima. Du musst nur ein Stündchen Geige spielen.«

»Hat er einen Anzug«, wiederhole ich dringlicher, und ein böser Blick trifft mich.

»Natürlich hat er einen Anzug«, sagt er laut und deutlich, und ich schäme mich ein bisschen

»Schon gut«, murmele ich. Nachdem Lutz aufgelegt hat, verlege ich mich aufs Betteln. »Bitte, bitte, es ist doch nur für heute«, aber es wäre leichter, einen Stein zum Erweichen zu bringen.

»Wie sieht denn das aus, wenn ich Blumenlieferant, Einkaufsberater, Chauffeur und Kellner bin? Da muss sie den Braten doch riechen, dass es sich um irgendeine Organisation handelt und dass der gute Benjamin rein gar nichts damit zu tun hat, außer, dass er den ganzen Spaß bezahlt.« Erschrocken sehe ich ihn an. Da hat er Recht.

»Aber wie soll ich innerhalb von«, ich werfe einen Blick auf die Uhr, »fünf Stunden einen Chauffeur und einen Kellner auftreiben?«, frage ich so verzweifelt, dass Lutz mir nun doch beruhigend die Hand auf die Schulter legt.

»Na gut, den Fahrer spiele ich, warte einen Moment.«

»Wo willst du hin«, rufe ich ihm hinterher, aber da klingelt gerade das Telefon, und ich muss abheben.

Zufrieden lege ich zehn Minuten später den Hörer wieder auf. Ein neuer Kunde ist akquiriert, und auch er hat gleich das Premium-Paket bestellt. In diesem Moment höre ich Schritte hinter mir und stoße einen erschrockenen Schrei aus, als ein fremder Mann mit pechschwarzem, zerzausten Haar im Türrahmen erscheint. Er mustert mich mit seinen funkelnden, dunklen Augen, die tief unter den buschigen Brauen liegen. Seine breiten Koteletten reichen ihm bis fast an die Mundwinkel. Er sieht aus wie der Räuber Hotzenplotz, und vor dem hatte ich schon als Kind eine Heidenangst. Unwillkürlich weiche ich zurück.

»Na, was sagst du?«, erklingt Lutz' Stimme aus dem Mund des unheimlichen Gesellen. »Nicht schlecht, was?«

»Lutz? Bist du das etwa?«, frage ich ungläubig und komme zögernd wieder ein Stück näher.

»Natürlich, wer denn sonst«, sagt er fröhlich und streichelt sich zufrieden über den schwarzen Schopf.

»Aber, deine Augen«, sage ich, noch immer ein wenig misstrauisch.

»Kontaktlinsen«, kommt es wie aus der Pistole geschossen zurück.

»Das ist ja unglaublich, du siehst aus wie ein komplett anderer Mensch.«

»Ich weiß«, gibt er mit stolzgeschwellter Brust zurück.

»Aber ehrlich gesagt siehst du ein wenig unheimlich aus, wenn ich das so sagen darf«, merke ich vorsichtig an. Schließlich will ich seine Gefühle nicht verletzten. »Ich glaube nicht, dass ich einfach so in deinen Wagen steigen würde, wenn ich Lydia wäre. Nichts für ungut.«

»Hm, vielleicht hast du Recht«, stimmt er mir sofort zu. »Warte hier.«

Zehn Minuten später, ich habe derweil schon mal das Menü bei »Raw like Sushi« für heute Abend aufgegeben und die Heizpilze bestellt, steht ein rothaariger Mann mit Sommersprossen, Schnauz- und Kinnbart sowie einer runden Nickelbrille vor mir.

»Ick bin der Matze aus Berlin, wa. Unn, watt sachse?«, fragt er in einem gekonnten Berliner Dialekt. »Is dit ooch noch furchteinflößend, oder watt?« Nein, ganz und gar nicht. Ein bisschen skurril vielleicht, aber definitiv besser.

»Das ist super«, beteure ich.

»Danke, jute Frau.«

»Woher kannst du denn berlinern?«

»Ick bin Schauspieler, watt denkst du denn?«

»Also machst du heute den Chauffeur?«, erkundige ich mich hoffnungsfroh und er nickt.

»Na klar, ich nutze es einfach als Übung. Weißt du, den ganzen Abend in einen anderen Charakter zu schlüpfen, das ist gar nicht so einfach.«

»Danke, du hast was gut bei mir«, stoße ich erleichtert hervor. Eine Sorge weniger! Schon wieder klingelt das Telefon, außerdem hat der Computer in der Zwischenzeit schon mindestens fünfmal piepsend verkündet, dass eine neue E-Mail angekommen ist. »Würdest du bitte ...«, frage ich »Matze«, und er beantwortet bereitwillig den Anruf. Ich checke derweil die Mails. Eine ist von Benjamin. Er ist begeistert, wunderbar. Vier weitere Interessenten. Ich beantworte ihre Fragen, dann schleppe ich mit Hilfe von Lutz meine Balkonmöbel hinunter in meinen Golf. Sie passen mit Ach und Krach hinein. Fröstelnd ziehe ich die Schultern nach oben und frage mich kurz, ob es wirklich eine gute Idee ist, um diese Jahreszeit und bei dieser Eiseskälte ein romantisches Dinner im Freien zu organisieren. Aber aus Mangel an Alternativen muss es einfach so gehen, vorsichtshalber kann ich ja noch ein paar Wolldecken einpacken. Die Zeit verfliegt, und ich habe immer noch keinen Kellner für heute Abend gefunden.

»Bitte, du musst doch irgendeinen anderen arbeitslosen Schauspieler kennen, der heute Abend einspringen kann«, flehe ich Lutz an und merke eine Sekunde zu spät, dass ich etwas Falsches gesagt habe. Und richtig, die roten Augenbrauen ziehen sich über der Nasenwurzel zusammen, ein vernichtender Blick trifft mich:

»Watt soll datt denn heißn? Bin ick viellaicht abeitslos?« Er ist immer noch »in character«, wie er mir erklärt hat, und anscheinend hat er auch nicht vor, wieder herauszukommen.

»So meinte ich das doch nicht«, versuche ich meinen Faux-pas wieder geradezubiegen, aber Lutz alias Matze ist beleidigt.

»Die abeitslosen Kollegen ham besseret zu tun, waisste«, sagt er kurz und wendet sich wieder dem Computer zu.

»Aber was mache ich denn bloß?«, jammere ich ratlos. Er dreht sich zu mir um und mustert mich von oben bis unten:

»Wennde mich fragst ...«

»Klar frage ich dich.«

»Also ick wüsste da schonn watt!«

»Was für eine absolut hirnlose Schnapsidee«, fluche ich vor mich hin, während ich mich im schmalen Flurspiegel kritisch in Augenschein nehme. Halbhohe, schwarze Pumps, dazu meine schmale, schwarze Hose, eine weiße Bluse und darüber einen schwarzen V-Ausschnitt-Pullover. So weit, so gut. Mit böser Vorahnung lasse ich den Blick höher schweifen und stoße entsetzt die Luft aus. »Ausgeschlossen«, fahre ich Lutz beziehungsweise Matze an, der grinsend und mit verschränkten Armen hinter mir steht. »So gehe ich nicht unter Leute.«

»Sieht doch juut aus«, meint er achselzuckend, und ich mustere verächtlich mein Spiegelbild. Mit der hellblonden, schulterlangen Ponyfrisur sehe ich irgendwie aus wie Daryl Hannah. Nur nicht so gut. Misstrauisch sehe ich in meine Augen mit den hellbraunen Kontaktlinsen, die mir Lutz unter großem Geschrei meinerseits auf die Hornhaut platziert hat. Ich finde nicht, dass es gut aussieht, irgendwie blass und unscheinbar. Aber die Aussicht, mir die Linsen wieder aus den malträtierten Augen pulen zu müssen, ist noch schlimmer. Meine hellgrünen Augen sind sonst immer der Blickfang, mit diesen farblosen Dingern komme ich mir vor wie ein Maulwurf. Dafür rückt mein Mund, den Lutz knallrot angepinselt hat, plötzlich geradezu obszön in den Vordergrund. Waren meine Lippen eigentlich immer schon so üppig?

»Ich sehe aus wie einer von diesen komischen Fischen, weißt du, die mit dem breiten Maul«, sage ich und klappe probeweise meinen Mund auf und zu.

»Kannse ma aufhören, hier rumzumeckan?«, fragt Lutz, und ich nicke ergeben. Dann bin ich eben heute Abend »Antonia, die Kellnerin«, wie er mich spontan getauft hat.

»Schon gut«, sage ich unwirsch. »Würdest du jetzt bitte losfahren und Lydia abholen? Der Jaguar steht unten auf der gegenüberliegenden Straßenseite.« Damit werfe ich ihm den Schlüsselbund zu.

»Also denne«, meint er gutgelaunt.

Ein letzter Blick in den Spiegel, dann werfe ich mir rasch meinen schwarzen Wintermantel über und folge ihm die Treppen hinunter.

Um Punkt halb acht stehe ich unter einem der vier Heizpilze, ein Tablett mit zwei Champagnergläsern im Anschlag, einen schweigsamen Geiger im schwarzen Anzug neben und den liebevoll gedeckten Tisch mit der Sushiauswahl vor mir. Die edle weiße Tischdecke mit den roten Rosenblättern verdeckt meine etwas schiefen, alten Plastikbalkonmöbel, die windgeschützte Ecke des Campus, die ich mir ausgesucht habe, erstrahlt im Glanz Dutzender Teelichter.

»Alles klar?«, erkundige ich mich bei Paul, der mit dem unvermeidlichen »Jo« antwortet. Als in einiger Entfernung drei Personen auf uns zukommen, hebt er die Geige unter das Kinn und beginnt zu spielen. Fasziniert betrachte ich sein sich von einer Sekunde auf die andere veränderndes Gesicht. Der gelangweilte Ausdruck daraus ist verschwunden, es scheint plötzlich von innen heraus zu leuchten, während er konzentriert und voller Leidenschaft das Violinkonzert von Mendelssohn geigt. Jedenfalls hoffe ich, dass es sich wirklich um Mendelssohn und damit um Lydias Lieblingskomponisten handelt. Kunstbanause, der ich bin, bleibt mir nichts anderes übrig, als Paul in diesem Punkt voll zu vertrauen. Ich prüfe noch einmal den Sitz meiner Perücke und trete dann mit einem strahlenden Lächeln auf Benjamin und Lydia zu. Letztere krallt sich am Arm ihres Mannes fest und starrt mit offenem Mund auf die Bescherung.

»Das gibt's doch nicht«, flüstert sie, während ich ihr die Champagnerflöte in die Hand drücke. Ich räuspere mich und sage mit hoher Stimme:

»Herzlichen Glückwunsch zum Geburtstag, Frau Walsenfels.« Ich klinge wie ein Transvestit, aber einen Dialekt konnte ich mir auf die Schnelle nicht mehr aneignen. Also muss es so gehen. Lutz grinst mich unverschämt an und sagt:

»Viel Verjnügen, wa? Ick warte dann im Wagen.« In diesem Moment leuchtet in Benjamins hellblauen Augen das Erkennen auf. Na, das hat aber gedauert. Ich werfe ihm einen beschwörenden Blick zu und führe die beiden zum Tisch. Dann helfe ich Lydia aus ihrem dunkelbraunen Mantel, weil Benjamin, der alte Töffel, keine Anstalten macht, dies zu übernehmen. Darunter kommt ein atemberaubendes, bodenlanges Abendkleid in Feuerrot zum Vorschein. Wahnsinn!

Lydia spürt meinen Blick, errötet leicht und setzt sich auf

den Stuhl, den ich für sie vom Tisch abrücke, während ich gleichzeitig Benjamin vorwurfsvoll ansehe. Hat der Typ überhaupt so etwas wie eine Kinderstube genossen? Ist ja nicht zu fassen. Außerdem hat er bis jetzt noch kein Wort gesagt. Das kann ja heiter werden. Hoffentlich denkt er nicht, dass ich jetzt hier den Pausenclown gebe. Dafür bin ich nicht hier. Ich bin da, um ein angenehmes und romantisches Ambiente zu schaffen. Was er daraus macht, ist seine Sache. Auffordernd sehe ich ihn an. Er blickt verständnislos zurück. Verärgert schüttele ich den Kopf. Was für ein Depp. Da sitzen sie sich gegenüber, die beiden. Lydia sieht wirklich hinreißend aus. Ich hatte sie immer für eher unscheinbar und mäuschenhaft gehalten. Aber jetzt, in diesem Traum von einem Kleid, das ihren blassen Teint wunderschön betont, ist sie eine echte Augenweide. Die dunkelblonden, gewellten Haare hat sie locker aufgesteckt, das dezente Makeup unterstreicht ihren mädchenhaften Charme und die zarten Gesichtszüge. Während ich die Wassergläser mit San Pellegrino fülle, betrachte ich verstohlen Benjamin, der nun wirklich nicht das Schönste ist, das die Männerwelt zu bieten hat. Aber egal, Männer müssen nicht schön sein. Simon zum Beispiel ist sicher auch nicht schön im klassischen Sinne. Seine Nase ist ein bisschen zu groß, sein Körper zu spargelig. Aber er ist so ein toller Mann. Er hat mir immer aus der Jacke geholfen. Den Stuhl zurechtgerückt. Er hat sich sogar erhoben, wenn ich im Restaurant zur Toilette gegangen bin. Und niemals hat er wie ein stummer Fisch dagesessen und mich einer peinlichen Stille ausgesetzt. Nein, nie! Wenn wir geschwiegen haben, dann in stummer Einträchtigkeit.

»Hee«, ruft Benjamin aus und holt mich zurück in die Gegenwart, in der ich soeben das Tischtuch mit Mineralwasser schwemme.

»Oh Verzeihung«, sage ich schnell und tupfe mit einer Serviette an der Bescherung herum. Oh nein, ich habe schon wieder nicht meine Stimme verstellt. Hoffentlich ist es niemandem aufgefallen. Ich räuspere mich erneut, hole die Weißweinflasche und schenke ein. Das Schweigen zwischen den beiden empfinde ich mittlerweile als unerträglich, weshalb ich es schließlich mit glockenheller Stimme breche:

»Entschuldigen Sie, wenn ich das sage, aber mit diesem Kleid könnten Sie zur Oscarverleihung gehen. Es ist wirklich wundervoll«, sage ich und werfe Benjamin auffordernde Blicke zu, die er stoisch ignoriert. Dieser Esel. »Finden Sie nicht auch?«, nötige ich ihn.

»Oh ja«, gibt er zurück. Ein bisschen mehr Enthusiasmus könnte nicht schaden, denke ich verstimmt.

»Wirklich außergewöhnlich«, fahre ich fort. »Ach, wie wird denn der Abend überhaupt weitergehen?« Fragend sieht Lydia ihren Mann an.

»Nun, das ist eine Überraschung«, gibt Benjamin zurück.

»Wie schön.« Damit stelle ich die gemischte Sushiplatte, die ich vor zwanzig Minuten superfrisch bei »Raw like Sushi« abgeholt habe, in die Mitte des Tisches und rattere die Namen und Zutaten sämtlicher Maki-Rollen darauf herunter. »Guten Appetit«, wünsche ich dann, wobei mir auffällt, dass ich unbemerkt wieder in meine normale Stimmlage zurückgefallen bin. Mist! Paul spielt noch immer selbstvergessen auf seiner Fiedel und scheint gar nicht mitzubekommen, was um ihn herum passiert. Soweit ich das als Laie beurteilen kann, ist er richtig gut. Ich will mich gerade zurückziehen, als ich Lydia sagen höre:

»Mendelssohn.«

»Wie bitte?«

»Die Musik«, sagt sie lächelnd. »Du hast es nicht vergessen.«

»Äääh«, macht Benjamin und sieht dabei noch mehr wie ein Fisch aus als ich mit meinem Riesenmaul. Verstohlen versuche ich, ihm ein Zeichen zu machen. »Nein, natürlich habe ich es nicht vergessen«, sagt er dann mit fester Stimme, nachdem er sich von dem ersten Schrecken erholt hat, und ich atme erleichtert aus. Na also! Schließlich ist der gute Mann Unternehmensberater. Da erwarte ich doch, dass er in jeder Lebenslage wenigstens den Anschein erweckt, als ob er alles im Griff hätte. Ich werfe Paul noch einen dankbaren Blick zu und entferne mich dann diskret von den dreien, um mich in etwa zwanzig Metern Entfernung auf einem Treppenabsatz niederzulassen. Bereits wenige Minuten später sehne ich mir einen der vier Heizpilze herbei. Wenn ich hier noch länger regungslos sitzenbleibe, friere ich fest. Also zwinge ich mich, aufzustehen und mit den Armen schlenkernd auf und ab zu hüpfen. Dann laufe ich auf der Stelle, wobei ich die Knie kräftig in Richtung Brust ziehe. Langsam beschleunigt sich mein Atem, meine Muskeln werden wärmer.

»Was machst du denn da«, höre ich eine Stimme hinter mir sagen, und ich fahre erschrocken zu Benjamin herum.

»Mir ist kalt«, sage ich so würdevoll wie möglich. »Fehlt es an irgendetwas?«

»Nein, aber ich brauche deinen Rat. Irgendwie läuft der Abend nicht ganz nach Plan.«

»Tatsächlich?« Ich schaue an ihm vorbei und sehe eine völlig in sich zusammengesunkene Lydia einsam und allein am Tisch sitzen. Jetzt wischt sie sich mit einer der blütenweißen Stoffservietten, die ich eigens gebügelt und in Schwanenform gefaltet habe, über das Gesicht. »Sag mal, weint deine Frau etwa?«, frage ich entsetzt, und Benjamin nickt. »Was hast du mit ihr gemacht, du Holzkopf?«, frage ich grob und er hebt abwehrend die Hände.

»Gar nichts.«

»Das ist vermutlich das Problem. Ich habe wirklich alles getan, um diesen Abend für Lydia schön und romantisch zu gestalten, und das, obwohl ich für die Planung nicht einmal zwölf Stunden Zeit hatte«, rege ich mich auf. »Und du sitzt einfach da und bist stumm wie ein Fisch. Kein Wunder, dass sie traurig ist.«

»Aber das ist es nicht …«

»Sondern?«, frage ich und kneife die Augen zusammen, um besser zu erkennen, was sich abspielt. Bilde ich es mir ein, oder ist durch diese dämlichen gefärbten Kontaktlinsen meine Sehschärfe eingeschränkt. »Schmeckt ihr das Sushi nicht? Ist der Wein gekippt?«, rate ich ins Blaue hinein. »Oder ist ihr kalt? Das täte mir echt Leid, aber es war weit und breit kein Restaurant zu finden, die mir so kurzfristig eine Reservierung …«

»Nein, nein, es ist schön warm unter den Heizpilzen«, beruhigt mich Benjamin.

»Aber was ist denn das Problem?«, frage ich verständnislos, und er macht ein wehleidiges Gesicht.

»Lydia denkt, dass ich eine Affäre habe.« Mit offenem Mund starre ich mein Gegenüber an.

»Wie kommt sie denn auf die Idee?«

»Na ja«, er zuckt verlegen die Achseln, »eine solche romantische Rundumbetreuung ist sie von mir nicht gewöhnt. Und jetzt denkt sie, ich hätte ein schlechtes Gewissen und würde sie betrügen.« Ich brauche einen Moment, um diese Information zu verarbeiten. Diese Möglichkeit habe ich nicht bedacht. Und jetzt?

»Was hast du ihr gesagt?«

»Ich habe gesagt, dass ich dich wegen der Nachspeise etwas fragen will und bin hierher gekommen.«

»Und hast sie weinend da sitzen lassen?«, frage ich entsetzt, und er sieht sich verlegen nach seiner Frau um, die einsam und verlassen mitten auf dem Campus sitzt und um ihre Fassung ringt.

»Ich wusste nicht, was ich sagen sollte«, meint er hilflos.

»Du bist wirklich selten dämlich«, blaffe ich ihn an.

»Es tut mir Leid«, wimmert er verschreckt.

»Das solltest du lieber ihr sagen«, versetze ich heftig. »Du gehst jetzt sofort da rüber und versicherst deiner Frau, dass du nicht fremdgehst. Sag ihr, dass sie die einzige Frau ist, die du liebst und dass sie Recht damit hat, dass dieser Geburtstag Ausdruck für dein schlechtes Gewissen ist …«

»Hä?«

»Lass mich ausreden! Aber nicht, weil du eine Affäre mit einer anderen Frau hast, sondern mit deiner Arbeit. Sag ihr, dass es dir Leid tut, sie vernachlässigt zu haben. Sag ihr, dass du alles tun wirst, damit sie von jetzt an deine Liebe wieder spürt. Verstanden?«

»Ja«, antwortet er eingeschüchtert.

»Dann los«, ich gebe ihm einen kleinen Schubs. »Sei überzeugend. Ich bringe dann in fünf Minuten den Nachtisch.«

»Okay. Vivi …«

»Schon gut, du brauchst dich nicht zu bedanken«, winke ich großzügig ab. Der soll sich endlich in Bewegung setzen.

»Ich wollte nur sagen, dass deine Perücke verrutscht ist.«

»Ach so. Danke.« Meine eine Hand fliegt hinauf zu meinem Haarschopf, während die andere ihn ungeduldig wegwinkt. »Und hilf ihr gefälligst in den Mantel, wenn ihr wieder geht«, rufe ich ihm halblaut hinterher. Ich beobachte, wie Benjamin mit linkischen Bewegungen auf Lydia zugeht, die den Kopf hebt und schon wieder die Serviette zum Gesicht führt. Benjamin lässt sich ihr gegenüber nieder.

»Nimm ihre Hand, nimm ihre Hand«, flüstere ich und sende all meine Energie in seine Richtung. Und tatsächlich, als hätte er mich gehört, greift er über den Tisch herüber. Dann beginnt er, auf Lydia einzureden. Natürlich kann ich nicht verstehen, was er sagt, aber es scheint seine Wirkung jedenfalls nicht zu verfehlen. Soweit ich es aus dieser Entfernung beurteilen kann, hellt sich ihre Miene etwas auf. Na, Gott sei Dank. Als wolle er mir ein Zeichen geben, dass alles gut läuft, stimmt Paul jetzt eine etwas beschwingtere Melodie an. Die Kälte kriecht mir schon wieder unangenehm die Beine hoch, und ich verfalle in leichtes Joggen. Meine Gedanken rasen. So viel steht fest, so ausführlich unser Dienstleistungskatalog auch sein mag, damit ist es scheinbar nicht getan. Wer hat diese Männer eigentlich erzogen, die heutzutage zwar Geld ohne Ende scheffeln, aber nicht den blassesten Schimmer zu haben scheinen, wie eine Frau behandelt werden möchte? Vielleicht sollten wir zusätzlich Seminare anbieten, überlege ich, während ich im Rhythmus der Geigenmusik, die über den Campus schallt, auf und nieder hüpfe. Aber das ist natürlich ein Zeitproblem. Unsere Kunden schaffen es ja nicht einmal, einen Strauß Rosen für die Liebste zu kaufen. Und wenn schon Wochenendseminare, dann wohl eher zum Thema »Mitarbeiterführung und Konfliktmanagement«, »Verkauf, Marketing und Public Relations« oder auch »Controlling und Reporting für IT-Projekte«. Vielleicht eine Art Ratgeber, grübele ich weiter. Na toll, das »Benutzerhandbuch für Frauen« vielleicht? Eine Schnapsidee! Wie wäre es statt dessen mit einer Liste, auf der die wichtigsten Regeln kurz und knapp zusammengefasst sind? Die könnten wir unseren Kunden sozusagen als kostenlosen Bonus zukommen lassen. Sie müsste bloß knackig sein, damit man sie auch wirklich liest und, viel wichtiger, beherzigt. Und in diesem Moment habe ich die zündende Idee. Plötzlich bin ich so aufgeregt, dass ich am liebsten zu Lutz in den Jaguar stürzen würde, um ihm von meinem Plan zu erzählen, aber in diesem Moment fällt mir glücklicherweise der versprochene Nachtisch wieder ein, den ich in der mit einem weinroten Tuch verhüllten Kühlbox deponiert habe. Nicht, dass die bei dieser Eiseskälte wirklich notwendig wäre. Vorsichtig nähere ich mich dem Pärchen, das Händchen haltend am Tisch sitzt. Die Stimmung scheint sich erheblich gebessert zu haben, und Lydia schaut Benjamin ganz entrückt an. Der wiederum wirkt erleichtert. Ich schenke Wein nach und kredenze dann die »Sweet Rolls«, eine den Sushi-Makis nachempfundene süße Köstlichkeit aus Pfannkuchen, Milchreis und Frucht. Statt Soja- gibt es dazu Schokoladensoße.

»Das sieht ja köstlich aus«, schwärmt Lydia entzückt. Ihre Wimperntusche ist ein wenig verlaufen, aber die Augen strahlen. Wahrscheinlich fühlt sie sich wie eine Prinzessin. Und wie ich Benjamin einschätze, zum ersten Mal in dieser Ehe. Mich überkommt ein Hauch von Mitleid, als ich sie da so mit glühenden Wangen sitzen sehe. Traurig für sie, dass ihr blöder Mann nicht mal von selbst auf die Idee gekommen ist, sie mit einem romantischen Abend zu überraschen. Aber die Hauptsache ist doch, dass sie glücklich ist. Oder?

Der Rest des Abends verläuft ganz nach Plan, und als Lutz gegen zwei Uhr nachts wieder in unsere Wohnung kommt, sitze ich noch am Rechner und tüftele an der »Gebrauchsanweisung für Frauen«.

AMORS WICHTEL

Gebrauchsanweisung für Frauen:

- Sagen Sie ihr, dass Sie glücklich mit ihr sind.
- Schreiben Sie ihr Nachrichten auf den Badezimmerspiegel.
- Tragen Sie ein Foto von ihr bei sich.
- Halten Sie ihr die Tür auf.
- Helfen Sie ihr in den Mantel.
- Machen Sie ihr Komplimente.
- Küssen Sie ihren Nacken.
- Seien Sie ein bisschen eifersüchtig …
- … aber nicht zu sehr.
- Sagen Sie ihr, dass Sie sie lieben.
- Gehen Sie nicht fremd.
- Gucken Sie nicht anderen Frauen hinterher.

HOME SERVICES ÜBER UNS KONTAKT

Während Lutz sich im Badezimmer wieder in sich selbst verwandelt, lese ich ihm durch die geschlossene Tür meine bisher gesammelten Punkte vor.

»Es geht nur um Sachen, die jeder noch so beschäftigte Mann ganz ohne zusätzlichen Aufwand in den Alltag mit seiner Frau integrieren kann«, erläutere ich noch mit erhobener Stimme mein Konzept, bevor ich loslege. Nachdem ich geendet habe, lausche ich erwartungsvoll auf seine Reaktion. Dann klopfe ich ungeduldig an die Tür.

»Lutz? Hast du das alles gehört?«

»Ja«, kommt es gedämpft zurück.

»Und? Was meinst du?« Der macht es vielleicht spannend. In diesem Moment öffnet sich die Badezimmertür, und der Lutz, den ich kenne, tritt heraus.

»Was ich meine? Ich meine, dass dein Simon echt ein toller Kerl gewesen sein muss!«

Kapitel 12

Schauspieler sind eindeutig schlauer als ihr Ruf. Dieser hier zum Beispiel hat sofort kapiert, wo ich meine Weisheiten zum Thema »Was Frauen wollen« hergenommen habe: Aus meiner Beziehung mit Simon nämlich. Ich gebe zu, dass ich in den letzten Stunden die eine oder andere Träne verdrückt habe, weil ich mich zwangsläufig an ihn erinnern musste. Ich hätte das ganze Konzept auch einfach unter dem Sammelpunkt »SEI WIE MEIN EX« zusammenfassen können. Dabei habe ich Dinge wie

- presse ihr jeden Morgen frischen Orangensaft
- stäube Herzen aus Kakaopulver auf ihren Milchkaffee
- bastele einen Adventskalender

noch außen vor gelassen. Denn für solche Extras haben unsere Kunden schließlich keine Zeit. Dinge wie das Frühstück am Morgen fallen damit unweigerlich unter den Tisch, aber für Adventskalender, Blumengrüße und Geburtstagstorten sind ja schließlich ab sofort Amors Wichtel zuständig.

Bevor wir schlafen gehen, erkläre ich Lutz noch, dass er morgen Vormittag gleich eine entsprechende Liste für unserer weibliche Kundschaft anfertigen soll. Sobald die fertig ist, tritt Teil zwei meines Plans in Kraft: Ich werde von Daniel, der auch schon unsere Internetpräsenz erstellt hat, einen Bildschirmschoner programmieren lassen, den man sich dann kostenlos von unserer Webseite herunterladen kann. Und so dringen die Botschaften durch permanentes Über-den-Monitor-Laufen langsam aber sicher in das Unterbewusstsein unserer Klientel ein. So stelle ich es mir jedenfalls vor. Lutz findet die Idee auch gut.

»Nur noch eine Frage«, sagt er mit einem süffisanten Lächeln, die Hand schon auf seiner Türklinke, »von welcher weiblichen Kundschaft redest du eigentlich?« Da hat er schon Recht, bisher besteht unsere Kundschaft ausschließlich aus Männern, was mich ehrlich gesagt ein wenig verstimmt. Vornehmlich war die Idee doch dazu bestimmt, um Frauen wie mir zu helfen, Karriere und Beziehung unter einen Hut zu bringen. Und wo sind sie jetzt alle?

»Hast du dir diese Karrierefrauen mal angeguckt?«, gibt Lutz zu bedenken. »In ihren komischen Anzügen, bei denen man rein gar nichts mehr von der Figur sieht. Die schaut doch eh keiner an. Unser Service ist doch eher etwas für Männer, mit den romantischen Dates und so. Ich meine, dafür sind nun einmal, bei aller Gleichberechtigung der heutigen Zeit, eher die Männer zuständig«, sagt Lutz, und da hat er vermutlich sogar Recht. Aber schließlich geht es nicht nur um Verabredungen, sondern auch um originelle, kreative und liebevolle Geschenke, und da sollten sich Frauen genauso ins Zeug legen, weiß ich aus bitterer Erfahrung.

»Wahrscheinlich trauen sich die Frauen einfach nicht«, meine ich achselzuckend.

»Oder sie sind ihre Kerle jetzt schon los!«

»Ach was! Bald bekommen wir unseren ersten Auftrag von einer Frau«, sage ich voller Überzeugung, »und dann möchte ich vorbereitet sein. Also wirst du bitte morgen Früh die Liste aufsetzen.«

»Alles klar, Boss!«, sagt er ironisch, und ich nicke zufrieden.

Es geht doch. »Punkt eins«, sagt er laut, während er sein Zimmer betritt, »behandele ihn nicht wie einen Untergebenen.«

»Ich will ja auch nicht mit dir ins Bett«, rufe ich ihm hinterher, während die Tür zufällt.

»Punkt zwei: Entmanne ihn nicht durch unvorsichtig dahingesagte Kommentare«, schallt es durch die geschlossene Tür zu mir heraus.

»Sehr brav, nur weiter so«, sage ich, während ich in mein eigenes Schlafzimmer gehe. Ich kann nicht genau verstehen, was er darauf erwidert, aber es klingt ein bisschen nach:

»Behandele ihn nicht wie ein Kind.«

Am nächsten Morgen erwache ich, weil mich die Sonnenstrahlen, die zwischen meinen Jalousien hindurchscheinen, an der Nase kitzeln. Nanu, wieso ist es denn so hell draußen? Verschlafen sehe ich mich nach meinem Wecker um. Gleich elf Uhr. Im gleichen Moment überkommt mich eine wahnsinnige Ruhe, weil ich jetzt nicht in Panik aufspringen und mir eine gute Entschuldigung ausdenken muss. Es ist schon eine tolle Sache, selbstständig zu sein. Noch eine Sekunde später fällt mir ein, dass heute sowieso Samstag ist. Deshalb dusche ich erst mal ausgiebig und treffe in der Küche mit Lutz zusammen.

»Morgen, Boss«, sagt er grinsend. Vor ihm auf dem Küchentresen liegt eine ausgedruckte Version der »Gebrauchsanweisung für Männer«.

»Ich hatte ganz vergessen, dass Wochenende ist«, entschuldige ich mich zerknirscht bei Lutz, »du hättest wirklich nicht …«

»Schon gut«, meint er lässig. »War total easy.« Er macht sich an der Espressomaschine zu schaffen, während ich mich neugierig in die Liste vertiefe.

AMORS WICHTEL

Gebrauchsanweisung für Männer:

- Sagen Sie ihm, dass er Sie glücklich macht.
- Sagen Sie ihm, dass Sie ihn lieben.
- Tragen Sie ein Foto von ihm bei sich.
- Tragen Sie Ihren Ehe- oder Verlobungsring.
- Flirten Sie nicht mit anderen Männern.
- Benutzen Sie Tränen nicht als Druckmittel.
- Vertrauen Sie ihm.
- Versuchen Sie nicht, ihn zu ändern.
- Seien Sie dankbar, wenn er etwas für Sie tut.
- Lassen Sie ihn ein Mann sein.
- Nehmen Sie ihn nicht als selbstverständlich.

HOME SERVICES ÜBER UNS KONTAKT

Gedankenverloren starre ich auf den letzten Punkt. Ein guter Punkt, eigentlich der wichtigste, schießt es mir durch den Kopf.

»Sehr gut«, sage ich leise und nehme meinen Kaffeebecher entgegen.

»Tja, schließlich habe ich auch eine Ex, die ziemlich toll war«, meint er achselzuckend. Obwohl mir schon wieder tausend Fragen zu der mysteriösen Unbekannten auf der Zunge brennen, reiße ich mich zusammen und sage nichts.

Sehe ihn nur an. Und tatsächlich: »Vielleicht hätte ich deine Liste gebraucht«, fährt er fort und sieht plötzlich richtig traurig aus. »Wobei ich wohl selber hätte wissen können, dass Seitensprünge nicht beziehungsfördernd sind.«

»Oh«, sage ich atemlos und hänge an seinen Lippen, aber in diesem Moment klingelt dummerweise mein Handy.

»Entschuldige«, sage ich, doch Lutz scheint dankbar für die Unterbrechung zu sein. »Viviane Sonntag.«

»Vivi, hier ist Benjamin.«

»Ach, hallo.«

»Ich wollte mich bei dir bedanken, es war so ein toller Abend, und erst eine tolle Nacht, ich kann dir sagen.«

»Ähem«, räuspere ich mich ein wenig befremdet, »keine Details bitte.«

»Na ja, danke jedenfalls.«

»Keine Ursache. Wo bist du jetzt?«

»Im Office, ich muss noch ein paar …«, beginnt er, als ich ihn schon unterbreche.

»Ist mir egal, was du noch machen musst, du schwingst jetzt sofort deinen Hintern wieder nach Hause und machst einen Spaziergang mit deiner Frau«, sage ich im Befehlston nach einem kontrollierenden Blick aus dem Fenster. Der Himmel ist strahlend blau, und ein leichter Wind streicht durch die kahlen Äste der Linden, die im Hinterhof stehen.

»Aber ich …«

»Kein Aber«, sage ich streng, »mit einem gut gelaufenen Geburtstag ist es nicht getan. Und nach einer durchvögelten Nacht«, ein überraschter Blick von Lutz trifft mich, und ich setze ein entschuldigendes Lächeln auf, »lässt du deine Frau nicht alleine zu Hause rumsitzen.«

»Ähm, na gut, vielleicht kann ich …«, kommt es verschüchtert zurück.

»Natürlich kannst du«, schneide ich ihm das Wort ab. »Und am Montag gehst du auf unsere Webseite und lädst dir dort den Bildschirmschoner herunter, verstanden?«

»Was für einen …?«

»Das wirst du dann schon sehen. Und wenn er dir gefällt, kannst du ihn gleich an alle Männer, die du kennst, weiterleiten«, sage ich etwas sanfter und notiere im Hinterkopf, dass unser Logo auf dem Bildschirmschoner deutlich zu sehen sein muss.

»Okay«, kommt es ergeben zurück.

»Dann macht euch einen schönen Tag. Tschüss.« Ich lasse das Handy sinken und sehe zu Lutz hinüber, der mit verschränkten Armen am Kühlschrank lehnt und mich leicht amüsiert ansieht.

»Mit Benjamin willst du auch nicht schlafen, oder?«, erkundigt er sich, und ich schüttele empört den Kopf:

»Natürlich nicht!«

»Dann ist es ja gut. Aber falls du irgendwann mal wieder einen meiner Geschlechtsgenossen in dein Bett locken willst, solltest du dir dringend deinen Befehlston abgewöhnen«, sagt er trocken. »Nur so ein kleiner Tipp unter Freunden.«

Bin ich denn wirklich eine solche Furie? Das wäre ja schrecklich. Aber irgendwie hat er schon recht, vermutlich habe ich mich dem rauen Wind in der Geschäftswelt angepasst. Da kommt man eben nur durch, wenn man selbstsicher, eloquent und rational auftritt. Und was mit einem passiert, wenn man mal seinen Gefühlen freien Lauf lässt, das habe ich ja schmerzhaft am eigenen Leib erfahren müssen. Aber vielleicht gibt es ja auch einen Mittelweg zwischen Nervenzusammenbruch und kalter Hundeschnauze? Während ich noch darüber nachgrübele, ob Lutz' Anschuldigungen möglicherweise einen Funken Wahrheit beinhalten, hat der sich klammheimlich aus dem Staub gemacht. Dabei hätte ich ihn doch so gerne noch über seine geheimnisvolle Ex ausgefragt. Vor allem aus Recherchegründen natürlich. Ich schnappe mir seine Gebrauchsanleitung und stutze. Ganz unten hat er doch tatsächlich handschriftlich noch einen Punkt ergänzt:

– Sei sanft!!!

Statt mich jedoch weiter über den frechen Kerl zu ärgern, rufe ich lieber bei meiner Schwester an. Oder vielmehr bei meinem Schwager. Mit meiner sanftesten Stimme versuche ich ihn davon zu überzeugen, dass es absolut dringend notwendig ist, dass er noch an diesem Wochenende die Bildschirmschoner programmiert und ins Netz stellt. Und er kann mir die Bitte tatsächlich nicht abschlagen. Ist ja prima. Dafür habe ich danach eine mehr als genervte Chrissy an der Strippe, die mir vorwirft, Daniel von seiner Familie zu entfremden, wo er doch schon in der Woche so viel zu tun hat. Das wollte ich natürlich auch nicht, und ich kann sie nur wieder beruhigen, indem ich ihr verspreche, die Armstulpen, die sie zu Weihnachten von mir bekommen hat, gleich noch einmal in Dunkelgrün zu stricken. Passend zu dem todschicken Wintermantel, den sie sich gestern gekauft hat, und von dem Daniel übrigens noch nichts weiß. Nachdem wir aufgelegt haben, gehe ich sofort los, um Wolle zu kaufen. Das Wochenende verbringe ich strickend auf meiner Couch. Ich finde es wunderbar entspannend. Außerdem kann ich, wenn die Nadel fliegt und Reihe um Reihe entsteht, prima nachdenken. Aber nicht über Simon. Oh nein, ich mache mir Gedanken über Amors Wichtel und halte besonders wichtige Punkte auf dem Blatt Papier fest, das griffbereit auf dem Couchtisch parat liegt. Auch wenn der enorme Stress des gestrigen Tages nun wirklich nicht unsere Schuld war, so zeigt er doch, dass es gilt, die Abläufe unseres kleinen Unternehmens zu optimieren, sie zu vereinfachen und teilweise zusammenzufassen, damit sie in Zukunft reibungslos über die Bühne gehen können. In zwei Wochen ist Valentinstag, das heißt, es gibt nicht nur eine Frau zu beglücken, sondern beim jetzigen Stand der Dinge vierzehn, in mehr oder weniger ausgeprägtem Rahmen. Und wenn das Geschäft weiterhin blüht, dann werden es noch viel mehr sein. So viel steht fest, ganz so individuell, wie ich es mir in meiner Naivität ausgemalt hatte, werden wir unsere Kunden zumindest an allgemeinen Feiertagen nicht betreuen können. Vermutlich ist es das Beste, wenn ich mir ein Paket ausdenke, sagen wir mal, schickes Abendessen, Blumen und ein schönes Geschenk, und es nur hier und da entsprechend abwandele. Vielleicht hätten wir uns lieber »McRomance« nennen sollen. Nun ja, aller Anfang ist schwer. Ich unterbreche meine Strickerei nur, um in sieben verschiedenen Restaurants jeweils zwei Tische für zwei für den vierzehnten Februar zu reservieren.

»Da haben Sie aber noch mal Glück gehabt, junge Frau«, höre ich dabei mehr als ein Mal, und es bricht mir noch im Nachhinein der Angstschweiß aus. Nicht auszudenken, wenn ich vierzehn Mal ein Essen à la Lydia aus dem Boden hätte stampfen müssen. Wahrscheinlich hätte ich die Pärchen aus organisatorischen Gründen in gebührendem Abstand zueinander im Stadtpark platzieren müssen. Und ich mittendrin, mit wehender Perücke. Nein, es ist ja noch mal gutgegangen. Gleich am Montag werde ich mich gemeinsam mit Lutz an das Projekt »Valentinstag« machen und außerdem einen Plan erstellen, um die Prozesse bei »Amors Wichtel« zu optimieren. Oje, ich spiele Unternehmensberater für mein eigenes Unternehmen. Und das nach genau drei Arbeitstagen.

Am Ende des Wochenendes habe ich nicht nur die Armstulpen für Chrissy gestrickt, sondern auch noch drei Paar Ringelsocken, die ich stolz Lutz präsentiere, als der spät abends nach Hause kommt. Ein weiteres Mal ärgere ich mich, dass unsere Kundschaft bisher ausschließlich aus Männern besteht. Dadurch gehen uns so viele tolle Geschenkideen verloren. Wie zum Beispiel handgestrickte Socken. Oder selbstgebackene Geburtstagstorten. Weihnachtsplätzchen. Ich glaube nicht, dass irgendein Mann überzeugend rüberbringen kann, dass er heimlich Stricken gelernt hat, um seiner Gattin ein paar Strümpfe zu fertigen. Aber ich gebe die Hoffnung nicht auf, dass unsere Geschäftsidee irgendwann auch die Aufmerksamkeit meiner früheren Kolleginnen auf sich ziehen wird.

»Die sind ja toll«, meint Lutz ehrlich beeindruckt, »wusste gar nicht, dass du so was kannst.« Ich nicke stolz und halte ihm das Paar aus dunkelblauer, lila und brauner Wolle unter die Nase.

»Hier, die sind für dich. Größe 41.«

»Für mich?« Er sieht total gerührt aus, als er sich seine Socken, die sowieso schon ein unübersehbares Loch am großen Zeh haben, von den Füßen reißt. »Die sind ja total weich«, schwärmt er. »Toll!« Obwohl ich diese begeisterte Reaktion ja nun schon öfter erleben durfte, bin ich doch wieder erstaunt. Das muss irgendwas ganz Ursprüngliches in Männern erwecken, wenn man ihnen Socken strickt. »Und für wen sind die?«, fragt Lutz nun und wirft einen begehrlichen Blick auf die verbleibenden Paare.

»Die sind für die Männer unserer weiblichen Kunden,

die«, fahre ich mit erhobener Stimme fort, als er protestieren will, »wir bald haben werden.«

»Okay, wenn du meinst.«

»Außerdem ist es nicht deine Größe«, füge ich tröstend hinzu. »Ich habe sie in Größe 42/43 gemacht, das ist die durchschnittliche Schuhgröße des deutschen Mannes.« Das habe ich extra im Internet recherchiert.

»Ach so. Aber die hier sind wirklich toll. Vielen Dank!«

»Gern geschehen«, antworte ich und versenke dann die übrigen Socken in der unteren Schublade der Kommode neben dem Sofa. Dabei blitzt ein anderes Paar hervor, das ich eigentlich lieber vergessen wollte. Es ist aus brauner, beiger und schwarzer Wolle und für extrem große Füße gedacht. Simons Füße.

Auch in den nächsten Wochen reißt der Ansturm auf unser Geschäft nicht ab. Wenn das so weitergeht, schreiben wir bald schon schwarze Zahlen, womit ich im Leben nicht gerechnet hätte und was strenggenommen vor dem Ablauf von zwölf Monaten ja auch gar nicht nötig wäre, Wisenberg Consulting sei Dank. Lutz und ich sind mittlerweile ein gut eingespieltes Team, den Valentinstag haben wir ohne größere Probleme gewuppt, auch wenn das natürlich ein Mörderstress war. Aber so musste ich wenigstens nicht darüber nachdenken, dass ich am Tag der Verliebten alleine war. Am Montagmorgen setze ich mich mit meinem Kaffeebecher an den Schreibtisch und öffne das Mailprogramm, während ich mit der anderen Hand gegen die Verbindungswand zu Lutz Zimmer wummere. Diese Schlafmütze hat sich noch immer nicht gerührt, obwohl es schon fast zehn Uhr ist.

»Aufstehen«, brülle ich hinüber, und erst, als er durch Klopfzeichen zu erkennen gibt, dass der Herr aufzuwachen geruht hat, wende ich mich der ersten E-Mail zu:

Von: johannesfenner@aol.com
An: vsonntag@amors-wichtel.de
Betreff: Heiratsantrag
Sehr geehrte Frau Sonntag,
Ihr Unternehmen ist mir von einem Kollegen empfohlen worden, und ich hoffe sehr, dass Sie mir bei meinem Problem behilflich sein können. Ich möchte meiner langjährigen Freundin einen Heiratsantrag machen, den sie niemals vergessen und, noch wichtiger, annehmen soll. Leider geht mir jede Art von Romantik, das muss ich so selbstkritisch sagen, schlichtweg ab. Von Beruf bin ich Wirtschaftsprüfer und daher gewohnt, rational und sachlich zu agieren. Lisa, meine Lebensgefährtin, ist da ganz anders. Sie ist Künstlerin, spontan, lebenslustig und verträumt. Während ich dies schreibe, frage ich mich, was sie an mir trockenem Gesellen eigentlich findet.

Meiner Meinung nach stellt Herr Fenner sein Licht zu sehr unter den Scheffel. Seinen Schreibstil finde ich zumindest äußerst amüsant. Kichernd fahre ich mit meiner Lektüre fort:

Nun zu meinem Anliegen: Können Sie mir helfen? Mein Kollege schwärmte in den höchsten Tönen von Ihnen.
Mit freundlichen Grüßen,
Johannes Fenner
PS: Wäre nächstes Wochenende zu früh?
PPS: Ich möchte noch gerne sagen, dass ich mich wirklich nicht drücken möchte. Ich bin schlicht unkreativ und will Lisa nicht enttäuschen.

Wie süß! Ich bin richtig gerührt. Gerade will ich Herrn Fenner unseren Fragebogen zumailen, da entdecke ich, dass die Mail noch nicht zu Ende ist:

PPPS: Ohne Ihnen zu nahe treten zu wollen muss ich Ihnen sagen, dass ich Lisa mit »herkömmlicher Romantik« wie Candlelight-Dinner und Geigenmusik nicht beeindrucken kann (das habe ich schon versucht). Ich glaube, sie war durch meine kläglichen Versuche zwar gerührt, aber … nun, Sie verstehen: Diesmal brauche ich eine wirklich originelle Idee.

Ups! Das wird schwieriger als ich dachte.

»LUTZ!?! AUFSTEHEN!«

Ich gebe zu, dass ich leise Zweifel hatte, Lutz Wichtel als meinen Mitarbeiter einzustellen. Ehrlich gesagt hielt ich es sogar für eine Schnapsidee. Aber das war damals. Spätestens heute gebe ich zu, dass ich ohne ihn ziemlich aufgeschmissen wäre. Keine Stunde später halte ich die Beschreibung von Lisa, hoffentlich zukünftige Frau Fenner, in Händen und sehe etwas ratlos auf das mitgeschickte Foto, auf dem mich ein Blumenkind der Siebziger unter karottenroter, in der Mitte gescheitelter Haarmähne anstrahlt.

»Beruf: Restauratorin. Hobbys: Malen, Bildhauern, Harfe spielen«, lese ich vor. »Eigenschaften: Aktiv, aufgeschlossen, emotional, kontaktfreudig.«

»Lass mal sehen«, unterbricht mich Lutz und entreißt mir den Fragebogen. »Die ist ja süß«, kommentiert er die Fotografie, und insgeheim muss ich zugeben, dass diese Frau rein optisch bestens zu einem Chaoten wie Lutz passen würde. Stattdessen ist sie mit einem Wirtschaftsprüfer zusammen. Aber wahrscheinlich ergänzen sich die beiden prima. So wie Lutz und ich. Während ich noch überlege, ob ein Candlelight-Dinner mit Harfenmusik vielleicht keine »herkömmliche Romantik« ist, hat er die ultimative Idee.

Mit einer riesigen, fachgerecht gerahmten Leinwand unter dem Arm, die ich mit einer grauen Decke verhüllt habe, mache ich mich zwei Tage später auf den Weg in Lisas Atelier. Keuchend zerre ich das Monstrum aus meinem Wagen, den ich unter einer uralten Eiche auf dem Hof geparkt habe. An drei Seiten erstrecken sich lange Fabrikhallen. An der rechten weist ein zwei mal zwei Meter großes, buntes Wandbild darauf hin, dass hier Kunstwerke und Gemälde aller Art konserviert und restauriert werden. Ich drücke den Klingelknopf, und wenig später steht eine Frau in einem weißen Overall vor mir, die roten Locken zu einem lockeren Knoten geschlungen und mit lustig tanzenden Sommersprossen auf der Nase.

»Hallo«, sagt sie und streckt mir ihre Hand hin, »ich bin Lisa.«

»Vivi. Wir hatten telefoniert.«

»Genau, nur hereinspaziert.« Damit greift sie beherzt nach dem Bild und trägt es in ihr sicher fünf Meter hohes, lichtdurchflutetes Atelier, in dem eine Art organisiertes Chaos herrscht. Sie stellt mein Mitbringsel an die linke Wand und enthüllt es vorsichtig. Zum Vorschein kommt der Akt einer an einen Türrahmen gelehnten Frau, den Lutz vorgestern Nacht mit Ölfarbe gemalt hat.

»Huch«, meint Lisa, und in ihren Mundwinkeln zuckt es ein wenig. »Wenn das Motiv nicht wäre, würde ich das hier für das Werk eines Fünfjährigen halten.« Ich beschließe, dieses Urteil nicht an Lutz weiterzugeben, und nicke ernsthaft:

»Mein Bruder ist ein Kindskopf. Und betrunken waren er und seine Kumpels wohl auch. Sonst hätten sie sich wohl als Unterlage kaum ein Gemälde von Knut Gernading ausgesucht.«

»Wohl kaum«, nickt Lisa verstehend und streicht mit dem Zeigefinger über die Oberfläche des Bildes. »Das wird wohl nicht ganz billig werden.«

»Das macht nichts«, beteuere ich, »wenn Sie es nur bis Ende der Woche hinkriegen könnten? Dann kommen unsere Eltern aus Spanien zurück.«

»Das fänden sie wohl nicht so lustig.«

»Gar nicht lustig.«

Mit einem etwas mulmigen Gefühl im Magen steige ich zurück in mein Auto. Ich bin mir nicht sicher, ob es wirklich so eine gute Idee ist, dieser Frau so viel Arbeit aufzuhalsen, nur damit sie schließlich die Worte BITTE WERDE MEINE FRAU auf der Leinwand unter Lutz' Kunstwerk freilegt. Aber meine Sorgen sind Gott sei Dank unbegründet. Drei Tage später legt mir ein Blumenlieferant einen riesigen Strauß weißer Tulpen in den Arm.

»Was soll das?«, frage ich ihn verwirrt. »Ich habe keine Blumen bestellt.«

»Soll ich hier abgeben. 'ne Karte ist auch dabei. Tschüss.«

SEHR GEEHRTE FRAU SONNTAG,

HOFFENTLICH HALTEN SIE MICH NICHT FÜR EINFALLSLOS, WENN ICH IHNEN ZUM DANK FÜR IHRE ARBEIT BLUMEN SCHENKE. ICH HABE MIR SAGEN LASSEN, DASS ES DURCHAUS FRAUEN GIBT, DIE SICH ÜBER EINEN TRADITIONELLEN BLUMENSTRAUSS FREUEN. LISA HAT MEINEN ANTRAG ANGENOMMEN. HERZLICHEN DANK UND FREUNDLICHE GRUESSE VON JOHANNES FENNER

PS: IN VIER WOCHEN HAT SIE GEBURTSTAG. WAS MACHE ICH DENN NUR?

Heute haben wir den zweiten März, und mit dem Februar hat sich auch endlich der trübe Dauernieselregen verabschiedet. Zwei Wochen lang war der Himmel grau und verhangen, doch heute hat sich zum ersten Mal wieder die Sonne durch die dichte Wolkendecke gekämpft und sendet ihre wärmenden Strahlen zum Fenster herein, während ich Rechnungen schreibe. Derweil tüftelt Lutz an unserem, oder vielmehr seinem neuesten Einfall herum. Vorgestern hat er nämlich einen riesigen Karton mit dreißig »Kühlschrank-poesie-Magnetbüchern« angeschleppt, die er wahnsinnig günstig bei eBay ersteigert hat.

»Nicht mal zehn Euro das Stück, Wahnsinn, und bei Amazon kosten die das Doppelte«, hat er geschwärmt. Lutz hatte die, wie ich finde ziemlich geniale Idee, die Wortmagneten an unsere Kunden weiterzureichen. Als »Überraschung zwischendurch« für die Liebste (immer noch kein Liebster in Sicht). Lutz ist nun damit beschäftigt, aus den zur Verfügung stehenden Wörtern Gedichte und Liebeserklärungen zu formen. Die tütet er dann separat in kleine Plastikbeutel ein, legt einen Zettel mit dem Text dazu, und der Kunde muss sie nur noch zusammenbauen und die restlichen Magnete kreuz und quer an den Kühlschrank pappen. Genial, oder?

Neugierig trete ich hinter ihn und sehe mir an, was er da zusammengebastelt hat.

»Herzsprung spüren wir,
und berühr ich dich,
riech dein Haar,
Engelstränen liefen wie Zauberregen«, liegt direkt neben
»Immer will ich dir ein Licht
im kalten Fluss des Krieges sein.
So dunkel ist der Abend,
schau aus und flieg zu mir.«

»Oh«, mache ich ergriffen, und er fährt zu mir herum.

»Was ist denn? Magst du es nicht?«

»Doch. Sehr sogar.« Er lächelt erleichtert und wendet sich gleich wieder seiner Arbeit zu.

»Das macht solchen Spaß, du solltest es auch mal versuchen.« Aber ich winke dankend ab. Das habe ich nämlich bereits heimlich gestern Abend getan, als Lutz mal wieder eine Frau »zu Gast« hatte. Aber über »Ich will dich für immer lieben ...« bin ich nicht hinausgekommen. Ehe ich Lutz das gestehen kann, klingelt glücklicherweise das Telefon.

»Amors Wichtel, Vivi Sonntag, was kann ich für Sie tun?«

»Guten Tag, hier spricht Laura Hansen«, ertönt eine weibliche Stimme vom anderen Ende der Leitung, und ich horche auf.

»Hallo Frau Hansen«, sage ich gespannt. Ich mache Lutz ein Zeichen. Endlich, endlich ruft mal eine Frau an. »Wie kann ich Ihnen helfen?«, frage ich in meinem fröhlichsten Tonfall und drücke beide Daumen.

»Tja, also«, kommt es zögerlich zurück, »ein Kollege hat mich auf Ihren, äh, Service aufmerksam gemacht und, ...« Anscheinend weiß sie nicht so richtig, wie sie anfangen soll.

»Ich nehme an, Sie sind eine vielbeschäftigte Frau?«, erkundige ich mich, um ihr ein wenig auf die Sprünge zu helfen.

»Überbeschäftigte wäre der bessere Ausdruck«, gibt sie zurück, »ich bin Kontakterin in einer Werbeagentur und arbeite gut und gerne sechzig Stunden die Woche.«

»Ich verstehe«, nicke ich. »Da bleibt nicht viel Zeit für die Beziehung.«

»So gut wie gar keine.«

»Glauben Sie mir, ich weiß ganz genau, wovon Sie sprechen. Ich selber war lange als Unternehmensberaterin tätig. Wie sollen Sie denn neben Ihrem anstrengenden Job noch

Geburtstagstorten backen oder Adventskalender basteln?« Eine rhetorische Frage, die ihre Wirkung zeigt.

»Ganz genau«, schallt es mit solcher Überzeugung durch den Hörer, dass ich Lutz bereits siegessicher den hochgereckten Daumen zeige. »Die Sache ist folgende: Ich habe vor zwei Wochen jemanden kennengelernt. Im Supermarkt, können Sie sich das vorstellen?«

»Nein«, antworte ich ehrlich.

»Nachdem mein Exfreund die Koffer gepackt hat, habe ich erst einmal mit dem Thema Männer abgeschlossen. Mein Leben ist auch so anstrengend genug.«

»Hm, hm, hm«, streue ich hier und da interessiert wirkend ein, während ich an meinem Rechner bereits die für Frau Hansen in Frage kommenden Pakete heraussuche.

»Und dann steht plötzlich an der Gefriertruhe dieser süße Typ vor mir und … Na ja«, unterbricht sie ihren eigenen Redefluss, »ist ja nicht so wichtig.«

»Oh doch«, widerspreche ich ihr sofort, »das ist sogar außerordentlich wichtig. Um so gut wie möglich für Sie arbeiten zu können, brauchen wir selbstverständlich so viele Details wie möglich über Ihren Partner und Ihre Beziehung.«

»Verstehe.«

»Um es etwas einfacher zu machen, haben wir einen Fragebogen ausgearbeitet, auf dem wir Sie alles Relevante der Reihe nach abfragen. Den würde ich Ihnen gerne per E-Mail zukommen lassen. Keine Sorge, das Ausfüllen dauert nur wenige Minuten. Ich hänge dann gleich noch unseren Katalog mit den einzelnen Dienstleistungspaketen an, wenn es Ihnen recht ist.«

»Sehr gerne. Wissen Sie, ich möchte das wirklich nicht wieder gegen die Wand fahren.«

»Ich weiß genau, was Sie meinen«, sage ich inbrünstig. Irgendwie fühle ich mich der Frau verbunden. Immer habe ich mich gefragt, ob ich eigentlich die Einzige auf der ganzen weiten Welt bin, die solche Probleme hat. Und plötzlich ist da jemand, dem es genau so geht. Zudem scheint sie etwa in meinem Alter zu sein.

»Geben Sie mir bitte Ihre Mail-Adresse«, sage ich und tippe sie direkt in die Empfängerleiste des Mailprogramms. »Leben Sie eigentlich in Hamburg?«, fällt mir dann noch ein, denn irgendwie höre ich einen leichten nordischen Einschlag in ihrer Sprache. Natürlich kann ich ihr das volle Angebot nur hier in der Umgebung anbieten und bin deshalb sehr erleichtert, als sie mit »Ja, in Eimsbüttel« antwortet.

»Na so was, ich auch«, rutscht es mir raus.

»Schon so spät, ich muss los«, sagt sie in dem Moment gehetzt, und ich nicke verstehend.

»Selbstverständlich. Die Mail geht in wenigen Minuten an Sie raus.«

»Vielen Dank.« Bevor ich mich noch von ihr verabschieden kann, hat sie schon aufgelegt.

An diesem Nachmittag wird zum ersten Mal der Bildschirmschoner für Frauen von unserer Seite heruntergeladen. Zeitgleich geht ein ausgefülltes Bestellformular über das Standard-Paket in meinem E-Mail-Briefkasten ein. Na ja, vermutlich hat Lutz Recht und die Premium-Variante ist tatsächlich nur was für Männer. Eine gewisse Zurückhaltung ist nun mal typisch weiblich und gut, um den Jagdinstinkt zu erhalten. Aber trotz des Namens ist der Auftrag Laura Hansen natürlich alles andere als Standard. Endlich kann ich mal meiner Kreativität freien Lauf lassen und mir Geschenke für einen Mann ausdenken. Ganz ehrlich, die ewigen Blumensträuße, Parfums und Pralinen gehen mir schon mächtig auf den Zeiger. Ich öffne den ausgefüllten Fragebogen und erstarre.

Kapitel 13

Nein, das kann nicht sein. Da erlaubt sich jemand einen grausamen Scherz mit mir. Hilfesuchend schaue ich mich um, ob nicht vielleicht Lutz gleich aufspringt und »April, April« schreit. Aber der sitzt mit hochrotem Gesicht und geblähten Wangen am Schreibtisch und pustet einen roten Herzluftballon auf.

»Ist was?«, fragt er keuchend. Wie in Zeitlupe schüttele ich den Kopf und wende mich wieder meinem Bildschirm zu. Noch immer will ich an einen Witz glauben. Was hat sich der böse Marionettenmann da oben bloß dabei gedacht, ausgerechnet Laura und Simon an der Tiefkühltruhe von Edeka mit den Köpfen zusammenrasseln zu lassen? Und dann auch noch über einer Packung Schokoladeneiskrem? Das ist verdammt noch mal einfach nur eine kältere Version unseres Kennenlernens. Simons und meinem.

»Was ist denn los mit dir?«, erkundigt sich Lutz, dem mein paralysierter Zustand nun anscheinend doch etwas seltsam vorkommt. Aber ich bin außerstande zu reagieren. Also erhebt er sich von seinem Drehstuhl und kommt zu mir herüber. Wirft einen Blick auf meinen Monitor. Der Herzluftballon schwirrt surrend durch die Luft und landet als schlappe Hülle auf meiner Tastatur. »Das kann doch nicht wahr sein«, stößt Lutz hervor. »Ist das DER Simon …«

»Der Simon«, bestätige ich nickend. »Kunstmann mit Nachnamen und am 15. April geboren.« Lutz schneidet eine Grimasse.

»Da gibt es wohl nur einen.«

»Ja, nur einen.« Jetzt beuge ich mich vor und studiere Lauras Angaben über ihren neuen Freund. Meinen Ex.

»Sie hat überhaupt keine Ahnung, mit wem sie da zusammen ist«, urteile ich brüsk und deute mit der Hand auf den Bildschirm.

»Du meinst, dass er mit dir …«

»Nein, ich meine, sie kennt ihn überhaupt nicht«, schneide ich ihm das Wort ab. »Simon ist der sanfteste Mann, den ich kenne, und sie hat das nicht einmal angekreuzt«, sage ich verächtlich.

»Na ja, so lange kennen sich die beiden doch noch gar nicht«, gibt Lutz zu bedenken, worauf ich ihm einen vernichtenden Blick zuwerfe.

»Versuch nicht, sie zu verteidigen«, fahre ich ihn an, und er zuckt entschuldigend mit den Schultern.

»Verzeihung.« Ratlos sitze ich da und starre auf das verschrumpelte Luftballonherz vor mir. Wie passend. Genauso fühle ich mich in diesem Augenblick: leer, ausgepumpt, bruchgelandet. Woher nur nimmt das Leben solche Einfälle?

»Soll ich sie anrufen?«, höre ich Lutz' Stimme wie von weither und ich sehe ihn verwirrt an.

»Wieso?«

»Na ja, um den Auftrag abzulehnen.«

»Nicht nötig«, antworte ich kopfschüttelnd und ergreife mit spitzen Fingern den Ballon, um ihn in Lutz' ausgestreckte Hand zu legen. »Ich kümmere mich darum.«

Ich überlasse Lutz für die nächste Stunde allein das Ruder und unternehme einen ausgedehnten Spaziergang durch mein Stadtviertel. Während ich durch die von wunderschönen Altbauten gesäumten Nebenstraßen von Eimsbüttel wandere und der beißend kalte Wind mir ins Gesicht pustet, versuche ich, meine Gedanken zu ordnen. Erst langsam dringt die Erkenntnis in mein Bewusstsein, dass Simon allen Ernstes eine neue Freundin hat. Und so schnell. Mein Herz pocht unbändig in meiner Brust, und ich kralle vor lauter Eifersucht die Hände in meine Manteltasche. Wie kann er nur? Er ist doch eben erst bei mir ausgezogen. Zehn Wochen ist das her, wie kann er denn schon über mich hinweg und neu verliebt sein? Schließlich kehre ich an meinen Schreibtisch zurück, aber an Arbeit ist nicht zu denken. Bilder von Simon in enger Umarmung mit einer gesichtslosen Unbekannten geistern durch meinen Kopf. Als ich endlich einsehe, dass ich mich sowieso nicht konzentrieren kann, springe ich kurz entschlossen auf.

»Wo willst du hin?«, ruft Lutz mir hinterher, als ich schon halb aus der Wohnung raus bin.

»Meinen Seelenfrieden zurückgewinnen«, gebe ich zurück.

Die Werbeagentur, in der Laura Hansen arbeitet, befindet sich im obersten Stockwerk eines modernen Hochhauses in Eppendorf, einem der nobelsten Stadtteile Hamburgs. Anscheinend macht es sich für das Unternehmen bezahlt, dass seine Mitarbeiter rund um die Uhr schuften, denke ich, als ich aus dem Aufzug steige und mich staunend umsehe. Die Arbeitsplätze sind nur durch Glaswände voneinander getrennt, in jeder Parzelle sitzt ein Mitarbeiter an einem riesigen Schreibtisch mit einem bonbonfarbenen Mac-Computer vor sich, schutzlos den Blicken aller ausgesetzt. Ob das die Konkurrenz schüren soll, überlege ich, und trete an den stylischen Empfangstresen aus Chrom heran. Die junge, dunkelhaarige Frau dahinter verhüllt ihre Modelmaße mit einem lässig-eleganten Hosenanzug und ist so perfekt geschminkt, als käme sie geradewegs von einem Fotoshooting.

»Hallo«, begrüßt sie mich und zieht dabei das »o« in die Länge. Ihre weißen Zähne blenden mich. »Was kann ich für Sie tun?« Tja, wenn ich das so genau wüsste. Ehe mich der Mut verlässt, stoße ich hervor:

»Ist Frau Hansen hier?« Die schöne Rezeptionistin wirft einen Blick hinter sich und nickt. Ihre schlanke Hand weist mir den Weg: »Durch den Mittelgang, der dritte Schreibtisch.«

»Danke«, ich nicke und wundere mich ein wenig, wozu es einen Empfang in diesem Laden gibt, wenn jeder einfach so hier herumspazieren darf. Ich wandere durch das gläserne Labyrinth, dessen Trennwände fast vollkommen schallisolierend wirken. Geradezu gespenstisch, das emsige Treiben rundherum, gedämpftes Murmeln. Meine Schritte werden schleppender. Was will ich eigentlich hier? Klare Antwort: Ich will sie sehen. Ich muß sie sehen, Simons Neue. Wozu? Damit die Nackte, die sich zukünftig in meinen Albträumen mit ihm durch die Laken wälzen wird, ein Gesicht bekommt? Ob es das besser macht? Gerade will ich mich auf dem Absatz umdrehen, als ich sie sehe. Natürlich, die dritte Parzelle, aber ich hätte sie auch so erkannt. Die Frau, die da telefonierend an ihre Schreibtischplatte gelehnt steht, das ist Laura. In diesem Moment hebt sie den Kopf und sieht mir für den Bruchteil einer Sekunde in die Augen, bevor ich auf dem Absatz kehrtmache und die Flucht ergreife.

»Was wolltest du denn eigentlich von ihr?«, erkundigt sich Lutz, während er mir fürsorglich eine Tasse heißen Tees reicht. Ich zucke nur müde die Schultern. Das weiß ich doch selber nicht.

»Sie sieht mir überhaupt nicht ähnlich«, flüstere ich mühsam und lege meine klammen Hände um den Becher. »Kein bisschen.«

»Wie sieht sie denn aus?«, fragt er mitfühlend.

»Hellblond«, antworte ich tonlos. »Klein. Nein, winzig. Und zierlich. Sie sieht aus wie eine Elfe.« Heiße Tränen steigen mir in die Augen, während Lutz mich tröstend an sich drückt.

»Ach was«, meint er wegwerfend, »das ist doch alles Projektion von dir.« Ich schüttele vehement den Kopf, doch er lässt sich nicht beirren. »Ich bin sicher, sie hat nicht so tolle grüne Augen wie du. Und auch nicht so lange Beine. Kleine Frauen haben oft wahre Stummelbeine, ist dir das schon mal aufgefallen?«

»Nein«, lächele ich schwach.

»Ist wirklich wahr«, bekräftigt er. »Und ich wette, sie hat jede Menge Pickel im Gesicht. Und Ringe unter den Augen. Und Krähenfüße. Und was das Wichtigste ist …«

»Ja?«

»… dich kann sie ihm sowieso nicht ersetzen.«

Und genau da bin ich mir eben gar nicht so sicher. Schon wieder spüre ich diesen Kloß in meinem Hals, aber ich würge ihn entschlossen hinunter und atme tief ein. Na schön, wenn Simon alles hinter sich lassen konnte, wieso sollte ich es nicht können? Meine Gefühle für ihn haben mir schon genug im Weg gestanden, streng genommen haben sie mich sogar meinen Job gekostet. Das wird mir nicht noch einmal passieren. Ich werde mich da jetzt nicht reinsteigern. Im Gegenteil: Ich werde ihren Auftrag annehmen und ihn zur Zufriedenheit der Kundin erledigen, so wie alle anderen auch. Gut möglich, dass es eine Schnapsidee ist, aber ich muss mir einfach selber beweisen, dass ich es schaffe, Beruf und Privates voneinander zu trennen. Es wird schon nicht so schlimm werden, ist ja nur das Standardpaket. Ein paar Geschenke organisieren, einpacken und rechtzeitig auf den Weg bringen, das werde ich ja wohl noch hinbekommen.

Dennoch habe ich ziemlich weiche Knie, als es in der darauffolgenden Woche Zeit für die »Aufmerksamkeit des Monats« ist und ich zum ersten Mal nicht nur mehrere Dutzend Frauen, sondern auch Simon damit beglücken muss. Mit einem großen Strauß Rosen mache ich mich auf den Weg, um in ganz Hamburg langstielige rote Baccararosen unter Scheibenwischer und an Briefkästen zu klemmen. Neben mir liegt eine Liste der jeweiligen Adressen nebst ausgedrucktem Photo der zu Beschenkenden. Auf ein Bild von Simon habe ich aus gegebenem Anlass verzichtet. Lutz hat mir im Internet eine entsprechende Route zusammengestellt, und so fahre ich zunächst in den Eppendorfer Baum, stelle mein Auto in zweiter Reihe ab und halte Ausschau nach einem schwarzen Golf-Cabrio mit dem Kennzeichen HH-WG 234. Da ist er ja! Die Rose hinter dem Rücken verborgen, schlendere ich möglichst unauffällig darauf zu und werfe noch einen Blick auf das Konterfei der Fahrzeugbesitzerin. Hochgewachsen, sehr schlank, hellblondes, fast weißes Haar und starkes Make-up. Verstohlen sehe ich mich in alle Richtungen um, ob besagte Frau in meiner näheren Umgebung zu sehen ist. Nicht auszudenken, wenn sie mich dabei erwischen würde, wie ich eine Blume an ihrem Auto befestige. Wobei ich für diesen Fall natürlich eine passende Ausrede parat habe:

»Wieso Ihr Wagen? Nein, das ist das Auto meines …« Blick auf das Nummernschild, kurze Pause, dann ein verlegenes Lächeln. »Ich Dummerchen, ich dachte, das hier«, Finger zeigt auf einen Buchstaben, »sei ein T. Na so was. Also, einen schönen Tag noch!«

Dennoch möchte ich natürlich möglichst vermeiden, bei

diesen Aktionen gesehen zu werden. Schließlich kann ich sie dem Kunden dann nicht in Rechnung stellen. Noch ein schneller Rundumblick, und schwups, schon steckt die Rose unter dem Wischerblatt. Ich eile zu meinem Auto zurück, schenke der Politesse, die sich gerade mit drohendem Blick genähert hat, ein entschuldigendes Lächeln und trete aufs Gaspedal. Alles läuft wie am Schnürchen, als Letztes parke ich meinen Wagen vor dem Heinrich-Heine-Gymnasium in Ottensen und atme tief durch. Ach, was soll's, im Grunde ist es ein Auftrag wie jeder andere, ich verstehe gar nicht, warum ich mich so anstelle. Und wenn es mir doch so viel ausmacht, dann stelle ich mir eben einfach vor, dass es sich bei Laura Hansens Freund gar nicht um Simon handelt. Sondern um einen Kollegen von Simon, zum Beispiel den breitschultrigen Herrn Miehe (Erdkunde und Sport) mit den durchdringenden blauen Augen und den O-Beinen. Genau! Eine gute Idee.

Es ist kurz vor dreizehn Uhr, als ich mit der letzten roten Rose aus meinem Auto steige. Die Stunde geht noch fünfzehn Minuten, also habe ich genug Zeit. Ich ziehe mir die Kapuze meines schwarzen Wintermantels so tief wie möglich ins Gesicht hinein, während ich schnellen Schrittes auf den Lehrerparkplatz zueile, der zum Glück menschenleer ist. Dort hinten, ganz am Ende der Reihe, steht Simons alter roter Ford. Sehnsüchtig werfe ich einen Blick auf die Rückbank und schwelge einen Moment lang in der Erinnerung eines Autokino-Besuches, bei dem wir vom Film nur den Vorspann mitbekommen haben. Nein, das ist keine gute Idee. Schnell befestige ich die ausnehmend schöne Rose mit halb geöffneter Blüte an der Windschutzscheibe und will zurück zu meinem Auto laufen, als zwei männliche Gestalten den Parkplatz durch das offen stehende Eisentor betreten. Sie tragen beide Jeans und Winterjacken, der eine ist muskulös und hat einen Gang wie John Wayne, der andere ist groß und schlaksig und selbst auf die Entfernung so süß, dass mir die Luft wegbleibt. Christoph Miehe und Simon Kunstmann. Während die beiden gemächlichen Schrittes auf mich zukommen, spüre ich Panik in mir hochsteigen. Wohin? Wieso besitzt dieser verfluchte Parkplatz keine Notausgänge? Suchend sehe ich mich um, doch die gesamte Parkfläche ist mit dichten Hecken umpflanzt. Was mache ich denn jetzt? In diesem Moment hebt Simon den Kopf, und ich gehe geistesgegenwärtig hinter dem Ford zu Boden. Auf allen vieren krieche ich zu seiner Hinterachse und überlege fieberhaft, wo ich mich verstecken kann. Warum zum Teufel musste Simon denn auch ausgerechnet ganz hinten parken? Wahrscheinlich war er heute Morgen mal wieder spät dran. Und das muss ich jetzt ausbaden. Vorsichtig krabbele ich um das Heck des Autos herum und robbe zwei Plätze weiter, wo ein mächtiger, dunkelblauer Jeep steht, hinter dem ich mich gut verstecken kann. Ich kauere mich zusammen und sehe unter dem Auto hindurch Simons riesige Turnschuhe an mir vorbeilaufen. Puh! Er hat mich also nicht gesehen. Erleichtert schließe ich für einen Moment die Augen, als es plötzlich dicht neben meinem Ohr knallt. Ich stoße einen erschreckten Schrei aus und atme dabei einen ganzen Schwung schwarzen Rauches ein. Eine dunkle Wolke umhüllt mich, und ich kippe zur Seite um. Mit quietschenden Reifen setzt sich der Jeep in Bewegung und fährt schwungvoll aus der Parklücke, während ich mich hustend und spuckend aus der Hecke klaube.

»Vollidiot«, schreie ich Christoph Miehe hinterher, »Umweltsünder!« Dann halte ich mir erschrocken die Hand vor den Mund, springe hinter das nächste Auto, einen lilafarbenen Twingo, und halte den Atem an. Den Blick gesenkt, kauere ich auf dem harten Asphalt und lausche angestrengt auf die Zündung von Simons Wagen. Doch nichts passiert. Stattdessen nähern sich Schritte, ich drücke mein Gesicht fast vollkommen auf den Boden. Jähe Panik erfasst mich. Was soll ich nur tun? Mit einem Ruck bleibt Simon etwa einen halben Meter von mir entfernt stehen und stößt ein erstauntes »Vivi? Bist du das?« hervor. Ganz langsam, wie in Zeitlupe, schaue ich zu ihm hoch. Erst die grauen, ausgelatschten Turnschuhe, die Jeans mit leichtem Schlag und ausgefranstem Saum, der dunkelgrüne Wollpulli, den ich immer so gerne an ihm mochte, die schwarze Kapuzenjacke und schließlich sein Gesicht. Mein Blick gleitet über sein jungenhaftes Kinn, den weichen Mund mit der etwas breiteren Oberlippe, die leicht nach links gebogene Nase, seine unvergleichlichen grünen Augen mit dem braunen Kranz um die Pupille. Ihr Blick hält mich gefangen, sodass ich nicht mehr dazu komme, die strubbeligen dunkelbraunen Haare in mich aufzunehmen. Einen Moment lang bin ich so überwältigt davon, Simon wiederzusehen, dass mir die Absurdität unseres Zusammentreffens entfallen ist. »Was machst du denn bloß hier?«, erkundigt er sich und streckt hilfreich seine Hand aus. Ja, was mache ich hier? Das ist eine gute Frage. Was habe ich auf dem Lehrerparkplatz von Simons Schule verloren, noch dazu auf den Knien und mit dem Kopf in einer Hecke.

»Ich …«, stottere ich und sehe verlegen auf den Boden vor mir, blicke auf meine normalerweise perfekt manikürten Fingernägel, unter denen jetzt Erde klebt. »Ich sammele Pflanzen«, behaupte ich im Brustton der Überzeugung und rupfe wahllos einen kümmerlichen Grashalm aus. Ungläubig schaut Simon auf mich nieder.

»Du sammelst Pflanzen?«, wiederholt er tonlos, und um seine Mundwinkel zuckt es amüsiert.

»Wenn du es genau wissen willst, ich habe mir ein Herbarium zugelegt«, sage ich so würdevoll wie möglich und bin insgeheim stolz, dass mir dieses Wort eingefallen ist.

»Du hast dir ein Herbarium zugelegt.«

»Gibt es hier ein Echo?«, frage ich patzig und betrachte den blöden Stängel in meiner Hand mit gespieltem Interesse, bevor ich ihn vorsichtig in meine Tasche gleiten lasse. »Es ist ein wunderbares Hobby zum Ausgleich für meinen stressigen Beruf.« Seine ausgestreckte Hand ignorierend rappele ich mich hoch.

»Ich denke, du hast deinen Job verloren.« Mit einem Ruck hebe ich den Kopf und funkele ihn so böse an, dass er unwillkürlich einen Schritt zurückweicht.

»Wer hat dir das erzählt?«, frage ich drohend.

»Deine Schwester.« Das Herz sackt mir in die Hose, und ich muss mir Mühe geben, nicht umzufallen. Ich bringe sie um! Während ich um Fassung ringe, sage ich äußerlich cool:

»Ich habe gekündigt und längst wieder einen neuen Job, danke der Nachfrage.« Mit der Hand klopfe ich mir den Dreck von den Knien.

»Was ist denn das für ein Job, in dem du mittags auf Parkplätzen nach seltenen Pflanzen suchen kannst?«, kommt es triefend vor Ironie von Simon.

»Das geht dich einen feuchten Kehricht an«, fauche ich, »lass mich in Ruhe.« Damit drehe ich mich um und will im Laufschritt davoneilen, da fasst Simon mich am Oberarm. Wie eine getretene Katze fahre ich herum:

»Was ist denn noch?«

»Vivi«, sagt er und seine Stimme ist plötzlich ganz weich und warm.

»Ja?« Ich sehe zu ihm hoch, und meine Knie beginnen ein wenig zu zittern. Er lächelt mich an, und ich kann die fehlende Ecke an seinem rechten Schneidezahn sehen. Er hebt die Hand und legt sie an meine Wange. Mir stockt der Atem.

Was passiert hier eigentlich gerade? Sein Daumen reibt an meiner Gesichtshaut herum.

»Du siehst aus wie ein Schornsteinfeger«, er lächelt und zieht eine Packung Papiertaschentücher aus seiner Jackentasche.

»Was?«, frage ich irritiert. Dann fällt mir wieder ein, dass mein Kopf sich genau neben dem Auspuffrohr befand, als sich meine Deckung in Form des Jeeps zu bewegen begann. Hektisch krame ich meinen Handspiegel hervor und werfe einen Blick hinein. Oh nein! Das darf nicht wahr sein. Meine linke Gesichtshälfte ist kohlrabenschwarz. Ich sehe aus wie Donald Duck, wenn in seinen Händen mal wieder irgendeine Erfindung seiner Neffen explodiert ist. Ich reiße Simon das Tempo aus der Hand und beginne wie verrückt an meinem Gesicht herumzurubbeln. Am Ende der Aktion ist es nicht mehr schmutzig-schwarz, dafür aber leuchtend rot. Ich könnte heulen vor Wut. Simon steht die ganze Zeit neben mir und betrachtet mich aufmerksam. Ist mal wieder die Ruhe selbst. Nachdem ich wieder halbwegs wie ein Mensch aussehe, klappe ich den Spiegel energisch zu und stopfe ihn zurück in die Handtasche.

»Vorsicht«, schreit Simon, und ich zucke erschreckt zusammen. Mit dem Zeigefinger deutet er auf meine Tasche. Was ist los? Doch wohl keine Spinne? »Hoffentlich hast du deine seltene Pflanze jetzt nicht zerquetscht«, meint Simon und legt die Stirn in sorgenvolle Falten. »Sieh lieber mal nach.« Grinsend steht er da, die Arme vor der Brust verschränkt, und ich muss mich schwer beherrschen, ihm nicht eine zu knallen. Stattdessen atme ich tief ein. Ich lasse mich doch hier nicht provozieren!

»Ich muss los. War schön, dich mal wiederzusehen.« Und während ich das sage, wird mir plötzlich bewusst, dass es stimmt. Trotz der Umstände, trotzdem ich mir reichlich veräppelt vorkomme, es war schön, Simon wiederzusehen.

»Warte, Vivi!«, ruft er und schließt mit wenigen Schritten zu mir auf. »Hast du Lust auf einen Kaffee?«

Nein, ich wollte wirklich keinen Kaffee mit ihm trinken gehen. Immerhin ist Simon der Freund meiner Kundin. Wie unprofessionell ist das denn bitte schön? Und Unprofessionalität hat mich schließlich schon einmal meine Existenzgrundlage gekostet. Zudem ist er mein Ex, und ich bin anscheinend noch nicht vollkommen über ihn hinweg, wenn ich das wilde Klopfen meines Herzens und das Rumoren in meinem Magen richtig deute. Daher sollte ich mich von ihm fernhalten. Kann ja eigentlich nichts Gutes dabei herauskommen. Was also tue ich hier?

»Hier, Latte macchiato mit Vanillesirup«, sagt Simon gerade, hält mir den überdimensionalen Becher hin und quetscht sich neben mich auf die Bank an den letzten noch freien Tisch des Café Engel. Und das, obwohl sich mir gegenüber ein freier, wenn auch recht wackelig aussehender Holzstuhl befindet. Anscheinend hat er meinen Blick bemerkt, denn er erhebt sich halb und fragt:

»Soll ich mich lieber rübersetzen?«

»Ach Unsinn«, winke ich großzügig ab, obwohl er so nahe ist, dass mir sein vertrauter Duft in die Nase steigt. »Danke.« Damit meine ich den Kaffee.

»Sie hatten leider kein Kakaopulver.« Er hebt entschuldigend die Schultern, und ich starre auf die Milchschaumhaube. Nun ja, die Zeiten der Kakaoherzen auf meinem Kaffee sind ja wohl auch endgültig vorbei. Oder nicht? Unsicher blicke ich Simon von der Seite an. Warum nur hat er darauf bestanden, gemeinsam etwas trinken zu gehen? Ist er vielleicht doch nicht so glücklich mit Laura? In diesem Moment seufzt er tief und legt dann seine beiden Hände um meine.

»Vivi ...« Schluck. Was kommt denn jetzt? »Kann es sein, dass du wegen einer ganz bestimmten Pflanze auf den Lehrerparkplatz gekommen bist?« Wie bitte? Ich wusste doch, dass es eine Schnapsidee war, seine Einladung nicht rundheraus abzulehnen. Nun werde ich mich in ein Lügengeflecht verstricken und vermutlich darin verenden wie die Fliege im Spinnennetz.

»Nun, ähm, ja, du hast Recht«, sage ich todesmutig, »ich besuche nämlich einen Kurs an der Volkshochschule über, äh, Pflanzenkunde, und einer der Teilnehmer, äh ...«

»Vivi«, unterbricht er mich, und ich spüre, wie ich über und über rot werde.

»Ja?«

»Kann es sein, dass du mir die Rose unter den Scheibenwischer geklemmt hast?« Er sieht mich durchdringend an, aber meine Gesichtszüge entgleisen nur für den Bruchteil einer Sekunde. Dann habe ich mich wieder im Griff und frage dümmlich lächelnd:

»Rose? Was für eine Rose?«

»Eine rote Rose.«

»Unter deinem Scheibenwischer?«

»Gibt es hier ein Echo?« Da hilft nur eins: Leugnen! Ich streite einfach alles ab. Er kann mir nichts beweisen.

»Ich habe keine Ahnung, wovon du sprichst«, sage ich kühl und nehme schnell einen Schluck Kaffee, um seinem Blick nicht weiter standhalten zu müssen. Und dann fällt mir etwas ein, Angriff ist die beste Verteidigung. Ich funkele ihn plötzlich zornig an und frage schrill:

»Wer steckt dir denn eine Rose ans Auto? Sag bloß, du hast schon eine Neue!« Es funktioniert, Simon ist eindeutig aus dem Konzept gebracht.

»Nun, äh …« Ich bin ehrlich froh, nicht mehr die Einzige zu sein, die hier ständig um Worte ringt. »Ehrlich gesagt ja.«

»Und warum beschuldigst du dann mich, dir Blumen ans Auto zu pappen? Wäre das nicht eigentlich ihre Aufgabe?«, frage ich pampig.

»Dafür ist sie eigentlich gar nicht der Typ«, stammelt er hilflos.

»Ich etwa?«

»Nein.« Das kam so aus der Pistole geschossen, dass es wirklich wehtut. »Ich dachte nur, weil du plötzlich aufgetaucht bist.«

»Völliger Blödsinn«, sage ich ungeduldig und wechsele dann schnell das Thema: »Du hast also eine neue Freundin, ja? Und seit wann?«

»Ich hätte dir das gerne etwas schonender beigebracht. Deshalb wollte ich ja auch mit dir Kaffee trinken.« Er sieht mich treuherzig an, während mir für einen Moment die Sprache wegbleibt. Deshalb wollte er mit mir Kaffee trinken? Um es mir schonend beizubringen? Der armen Vivi, die er schändlich verlassen und die dann auch noch ihren Job verloren hat. Da muss man die Nachricht von der großen neuen Liebe, die ihr langjähriger Freund nach nur zehn Wochen, ich wiederhole: zehn Wochen, gefunden hat, natürlich ganz sanft übermitteln! Ehe ich mich selber zurückpfeifen kann, werfe ich meine Haare mit Schwung zurück und lächele Simon breit an:

»Du musst mir nichts schonend beibringen. Ich bin auch schon wieder liiert.«

»Du bist was?« Ich bin was???

»Liiert.« Was ist bloß los mit mir? Ich beginne langsam an meiner eigenen Intelligenz zu zweifeln. Warum gebe ich hier in einem fort irgendwelchen Unsinn von mir, obwohl ich weiß, dass ich die untalentierteste Lügnerin der Welt bin?

»Du meinst, du hast eine neue Beziehung«, erkundigt sich Simon begriffsstutzig, und ich nicke voller Überzeugung.

»Aber … wen denn?«

»Kennst du nicht«, gebe ich ausweichend zurück.

»Er wird doch wohl einen Namen haben.« Er glaubt mir nicht. Ich kann es ihm an der Nasenspitze ansehen. Er denkt, ich spinne ihm was vor. So eine Frechheit. Auch wenn er damit natürlich streng genommen Recht hat, fühle ich mich doch zutiefst beleidigt. Warum schließlich sollte ich keinen neuen Freund haben? Bin ich nicht eine attraktive und liebenswerte Person? Zumindest meistens?

»Natürlich hat er einen Namen. Er heißt Lutz, genauer gesagt Ludger Wichtel. Doktor Ludger Wichtel«, setze ich noch einen oben drauf, ohne zu wissen, welcher Teufel mich gerade reitet. Simon schweigt beeindruckt.

»Und wie heißt deine … Freundin?« Es fällt mir schwer, das auszusprechen. Das alles, diese ganze Situation ist völlig absurd. Seit ich Simon kenne, hieß seine Freundin schließlich Viviane Sonntag.

»Laura. Laura Hansen«, antwortet er geistesabwesend. »Moment mal, wieso warst du denn dann eben so entrüstet, dass ich eine neue Freundin habe, wenn du doch selbst schon wieder …«

»Das ist doch was ganz anderes«, behaupte ich im Brustton der Überzeugung. »Was für mich erlaubt ist, finde ich bei dir noch lange nicht in Ordnung, das weißt du doch.« Verblüfft sieht er mich an und fängt dann an zu kichern. Es zerreißt mir fast das Herz. Simon kichert nämlich auf seine ganz eigene Weise, hoch und schrill und mit zuckenden Schultern, wie ein kleines, albernes Mädchen. Die Leute gucken immer ganz komisch, aber ich liebe ihn dafür. Ich meine natürlich, ich liebte ihn dafür.

»Vivi, du bist unbezahlbar«, quiekt er schließlich, nachdem er sich wieder etwas beruhigt hat. »Ich hab dich vermisst.« Fehlt nur noch, dass er mir auf den Rücken klopft und »altes Haus« zu mir sagt. »Aber sag mal, du bist ganz sicher, dass die Rose nicht von dir ist?«

»Natürlich bin ich sicher. Warum sollte ich so etwas tun?«

»Du meinst, jetzt, wo du Lutz hast?« Was ist das für ein spöttischer Ausdruck in seinem Gesicht?

»Glaubst du mir etwa nicht?«, brause ich auf. Sein Blick sagt mehr als tausend Worte. Was für eine Frechheit! »Und warum sollte ich dann die Geschichte von deiner angeblichen Laura-Freundin glauben?«

»Warum sonst hätte ich wohl eine rote Rose unter dem Scheibenwischer?« Nicht schlecht gekontert, das muss ich ihm lassen. »Es sei denn, sie ist von dir.«

»Sie ist nicht von mir, wie oft soll ich das noch sagen!«, rufe ich schrill, sodass einige der anderen Gäste schon herübersehen.

»Ich möchte mich einfach nicht bei Laura für eine Blume bedanken, die eigentlich von dir ist«, erklärt er ruhig. Ach so, na, wenn das seine einzige Sorge ist.

»Bei mir musst du dich jedenfalls nicht bedanken«, sage ich bestimmt. »Ich habe doch jetzt Lutz.« Langsam komme ich mir vor wie eine kaputte Schallplatte.

»Ja.« Seine Augen suchen meine, und ich fühle mich, als würde sein Blick in mein tiefstes Inneres sehen. Schon wieder spüre ich, wie mir das Blut in die Wangen schießt. Er kennt mich viel zu gut. Er hat mich entlarvt. Er weiß, dass es keinen neuen Mann in meinem Leben gibt. Und ich spüre, dass ich einbrechen werde, wenn er mich jetzt noch einmal fragt. Doch da hört er plötzlich damit auf, mich so durchdringend anzuschauen und rührt stattdessen in seinem Kaffeebecher herum.

»Erzähl doch mal, was ist denn das für ein neuer Job?«

Auch nicht unbedingt das beste Thema für ein unverfängliches Gespräch.

»Ich habe mich selbstständig gemacht«, erkläre ich obenhin, »mit einer ganz neuen Geschäftsidee.«

»Tatsächlich? Was denn?«

»Na ja, so neu ist sie nun auch wieder nicht«, korrigiere ich mich schnell, »im weitesten Sinne sind wir doch wieder eine Beratung. Und coachen tun wir auch. Aber mehr so im ... Personalbereich. Soziale ... äh ...«

»Wer ist wir?«

»Oh, Lutz und ich«, gebe ich zurück, erleichtert, in diesem Gespräch endlich einmal die Wahrheit sagen zu dürfen.

»Lutz und du.« Er glaubt mir kein Wort. Nicht ein einziges Wort. Ich glaube, es wäre das Beste, jetzt das Weite zu suchen.

»Simon, ich muss jetzt los. Vielen Dank für den Kaffee.« Ich stehe auf, und auch Simon erhebt sich. Eine Sekunde stehen wir unschlüssig voreinander, dann strecke ich ihm meine Hand hin. Er ergreift sie. Es prickelt zwischen uns. Während ich noch überlege, ob nur ich das spüre, beugt sich Simon zu mir herunter und gibt mir einen leichten Kuss auf die Wange.

»War schön, dich zu sehen«, flüstert er mir ins Ohr.

»Ja, mach's gut.«

»Eins noch ...«

»Ja?« Hoffnungsvoll drehe ich mich zu ihm um.

»Was ist das für eine seltene Pflanze, die da auf unserem Lehrerparkplatz wächst?«

Kapitel 14

Als ich zu Hause das Wort »Alraune« googele, stelle ich erleichtert fest, dass es sich dabei zumindest tatsächlich um eine Pflanze handelt. Anscheinend hat sich der Begriff irgendwie in meinem Unterbewusstsein festgesetzt, als ich zwischen Weihnachten und Neujahr sämtliche Harry-Potter-Bücher gelesen habe. Und zu meinem ausgesprochenen Glück ist sie noch nicht einmal der Fantasie von Frau Rowling entsprungen, sondern existiert tatsächlich. Mein zufriedenes Lächeln verrutscht etwas, als ich bei Wikipedia lesen muss, dass es sich um eine giftige Heil- und Ritualpflanze handelt, deren Wurzel der menschlichen Gestalt ähnelt. Die Abbildung ähnelt so rein gar nicht dem kläglichen Halm, mit dem ich mein Herbarium eröffne. Nun ja, es hätte schlimmer kommen können.

Ich bin gerade dabei, Lutz' poetisch-magnetische Ergüsse in DIN-A4-Umschläge einzutüten, als es an der Haustür klingelt. Nanu, wer kann das sein? Lutz, der heute Morgen wegen eines Werbecastings schon früh das Haus verlassen hat, kann es ja wohl nicht sein. Es sei denn, er hat mal wieder seinen Schlüssel vergessen, der alte Schussel. Ich versuche, den in mir aufsteigenden Unmut zu verdrängen. Wir sind nun einmal vollkommen anders gestrickt. Ich bin verlässlich und organisiert, aber dafür ist Lutz der kreative Kopf unseres Unternehmens. Ohne ihn wäre ich aufgeschmissen. Allein die Gedichte, die er sich für unsere Klienten ausdenkt. Ich wünschte, ich könnte so etwas.

Rrrring! Ach ja, die Tür. Ich verlasse meinen Schreibtisch und gehe zur Gegensprechanlage.

»Hallo?«

»Hier ist Simon. Darf ich raufkommen?« Simon? Was macht der denn hier?

»Äh, na gut.« Ich drücke auf den Türöffner und sehe an mir herunter. Leider sehe ich alles andere als repräsentativ aus. An den Füßen trage ich meine riesigen, blau-roten Hausschuhe in Form von Hundeköpfen. Dazu eine bequeme, schwarze Fleecehose und einen weißen Kapuzenpullover. Ja, ich weiß, das ist sicher keine adäquate Arbeitskleidung, aber wenn man sich sowieso quasi aus dem Bett an den Computer rollen kann, wird man mit der Zeit nachlässiger. Und da Lutz von seinen abgewetzten Jeans einfach nicht abzubringen ist, habe ich meine Kostümchen und Blusen kurzerhand in die hinterste Ecke des Schranks verbannt. Unglaublich, was einem das an Bügelwäsche erspart. Wenigstens ein bisschen Lippenstift hätte ich aber auflegen sollen, denke ich mit einem flüchtigen Blick in den Flurspiegel. Aber dafür ist es jetzt zu spät. Wütend zerre ich an meinen verkletteten Haaren herum und beiße mir beinahe die Lippen blutig, um ein bisschen Farbe daraufzuzaubern. Dann gebe ich meine Bemühungen auf. Zum einen, weil es sowieso keinen Zweck hat, zum anderen, weil ich immerhin fünf Jahre mit Simon zusammengelebt habe. Er kennt mich in jeder Lebenslage. Er kennt mich aufgestylt und abgekämpft, schlecht gelaunt am frühen Morgen, aufgekratzt am späten Abend. Simon hat, verdammt noch mal, meine Haare zurückgehalten, als ich mir dieses schreckliche Magen-Darm-Virus zugezogen habe und halbtot über der Toilette hing.

»Hey, Vivi, was guckst du denn so entgeistert?« Vermutlich hat die Erinnerung meinen Teint ein wenig grün werden lassen. Simon dagegen sieht mal wieder aus wie das blühende Leben. Diese Laura scheint ihm wirklich gutzutun.

»Hallo, Simon, was machst du denn hier?« Ich hasse unangemeldeten Besuch, würde ich am liebsten hinzufügen, denn im Normalfall stimmt das auch. Trotzdem freue ich mich, sein Gesicht zu sehen.

»Ich habe zwei Freistunden, und da dachte ich, ich komme mal rum.« Ohne meine Antwort abzuwarten, tritt er an mir vorbei in den Flur. »Übrigens habe ich gestern mal nach deiner komischen Pflanze recherchiert. Ich glaube, du hast da was verwechselt.« Mit einem Grinsen hält er mir den ausgedruckten Wikipedia-Artikel unter die Nase.

»Das ist mir zu Hause auch klar geworden«, sage ich mit einiger Würde und entreiße ihm den Zettel.

»Ich glaube, es handelte sich vielmehr um eine Gattung der Poales«, fährt er fort. »Was meinst du?« Poales? Was ist das denn schon wieder? Hilflos sehe ich ihn an. Kein Muskel zuckt in seinem Gesicht.

»Kann sein«, gebe ich kurz zurück. »Ich habe mich entschlossen, dieses Hobby an den Nagel zu hängen.«

»Tatsächlich? So plötzlich?«

»Ja«, sage ich mit Nachdruck. Er mustert mich kurz von oben bis unten und wechselt dann zu seinem und meinem Glück endlich das Thema: »Entschuldige, habe ich dich geweckt?« Sehe ich so verpennt aus? Vehement schüttele ich den Kopf.

»Nein, natürlich nicht.«

»Wieso bist du eigentlich zu Hause? Musst du nicht arbeiten?« Misstrauisch sehe ich ihn an.

»Warum kommst du vorbei, wenn du denkst, dass ich gar nicht da bin?«, antworte ich ihm mit einer Gegenfrage. Er grinst verlegen.

»Du glaubst, ich hänge hier arbeitslos zu Hause rum, oder?«

Jetzt guckt er ertappt. Ich wusste es. Er denkt, ich bin ohne Job und ohne Mann. Deshalb steht er jetzt hier auf der Matte. Weil ich ihm Leid tue. Weil in seinem Leben seit unserer Trennung alles super läuft, während meins den Bach hinunterzugehen scheint. »Nur zu deiner Information, ich sitze schon seit zwei Stunden am Schreibtisch«, sage ich patzig.

»Immer noch ein Workaholic, was?«, meint er nach einem Blick auf seine Armbanduhr. »Dann hast du dir jetzt eine Kaffeepause redlich verdient, oder?« Ich zucke mit den Schultern. Warum nicht, ich wollte mir tatsächlich gerade einen Kaffee machen. Ehe ich mich versehe, ist Simon an mir vorbei in die Wohnung getreten. Er hängt seine schwarze Kapuzenjacke an die Garderobe und geht zielstrebig in Richtung Wohnzimmer. »Hey, Tristan, wie geht's?«, höre ich ihn meinen Goldfisch begrüßen, gefolgt von klappernden Geräuschen aus der Küche. Es ist alles wie früher. Als wäre nichts geschehen. Ich mache einen Schritt auf seine Jacke zu und kann nicht widerstehen, meine Nase in das Innenfutter zu drücken. Ich atme tief ein und schließe kurz die Augen. Ein Gefühl von Geborgenheit überkommt mich. Ein Rest von Simons Körperwärme hängt noch in seiner Jacke.

»Hast du umge … Was machst du denn da?« Ich zucke erschrocken zurück und sehe in Simons fragendes Gesicht.

»Ich … äh, hier riecht es irgendwie so komisch, findest du nicht?«, sage ich geistesgegenwärtig und schnuppere demonstrativ.

»Und du denkst, das kommt von meiner Jacke?«, kommt es beleidigt zurück.

»War nicht persönlich gemeint«, entschuldige ich mich, »außerdem kommt es definitiv nicht daher. Deine Jacke riecht ganz normal.« Deine Jacke riecht verdammt gut! Jetzt schnüffelt auch Simon herum.

»Ich rieche nichts.«

»Bist du vielleicht irgendwo reingetreten?«, schlage ich vor und deute auf seine Turnschuhe. Betroffen schaut er an sich herunter, dreht sich dann halb um und hebt ein Bein und dann das andere, damit ich seine Fußsohlen kontrollieren kann. »Nein, alles bestens. Vielleicht habe ich es mir auch nur eingebildet. Was wolltest du eigentlich?« Froh, die peinliche Situation so gut gemeistert zu haben, gehe ich vorneweg in Richtung Küche.

»Wissen, ob du umgeräumt hast. Ich kann weder die Kaffeebohnen noch die Mühle oder den Milchschäumer finden.«

»Ach ja, das ist jetzt alles unten links im Schrank.«

»Wieso das denn?«, erkundigt er sich, während er die Sachen hervorkramt und Kaffeebohnen in die Mühle schaufelt.

»Weil selbst ich nicht ans obere Fach ranreiche«, sage ich schnell und verstecke meinen Kopf im Kühlschrank, aus dem ich gerade einen frischen Liter Milch herausnehmen will.

»Ach so.« Wir sind beide etwas peinlich berührt. Es ist eben nicht wie immer. Alles ist anders. Wir sind nicht mehr zusammen, und ich musste nicht nur mein Leben, sondern auch meine Küche neu einrichten, um mich darin zurechtzufinden.

»Das heißt, du arbeitest jetzt von zu Hause aus?«, erkundigt sich Simon, während er sich an der Espressomaschine zu schaffen macht. Zum ersten Mal klingt es so, als würde er mir meinen neuen Job wirklich glauben.

»Ja, die Wohnung ist ja groß genug«, sage ich. Zu groß, viel zu groß für mich alleine. Es ist wie verhext, anscheinend ist es uns unmöglich, ein normales Gespräch zu führen, ohne innerhalb von zwei Sätzen wieder auf unsere Trennung und all die damit verbundenen schmerzhaften Veränderungen zu stoßen. Ich setze mich schweigend an den Tresen und sehe Simon dabei zu, wie er die geschäumte Milch in zwei hohe

Gläser füllt und den Espresso vorsichtig dazugießt. Dann greift er nach dem Kakaostreuer und der Herzschablone. Ganz automatisch. Im letzten Moment wird ihm bewusst, was er da tut, und er schaut unsicher zu mir hoch. Schnell wende ich den Blick ab und starre interessiert durch unser, nein, mein großes Wohnzimmerfenster nach draußen, als hätte ich nichts mitbekommen.

»Ist es eigentlich warm draußen?«, erkundige ich mich, während Simon die Schablone schnell wieder im Schrank verschwinden lässt und einfach so etwas Kakao auf den Kaffee stäubt.

»Nein, es ist kalt, aber wunderschön«, antwortet er und klettert auf den Barhocker neben mir.

»Das sieht man«, nicke ich und bewundere ein wenig den strahlend blauen Himmel, an dem vereinzelt, wie gemalt, ein paar Schäfchenwolken stehen.

»Herrliches Wetter.« Zum ersten Mal in meinem Leben wird mir klar, wie Leute auf die Idee kommen, sich über das Wetter zu unterhalten. Man kann stundenlang reden, ohne wirklich etwas zu sagen. Allerdings ist das Thema auch ziemlich schnell erschöpft. »Gestern war es lausig«, bemerkt Simon nach einer kurzen Pause. Richtig, schließlich war gestern auch ein Tag. Theoretisch könnten wir das Wetter der letzten drei Monate durchkauen. Wie war das Wetter eigentlich gestern? Ach ja.

»Na ja, ich liebe Regen«, sage ich.

»Ich weiß.« Er lächelt mich an. Und plötzlich überkommt mich die Erinnerung an Dutzende von Spaziergängen, auf die ich Simon geschleppt habe. Rund um die Alster bei strömendem Regen. Quer durch den Stadtpark. Den Elbstrand rauf und runter. Ich glaube, er hat jedes Mal einen dicken Schnupfen davongetragen. Und trotzdem hat er bei nächster Gelegenheit wieder tapfer den Schirm in den Wind gestreckt. »Du bist schon ein verrücktes Huhn.« Anscheinend haben wir das Gleiche gedacht. Und damit scheidet nun auch das Wetter als neutrales Thema zwischen uns aus. Also sitzen wir einfach schweigend nebeneinander und schlürfen unseren Kaffee. Verstohlen mustere ich Simon von der Seite. Wie konnte nur alles so entsetzlich schieflaufen zwischen uns? Wir waren doch so ein gutes Team. Mist, jetzt hat er mich dabei ertappt, wie ich ihn angestarrt habe. Ich werde ein wenig rot, senke aber meinen Blick nicht. Er auch nicht. Wir sehen einander an, und die Zeit scheint stillzustehen. Simons Augen sind so schön und sanft und voller Liebe. Ja, ich kann es ganz genau erkennen, dass er mich auch vermisst. Genauso wie ich ihn. Irgendwann kribbelt mein ganzer Körper von Kopf bis Fuß, aber Simon macht keine Anstalten, mich zu küssen. Wahrscheinlich will er, dass ich den ersten Schritt mache. Na schön. Ich beuge mich einen Millimeter in seine Richtung. Dann noch einen. Und noch einen. Nichts passiert. Schließlich hänge ich ziemlich windschief auf meinem Barhocker, die Hände immer noch um die Kaffeetasse geklammert, aber Simon kommt mir nicht entgegen. Er schaut einfach nur. Manno, wieso macht er es mir denn so schrecklich schwer? Ich begreife das nicht. Also gut, dann lege ich eben meinen Kopf ein wenig schief und öffne ganz leicht die Lippen. Wieder nichts. Er will tatsächlich, dass ich die ganze Strecke gehe, kommt mir nicht eine Winzigkeit entgegen. Aber mein Verlangen nach seinen weichen Lippen, so nah vor meinen, ist jetzt so groß, dass ich mich nicht einmal frage, warum er das tut. Ich will jetzt geküsst werden, alles in mir schreit danach. Mit einer schnellen Bewegung bringe ich die letzten zehn Zentimeter hinter mich und presse meine Lippen auf Simons, die nach Kaffee und Labello schmecken.

»Hmmmpfh«, macht er.

»Hmmm«, schnurre ich mit geschlossenen Augen. Jetzt legt er seine Hände an mein Gesicht, doch statt mich noch inniger zu küssen, hält er meinen Kopf fest und lehnt sich ein Stück zurück. Sieht mich an. »Hmmm«, säusele ich erneut und schließe wieder sehnsuchtsvoll die Augen. Mir war nicht klar, wie sehr ich Simon tatsächlich vermisst habe. Bis eben jedenfalls nicht.

»Vivi, bitte mach die Augen auf«, sagt er leise, und ich hebe die Lider. »Vivi …« Es klingt irgendwie gequält. »Wieso machst du das? Ich habe dir doch von Laura erzählt.« Rumms! In diesem Moment kippe ich mitsamt meinem Barhocker nach vorne. Im Fallen kralle ich mich an Simons Pullover fest und reiße ihn mit zu Boden. Mit einem harten Aufschlag lande ich auf den Fliesen, Simon hat mehr Glück, denn er fällt auf mich und damit eindeutig weicher.

»Aaaauu«, wimmere ich. Ich habe eindeutig etwas krachen gehört. Bestimmt war es eine meiner Rippen. Vielleicht war es auch das Herz. Nun wirft Simon sich schützend über mich, weil nun auch sein Hocker umkippt und ohne seinen heldenhaften Einsatz genau auf meinem Kopf gelandet wäre. Stattdessen liegt Simon jetzt mit seinem vollen Körpergewicht auf mir, und ich gebe nur noch ein leises Röcheln von mir.

»Bist du okay?«, fragt er mich besorgt und streicht mir eine Haarsträhne aus dem Gesicht. Wütend sehe ich ihn an. Jetzt braucht er auch nicht mehr zu versuchen, an mir herumzutatschen. Plötzlich schießen mir vor Wut und Demütigung die Tränen in die Augen. Gerade als ich ihn von mir herunterschmeißen will, höre ich im Flur eine wohlbekannte Stimme:

»Vivi, tut mir Leid, es hat länger gedauert, als ich … Was ist denn hier los?« Oh nein, der hat mir gerade noch gefehlt. Mühsam hebe ich den Kopf und sehe Lutz in der Wohnzimmertür stehen und irritiert auf uns herabsehen. Wie sieht der denn aus? Fast hätte ich ihn nicht erkannt. Er trägt einen grauen Nadelstreifenanzug, in dem sein breites Kreuz geradezu imposant erscheint, und dazu ein blaues Hemd mit gelber Krawatte. Gerade will ich ihn fragen, was die Maskerade soll, als mir plötzlich wieder einfällt, dass das heutige Casting für einen Commerzbank-Werbespot war. Simon hat sich jetzt ebenfalls zu Lutz umgewandt und macht ein selten dämliches Gesicht. Dann rappelt er sich so hektisch auf, dass er mir dabei sein Knie in den Oberschenkel rammt.

»Au, pass doch auf«, herrsche ich ihn an und boxe ihm auf den Oberarm. Nicht fest genug für all das Leid, das er mir angetan hat. Nicht mal fest genug für das Leid, das er mir alleine heute angetan hat. Aber doch fest genug, dass er erschrocken zusammenzuckt und mit leidendem Gesichtsausdruck über besagte Stelle reibt.

»Autsch.« Geschieht ihm ganz recht. Jetzt wendet er sich an Lutz, der noch immer mit offenem Mund im Raum steht. »Du musst, ich meine, Sie müssen Lutz sein, hallo.« Damit geht er auf ihn zu und reicht ihm die Hand, die dieser schüttelt. »Ich bin Simon.«

»Ach, dein Ex«, schlussfolgert Lutz messerscharf, und ich nicke griesgrämig, während ich mich vom Boden aufrappele. »Soll ich dann vielleicht …« Er macht eine vage Handbewegung in Richtung Wohnungstür. »Ich meine, wenn ich irgendwie störe?«

»Sie stören bei nichts, bei absolut gar nichts«, beeilt sich Simon zu beteuern und schüttelt dabei heftig den Kopf. »Wirklich, das war nicht, wonach es aussah, ich meine, Viviane ist vom Barhocker gestürzt und hat mich mit sich zu Boden gerissen, und so kam es dazu, dass Sie uns in dieser Lage … Sie verstehen?« Hoffnungsvoll sieht er zu Lutz, der wiederum ziemlich verwirrt aus der Wäsche guckt. Ich dagegen lehne mich mit verschränkten Armen gegen den Küchentresen und mustere meinen Exfreund voller Verachtung. Was für ein Feigling! Wahrscheinlich hat er Angst, dass Lutz ihm gleich eine reinhaut. Mein Gott, ich wünschte fast, er würde es tun. Um meine Ehre wiederherzustellen, nachdem ich mich diesem Schweinehund an den Hals geworfen habe.

»Wirklich alles in Ordnung?«, wendet sich Lutz nun hilflos an mich, und bevor ich antworten kann, versichert Simon mit mittlerweile unüberhörbarer Panik in der Stimme:

»Aber ja! Ich versichere Ihnen, es ist nichts passiert!« Meine Achtung vor ihm sinkt von Sekunde zu Sekunde.

»Sollen wir uns nicht duzen?«, fragt Lutz und bringt Simon damit aus dem Konzept.

»Äh, doch, natürlich, gerne.«

»Okay.« Damit zieht Lutz sich sein Jackett aus und wirft es über das nahestehende Sofa. Unwillkürlich tritt Simon einen Schritt zurück. Nun, das würde ich an seiner Stelle auch tun, denke ich schadenfroh. Unter Lutz Hemdsärmel zeichnet sich nämlich ein gewaltiger Bizeps ab. Doch der denkt gar nicht daran, Simon zu verprügeln. Stattdessen greift er sich augenrollend an den Krawattenknoten und zerrt daran herum.

»Dieses Teil macht mich wahnsinnig, ich kann kaum atmen. Kann ich auch einen Kaffee haben?«

»Natürlich«, sagt Simon und eilt an die Espressomaschine. Fehlt nur noch, dass er einen Diener macht.

»Danke«, sagt Lutz überrascht und wendet sich dann an mich. »Ich glaube nicht, dass sie mich gut fanden«, meint er deprimiert. »Diese Banker haben doch alle einen Stock im …« Wenn ich das Bild von Doktor Ludger Wichtel aufrechterhalten will, dann muss ich ihn bremsen. Jetzt. Ehe ich weiß, was ich tue, fliege ich Lutz um den Hals und rufe:

»Du hast mich ja noch gar nicht begrüßt.« Und dann drücke ich meine Lippen auf seine, bevor er das Wort »Arsch« aussprechen kann. Völlig überrumpelt zuckt er zurück, doch ich klammere mich wie eine Wahnsinnige an ihn. Das wäre doch gelacht, wenn ich nicht wenigstens einen Mann am heutigen Tage dazu bringen würde, mich anständig zu küssen. »Bitte mach mit«, raune ich ihm in einer Atempause zwischen zwei Küssen zu. Und tatsächlich, nach der ersten Schrecksekunde spielt Lutz hervorragend mit. Das muss an seiner Schauspielausbildung liegen. Plötzlich spüre ich seine Hände, die an meiner Taille hinuntergleiten und dann meine Pobacken umschließen, während er gleichzeitig seinen Mund öffnet und mir einen leidenschaftlichen Zungenkuss gibt. So haben wir ja nun eigentlich auch nicht gewettet, aber ich vermute, dass Simon gerade der Mund offen steht, und das ist es allemal wert. Außerdem küsst Lutz wirklich gut. Als er nun aber beginnt, meine Pobacken rhythmisch zu kneten, beschließe ich, dass es nun genug ist und löse mich mit einiger Anstrengung von ihm. Ein Seitenblick auf Simon entlohnt mich reichlich für die ausgestandene Demütigung von eben. Er guckt wirklich ziemlich dumm aus der Wäsche.

»Äh, hier.« Damit hält er Lutz einen seiner perfekten Latte macchiatos unter die Nase.

»Danke.«

»Schon gut.« Ein wenig verlegen stehen wir da, bis ich schließlich das Wort ergreife.

»Vielleicht gehst du jetzt besser, Simon. Lutz und ich müssen arbeiten. Ich habe ihm von unserer Firma erzählt«, füge ich an diesen gewandt hinzu. Er nickt und grinst Simon breit an.

»Sie hat einen Sinn fürs Geschäft und einen Körper für die Sünde, hehe«, zitiert er aus einem meiner Lieblingsfilme der Achtziger »Die Waffen der Frauen«. Aber den hat Simon wohl nicht gesehen.

»Aber Herr Doktor«, sage ich in tadelndem Ton und streichele Lutz über die Brust. Ich habe mich nicht getäuscht, er zuckt nicht mal mit der Wimper darüber, dass ich ihm gerade einen Titel verpasst habe. Stattdessen fühlt er sich schon wieder dazu animiert, mir am Hintern herumzufummeln.

»Nun geh schon«, sage ich ziemlich rüde zu Simon, der knallrot anläuft. Eigentlich will ich nur, dass er endlich verschwindet, um Lutz eins auf die Finger zu hauen, aber wenn mein Exfreund annimmt, dass ich es gleich hier auf dem Boden mit meinem Neuen treiben werde, sobald die Tür hinter ihm ins Schloss fällt, soll mir das auch recht sein.

»Schon gut.« Jetzt scheint er ein bisschen sauer zu sein, doch hält er Lutz höflich die Hand hin.

»Nett, dich kennengelernt zu haben.«

»Ganz meinerseits.« Ein wenig ratlos sieht Doktor Wichtel auf die ihm dargebotene Rechte. Anscheinend kann er sich nicht dazu entschließen, mit dem Pogetätschel aufzuhören, weshalb er schließlich entschuldigend mit den Schultern zuckt und Simons Hand mit seiner Linken ergreift. Ob dessen empörten Gesichtsausdrucks muss ich mich schwer beherrschen, nicht laut loszuprusten. Schulter an Schulter und Hand an Po stehen wir im Türrahmen und sehen meinem Exfreund hinterher, wie er die Treppe hinunterschleicht.

»Danke, dass du mitgemacht hast«, flüstere ich aus dem Mundwinkel heraus, während ich Simon lächelnd hinterherwinke.

»War mir ein Vergnügen.«

»Du kannst jetzt meinen Hintern loslassen«, erkläre ich, als die Haustür unten klappert. Lutz kommt meiner Aufforderung sofort nach.

»Wenn ich das so sagen darf, er ist wirklich knackig.«

»Danke«, sage ich erfreut und sehe ihn gleich darauf misstrauisch an: »Oder meintest du etwa Simon?«

»Was interessiert mich Simon?«

Im Arbeitszimmer googele ich das Wort »Poales«. Gräser und Grasartige. Sehr witzig, Simon, wirklich komisch, denke ich verärgert, während Lutz mich mit tausend Fragen löchert. Na schön, vielleicht hat er ein Recht darauf, zu erfahren, warum er plötzlich zum Doktor und meinem neuen Freund gemacht wurde, also erzähle ich ihm schließlich von unserem Zusammentreffen und meiner kleinen Notlüge.

»Es macht dir doch nichts aus, immerhin durftest du mir an meinen Hintern fassen«, ende ich trotzig und wende mich in der Hoffnung, dass das Thema jetzt erledigt ist, meinem Computer zu.

»Hm. Aber ihr habt euch doch eben geküsst, oder etwa nicht?« Ertappt sehe ich hoch.

»Woher weißt du das? Hast du uns etwa zugesehen?«, frage ich empört.

»Na hör mal, das war ja wohl nicht schwer zu erraten. Deinem Simon stand das schlechte Gewissen ja ins Gesicht geschrieben.«

»Das ist nicht mein Simon«, schnappe ich, »das ist Lauras Simon.«

»Und wieso hat er dann dich geküsst?« Zögernd sehe ich ihn an. Es kommt mir schwer über die Lippen, aber schließlich spreche ich es doch aus:

»Hat er gar nicht. Streng genommen habe ich wohl ihn geküsst.« Bei dem Gedanken daran steigt mir die Schamesröte ins Gesicht.

»Aber er hat dich zurückgeküsst.« Ich schüttele bedrückt den Kopf, und Lutz sieht jetzt ehrlich empört aus. »Das verstehe ich nun wirklich nicht. Vivi, wenn ich das so sagen darf: Du küsst ganz hervorragend.«

»Danke«, ich lächele schwach, aber selbst dieses Kompliment vermag meine Laune nicht zu heben.

»Wieso hast du ihn überhaupt geküsst? Er hat dir doch selber von Laura erzählt.«

»Das hat er auch gesagt«, stöhne ich und lasse den Kopf in die Hände sinken. »Ich dachte doch nur. Ach, ich weiß auch nicht, was ich dachte.« Mitleidig sieht Lutz zu mir herüber, doch dann ändert sich mit einem Mal sein Gesichtsausdruck.

»Sag mal, hast du mich dann streng genommen eben betrogen?«

»Ach, hör bloß auf.« Als wäre all das nicht auch so schon kompliziert genug. Aber Lutz sieht jetzt ausgesprochen übellaunig aus. Er lässt seine Fingerknöchel krachen, dass es mir eiskalt den Rücken hinunterläuft, und grummelt:

»Ich mag es überhaupt nicht, wenn jemand in meinem Revier wildert.«

»Ich bin nicht dein Revier.«

»Aber das wusste er doch nicht. Ich sag dir, wenn ich rechtzeitig geschaltet hätte, dann hätte der saubere Herr eins auf Maul bekommen. Aber mit Vollgas.«

»Ja, okay«, sage ich beschwichtigend. »Können wir jetzt bitte anfangen?« Ich schiebe ihm eine Kundenliste hinüber. »Wir brauchen Geschenkideen für zwei Hochzeitstage, einen Geburtstag und einen Erster-Sex-Jahrestag.« Endlich vertieft sich Lutz in seine Arbeit, doch als ich damit beginne, meine E-Mails zu checken, fängt er schon wieder an zu quasseln:

»Hast du gemerkt, wie schnell ich in die Rolle reingeschlüpft bin?«, fragt er mich Beifall heischend. Ich nicke. Das kann man nicht anders sagen. »Er hat mir den Doktor voll abgekauft, oder? Wahrscheinlich war ich noch total drin, vom Casting«, meint er zufrieden. »Vielleicht kriege ich den Job ja doch.«

»Wenn deine Performance nur halb so gut war wie das hier gerade, dann bestimmt«, sage ich überzeugt.

Wir arbeiten schweigend, das heißt, eigentlich arbeitet nur Lutz, während ich einfach nur vor mich hinstarre und nicht aufhören kann zu grübeln. Was habe ich mir bloß gedacht? Ich bin eine so dumme Kuh! Habe ich denn völlig vergessen, was Simon mir angetan hat? Dass er mich einfach verlassen hat, von einem Tag auf den anderen, ohne sich darum zu kümmern, dass er mich in einem Scherbenhaufen zurücklässt. Nun, vergessen habe ich das vielleicht nicht, aber anscheinend doch mit einigem Erfolg verdrängt. Auch darüber, dass er sich in Nullkommanix eine neue Freundin zugelegt hat, hätte ich hinweggesehen. Und ich war bereit, ihm zu verzeihen. Einfach so. Aber Simon wollte gar keine Absolution von mir. Und noch viel weniger wollte er mich zurück. Hat sich gedacht, die Vivi, das alte Haus, war doch ein dufter Kumpel, kann man doch mal auf einen Kaffee treffen, wenn gerade nichts anderes anliegt. Sie hat einen neuen Freund, ich habe Laura, alles ist in Butter, und wir können Freunde sein. Dieser verfluchte Mistkerl!

»Uaah, hör auf damit«, ruft Lutz flehend, und ich sehe ihn irritiert an.

»Womit denn?«

»Du knirschst mit den Zähnen, da läuft es mir kalt den Rücken runter.«

»Verzeihung.« Jetzt ruiniere ich mir auch noch mein makelloses Gebiss wegen dieses Mistkerls. Mistkerl, Mistkerl!

In diesem Moment erhalte ich eine SMS von diesem Mistkerl:

DAS WAR JA JETZT EIN BISSCHEN PEINLICH. ER WOHNT SCHON BEI DIR???

Ich starre auf die drei Fragezeichen am Ende der Nachricht und frage mich, ob Simon vielleicht ein klitzekleines bisschen eifersüchtig ist. Das geschähe ihm ganz recht.

ER IST MEIN MITBEWOHNER schreibe ich zurück, und das ist die reine Wahrheit. Keine zwanzig Sekunden später bekomme ich eine Antwort.

HAHA!

Oh, mein Ex ist »not amused«, wenn ich das richtig deute. Schon geht es mir ein kleines bisschen besser. Ich lege mein Handy zur Seite, um wieder mit der Arbeit zu beginnen, da piepst es erneut.

»Sag mal, der bombardiert dich aber ganz schön mit Nachrichten«, stellt Lutz fest und hebt vorwurfsvoll den Kopf.

»Na und«, meine ich achselzuckend und öffne die SMS.

»Was heißt hier na und. Ich finde das ganz schön respektlos mir gegenüber.«

BABSI HAT AM FREITAGABEND EINE AUSSTELLUNG IN DER GALERIE ZEITART. SAG BESCHEID, OB IHR KOMMEN MÖCHTET! LIEBER GRUSS, SIMON

Ich schlucke schwer. Da ist er wieder, der gute alte LIEBER GRUSS, SIMON. Seine Subtext-Nachrichten gehen mir allmählich auf die Nerven:

LIEBE VIVI, FALLS DU ES NICHT DADURCH VERSTANDEN HAST, DASS ICH MICH MIT HÄNDEN UND FÜSSEN GEGEN DEINE KUSSATTACKE GEWEHRT HABE: ICH HABE EINE NEUE FREUNDIN. WIR KÖNNEN ABER GERNE DUFTE KUMPELS BLEIBEN. UND MIT DEINEM KOMISCHEN DOKTOR KANNST DU MICH AUCH NICHT EIFERSÜCHTIG MACHEN. LIEBER GRUSS, SIMON

Wenn ich das richtig interpretiere, schlägt er doch tatsächlich ein Double Date vor. Simon und Laura und Doktor Wichtel und ich in trauter Viersamkeit, umzingelt von einigen Kunstbegeisterten und abstrakten Frauenkörpern aus Alabaster und Marmor, das kann ja heiter werden.

»Hörst du mir eigentlich zu?«, erkundigt sich Lutz mit einem gereizten Unterton in der Stimme.

»Ja doch, ich hab's gehört«, sage ich giftig, »du magst es nicht, wenn ein anderer dein Revier bepinkelt.«

»Allerdings.«

WIR FREUEN UNS SEHR. IM ÜBRIGEN HANDELTE ES SICH BEI DEM ANGEBLICHEN GRASHALM UM EIN EXEMPLAR AUS DER GATTUNG DER RESTIONACEAE. SEHR SELTEN HIERZULANDE. LIEBER GRUSS, VIVI

»Keine Sorge, du bekommst am Freitag Gelegenheit, ausgiebig zurückzupinkeln«, sage ich zu Lutz, kaum dass ich die Nachricht abgeschickt habe, »wie würde dir das gefallen?«

»Hä?«

»Simons Schwester ist Bildhauerin, und wir gehen gemeinsam zu ihrer Vernissage«, sage ich bestimmt. »Und du ziehst bitte wieder deinen Anzug an und machst einen auf supererfolgreich.«

»Und wir treten da als Paar auf?«

»Und was für eins«, sage ich und grinse diabolisch.

Kapitel 15

Am Freitagvormittag fahre ich gemeinsam mit Lutz zu La-Moda in die Innenstadt. Das ist das Abendmodengeschäft, wo Lydia ihr wunderschönes Kleid gekauft hat.

»Eins ist mir noch nicht ganz klar«, meint Lutz, während wir gemeinsam in Richtung Hanseviertel schlendern, »in welcher Funktion bin ich heute Abend unterwegs?«

»Na, als mein Freund, ich dachte, das hättest du kapiert«, sage ich und rolle unauffällig die Augen gen Himmel. Das ist doch wohl wirklich nicht so schwer zu begreifen.

»Das ist mir schon klar. Ich meine, engagierst du mich als deinen Begleiter, oder als Schauspieler, oder als deinen Angestellten?« Während ich noch versuche, herauszufinden, was er damit meint, fügt er hinzu: »Letzteres käme dich auf jeden Fall am billigsten.«

»Du willst, dass ich dich bezahle?«, frage ich und schnappe empört nach Luft.

»Nun, beim Begleitservice kostet ein Date dreihundert Euro.«

»Das zahle ich auf keinen Fall«, sage ich entschlossen. »Immerhin darfst du mich den ganzen Abend küssen und mir an meinen knackigen Hintern fassen. Eigentlich müsstest du mir dafür was bezahlen.« Er sieht mich mit hochgezogenen Augenbrauen an, und bevor er mir etwas Beleidigendes sagen kann, rede ich schnell weiter. Gut möglich, dass ich sonst sofort in Tränen ausbrechen würde, ich habe nämlich heute schwerste PMS. Als wäre das Ganze nicht schon nervenaufreibend genug. »Na schön, ich zahle dir deinen ganz normalen Stundenlohn«, biete ich ihm seufzend an.

»Einverstanden. Es wird bestimmt ganz lustig. Was hältst du davon, wenn ich mit einem ganz leichten, nordischen Akzent spreche? So näselnd, weißt du, wie so ein piekfeiner Pinkel von der Elbchaussee«, gibt er mir gleich eine Kostprobe, doch leider muss ich ihn enttäuschen.

»Das geht leider nicht. Simon hat dich doch schon sprechen gehört. Also musst du wohl hochdeutsch reden.«

»Na gut. Und was genau mache ich? Ich meine, beruflich?«

»Du bist Unternehmensberater. Einer der besten. Und darum bist du so teuer, dass es sich keine Firma leisten kann, dich fest einzustellen. Deshalb arbeitest du freiberuflich und hast nebenbei mit mir eine eigene Beratung aufgebaut. Über die sprechen wir aber nicht.« Das wäre mir viel zu kompliziert. »Auf jeden Fall bist du schwer reich, hast BWL studiert.«

»Habe ich ja auch«, freut sich Lutz.

»Fertig studiert«, versetze ich ihm einen Dämpfer. »Und danach hast du in den USA deinen MBA gemacht. Und das Wahnsinnskleid, was ich mir gleich kaufen werde, hast du mir heute geschenkt«, füge ich hinzu und trete vor das Schaufenster, in dem ein traumhaftes, fliederfarbenes Ballkleid ausgestellt ist. »Wahnsinn«, seufze ich und betrachte die bestickte Corsage und den gebauschten Rock. Aber das wäre für heute Abend doch ein bisschen zu viel des Guten. Wir werden sowieso schon völlig overdressed sein, aber das ist mir egal. Ich will die umwerfendste Frau in dem umwerfendsten Kleid mit dem umwerfendsten Mann auf der ganzen Vernissage sein. Die Leute sollen reihenweise zu Boden gehen. Ich möchte über Simons lang hingeschlagenen Körper hinweg ins Innere der Galerie schreiten.

»Sollen wir reingehen?«, weckt Lutz mich aus meinen Tagträumen, und ich folge ihm ins Innere des Ladens, wo uns eine stark geschminkte Frau mittleren Alters mit gepflegter, grauer Kurzhaarfrisur lächelnd entgegentritt.

»Guten Tag«, meint sie freundlich, und in ihren Augen blitzt es auf, als sie Lutz wiedererkennt. »Ach, Sie waren doch erst letzten Mo …« Erschrocken unterbricht sie sich und hält sich die Hand vor den Mund. Sehr unauffällig, wirklich. Wenn Lutz nun tatsächlich mein Freund und mit einer anderen Frau hiergewesen wäre, hätte ich das spätestens jetzt kapiert. Aber ich schüttele beruhigend den Kopf und sage:

»Keine Sorge, Sie haben sich nicht verplappert. Tatsächlich würde ich gerne genau das Kleid anprobieren, das seine Begleitung gekauft hat.«

»Ach so?« Sie starrt mich leicht verwirrt an.

»Bodenlang, feuerrot, mit Neckholder …«

»Ja, natürlich, einen Moment.« Damit geht sie in den hinteren Teil des Ladens, wo auf einer Stange Abendkleid neben Abendkleid hängt. Mit leuchtenden Augen sehe ich mich um und bin selbst von mir überrascht, dass ich mich wie im Paradies fühle. Nanu! Für so einen Kram hatte ich bisher doch gar nichts übrig. Eine Minute später steht sie vor mir und hält mir das Kleid entgegen.

»Größe 36, nicht wahr?«, meint sie und mustert mich abschätzend.

»Meistens ja«, gebe ich ihr recht. »Allerdings bin ich recht groß.« Als ob sie das nicht sehen könnte.

»Die Kleider sind immer eher zu lang als zu kurz, probieren Sie es ruhig«, meint sie und hält einladend den cremeweißen Vorhang zur Umkleidekabine auf. Ich steige aus Jeans und Pullover und schlüpfe in das Kleid. Der schwere Stoff schmiegt sich wie eine zweite Haut an meinen Körper und fällt bis auf den Boden. Gerade will ich nach einem Paar hochhackigen Schuhen fragen, als mir diese wie von Zauberhand über den Vorhang hinweg gereicht werden. Ebenfalls feuerrot und mit hohem Pfennigabsatz. Ich steige hinein und trete aus der Kabine. Lutz, der mehr oder minder gelangweilt herumsteht und aus dem Fenster schaut, stößt einen überraschten Laut aus.

»Wow.« Auch die Verkäuferin klatscht entzückt in die Hände, aber auf deren Urteil möchte ich nicht allzu viel geben. Habe nämlich in der Umkleide vorsichtig auf das Preisschild gelinst. Wenn ich ein Kleidungsstück für fünfhundert Euro an den Mann oder vielmehr die Frau bringen müsste, wäre ich wahrscheinlich auch begeistert, selbst wenn die Kundin aussähe wie eine Wurst in der Pelle. Zögernd drehe ich mich in Richtung Spiegel und reiße überrascht die Augen auf. Das Kleid sieht nicht nur gut aus. Es ist wunderschön. In diesen hohen Schuhen sind meine ohnehin schon langen Beine endlos, und ich wusste gar nicht, dass mir ein Neckholder-Ausschnitt so gut steht. Ergriffen betrachte ich mein Spiegelbild und weiß sofort, ich will dieses Kleid haben.

»Warten Sie, ich habe eine Idee«, meint die Verkäuferin in diesem Moment und verschwindet wieder hinten im Laden. Gleich darauf ist sie wieder zurück, mit einem olivgrünen Kleid über dem Arm. »Probieren Sie das hier«, fordert sie mich auf, »es ist der gleiche Schnitt, die Farbe müsste Ihnen ausgezeichnet stehen.« Ich werfe noch einen Blick in den Spiegel. Aber ich liebe dieses Rot, ich will dieses Kleid, möchte ich am liebsten protestieren. Etwas unwillig nehme ich ihr das grünen Pendant ab. In dem bekomme ich meinen geplanten Auftritt sowieso nicht hin, viel zu unauffällig. Aber bitte, wenn es sie glücklich macht. Ich reiche ihr das rote Kleid und sage dazu:

»Aber nicht wieder weghängen!« Dann ziehe ich das grüne Kleid an.

»Alles klar, sie nimmt es«, sagt Lutz, nachdem er einen Blick auf mich geworfen hat und die Verkäuferin nickt zustimmend.

»Moment mal, ich habe mich noch gar nicht gesehen.«

»Aber ich«, meint er grinsend, tritt auf mich zu, fasst mich an den Schultern und dreht mich langsam in Richtung Spiegel. »Das rote Kleid ist wunderschön«, flüstert er mir ins Ohr, und mir läuft ein Schauer über den Rücken, »aber in diesem Kleid bist du wunderschön. Deine Augen funkeln und deine Haut schimmert«, schwärmt er, und ich bekomme einen roten Kopf.

»Bekommst du hier Provision?«, frage ich und lache verlegen.

»Wenn du es nimmst, gehe ich heute Abend umsonst mit«, raunt er, und ich sehe ihn verwundert von der Seite an.

»Na gut, ich nehme es«, wende ich mich dann an die Verkäuferin, die mir jetzt auch noch das gleiche Paar Schuhe, das ich anhabe, in Grün hinhält. »Und die Schuhe auch«, seufze ich ergeben.

Um Punkt acht Uhr parkt Lutz meinen Wagen am Ballindamm. Weil ich die ganze Fahrt über nervös an meiner Unterlippe gekaut habe, überprüfe ich schnell mein Make-up im Spiegel hinter der Sonnenblende. Einen Hauch von Gloss könnte ich noch vertragen, ansonsten sehe ich tatsächlich ziemlich gut aus. Nach einer kastanienfarbenen Tönungswäsche schimmern meine mittlerweile fast schulterlangen Haare, die ich glatt nach innen geföhnt habe, in einem rötlichen Glanz, und nachdem Lutz mein normales, dezentes Make-up für »zu unauffällig« befunden hat, habe ich aus einer von ihm angeschleppten Vogue eins von einem Starvisagisten nachgemalt. Ein zarter rosa Ton auf Lippen und Wangen, die Augen sind rauchig umschattet und leuchten dadurch noch viel mehr als sonst. Das Beste aber sind die falschen Wimpern, die ich bei Douglas erstanden und dann, Geheimtipp, halb durchgeschnitten und nur in die Augenwinkel geklebt habe. Wahnsinn! Damit habe ich einen Augenaufschlag wie Jessica Rabbit! Und wenn meine Figur auch nicht ganz so kurvig ist, so hoffe ich doch, dass Simon bei meinem Auftritt die Zunge auf dem Fußboden ausrollt wie Roger Rabbit. Zumindest so ähnlich. Hingerissen klimpere ich mir noch einmal im Spiegel zu, als Lutz meine Tür öffnet und mir hilfreich die Hand entgegenstreckt. Etwas wackelig komme ich auf meinen hohen Schuhen zum Stehen.

»Warum ist es denn bloß so kalt?«, bibbere ich empört und ziehe meinen schwarzen Mantel fester um mich.

»Weil wir Anfang März haben«, gibt Lutz ruhig zurück. »Na komm.« Ganz selbstverständlich greift er nach meiner Hand. Ich trippele neben ihm her, das Herz klopft mir bis zum Hals.

»Warte«, sage ich, als wir nur noch wenige Meter vom Eingang der Galerie entfernt sind. »Ich glaube, das ist eine Schnapsidee. Lass uns umkehren.«

»Kriegst du etwa kalte Füße?«, erkundigt er sich, und ich nicke heftig.

»Jawohl. Und zwar in zweierlei Hinsicht.«

»Nun komm schon.«

»Aber was ist, wenn Laura nun doch merkt, dass ich die Viviane Sonntag von Amors Wichtel bin?«

»Das haben wir doch schon besprochen«, versucht Lutz mich zu beruhigen. »Simon wird dich ihr hundertprozentig nicht mit deinem Nachnamen vorstellen. Und wenn doch, na, die wird sich hüten, etwas zu sagen. Dann müsste sie doch zugeben, dass sie uns engagiert hat.« Ja, natürlich, das stimmt schon. Trotzdem ist mir alles andere als wohl in meiner Haut. Warum musste ich Simon unbedingt vorgaukeln, dass ich einen neuen Freund habe? Was war das für eine Schnapsidee? Plötzlich komme ich mir unglaublich dumm vor. Hier stehe ich nun in meinem siebenhundert Euro teuren Outfit, und wozu? Was will ich eigentlich beweisen? Vielleicht sollten wir tatsächlich besser nach Hause fahren und ich Simon so bald wie möglich reinen Wein einschenken. Das wird zwar vermutlich ein bisschen peinlich werden, aber besser, als sich weiter in Lügen zu verstricken. Gerade will ich Lutz meinen Entschluss mitteilen, da reißt er mich so stürmisch an sich, dass ich strauchele. Ehe ich mich versehe, hat er seine Lippen auf meine gelegt und gibt mir einen leidenschaftlichen Kuss. Ich stemme mich gegen seine Brust, aber gegen seinen Klammergriff kann ich nichts ausrichten. Nach der ersten Schrecksekunde mache ich mit, denn irgendwie ist es ganz schön. Als er mich endlich freilässt, schnappe ich nach Luft und sehe ihm in die schönen Augen.

»Lutz«, flüstere ich, doch da hat er sich schon von mir abgewendet, und nun erkenne ich auch den Grund für seinen plötzlichen Überfall.

»Hallo Simon«, begrüßt er meinen Exfreund, der nur etwa einen Meter von uns entfernt steht und ein wenig konsterniert aus der Wäsche guckt. Wie lange steht er da schon? Jetzt reißt er sich zusammen und ergreift Lutz ausgestreckte Rechte. Die beiden Männer schütteln sich ausgiebig die Hand.

»Hallo Lutz«, sagt Simon, und sein Lächeln wirkt irgendwie verkrampft. Verwundert sehe ich von ihm zu Lutz, dessen Gesichtsausdruck ebenfalls merkliche Anspannung zeigt. An beiden Händen treten jetzt schon deutlich blaue

Adern hervor, und ich beschließe, das Rüdengehabe zunächst einmal zu beenden.

»Hallo Simon«, sage ich und will ihm ein Küsschen auf die Wange geben. Kaum haben meine Lippen sein Gesicht berührt, zieht Lutz mich an der Hand wieder an seine Seite.

»Wollen wir dann?«, schlägt er vor und geht beherzt voran. Gemeinsam betreten wir die Galerie. Als Lutz mir vor der Garderobe aus dem Mantel hilft, schnappt Simon nach Luft. Ich bin ganz sicher. Obwohl ich mit dem Rücken zu ihm stand, habe ich es gehört! Ganz langsam vollführe ich eine halbe Drehung und sehe ihn an, während Lutz unsere Mäntel abgibt.

»Wow. Vivi, das ist ja ... ich meine ...«, seine Augen kleben förmlich an mir, und ich genieße es, ihn sprachlos zu erleben. Gespannt hänge ich an seinen Lippen. Wie ist es denn nun? Was meint er? Aber in diesem Moment spüre ich Lutz' Hand an meinem Rücken.

»Ja, sieht sie nicht fantastisch aus?«, meint er herausfordernd.

»Ja«, stößt Simon hervor.

»Angucken ja, anfassen nein«, meint Lutz streng.

»Ich wollte sie gar nicht anfassen«, versetzt Simon angestrengt. »Es ist ein wunderschönes Kleid, das ist alles.« Das ist alles? Mein Lächeln verrutscht ein wenig in meinem Gesicht, und jetzt beginnt auch noch meine verdammte Unterlippe, unkontrolliert zu zittern. Du meine Güte, so schlimm ist es auch wieder nicht, was er da gesagt hat, schelte ich mich selbst. Diese dämlichen Hormone. Jetzt legt Lutz seinen Arm besitzergreifend um meine Taille und sagt:

»Eine wunderschöne Frau, meintest du wohl?« Ich lächele ihn dankbar an.

»Ich war mir nicht sicher, ob es mir gestattet ist, dieses Kompliment auszusprechen«, meint Simon so schnippisch, dass ich ihn überrascht ansehe. Wow, er kann ja eine richtige Zicke sein.

»Jeder Mann hört es gerne, wenn seine Frau anderen gefällt«, stellt Lutz lässig fest, und ich kann deutlich hören, wie Simon mit den Zähnen knirscht.

»Wo ist eigentlich Laura?«, wechsle ich deshalb schnell das Thema, aber irgendwie scheint auch das seine Stimmung nicht zu erhellen.

»Muss arbeiten«, meint er knapp und weicht meinem Blick aus.

»Oh.«

»Kommt sie denn später noch?«, erkundigt sich Lutz, während wir gemeinsam den weitläufigen Saal betreten, in dem sich Babsis Ausstellung befindet. Eine ganze Armee von kopf-, arm- und beinlosen, lebensgroßen Figuren erwartet uns, umwuselt von einer Menschenmenge, die noch im Besitz ihrer Gliedmaßen ist. Vor einem Frauentorso, dem drachenähnliche Zacken die Wirbelsäule hinunterwachsen, bleiben wir stehen.

»Konnte sie noch nicht sagen«, beantwortet Simon knapp die Frage und fügt achselzuckend hinzu: »So ist das eben mit Geschäftsfrauen.«

»Oh, alles eine Frage der Prioritäten«, meint Lutz und zieht mich an sich. Ich versetze ihm einen Rippenstoß, den er ohne mit der Wimper zu zucken einsteckt. Auch mein drohendes Augenrollen übersieht er geflissentlich. »Ich meine, wenn sich eine Frau keine Zeit nimmt, dann ist sie eben nicht verliebt genug. Umgekehrt ist es ja auch so«, fährt er ungerührt fort und weicht mit einem geschickten Seitschritt meinem Pfennigabsatz aus. »Ich arbeite wirklich eine Menge. Na ja, so ein hübsches Abendkleid für zwischendurch will ja auch bezahlt werden, nicht wahr? Aber wenn mir eine Frau etwas bedeutet, dann bekommt sie nicht nur teure Geschenke. Ich meine, natürlich bekommt sie teure Geschenke«, er küsst mich auf die Wange, »aber sie bekommt auch meine Zeit. Ich schaffe mir Freiräume. Egal wie.« Oh, das ist nicht gut. Das läuft alles in keine gute Richtung. Sorgenvoll betrachte ich Simons Gesicht, das von Augenblick zu Augenblick mehr versteinert.

»Wo ist denn Babsi?«, unterbreche ich Lutz' Redestrom und ramme ihm erneut den Ellenbogen in die Seite. Endlich kapiert er und schließt den Mund.

»Ich gehe sie mal suchen«, antwortet Simon, wirft mir einen letzten, undurchdringlichen Blick zu und verschwindet in der Menge. Ich beherrsche mich nur so lange, bis er außer Hörweite ist, und drehe mich dann wütend zu Lutz herum.

»Was redest du da für einen Schwachsinn?«, schimpfe ich halblaut, »verdammt noch mal.«

»Was? Wieso das denn?« Völlig verständnislos sieht er mich an.

»Was faselst du da von Prioritäten? Simon hat mich genau deshalb verlassen, weil ich keine Zeit für ihn hatte. Und ich habe ihn geliebt. Sehr sogar. Und trotzdem konnte ich mir die Zeit nicht einfach so nehmen, wie du das mal so eben behauptet hast.«

»Bist du sicher?«

»Ich …« Jetzt hat er mich ein wenig aus dem Konzept gebracht. »Natürlich bin ich sicher. Sonst hätte ich es doch getan. Verdammt, jetzt denkt Simon, ich hätte ihn nicht wirklich geliebt.« Bei dem Gedanken an sein Gesicht stöhne ich leise auf. »Und er denkt, dass ich dich liebe, weil ich Zeit finde, mit dir an einem Freitagabend auszugehen.«

»Wo ist denn das Problem? Ich dachte, das wolltest du.«

»Ich, nein, das wollte ich ganz und gar nicht«, sage ich entrüstet.

»Sondern?« Plötzlich weicht meine ganze Empörung aus mir wie aus einem Luftballon, und ich fühle mich einfach nur grenzenlos erschöpft.

»Weiß nicht«, sage ich weinerlich. Sanft fasst Lutz mich am Arm und führt mich in an die Wand, wo ein mit schwarzem Leder bezogenes Sofa steht.

»Komm, setz dich erst mal hin, und ich besorge was zu trinken.«

»Ist gut.« Mit wackeligen Beinen lasse ich mich auf die Couch sinken und schließe die Augen.

»Hier«, damit hält er mir ein Sektglas entgegen, das ich zögernd annehme.

»Ich vertrage eigentlich keinen Sekt«, gebe ich zu bedenken.

»Was für ein Glück, dass es Champagner ist«, meint er grinsend und stößt mit mir an. Ich weiß zwar nicht, wo da der Unterschied sein soll, aber nehme dennoch einen Schluck. Mmmh, lecker. »Na los, nicht so zimperlich, das ist gut für den Kreislauf«, nötigt Lutz mich, und ich nippe noch einmal am Glas. In diesem Moment spazieren Simon und seine Schwester an uns vorbei. Er hat uns auch gesehen, sieht aber verbissen in die andere Richtung. Na warte. Mit einem Zug leere ich mein Glas und komme auf die Füße. Gerade noch rechtzeitig erwische ich Babsi am Schlafittchen.

»Babsi!«

»Vivi! Wie schön, dass du da bist.« Während wir uns umarmen, überkommt mich eine Welle der Zuneigung. Wir haben uns immer super verstanden, nach so vielen Jahren Beziehung war sie fast auch so etwas wie meine Schwester. Aber seit der Trennung habe ich sie natürlich nicht mehr gesehen. Als wir uns voneinander lösen, sehe ich als Erstes Simons genervten Gesichtsausdruck. Und dann den abwartenden von Lutz.

»Ähm, Babsi, das ist Lutz«, stelle ich ihn vor, und während sie sich die Hände schütteln, ergänzt der:

»Ihr neuer Freund.«

»Kannst du mir noch was zu trinken holen, bitte?«, frage ich ihn mit einem liebenswürdigen Augenaufschlag und einem nicht ganz so liebenswürdigen Blick. Ich möchte lieber verhindern, dass er noch mehr Unheil anrichtet.

»Dein neuer Freund? Tatsächlich?« Mit hochgezogenen Augenbrauen sieht sie ihm hinterher.

»Ja«, sage ich trotzig. »Simon hat ja schließlich auch schon längst wieder eine Freundin.«

»Noch gar nicht so lange«, wehrt der ab.

»Ach ja, wo ist die denn eigentlich?«, erkundigt sich Babsi, und ich grinse Simon schadenfroh an. Der bekommt nämlich schon wieder sein Steingesicht. Apropos Stein:

»Toll, deine Ausstellung, wirklich. Und du hast so hart dafür gearbeitet. Ich freue mich für dich.«

»Wirklich? Danke«, sie lächelt. »Welche Skulptur gefällt dir am besten?«

»Oh, ich habe leider noch gar nicht alles gesehen. Aber die Frau mit den Stacheln auf dem Rücken ist super«, sage ich etwas verlegen.

»Wirklich? Möchtest du sie haben?«, fragt Lutz, der gerade wieder aufgetaucht ist und mir ein volles Glas Champagner reicht. Ja, gibt es denn hier keine Schlangen an der Bar? Um mich vor einer Antwort zu drücken, nehme ich erst mal einen tiefen Schluck. »Was kostet sie?«, erkundigt sich Lutz bei Babsi.

»Na ja, sie ist nicht ganz billig. Sie ist aus Carrara-Marmor und kostet dreitausendfünfhundert.«

»Das wird sich wohl machen lassen«, meint Lutz und grinst überheblich.

»Lass uns erst mal die Ausstellung genießen«, sage ich

schnell, leere mein Glas und suche nach einer Gelegenheit, es abzustellen. Da kommt mir unerwartet Simon zur Hilfe und nimmt es mir ab.

»Danke«, sage ich überrascht, und er schnüffelt am Rand.

»Ist ja gar kein Ginger Ale«, meint er dann. »Seit wann trinkst du denn Alkohol? Du kotzt dir doch immer sofort die Seele aus dem Leib.« Ich werde feuerrot und werfe ihm statt einer Antwort einen eisigen Blick zu. Dann hake ich mich bei Lutz ein.

»Komm, wir sehen uns um«, sage ich etwas lauter als nötig, »vielleicht kannst du mir ja wirklich eine Skulptur schenken.«

»Mit Vergnügen.«

Arm in Arm schlendern wir vermeintlich einträchtig von einer Statue zur nächsten, während ich Lutz aus dem Mundwinkel zuflüstere:

»Tu mir einen Gefallen und halt ab jetzt einfach die Klappe, okay?« Verletzt sieht er mich an.

»Aber warum denn? Gefällt dir meine Darbietung etwa nicht?«

»Deine Darbietung?« Ich lache spöttisch auf, obwohl ich all das gar nicht mehr komisch finden kann. »Du benimmst dich einfach nur wie ein Arsch, unerträglich selbstherrlich und bonzenhaft.«

»Aber das wolltest du doch so«, gibt Lutz zurück, und ich bleibe abrupt stehen.

»Ich wollte, dass du den erfolgreichen Unternehmensberater gibst«, sage ich drohend. Er nickt und zuckt verständnislos mit den Achseln. »Du meinst also, da gibt es keinen großen Unterschied«, stelle ich mit einem schiefen Grinsen fest.

»Nein«, sagt er. »Ich meine, dass es da überhaupt keinen Unterschied gibt.«

»Ich war bis vor Kurzem eine erfolgreiche Unternehmensberaterin«, erinnere ich ihn und er nickt:

»Das ist mir bewusst. Und ich finde, dass du dich seitdem sehr zu deinem Vorteil gewandelt hast.«

»Danke«, sage ich bissig. In diesem Moment entdecke ich Simon, der nur wenige Meter von uns entfernt steht und sich mit einem älteren Paar unterhält. Obwohl mir im Moment so gar nicht nach Nähe zu Lutz zumute ist, trete ich näher auf ihn zu und lege meine Arme um seine Taille, schmiege mich an ihn. »Du hast alles kaputt gemacht«, zische ich dabei böse, während ich seinen Rücken streichele. »Das alles war so eine hirnverbrannte Schnapsidee.«

»Tut mir Leid«, zeigt er sich plötzlich einsichtig, »wahrscheinlich habe ich mich ein bisschen von meiner Rolle davontragen lassen.«

»Ein bisschen?«, gebe ich mit einem trockenen Lachen zurück.

»Ich mache es wieder gut, versprochen«, tröstet er mich und nimmt mich jetzt ganz zärtlich in die Arme. Egal, wie sauer ich auf ihn bin, das tut gut. Ich lehne mich erschöpft an ihn und schließe für einen Moment die Augen. Warum nur fühlt sich mein Kopf so schwer an? Und die Absätze meiner Schuhe, waren die zu Hause schon genau so hoch? Da kann einem ja schwindelig werden. »Stimmt was nicht?« klingt Lutz' besorgte Stimme an mein Ohr, und ich öffne wieder die Augen. Sein Gesicht ist ganz nah an meinem, aber irgendwie kann ich ihn nicht klar fokussieren. Verwirrt starre ich ihn an, als mich eine Welle der Übelkeit erfasst.

»Mir ist irgendwie komisch«, wimmere ich, und er nimmt mein Gesicht in seine beiden Hände. »Dieser blöde Alkohol.«

»Du bist auch ganz blass um die Nase«, stellt er fest, »vielleicht sollten wir besser nach Hause gehen.«

»Nein, das geht nicht. Du musst doch Simon noch davon überzeugen, dass du der tollste Mann der Welt bist, damit er nicht denkt, dass ich ihm hinterhertrauere«, argumentiere ich schleppend.

»Lass uns wenigstens mal kurz an die frische Luft gehen. Wirklich, Vivi, du siehst nicht gut aus.«

»Nicht?«, frage ich entsetzt.

»Doch, du siehst ganz toll aus, nur nicht so gesund. Du weißt doch, was ich meine.« Ich nicke, wobei es mir vorkommt, als sei mein Kopf aus Blei. Gerade, als Lutz mich unterhaken will, um mich aus dem Raum zu führen, steht wie aus dem Nichts plötzlich Simon vor uns.

»Kann ich mal kurz mit dir reden?«, fragt er mit entschlossener Stimme und schiebt nach einem schiefen Blick auf Lutz noch ein »Allein?« hinterher. Ich muss all meine Willenskraft aufbringen, aber irgendwie gelingt es mir, die Schultern zu straffen und meinem Exfreund gerade in die Augen zu sehen.

»Wir wollten eigentlich gerade mal an die frische …«

»Wunderbar, das wollte ich auch«, unterbricht er mich und wendet sich dann an Lutz: »Entschuldige uns, vielleicht kannst du in der Zwischenzeit ein Dutzend Skulpturen von meiner Schwester kaufen.«

»Na ja, so viel Geld habe ich auch wieder nicht«, gibt dieser zurück, und ich schüttele innerlich den Kopf. So rettet er seinen verunglückten Auftritt auch nicht mehr.

»Kommst du nun mit oder nicht«, fragt Simon mich unfreundlich und wendet sich zum Gehen. »In dem Ton schon mal gar nicht«, würde ich am liebsten sagen, stattdessen stolpere ich ihm so würdevoll, wie meine hohen Schuhe und mein Zustand es mir erlauben, hinterher.

Als ich ohne meinen Mantel nach draußen trete, überzieht

eine Gänsehaut meinen Körper, und ich schlinge fröstelnd die Arme um mich. Andererseits scheint mir die plötzliche Sauerstoffdosis auch gutzutun, denn mein Gehirn fühlt sich nicht mehr ganz so in Watte gepackt an wie drinnen. Gierig fülle ich meine Lungen mit der frischen Abendluft. In diesem Moment dreht sich Simon abrupt zu mir um. Unter seinem Blick wird mir noch eine Spur kälter.

»Das ist also dein neuer Freund«, erkundigt er sich verächtlich. Ich fühle mich wie ein Lamm vor der Schlachtbank. Hilflos blinzele ich zu Simon hoch, der trotz meiner hohen Absätze noch ein Stückchen größer ist als ich. Soll ich jetzt einfach »Nein« sagen und die ganze Geschichte aufklären? Aber wie soll ich das tun, ohne dabei völlig mein Gesicht zu verlieren?

»Ich …«, beginne ich etwas unsicher, als er mich schon wieder unterbricht.

»Na, herzlichen Glückwunsch. Da hast du ja einen tollen Fisch an Land gezogen.« Seine Stimme trieft geradezu vor Verachtung. »Wenn ich das so sagen darf: Ihr beide gebt wirklich ein klasse Paar ab.« Ich schlucke schwer, meine Kehle fühlt sich plötzlich so trocken an. »Jetzt hast du endlich den Mann, den du immer wolltest, und der ich nie sein konnte. Jemanden, der dir ebenbürtig ist.«

»Simon«, will ich ihn unterbrechen, aber er hat sich so in Rage geredet, dass er mich gar nicht zu hören scheint.

»Als neutraler Beobachter muss ich dir leider mitteilen, dass dieser Typ ein echtes Arschloch ist, aber das scheint dir ja egal zu sein. Hauptsache, er ist ein Karrieretier und hat Geld wie Heu.« Auch wenn ein großer Teil meiner Konzentration gerade meinen Knien gilt, die aus irgendeinem Grund unter mir einknicken zu wollen scheinen, will ich das nicht auf mir sitzen lassen.

»Du kennst ihn doch gar nicht«, sage ich schrill. »Und

meinst du wirklich, dass du dich als neutralen Beobachter bezeichnen darfst?« Zack, das hat gesessen.

»Babsi findet ihn auch total bescheuert«, trumpft er auf.

»Es geht dich doch gar nichts an, mit wem ich zusammen bin«, gebe ich gereizt zurück, und er nickt heftig mit dem Kopf.

»Da hast du vollkommen Recht. Dieser Schmierlappen da drinnen bestätigt mich eigentlich nur darin, dass es die beste Entscheidung meines Lebens war, dich zu verlassen.« Entsetzt starre ich Simon an, ich fühle mich, als hätte er mir einen Schlag in die Magengrube versetzt. »Aber irgendwie ist das Ganze ja auch typisch für dich, du hast den Leuten ja noch nie weiter als bis vor die Stirn geguckt«, meint er noch abfällig, bevor er mich einfach stehen lässt und mit langen Schritten in die Galerie zurückgeht.

Ich stehe da wie zur Salzsäule erstarrt, und während abwechselnd Kälte- und Hitzeschauer durch meinen Körper jagen, spüre ich, wie mein Magen rebelliert. Panisch sehe ich mich um, stolpere um mein Gleichgewicht kämpfend einige Schritt weiter auf eine Hecke zu, vor der ich in die Knie sinke und mich in ihre Zweige übergebe.

»Vivi! Vivi?«, dringt eine sanfte Stimme an mein Ohr. Mein Körper fühlt sich klamm und eiskalt an.

»Simon«, wimmere ich.

»Nein, ich bin es, Lutz«, antwortet jemand, und ich spüre, wie mich kräftige Hände unter den Achseln packen und nach oben ziehen. Ich stöhne auf und öffne die Augen. »Hat dieser Drecksack dich etwa einfach hier liegenlassen«, knirscht Lutz zwischen den Zähnen hindurch und hilft mir in meinen Mantel. Ich schüttele schwach den Kopf, dann sehe ich die Bescherung in der Hecke und blicke besorgt an meinem Kleid herunter.

»Sag mal, liege ich hier schon lange?«, erkundige ich mich mit einigermaßen fester Stimme.

»Ich bin gleich rausgekommen, nachdem Simon ohne dich zurückgekommen ist. Komm, ich fahre dich nach Hause.«

»Ist gut«, sage ich ergeben und lasse mich von ihm in Richtung Auto führen. Mir ist immer noch schlecht, mein Kopf fühlt sich an, als wolle er gleich bersten, aber all das ist nichts im Vergleich zu meinem Herzen, das mir schwer wie Blei in der Brust liegt. Die beste Entscheidung seines Lebens. So ist das also. Schweigend sitze ich neben Lutz auf dem Beifahrersitz, während mir heiße Tränen das Gesicht herunterlaufen. Hin und wieder spüre ich seinen besorgten Blick auf mir ruhen, doch auf seine Fragen antworte ich nur mit einem stummen Kopfschütteln. Ich will nicht reden.

Fürsorglich hilft Lutz mir die Treppen hinauf und schließt die Wohnungstür auf.

»Ist dir immer noch kalt?«, erkundigt er sich, während er mir aus dem Mantel hilft.

»Nein, es geht schon wieder«, sage ich.

»Ich mach uns einen Tee.« Damit geht er voran in die Wohnküche, und ich stehe ein bisschen wie Pik Sieben im Flur und starre auf die Holzdielen zu meinen Füßen. Noch immer kann ich nicht begreifen, was heute Abend passiert ist. Warum hasst Simon mich so? Er ist froh, mich los zu sein. Die beste Entscheidung seines Lebens. Vielleicht hätte ich mir das schon denken können, wenn er nur ein paar Wochen später diese Laura vögelt. Aber es von ihm ins Gesicht gesagt, nein, geschleudert zu bekommen. Was habe ich ihm bloß getan?

Langsam ziehe ich mir die Schuhe von den Füßen und tapse dann barfuß zu Lutz in die Küche. Dieser befreit sich gerade von seiner Krawatte, während der Wasserkocher gurgelnde Geräusche von sich gibt.

»Besser?«, erkundigt er sich und stellt mir kurz darauf einen dampfenden Becher vor die Nase, in dem er einen Kamillen-Teebeutel versenkt hat. »Das beruhigt den Magen«, erklärt er, als er meine gerümpfte Nase bemerkt.

»Danke«, sage ich und lehne mich erschöpft gegen einen Barhocker.

»Ach Vivi, tut mir echt Leid, wie das gelaufen ist.« Damit kommt er um den Tresen herum auf mich zu und schließt mich in die Arme. Erschöpft lege ich den Kopf auf seine Schulter und genieße das Gefühl der Geborgenheit. Durch sein Hemd spüre ich die Wärme seines Körpers, sein Parfum steigt mir in die Nase, und er streichelt sanft meinen Rücken. Langsam spüre ich, wie Kälte und Anspannung von mir weichen.

»Danke, dass du da bist«, flüstere ich an seiner Brust, und er gibt mir einen Kuss auf den Scheitel.

»Ist doch selbstverständlich«, sagt er leise. Ich hebe den Kopf und sehe ihn an, und ehe ich noch selbst recht begreife, was ich da eigentlich tue, habe ich schon die Arme um seinen Hals geschlungen und meine Lippen auf seine gepresst. Klar, vielleicht ist das nicht die allerbeste Idee, das ist mir selbst in meinem angeschlagenen Zustand völlig klar. Schließlich ist Lutz mein Mitarbeiter. Und nicht nur das, er ist auch mein Mitbewohner. Und nicht zuletzt mein guter Freund. Aber all das kümmert mich im Moment herzlich wenig. Ich will nur eins: endlich wieder in den Armen eines Mannes liegen, eine Weile mein verkorkstes Leben vergessen, mich begehrt fühlen, und wenigstens für Augenblicke geliebt. Und wer wäre dafür ein besserer Kandidat als Lutz, gutaussehend und promiskuitiv, wie er ist? In diesem Moment löst er sich von mir.

»Du solltest jetzt schlafen gehen, Vivi«, sagt er, und ich blinzele irritiert.

»Was? Ist es, weil ich mich übergeben habe?«, frage ich erschrocken. »Tut mir Leid, ich gehe mir schnell die Zähne putzen.« Damit rutsche ich vom Barhocker herunter, um ins Badezimmer zu gehen, aber Lutz hält mich am Arm fest.

»Das ist es nicht. Wir sollten das nicht tun.«

»Doch, ich will es«, versichere ich ihm. »Wirklich.«

»Mag sein. Aber ich nicht«, gibt er ruhig zurück. Ich brauche eine Sekunde, um zu begreifen, was er meint.

»Ach so«, sage ich dann gedehnt und weiche einen Schritt zurück.

»Vivi, du darfst das nicht falsch verstehen. Das ist nicht persönlich gemeint.«

»Natürlich nicht«, stelle ich sachlich fest. »Du hast schon jede Frau in ganz Hamburg gevögelt und bei mir machst du plötzlich einen auf moralisch. Wieso sollte ich das persönlich nehmen?« Ich nicke heftig mit dem Kopf. »Ist schon klar.«

»So siehst du mich also«, fragt er mit versteinertem Gesichtsausdruck.

»Wie sonst?«, gebe ich spitz zurück. »Ist ja offensichtlich.«

»Ich dachte, du würdest mich vielleicht etwas besser kennen.«

»Oh, Entschuldigung«, lache ich höhnisch auf, »wahrscheinlich entspringen all diese Blondinen, die sich hier bei uns die Türklinke in die Hand geben und die Lustschreie aus deinem Schlafzimmer nur meiner Fantasie, und du lebst eigentlich wie ein Mönch.«

»Mag sein, dass ich durch die Gegend schlafe, und vielleicht ist das keine meiner tollsten Eigenschaften, aber ich hätte gehofft, dass du als meine Freundin etwas mehr in mir siehst als das«, erwidert er heftig. »Dass du weißt, wie wichtig mir unsere Freundschaft ist. Und dass ich deinen jetzigen Zustand niemals ausnutzen würde, um dich flachzulegen.«

»Aber …«

»Hab mich wohl getäuscht. Anscheinend hast du nie weiter geguckt als bis hier.« Damit tippt er sich unmissverständlich gegen die Stirn und rauscht mit einem bissigen »Gute Nacht« an mir vorbei in sein Zimmer.

Kapitel 16

Oh Gott, ist mir schlecht! Als ich am nächsten Morgen erwache, fühle ich mich, als wäre ich neunzig Jahre alt. Mindestens. Mein Schädel brummt, der Magen rumort, und sämtliche Muskeln fühlen sich an, als wäre ich gestern fünfmal um die Alster gejoggt. Aber noch schlimmer als meinem Körper geht es meiner Seele. Meinem Herzen. Eindrücke des letzten Abends schießen mir durch den Kopf, und ich wickele mich fest in meine Decke ein. Wie gemein sie alle zu mir waren. Niemand hat mich lieb! Erst sagt Simon all diese schrecklichen Sachen zu mir, und wenn ich mich dann Trost suchend an Lutz wende, was macht der Typ, der sich angeblich mein »Freund« nennt? Nicht genug damit, dass er mich in meiner verzweifelten Suche nach ein bisschen Nähe und Wärme zurückweist, nein, danach haut er auch noch in dieselbe Kerbe. Womit habe ich das verdient? Am liebsten möchte ich keinen von beiden jemals wiedersehen. Was im Falle von Simon wahrscheinlich nicht so schwer sein wird. Bei Lutz hingegen … Aber den werde ich auch los. Schließlich bin ich hier die Hauptmieterin. Der fliegt schneller raus, als er gucken kann. Und dann suche ich mir einen anderen Mitarbeiter. Arbeitslose Schauspieler gibt es ja schließlich wie Sand am Meer. Grimmig rappele ich mich auf, um meinen Plan »Eliminierung Lutz aus meinem Leben« sofort in die Tat umzusetzen, sinke dann jedoch wieder stöhnend in die Kissen zurück. Nun ja, das kann ich auch später noch machen. Vielleicht sollte ich jetzt noch ein Stündchen schlafen, damit sich mein Körper von dem gestrigen Alkoholangriff erholen kann. Wann werde ich endlich begreifen, dass ich keinen Alkohol vertrage, und die Finger vom Feuerwasser lassen?

Ich werde Lutz doch nicht rausschmeißen. Weder aus meiner Wohnung noch aus meiner Firma. Sofern er an beidem noch Interesse hat. Nach einer heißen Dusche und zahllosen Ausflüchten gebe ich vor mir selber zu, dass ich mich wohl daneben benommen habe. Kein schönes Gefühl. Reumütig bereite ich einen großen Becher Milchkaffee zu und klopfe dann an Lutz Zimmertür.

»Herein.« Ich öffne die Tür und lächele Lutz, der sich vollkommen verschlafen im Bett aufgerichtet hat, zaghaft an.

»Guten Morgen. Ich hab dir einen Kaffee gemacht.« Er sieht mich ein bisschen reserviert an, nimmt ihn aber dann entgegen.

»Danke.«

»Lutz, wegen gestern …«

»Tut mir Leid, Vivi«, entschuldigt er sich. Ich schüttele energisch den Kopf.

»Nein, mir tut es Leid. Du hattest Recht, ich hatte dir gegenüber Vorurteile, seit ich dich kenne. Und die habe ich aufrechterhalten, obwohl ich dich mittlerweile besser kennen sollte.« Uff. Ich schlucke schwer. Das war gar nicht so einfach.

»Na ja, wahrscheinlich lädt mein Lebenswandel aber auch dazu ein«, wiegelt er versöhnlich ab.

»Trotzdem«, sage ich bestimmt und lasse mich auf seiner Bettkante nieder. »Es stimmt schon, dass man sich die Leute genauer angucken muss und nicht nur nach dem Offensichtlichen beurteilen darf.«

»Vergeben und vergessen«, sagt er, und ich atme erleichtert

auf. Das war ja einfacher, als ich dachte. »Und was unternimmst du jetzt wegen Simon?«, erkundigt sich Lutz, und meine Stimmung sinkt wieder rapide ab. Unschlüssig zucke ich mit den Schultern.

»Was soll ich da unternehmen? Er hat mir sehr deutlich zu verstehen gegeben, dass er nichts mehr mit mir zu tun haben will. Daran werde ich mich halten.«

»Außer über Laura«, erinnert mich Lutz, und ich nicke.

»Außer über Laura, natürlich. Aber das ist ja etwas anderes. Das kann ich abstrahieren.«

»Du willst ihn einfach aufgeben?«, fragt er mich und sieht mich ehrlich empört an.

»Was soll denn das nun wieder heißen?«, rufe ich aus. »Er hat doch mich aufgegeben, mit dieser Entscheidung hatte ich überhaupt nichts zu tun. Weder im Dezember noch gestern.«

»Und wenn du ihm die Wahrheit sagst? Über mich, das ganze Theater von gestern und … über deine Gefühle.«

»Dann ändert das nichts an der Tatsache, dass er findet, mich zu verlassen, war die beste Entscheidung seines Lebens«, sage ich und füge, als ich Lutz' mitfühlenden Blick auf mir ruhen spüre, schnell hinzu: »Können wir jetzt bitte über etwas anderes reden?«

Wie immer, wenn ich über mein verkorkstes Privatleben nicht nachdenken will, stürze ich mich in die Arbeit. Und da gibt es einiges zu tun. Der Ansturm auf »Amors Wichtel« lässt nicht nach, und Lutz und ich schieben die ganze Woche reihenweise Überstunden.

»Amors Wichtel, Viviane Sonntag, was kann ich für Sie tun«, spule ich zum x-ten Mal mein Sprüchlein herunter, während ich zeitgleich meinen Kalender mit anstehenden Geburts- und Jahrestagen aktualisiere. Au Backe, der 15. April und damit Simons Geburtstag rückt näher. Also muss ich mich wohl zwangsläufig doch wieder mit ihm beschäftigen.

»Vivi, hier ist Benjamin«, erklingt es von der anderen Seite der Leitung.

»Hey, was gibt's?«, erkundige ich mich. »Ist was nicht in Ordnung?«

»Doch, doch, alles bestens. Hör zu, es geht um Folgendes, äh, na ja …«

»Ja?« Sein Gestammel verwundert mich einigermaßen, er ist nicht der Typ, der lange um den heißen Brei rumredet.

»Es ist so, ein Freund von mir möchte gerne deinen Service in Anspruch nehmen.«

»Wie schön«, freue ich mich.

»Das Problem ist nur, nun, also, er möchte anonym bleiben.«

»Darf man fragen, weshalb?«, erkundige ich mich geschäftsmäßig und öffne das Formular »Neukunde«.

»Ich glaube, es ist ihm irgendwie peinlich.« Benjamin lacht verlegen.

»Aber wir behandeln doch alles streng vertraulich, hast du ihm das nicht gesagt?«, erkundige ich mich eine Spur beleidigt.

»Doch, doch. Trotzdem.«

»Wie soll ich einen Vertrag mit jemandem abschließen, der sich nicht zu erkennen geben will?«, frage ich ein wenig ratlos, aber darüber haben sich die beiden scheinbar schon so ihre Gedanken gemacht.

»Er hat mich gebeten, das Ganze über mich laufen zu lassen. Er gibt mir das Geld dann hinterher wieder, aber die Rechnungen schickst du ganz einfach an mich.«

»Aha?« Ich bin noch nicht recht überzeugt. Warum stellt der Typ sich denn so an? Na ja, mir kann es ja eigentlich egal sein.

»Und die Dame, um die es geht, dürfte ich über die etwas erfahren oder will er die auch geheim halten? Dann hätten wir nämlich ein Problem«, sage ich mit leisem Spott, auf den Benjamin aber nicht eingeht.

»Er hat schon den Fragebogen ausgefüllt, er ist in diesem Moment auf dem Weg zu dir.« Und tatsächlich meldet mein Rechner keine fünf Sekunden später einen neuen Posteingang. »Und er hätte noch eine Bitte …«

»Nun?« Ich klemme mir den Hörer zwischen Schulter und Ohr und beginne, den Fragebogen zu studieren, während Benjamin fortfährt:

»Es ist ein bisschen überstürzt, aber er hätte gerne heute Abend ein Date mit ihr.«

»Heute Abend?«

»Ich habe ihm erzählt, wie toll du das mit Lydias Geburtstag hinbekommen hast. Und wie kurzfristig. Und da dachten wir …« Oh nein. Mit Grauen denke ich an diesen Tag zurück. Wenn der glaubt, ich gebe wieder die Kellnerin mit blondem Fiffi auf dem Kopf, dann hat er sich aber geschnitten. Dennoch bleibe ich ganz geschäftsmäßig:

»Was hat er sich denn vorgestellt?«

»Nichts draußen oder so. Er möchte, dass du ihm eine schicke Hotelsuite buchst und Anna, ich meine, Frau Sandkamm, dann mit einer Limousine dort hinfahren lässt.«

»Okay«, nuschele ich, eifrig tippend. »Was noch?«

»Na ja, so was wie Kerzen im Zimmer und Rosenblätter auf dem Bett. Champagner und Erdbeeren. Keine Ahnung, du bist doch hier der Profi.« Aber du scheinst mittlerweile auch etwas dazugelernt zu haben, denke ich im Stillen, hüte mich jedoch davor, etwas zu sagen. Nicht, dass er noch auf die Idee kommt, das Gelernte vondannen zu tragen und sein Liebesleben wieder selbst in die Hand zu nehmen.

»Ich verstehe«, nicke ich und bin insgeheim erleichtert.

Das klingt nicht besonders aufwändig. »Um wie viel Uhr soll alles bereit sein?«

»Er möchte, dass sie gegen halb acht im Hotel ist. Er kommt dann auch.«

»Gut. Ich werde alles veranlassen. Gibst du mir wenigstens seine Telefonnummer, damit ich ihn über den Ablauf informieren kann?«

»Äh, das geht leider nicht.«

»Er braucht ja seinen Namen nicht zu sagen«, gebe ich genervt zurück. Man kann sich aber auch anstellen. Dann habe ich plötzlich eine Idee: »Sag mal, Benjamin, es ist doch nicht der Huber, oder?« Für den arbeite ich nicht, würde ich am liebsten trotzig hinzufügen, stattdessen sage ich bissig: »Für den kostet es das Doppelte.«

»Nein, nein, nicht Huber. Schreib mir einfach eine E-Mail, die leite ich dann weiter.« Ich seufze zwar noch einmal theatralisch auf, ergebe mich aber dann in mein Schicksal. Warum müssen manche Leute eigentlich alles so kompliziert machen?

Kaum habe ich aufgelegt, beginne ich auch schon mit der Planung. Lutz hat inzwischen so viel Spaß daran, den Chauffeur in einer seiner völlig skurrilen Verkleidungen zu geben, dass ich mir den Limousinenservice sparen kann. Statt dessen miete ich einen schicken Sportwagen, mit dem Lutz dann nachher noch seine eigene Verabredung beeindrucken kann, wenn er das denn möchte. Dann buche ich eine Suite im Atlantic für schlappe fünfhundertfünfzig Euro die Nacht. Das ist natürlich mit Benjamin abgesprochen, der gemeint hatte, das Beste sei gerade gut genug. Ob er berühmt ist, der geheimnisvolle Kunde, grübele ich vor mich hin. Vielleicht ein Filmstar oder Sänger? Das wäre natürlich eine tolle Werbung für uns. Ich beschließe, mir mit diesem Auftrag die größte Mühe zu geben. Wer weiß, was für prominente

Freunde der Unbekannte hat, an die er uns weiterempfehlen kann?

Deshalb mache ich mich um achtzehn Uhr auch höchstpersönlich auf den Weg, um das Hotelzimmer romantisch herzurichten. Dazu schleppe ich einen riesigen Beutel Teelichter, einen Strauß Rosen, einen Beutel künstliche Rosenblätter (die echten verschrumpeln leider innerhalb weniger Stunden), Champagner, Edelschokolade und Erdbeeren an, dazu eine Auswahl klassischer Musik-CDs. Zu den Klängen der Jazz-Suite von Schostakowitsch beginne ich, den hohen, luxuriösen Raum in einen Prinzessinnentraum zu verwandeln. Selbstverständlich hätte ich das auch beim Hotelpersonal in Auftrag geben können, in einem Luxushotel wie diesem bekommt man für Geld fast alles, aber erstens wäre in diesem Fall unsere Marge natürlich um ein Vielfaches geringer, zweitens machen andere es nie so, wie ich es haben möchte, und drittens macht es mir Spaß, eine Allee aus Teelichtern zu bauen, Blumenblätter zu streuen und alles hübsch zu dekorieren. Zufrieden betrachte ich mein Werk und werfe einen prüfenden Blick auf meine Armbanduhr. Sieben Uhr, gleich müsste Lutz bei Anna Sandkamm anklingeln, und tatsächlich erhalte ich in diesem Moment eine SMS von ihm.

ICH FAHRE JETZT LOS! LUTZ

Sehr gut. Ich bestelle beim Roomservice für acht Uhr ein fürstliches Menü und will gerade leise die Tür hinter mir zuziehen, als mein Handy klingelt.

»Hallo?«

»Vivi, Gott sei Dank, hier ist Benjamin.«

»Was ist los?«, frage ich alarmiert, denn er klingt nahezu verzweifelt.

»Hör zu, mein Freund, er schafft es nicht um halb acht.«

»Sondern?«, erkundige ich mich, und mir schwant Böses.

»Weiß ich nicht«, kommt es jammervoll zurück.

»Aber Anna ist auf dem Weg hierher«, sage ich hilflos.

»Kannst du sie nicht ein bisschen beschäftigen? Bitte!« Beschäftigen? Na, der ist vielleicht gut. Was soll ich denn mit einer mir völlig fremden Frau in diesem Hotelzimmer anfangen? Soll ich mich vielleicht gemeinsam mit ihr auf das riesige Bett lümmeln, die künstlichen Rosenblätter zerquetschen und über die Unzuverlässigkeit der Männer lamentieren? Ich fürchte, das wird nicht den anregendsten Effekt auf sie haben. Anregend? Das ist die Idee.

»Na gut, ich lasse mir was einfallen, aber der Typ soll sich gefälligst beeilen.«

»Ja, er versucht, was er kann. Er hängt in einem Meeting fest.« Ich rolle die Augen gen Himmel und lege auf. So, jetzt ganz ruhig bleiben. Als Erstes rufe ich den Zimmerservice an und bestelle das Essen für unbestimmte Zeit wieder ab. Dann stürme ich ins Bad. Das habe ich befürchtet, hier gibt es nur die Standardfläschchen mit Duschgel, Badeschaum und Shampoo. Ich hetze also über den Hotelflur in Richtung Aufzug. Unten fällt mir ein, dass Lutz auch noch ein wenig Zeit schinden könnte. Während ich ihn anrufe, renne ich gleichzeitig im Laufschritt an der Binnenalster entlang in Richtung Douglas. Geh dran, bitte, geh dran!

»Der Piet is dran, watt gibbet denn?« Als ich den köllschen Dialekt höre, glaube ich eine Sekunde lang, falsch verbunden zu sein und will schon auflegen, als mir glücklicherweise der Verkleidungstick meines Mitarbeiters wieder einfällt.

»Lutz, ich bin es«, wispere ich in den Hörer, dann wird mir klar, dass Anna mich nicht hören kann, und fahre in normaler Lautstärke fort: »Ist sie schon in deinem Wagen?«

»Bin in diesem Moment vor ihrer Haustür. Wollte grad schellen.«

»Nein, bitte nicht«, sage ich flehentlich, »warte noch zehn

Minuten. Und dann fahr bitte so langsam du kannst und nimm ruhig ein paar Umwege. Der Trottel verspätet sich.«

»Oh.«

»Ja, oh. Er hängt in einem Meeting fest. Als ob man so was nicht vorher wüsste«, schimpfe ich vor mich hin, »und wir müssen das jetzt ausbaden!« Apropos baden, in diesem Moment bremse ich meine Schritte und betrete gemessenen Schrittes die Parfümerie, deren Glastüren lautlos vor mir auseinandergleiten. »Also, lass dir Zeit«, schärfe ich Lutz nochmals ein und lasse dann mein Telefon in der Handtasche verschwinden. Von dem durchdringenden Geruch tausender verschiedener Parfüms wird mir sofort ganz komisch. Gott sei Dank ist nicht viel los, weshalb sofort eine stark geschminkte Frau mit einem breiten Lächeln auf mich zukommt.

»Guten Abend«, zwitschert sie mit hoher Stimme, »kann ich Ihnen helfen?«

»Ja«, sage ich dankbar, »haben Sie einen Duft, von dem es sowohl Badeschaum als auch Pflegecreme gibt?«

»Oh, da gibt es einige«, beginnt sie und geht mit ausgestreckter Hand voran.

»Ich habe es leider etwas eilig«, sage ich mit einem entschuldigenden Lächeln, »sagen Sie mir einfach den, der Ihnen persönlich am besten gefällt.« Leicht irritiert sieht sie mich über die Schulter hinweg an, und ich nicke ihr ermutigend zu.

»Nun, da wäre zum Beispiel »Chanel Chance« …«

»Den nehme ich«, sage ich schnell, und noch bevor sie etwas einwenden kann, zähle ich auf: »Den Duft, Badeschaum und die Lotion.«

»Wir hätten auch ein Körperöl«, merkt sie an.

»Her damit!« Dieser Blödian, dessen Namen ich noch nicht einmal kenne, soll sich wenigstens mit einer ausgiebigen Massage bei seiner Freundin revanchieren. Kopfschüttelnd geht die Frau mit dem Namensschild »Lange« über der linken Brust voraus zu einem Regal und entnimmt ihm mehrere rosafarbene Kartons.

»Wollen Sie nicht doch wenigstens mal dran riechen?«, unternimmt sie einen weiteren Versuch und greift nach dem klassischen runden Test-Flakon, doch ich schüttele energisch den Kopf. »Nein, keine Zeit.« Ihr Blick ist jetzt eindeutig missbilligend, obwohl sie mir noch immer ihre perlweiße Zahnreihe präsentiert. »Wie Sie wünschen, wenn Sie mir dann bitte zur Kasse folgen wollen?«

»Sehr gerne.« Auf dem Weg dorthin überhole ich sie sogar noch.

»Ich nehme an, Sie möchten nichts eingepackt haben?«, fragt sie mich mit einem ironischen Unterton, und ich will schon vehement den Kopf schütteln, als mir eine Idee kommt. Einpacken kostet Zeit, sicher, aber Auspacken ja schließlich auch. Wertvolle Minuten, in denen Anna ihren Kavalier vor lauter Konzentration auf Schleifen und Papier nicht vermissen wird. Ich greife über den Verkaufstresen und packe die Verkäuferin am Handgelenk, als sie gerade meine Ware in eine große Papiertüte verstauen will. Sie zuckt zurück und sieht mich jetzt sogar ein bisschen ängstlich an.

»Könnten Sie es doch einpacken?«, bitte ich sie mit meinem freundlichsten und vertrauenerweckendsten Augenaufschlag. »Alles außer den Badeschaum, bitte«, füge ich hinzu. Sie nickt und reicht meine Päckchen an eine Kollegin weiter.

»Das macht einhundertfünfundachtzig Euro bitte.« Ohne mit der Wimper zu zucken, reiche ich ihr meine Kreditkarte. Dann verstaue ich den Beleg sorgfältig in meinem Portemonnaie und warte darauf, dass die Schnecke am Packtisch endlich in die Pötte kommt. In aller Seelenruhe friemelt sie jetzt schon seit Minuten an einer blöden Monsterschleife herum.

»Hören Sie«, sage ich und versuche, mir meine Anspannung möglichst nicht anmerken zu lassen, »ich habe es leider etwas eilig. Könnten Sie sich vielleicht ein bisschen beeilen? Bitte?« Sie sieht mich aus kugelrunden Augen an. Die Wimpern drumherum sind fingerdick getuscht.

»Aber Sie möchten ja auch, dass Ihre Geschenke schön verpackt sind, nicht wahr?«, fragt sie glockenhell und fährt in ihrem gemächlichen Tempo fort.

»Ja, schön und schnell, wenn es recht ist«, sage ich und lache gekünstelt.

»Gut Ding will Weile haben«, belehrt sie mich und hält mir das erste Päckchen unter die Nase. »Sehen Sie?«

»Wunderschön«, befinde ich pflichtschuldig, während sie den nächsten Karton zur Hand nimmt und ihn erst mal akkurat genau parallel zum Geschenkpapier ausrichtet. Ich scharre ungeduldig mit den Füßen auf dem Boden, sehe aber ein, dass ich im Moment nichts ausrichten kann. Stattdessen zücke ich mein Telefon und rufe noch mal bei Lutz an, der sich wiederum mit »Piet« meldet und mir ankündigt, jetzt loszufahren.

»Okay, bitte, fahr einen Umweg. Hör den Verkehrsfunk und fahr mitten rein in den dicksten Stau, okay?«

»Allet klar, Boss!« Verzweifelt beobachte ich die perfekt manikürten Fingernägel, die gerade scheinbar in Zeitlupe ein Stück Tesafilm abreißen.

»Hören Sie, wenn Sie sich etwas beeilen, zahle ich das«, versuche ich es mit Bestechung, aber die Dame lächelt mich verständnislos an und schüttelt bedauernd den Kopf.

»Unser Einpackservice ist kostenlos.«

»Das weiß ich doch. Aber wenn Sie etwas schneller machen könnten …?« Plötzlich sprühen die blauen Kulleraugen Gift und Galle, und auch das zarte Stimmchen von eben rutscht von einem Moment auf den anderen eine Tonlage nach unten.

»Wollen Sie es vielleicht selber machen?«, erkundigt sie sich scharf und hält mir herausfordernd das halbfertige Päckchen unter die Nase.

»Das wäre toll, danke«, sage ich erleichtert und trete ohne zu Zögern hinter den Packtisch.

»He«, ruft die Trulla, als ich sie zur Seite drängele. Damit hat sie wohl nicht gerechnet. In Nullkommanix sind auch Körperöl und Körperpflegecreme in glänzendes, rotes Papier eingeschlagen und mit einer dekorativen Schleife, Federn und Perlen verziert. Ich bediene mich reichlich an sämtlichem Schnickschnack, der zur Verfügung steht, und nehme mir auch das von ihr schon fertiggestellte Paket noch einmal vor. Dann stopfe ich alles zusammen in die bereitstehende Tüte, schenke der griesgrämig dreinsehenden Frau neben mir noch ein strahlendes Lächeln und rausche davon.

Deutlich besser gelaunt mache ich mich wieder auf den Weg ins Atlantic. Wer hätte gedacht, dass mir meine erst letzte Weihnachten erlernten Geschenkeinpackfähigkeiten einmal einen solchen Triumph bescheren würden? Im Hotelzimmer angekommen verlege ich die Kerzenschneise, die bislang in Richtung Bett führte, hinüber ins Badezimmer und schmücke auch die riesige, runde Marmorwanne mit den Whirlpool-Düsen mit mehreren Teelichtern. Dann drapiere ich das große, schneeweiße Badelaken wie ein Nest auf den breiten Rand und lege die Geschenke hinein, die sich blutrot davon abheben. Eine einzelne rote Rose aus dem Strauß quer darüber, fertig! In diesem Moment piepst mein Telefon.

SIND IN ZEHN MINUTEN DA.

Höchste Zeit, das Badewasser einzulassen und auch die Kerzen anzuzünden. Wenige Minuten später verbreitet sich ein sinnlicher Duft im Badezimmer, als ich den Schaum zugebe. Hmm, das war ja wirklich ein Glücksgriff. »Chanel Chance«, das muss ich mir merken. Ich werfe einen letzten prüfenden Blick zurück und nicke zufrieden. Die Wanne sieht im Kerzenschein aus wie eine wattige Wolke im Sternenhimmel. Kurz denke ich darüber nach, Anna eine Nachricht zu schreiben, aber eigentlich ist das Ganze selbst erklärend, glaube ich. Während ich den breiten Hotelflur hinunterlaufe, versuche ich Benjamin auf dem Handy zu erreichen, aber es geht nur die Mailbox dran.

»Na, ihr seid ja wirklich lustig«, sage ich statt einer Begrüßung, »also, ich habe Anna eine Duftserie gekauft und ihr ein Bad eingelassen. Hat einhundertfünfundachtzig Euro gekostet, darüber möchte ich keine Klagen hören. Ich schätze, dass ich sie so eine Stunde lang hinhalten kann. Das Parfum heißt ›Chanel Chance‹, eine Chance hat er also noch«, füge ich hinzu. »Aber dann sollte der Kerl langsam mal aufkreuzen, damit der Abend nicht total in die Hose geht.« Ich klappe mein Handy wieder zu und will gerade den Rufknopf des Aufzugs drücken, als seine Türen sich wie von alleine öffnen und ich Lutz und einer schlanken, brünetten Frau mit großen, braunen Augen, die ein kurzes, schwarzes Abendkleid trägt, gegenüberstehe. Nach einer kurzen Schrecksekunde nicke ich knapp und trete in den Fahrstuhl, während die beiden hinaustreten und in Richtung Zimmer 342 verschwinden.

Unten angekommen schlage ich den Weg in Richtung Hotelbar ein und setze mich dort an den Tresen. Der schicke Barmann schenkt mir ein breites Grinsen und fragt: »Was darf es sein, junge Frau?«

»Ein Glas frischgepressten Orangensaft, bitte.« Dazu darf

mich Herr X ruhig einladen, finde ich. Erst gibt er uns so einen kurzfristigen Auftrag, und dann kommt er selber zu spät. Unmöglich so was. Ich lausche den Klängen des schwarzen Flügels, auf dem eine junge Frau im weißen Hosenanzug gerade eine zarte Melodie spielt, und halte gleichzeitig das Foyer im Auge. Als Lutz auftaucht, mache ich ihn mit rudernden Armen auf mich aufmerksam.

»So, ein O-Saft für die Dame.«

»Bestell dir doch auch was, ich fahre«, sage ich großzügig, »kommt alles auf die Spesenabrechnung.« Woraufhin er den besten Whisky bestellt, den sie da haben.

»Das hast du schick gemacht«, lobt er mich dann, und ich lächle ihn dankbar an.

»Hoffentlich nicht völlig umsonst«, grüble ich düster, »was fällt diesem Penner eigentlich ein?«

»Willst du hier auf ihn warten?«

»Was bleibt mir denn anderes übrig?«, erkundige ich mich aufgebracht. »Hängt in einem Meeting fest. Ja, das kenne ich. So was kann Stunden dauern. Und was machen wir dann mit der armen Frau Sandkamm?«

»Na ja, zur Not könnte ich mich ja um die kümmern«, meint er und lässt ein dreckiges Lachen hören, woraufhin ich ihm einen vernichtenden Blick zuwerfe.

»Das wirst du schön sein lassen«, sage ich drohend.

»War doch nur ein Witz.«

»Ja ja.«

Während Lutz ganz entspannt an seinem Whisky nippt, sitze ich wie auf glühenden Kohlen. Wo bleibt der Mann? Länger als eine halbe Stunde kann niemand in der Wanne sitzen, ohne zu schrumpeln wie eine Rosine. Als mein Handy klingelt, hüpfe ich vor Schreck fast vom Barhocker.

»Hallo«, belle ich in den Hörer.

»Vivi, ich bin's.«

»Ja, ich weiß«, sage ich ungeduldig. »Wo bleibt der Kerl?«

»Es tut mir echt Leid«, beginnt Benjamin, und ich kralle meine Nägel in Lutz' Oberschenkel, sodass der empört aufschreit, »es dauert wohl noch ein bisschen.«

»Wie stellt der sich das vor?«, rege ich mich auf. »Benjamin, verdammt, du sagst mir jetzt sofort, wer dieses Riesenross ist und was er sich dabei denkt.«

»Er hat gesagt, in einer Stunde ist er da«, kommt es jammervoll zurück.

»In einer Stunde? Ist der denn wahnsinnig?«

»Bitte, lass dir was einfallen. Ich habe dich in den höchsten Tönen gelobt bei ihm und ...«

»Ach so, und wenn der Abend nach hinten losgeht ist das dann meine Schuld, oder was?«, schreie ich ihn empört an, sodass mehrere der anderen Gäste ihre Köpfe nach mir umdrehen.

»Nein, natürlich nicht«, versucht Benjamin mich zu beschwichtigen, »es ist nur, er ist ein wirklich guter Freund von mir, und du bist doch so kreativ.« Oh nein, jetzt versucht er die Schleim-Nummer. »Fällt dir denn nicht irgendetwas ein?«

»Ja, schon gut«, sage ich unfreundlich, »dein komischer Freund hat noch exakt eine Stunde, danach ist mir alles egal.« Ohne seine Antwort abzuwarten, habe ich aufgelegt.

»Na, soll ich vielleicht doch ...«, erkundigt sich Lutz anzüglich.

»Lass den Quatsch«, fahre ich ihn an, »ich muss nachdenken.« Okay, jetzt mal ganz ruhig. Was kann man tun? Das Massageöl. Das ist die Lösung. Ohne auf Lutz zu achten, der irritiert »Hey, wo willst du hin« ruft, springe ich auf, eile in Richtung Rezeption und schenke der korrekt gekleideten Dame dahinter mein süßestes Lächeln.

»Guten Abend«, wünscht sie höflich.

»Guten Abend, Sie haben doch sicherlich einen Masseur im Haus?«, erkundige ich mich hoffnungsvoll.

»Nun, eine Masseurin.«

»Noch besser«, freue ich mich. »Die bräuchte ich bitte. Zimmer 342.«

»Gerne«, antwortet sie und schlägt einen in braunes Leder gebundenen Ordner auf. »Sie hätte morgen um elf Uhr noch einen Termin frei.« Mein Herz setzt einen Schlag aus.

»Ich meinte eigentlich jetzt.«

»Jetzt ist sie leider schon gebucht.« Ratlos sieht sie mich an, und ich blicke ebenso ratlos zurück. Dann lehne ich mich ein Stück vor und raune ihr zu:

»Also gut, meinen Sie, für die doppelte Bezahlung würde sie ihren derzeitigen Kunden versetzen?« Die perfekt gezupften Augenbrauen der Rezeptionistin schnellen in die Höhe, die blauen Augen sehen mich voller Missbilligung an.

»Das würde sie nicht«, sagt sie so streng, dass ich es nicht wage, ihr das Dreifache anzubieten. Stattdessen ziehe ich den Kopf ein und räume schleunigst das Feld. Ja, verdammt noch mal, ist denn heute niemand mehr bestechlich?

»Was machst du denn da?«, erkundige ich mich erstaunt, als ich zu Lutz zurückschleiche und ihn mit zwei Fingern in seinem Mund vorfinde.

»Hmpff«, antwortet er und zieht gleich darauf einen nassen Watteklumpen hervor.

»Igitt«, rufe ich angeekelt, während er sich in der anderen Wange herumprokelt. Dann sehe ich in sein nun wieder kantiges Gesicht unter der blonden Perücke. Erleichtert nimmt Lutz einen Schluck aus seinem Whiskyglas und seufzt genießerisch:

»Viel besser.« Der Barkeeper wirft einen etwas irritierten Blick auf die unappetitlichen Dinger auf dem Tresen:

»Darf ich die wegwerfen?«

»Bitte«, meint Lutz mit einer großzügigen Handbewegung und erklärt mir gleich darauf: »Die Idee habe ich von Marlon Brando. Als Pate hatte der nämlich auch ausgestopfte Wangen.« Ich nicke anerkennend und frage mich insgeheim, warum nicht längst irgendein Regisseur Lutz als den neuen Star des deutschen Kinos entdeckt hat. Für mich ist er ein wandelndes Chamäleon. In diesem Moment habe ich eine Idee. Vielleicht keine besonders gute, aber schließlich ist dies eine Notsituation.

»Wie steht es eigentlich um deine Massagekünste?«, frage ich beiläufig, und er sieht mich erstaunt an. Dann hält er mir seine Hände unter die Nase und grinst selbstgefällig:

»Unter diesen Händen schmelzen die Ladies dahin wie Butter in der Sonne.«

»Ausgezeichnet«, rufe ich erleichtert, und eine Viertelstunde später klopft Lutz, diesmal als er selbst, an die Tür von Zimmer 342.

»Du massierst sie eine Dreiviertelstunde«, gebe ich ihm an die Wand daneben gepresst letzte Anweisungen.

»Ja ja, und ansonsten lasse ich die Finger von ihr, versprochen«, versichert er mir.

»Ach was, wenn der Typ dann immer noch nicht da ist, kannst du sie von mir aus vernaschen.«

Nachdem Lutz Annas Zimmer betreten hat, ohne von ihr erkannt worden zu sein, bleibe ich ein wenig unschlüssig im Flur stehen. Natürlich könnte ich zurück in die Hotelbar gehen, aber nach drei frisch gepressten Säften fürchte ich langsam, einen Vitaminschock zu bekommen. Also schlendere ich den Gang entlang und lasse mich schließlich in der beigen Sitzgruppe hinter dem Aufzug nieder. Eine halbe Stunde lang warte ich, ob unser Kunde auftaucht. Dann schreibe ich Benjamin entnervt eine SMS.

ER HAT NOCH 15 MINUTEN GALGENFRIST. ANNA BEKOMMT EINE MASSAGE. WENN DER TYP NICHT BALD AUFTAUCHT, KANN ICH AUCH NICHTS MEHR FÜR IHN TUN. VIVI

Sekunden später erhalte ich eine Antwort.

DAS WIRD ER. VIELEN DANK. Das hoffe ich für ihn. Und für mich natürlich auch. Vor meinem inneren Auge erscheint die horrende Summe, die ich für den heutigen Abend vorgestreckt habe. Auch wenn es ganz eindeutig nicht meine Schuld ist, wenn das Ganze in die Hose geht, so fürchte ich, dass es mit der Rechnungsstellung dann einige Probleme geben könnte. Zumal ich noch nicht einmal den Namen des Kunden kenne. Verdammt noch mal, wie unprofessionell bin ich eigentlich, dass ich mich von Benjamin in diese Sache habe reinquatschen lassen? Das ist das letzte Mal, schwöre ich mir, als ein leises Pling aus Richtung Fahrstuhl erklingt. Ob er das ist? Ich richte mich halb auf und luge an dem buschigen Ficus Benjaminus vorbei, der mir die freie Sicht versperrt. Ein blonder Mann in einem offensichtlich teuren, grauen Anzug tritt heraus und blickt sich suchend um. Unsere Blicke treffen sich.

»Benjamin«, rufe ich überrascht aus. »Was machst du denn hier?«

Kapitel 17

»Wie naiv bin ich eigentlich?«, fluche ich vor mich hin, während ich schneller als nötig mit dem geliehenen Jaguar durch Hamburgs Straßen heize. »Verdammt, sind wir jetzt eine Seitensprungagentur geworden?« Das ist doch wirklich nicht zu fassen. Dieser Benjamin, am liebsten würde ich ihm den Hals umdrehen. »Erst vernachlässigt er Lydia so sehr, dass sie ihm um ein Haar ihre Ehe vor die Füße wirft, und jetzt, wo er eine Dumme gefunden hat, die seine Frau verwöhnt, legt er sich gleich noch eine Affäre zu? Oder was?«, blaffe ich Lutz an, der sich erstaunlich nervös neben mir am Haltegriff der Tür festkrallt.

»Äh. Nun, es sieht so aus, nicht wahr?«

»Ja, so sieht es aus. Aber nicht mit mir, das kann ich dir sagen.«

»Und was willst du dagegen tun?« Irritiert sehe ich ihn an. So lange, bis er nervös mit dem Finger in Richtung Windschutzscheibe zeigt.

»Würdest du bitte auf die Straße schauen.«

»Natürlich, sorry.« Ich versuche, mich auf den Straßenverkehr zu konzentrieren, aber meine Gedanken rasen.

»Vivi, du kannst dir nie sicher sein, ob einer unserer Kunden vielleicht gerade seine Frau oder Freundin betrügt«, gibt Lutz nach einer Weile des Schweigens zu bedenken, »und eigentlich geht es dich auch überhaupt nichts an. Das muss schließlich jeder selber mit seinem Gewissen ausmachen.« Mir liegt eine scharfe Erwiderung auf den Lippen, aber ich schlucke sie herunter. Ich will nicht schon wieder unsere Freundschaft aufs Spiel setzen, indem ich ihm in meiner Wut irgendwelche Vorurteile um die Ohren haue.

»Vielleicht hast du Recht«, stimme ich deshalb zögernd zu, obwohl ich noch immer sauer auf Benjamin bin, der sich jetzt gerade mit einer perfekt entspannten und himmlisch duftenden Anna Sandkamm vergnügt. Immer vorausgesetzt, dass bei ihm überhaupt noch was geht nach diesem Schreck, mir auf dem Hotelflur gegenüberzustehen. Leichenblass ist er geworden und hat schon angefangen zu gestehen, als ich in meinem Kopf noch mühsam irgendwelche Fäden zusammengefügt habe.

Am nächsten Morgen erhalte ich eine ellenlange E-Mail von Benjamin, in der er mir lang und breit sein verkorkstes Liebesleben darlegt. Als er schließlich bei den eher ungewöhnlichen Sexpraktiken ankommt, die ihm seine Frau nicht erfüllen will, habe ich eindeutig die Nase voll. »Too much information«, denke ich und lösche kurzerhand die Nachricht aus meinem Briefkasten. Dann schreibe ich ihm eine kurze E-Mail.

Hallo Benjamin,

dein Liebesleben ist selbstverständlich deine Angelegenheit. Jedoch ist es uns aus ethischen Gründen leider nur möglich, pro Person eine Partnerin bzw. einen Partner rundum zu betreuen. Deshalb musst du dich um deine kleine schmutzige Affäre leider selber kümmern. Du Arsch.

Mit freundlichen Küssen,
Vivi.

Nun gut, da habe ich mich wohl etwas davontragen lassen. Ich ersetze die schmutzige Affäre durch den Namen Frau

Anna Sandkamm und lösche schweren Herzens auch das »Du Arsch«, bevor ich auf Senden klicke. Persönliche Gefühle haben im Arbeitsleben schließlich nichts verloren.

Die Wochen gehen ins Land, und ehe ich mich versehe, ist der Mai gekommen und mit ihm warme Tage, laue Nächte und Frühlingsgefühle. Welche meinen Mitbewohner anscheinend besonders schwer erwischt zu haben scheinen.

»Was ist denn heute bloß los mit dir?«, erkundige ich mich, als er in genau diesem Moment seine Kaffeetasse umschmeißt. »Du zappelst den ganzen Tag schon so herum, ist alles in Ordnung?«

»Ja, ja, alles bestens«, murmelt er, während er den Zettelwust auf seinem Schreibtisch vor der braunen Brühe zu retten versucht. »Ich bin heute nur etwas nervös.«

»Darf man fragen, warum?«, erkundige ich mich neugierig. »Steht etwa noch ein Casting aus, von dem ich nichts weiß?«

»Nein, nein, das ist es nicht …«

»Sondern?«, bohre ich nach.

»Gar nichts.«

»Von wegen. Jetzt sag schon.«

»Na gut, du Nervensäge«, seufzt er, »ich treffe mich heute Abend mit meiner Exfreundin.« Erstaunt beobachte ich, dass er tatsächlich ein bisschen rot wird.

»Die Exfreundin? Die geheimnisvolle Unbekannte, die alles richtig gemacht und die du betrogen hast?«, frage ich, und er nickt unwillig.

»Sie heißt Luisa, und erinnere mich bloß nicht daran.«

»Luisa«, echoe ich ungläubig und kichere, »was ist denn das für ein Name?«

»Ein sehr schöner Name«, gibt er so pampig zurück, dass ich zusammenzucke.

»Ja, ist ja schon gut, nun sei doch nicht so empfindlich.«

»Entschuldige, ich bin einfach so aufgeregt«, sagt er zerknirscht.

»Verstehe schon.« Grinsend winke ich ab und wende mich wieder meinem Computer zu. Von wegen aufgeregt. Verknallt bis über beide Ohren ist er. Dass ich das noch erleben darf.

»Ich habe sie gestern in der Stadt getroffen. Was für ein Zufall, findest du nicht auch?« Verwundert drehe ich mich wieder in seine Richtung. Da scheint ja jemand dringenden Redebedarf zu haben. »Ich habe sie drei Jahre lang nicht gesehen, und plötzlich steht sie vor mir. Sie ist noch genau so schön wie damals«, schwärmt er.

»Ganz schön cool von ihr, dass sie sich mit dir verabredet. Ich meine, nachdem du sie …«

»Ich verstehe gar nicht warum«, unterbricht er mich heftig, »und ich fürchte, sie wird mir sagen, dass sie einen neuen Freund hat und überglücklich mit ihm ist. Vielleicht ist sie sogar verheiratet. Nein, einen Ring habe ich nicht gesehen. Aber schwanger, oh Gott, sie ist schwanger. Ganz bestimmt.« Entsetzt sieht er mich an und rauft sich theatralisch die Haare.

»Das ist sie sicher nicht«, versuche ich ihn zu beschwichtigen. »Vielleicht geht es ihr wie dir, und sie hat sich gefreut, dich wiederzusehen.« Er hebt den Kopf und sieht mich hoffnungsvoll an.

»Meinst du wirklich?«

»Na ja, es könnte doch sein. Du bist doch ein netter Kerl.«

»Nett?«, fragt er entsetzt.

»Sexy, attraktiv und unwiderstehlich«, necke ich ihn, und er schneidet eine Grimasse. »Aber jetzt mal im Ernst: Sehe ich das richtig, dass du total verliebt in die Frau bist?«

»Das war ich immer und werde es immer sein«, nickt er düster. »Sie hat mir damals überhaupt keine Chance gelassen, ihr irgendetwas zu erklären. Hat mich einfach sang- und klanglos aus ihrem Leben geschmissen.« Richtig so, denke ich. Laut sage ich:

»Was gibt es da auch groß zu erklären?«

»Stimmt auch wieder. Ich war ein Hornochse.«

»Allerdings«, gebe ich zu, »aber vielleicht ist das Leben ja gnädig und gibt dir eine zweite Chance mit ihr.«

»Hoffentlich!«

Um achtzehn Uhr sitze ich auf dem Rand meiner Badewanne und sehe Lutz dabei zu, wie er sich für sein Date zurechtmacht. Irgendwie ist die Situation absurd. Nachdem er jedes Kleidungsstück aus seinem Schrank angezogen und verworfen hat, um sich schließlich doch wieder für das allererste Outfit zu entscheiden, steht er nun schon seit geraumer Zeit vor dem Spiegel und fragt mich bei jeder Kleinigkeit um Rat.

»Scheitel links, oder rechts, lieber verstrubbelt oder ordentlich? Und welches Parfum soll ich bloß benutzen?« Nachdem er mir vier verschiedene Düfte unter die Nase gehalten hat, rieche ich rein gar nichts mehr und zeige willkürlich auf die grüne Flasche.

»Meinst du wirklich?«

»Dann frag mich nicht«, gebe ich achselzuckend zurück. »Ich würde empfehlen, dass du einfach das Parfüm von damals trägst. Gefühle gehen durch die Nase.«

»Aber das habe ich doch gar nicht mehr. Cool Water hat mich immer an Luisa erinnert, deshalb habe ich es nie wieder benutzt.« Da tun sich ja emotionale Abgründe auf, die ich nie und nimmer erwartet hätte.

»Nun, so wichtig ist es auch nicht«, beschwichtige ich ihn, aber er ist schon wieder in heller Aufregung. »Vielleicht kann ich gleich noch kurz bei Douglas vorbei, bevor ich sie abhole.«

»Eine gute Idee«, nicke ich.

»Und, wie sehe ich aus?« Damit dreht er sich zu mir um und wartet mit gesenktem Haupt auf mein Urteil. Ich betrachte ihn eingehend. Er sieht natürlich großartig aus. Wie immer.

»Lutz«, sage ich seufzend und nehme seine Hand, »dein Aussehen war sicherlich noch nie das Problem. Du siehst sehr gut aus.«

»Wirklich?« Er lächelt geschmeichelt.

»Auch wenn du das Wort ›nett‹ als eine Art Beleidigung empfindest, ist es heute Abend vermutlich deine wichtigste Aufgabe, Luisa zu beweisen, dass du genau das bist. Ein netter Kerl. Kein Weiberheld und Fremdgänger. Und das, obwohl du so gut aussiehst.« Jetzt lässt er beschämt ein wenig den Kopf hängen. »Das schaffst du schon«, muntere ich ihn auf und wuschele kurz mit der Hand durch seine Haare, »wenn sie den Leuten nicht nur bis vor die Stirn guckt, erkennt sie deinen wahren Charakter«, kann ich mir nicht verkneifen zu sagen, während er besorgt seine Frisur im Spiegel überprüft.

Eine Viertelstunde und etwa tausend Beteuerungen, dass alles wunderbar laufen wird, später, habe ich Lutz endlich aus der Haustür verfrachtet und die Wohnung für mich allein. Und was mache ich jetzt? Ich spüre, wie mich eine Welle von Neid überrollt, dass Lutz diese zweite Chance bekommt. Natürlich ist das gemein von mir, und ich gönne es ihm ja auch eigentlich von Herzen. Gleichzeitig finde ich das Ganze aber total ungerecht. Immerhin hat er sie betrogen. Mit einer anderen Frau geschlafen. Und dennoch scheint sie ihn wieder in ihr Leben lassen zu wollen. Während Simon mich einfach so aus seinem geschmissen hat. Und dabei war ich doch gar nicht so schlimm. Ja, ich sehe ein, dass ich Fehler gemacht habe. Große Fehler. Aber ich habe daraus gelernt. Heute würde ich alles anders machen. Nur ist es dafür jetzt zu spät. Seit der Vernissage habe ich nichts mehr von ihm gehört. Und dabei habe ich mir solche Mühe mit seinem Geburtstagsgeschenk gegeben. Die selbstgestrickten Ringelsocken, die er eigentlich schon zu Weihnachten bekommen sollte, hat er natürlich gekriegt. Und dazu einen Hubschrauberflug über Hamburg. Im Cockpit, neben dem Piloten. Simon ist nämlich ein absoluter Hubschrauberfan und will unbedingt irgendwann selber den Flugschein machen. Ich habe einen wunderschönen Gutschein in Form eines Bilderrätsels gemalt. Natürlich aufwendigst und liebevoll verpackt. Mit ganz vielen Herzchen. Fast eine Stunde lang habe ich an der Geburtstagskarte gefeilt, um den richtigen Ton zu treffen. Nicht kitschig, aber innig. Und dann habe ich mich in die Küche gestellt, um eine zweistöckige, herzförmige Nuss-Sahne-Torte mit Marzipanüberzug zu backen. Zum Schluss war alles perfekt. Mit ziemlicher Sicherheit das schönste Geburtstagsgeschenk, das er jemals bekommen hat. Wenn ich Laura glauben kann. Deren Namen musste ich nämlich schweren Herzens unter die Glückwünsche setzen. Und ihrer wenn auch kurzen, so doch dankbaren Mail nach zu schließen, hat sie eine Menge Lorbeeren für mein Werk eingestrichen. Grrr. Na ja, das Wichtigste ist aber doch, dass Simon sich gefreut hat. In diesem Moment klingelt mein Telefon.

»Hallo?«, melde ich mich, und mir bleibt beinahe das Herz stehen, als ich Simons Stimme höre.

»Vivi, ich bin es.«

»Hallo«, krächze ich. Mehr fällt mir nicht ein. Mein Kopf ist wie leer gefegt, mein Herz pumpert wie nach einem Hundertmetersprint.

»Hallo.« Er scheint ebenfalls etwas verlegen zu sein. »Wie geht es dir?«

»Ganz gut, na ja«, sage ich und lache freudlos. »Und dir?«

»Na ja.« Also, entweder ist er nicht überglücklich und total verliebt, oder er ist einfach nur höflich.

»Ähm, herzlichen Glückwunsch nachträglich zum Geburtstag«, sage ich dann. »Ich wusste nicht, ob du …« Ich lasse den Satz unausgesprochen im Raum stehen. »Aber ich habe den ganzen Tag an dich gedacht.« Das entspricht ja nun auch vollends der Wahrheit. Auch die Tage vorher schon. »Also, ich habe es nicht vergessen, wirklich nicht«, beteuere ich, denn plötzlich habe ich Angst, dass er genau das denken könnte.

»Das glaube ich dir«, antwortet er, und es hört sich an, als würde er lächeln. »Vielen Dank.« Einen Moment lang schweigen wir uns an. Ich suche krampfhaft nach einem Gesprächsthema. Ich will nicht wieder auflegen. Es tut so gut, seine Stimme zu hören.

»Was gibt es denn?«, erkundige ich mich schließlich und muss plötzlich an Lutz denken. Und an seine Befürchtung, was Luisa ihm wohl sagen möchte. Ist Laura etwa schwanger? Das würde ich nicht überleben. Ich halte den Atem an.

»Hast du Lust, mit mir ein bisschen spazieren zu gehen? Um die Alster oder so?«

»Was, jetzt?«

»Ja. Ich meine, falls du Zeit hast. Ach so, na, du machst bestimmt was mit deinem Freund«, lenkt er ein, und ich schüttele heftig den Kopf.

»Nein, nein«, sage ich, als mir klar wird, dass er mich gar nicht sehen kann, »ich habe Zeit.«

»Schön.« Er scheint sich zu freuen. »Treffen wir uns in einer halben Stunde an Bodos Bootssteg?«

»Geht auch in einer Stunde?«, frage ich nach einem Blick in den Flurspiegel.

»Na klar. Bis dann!«

»Ja, bis dann!«, sage ich und sprinte noch im Auflegen in Richtung Badezimmer. Was ziehe ich bloß an? Und meine Frisur? Scheitel rechts oder links, verwuschelt oder ordentlich? Und welches Parfüm?

Ich höre mein eigenes Blut in den Adern rauschen, als ich exakt fünfundfünfzig Minuten später Simon an das weißgetünchte Bootshaus gelehnt stehen sehe. Obwohl ich am liebsten mit ausgebreiteten Armen auf ihn zustürzen würde, zwinge ich mich dazu, mein Schritttempo beizubehalten. Es ist mittlerweile so dunkel, dass man eigentlich nur noch Umrisse erkennen kann, vor allem hier, wo es kaum Beleuchtung gibt. Dennoch ist es unverkennbar Simon, der jetzt den Kopf hebt und sich von der Wand abstößt. Seinen schlaksigen Körper, die Art, wie er sich bewegt, mit geradem Rücken und irgendwie schlenkernden Armen und Beinen, würde ich unter Tausenden wiedererkennen. Sekunden später stehen wir voreinander. Da ich Turnschuhe trage, überragt mich Simon um einen halben Kopf. Er scheint genauso verlegen wie ich, wie er so zu mir herunterlächelt.

»Hallo du«, meint er und kommt zögernd noch etwas näher, als wäre er nicht sicher, ob er mich zur Begrüßung auf die Wange küssen darf. Oh, er darf. Er soll sogar.

»Hallo«, erwidere ich und halte ihm auch die andere Wange hin. Ein wenig unschlüssig stehen wir voreinander.

»Wollen wir ein bisschen laufen?«, fragt Simon schließlich, und ich nicke. Schweigend spazieren wir nebeneinander über den von Bäumen gesäumten Weg, die Alster plätschert sachte gegen das Ufer, und vereinzelt kommen uns Spaziergänger mit ihren Hunden entgegen. Vom Wasser steigt kühle Nachtluft auf. Ich habe die Hände tief in die Taschen vergraben und bin froh, dass ich in letzter Minute noch meinen grünen Wollschal umgebunden habe. Mit einem Seitenblick auf Simon stelle ich fest, dass der nur eine dünne Jeansjacke über seinem Langarmshirt trägt. Schon bei dem Anblick bekomme ich eine Gänsehaut.

»Ist dir nicht kalt?«, frage ich, und er schüttelt den Kopf.

»Du kennst mich doch.« Ja, da hat er recht. Ich kenne ihn gut. Simon ist stets so warm wie ein Kohleofen. Und ich kann mich gut daran erinnern, wie schön es war, meine eiskalten Füße abends zwischen seine warmen Beine zu stecken, um langsam aufzutauen.

»Es tut mir Leid, was ich auf der Vernissage gesagt habe«, sagt Simon plötzlich. »Ich habe das wirklich nicht so gemeint.« Den Blick weiter auf den dunklen Pfad vor meinen Füßen gerichtet, murmele ich:

»Doch, ich glaube schon, dass du es so gemeint hast. Und vielleicht hattest du sogar Recht damit.« Ich spüre, wie mich ein überraschter Blick von der Seite trifft. Damit hat er anscheinend nicht gerechnet.

»Trotzdem«, meint er nach einer Pause, »ich weiß auch nicht, was mit mir los war. Ich habe mich da irgendwie reingesteigert. Vielleicht war ich sauer, weil Laura mir abgesagt hatte.« Es versetzt meinem Herz einen Stich, dass er das sagt, aber ich lasse mir nichts anmerken. »Vielleicht war ich auch eifersüchtig auf diesen Lutz.« Das höre ich schon lieber. »Ich weiß auch nicht. Jedenfalls habe ich in den letzten Wochen ständig über unseren Streit nachgedacht, und ich möchte, dass du eins weißt.«

»Ja?«, frage ich ängstlich und bleibe unwillkürlich stehen.

»Es war nicht die beste Entscheidung meines Lebens, dich … du weißt schon.« Jetzt ist er auch stehengeblieben, ganz dicht vor mir.

»Nein?« Ich starre ihn an wie ein geblendetes Kaninchen.

»Ich meine, sicher war es die richtige Entscheidung, für beide von uns«, beeilt er sich zu sagen. »Ich meine, du hast

Lutz und ich Laura und so, aber, ich meine, was ich eigentlich sagen will, ich finde, du bist ein großartiger Mensch. Und trotz allem warst du mir eine wundervolle Freundin.« Ich bin froh, dass es mittlerweile stockdunkel ist, dennoch schlage ich die Augen nieder, damit er nicht sehen kann, wie sehr seine Worte mich berühren. Ich muss mich so sehr anstrengen, nicht in Tränen auszubrechen, dass mein Kopf zu bersten droht. »Ich wollte dich nicht verletzen«, fährt Simon mit sanfter Stimme fort. »Nur weil du dein Leben anders führst als ich meins, heißt das nicht, dass du damit im Unrecht bist. Es ist deine Entscheidung, und da habe ich mich nicht einzumischen.« Aber ich bin froh, dass du dich eingemischt hast, würde ich am liebsten rufen. Ich weiß jetzt, dass ich all die wichtigen Dinge vernachlässigt habe, allen voran dich. Aber natürlich sage ich gar nichts. Wozu denn auch? Er hat jetzt Laura. Ich habe die Tränen einigermaßen erfolgreich weggeblinzelt und hebe wieder den Kopf, um Simon anzuschauen. »Ich möchte dich nicht ganz verlieren, du bist ein so wichtiger Teil meines Lebens. Und nur, weil wir kein Paar sein können, ich meine, könnten wir nicht Freunde sein?« Seine grün-braunen Augen ruhen auf mir, fragend, und auch ein bisschen ängstlich. Eigentlich müsste ich ihm für diesen Vorschlag die Augen auskratzen. Doch überraschenderweise fällt mir ein Stein vom Herzen. Nein, ich will Simon auch nicht verlieren. Und wenn ich ihn nicht ganz haben kann, dann möchte ich ihn wenigstens in meinem Leben wissen. Langsam nicke ich.

»Das wäre schön«, sage ich heiser, und er atmet erleichtert aus.

»Oh, Gott sei Dank, ich habe schon befürchtet, nach all dem, was ich gesagt habe, würdest du nie wieder ein Wort mit mir wechseln.« Mit diesen Worten wendet er sich erneut zum Gehen, und ich stapfe hinterher. »Dieser Lutz, ich meine, ohne dich gleich wieder wütend machen zu wollen …« Wütend? Wer war denn hier wütend? Doch nicht ich, sondern Simon. Oder? Wenn ich mich recht erinnere. »Das ist schon ein etwas merkwürdiger Typ, aber du kennst ihn ja viel besser als ich. Ich weiß, dass da noch mehr dahinterstecken muss.« So, jetzt reicht es. Ich beschließe, hier und jetzt, meine dämliche Lüge über Lutz und mich aufzuklären. Hoffentlich hält mich Simon nicht für total bescheuert, aber wenn wir wirklich Freunde sein wollen, kann ich diese hirnrissige Geschichte sowieso nicht aufrechterhalten. Ich hole tief Luft und setze zum großen Geständnis an:

»Simon, ich …« Leider weiß ich gar nicht so recht, wie ich anfangen soll. Was soll ich denn sagen? Mir fällt die unsägliche Situation auf dem Lehrerparkplatz wieder ein. Wie kann ich Simon reinen Wein einschenken, ohne ihm von Amors Wichteln und Lauras Auftrag zu erzählen?

»Ja?« Er sieht mich erwartungsvoll an.

»Was?«, frage ich hilflos.

»Wolltest du nicht was sagen?«

»Äh, doch.« Ich trete nervös von einem Bein aufs andere.

»Dir ist mal wieder kalt, oder?«, er grinst und fasst nach meinen Händen, die tatsächlich klamm vor Kälte sind. Er reibt sie zwischen seinen. »Wann wirst du endlich lernen, dich richtig anzuziehen?« Ich zucke hilflos die Schultern. »Na komm, wir wärmen uns im Cliff ein wenig auf.« Damit zieht er mich die wenigen Meter bis zum Eingang des Alstercafés hinter sich her. Mir ist das eigentlich ganz recht. So habe ich wenigstens noch ein wenig Zeit, mir zu überlegen, was ich sagen soll. Die Terrasse ist fast menschenleer, ein ungewohnter Anblick, weil sich hier die Gäste tagsüber stapeln. Nur auf dem Steg, der in die Alster hineinragt und auf dem sich rustikale Holztische und -bänke befinden, trotzen zwei Gestalten, in dunkelblaue Decken gewickelt, der Kälte und sehen aufs Wasser hinaus. Wir betreten das rundherum verglaste Restaurant, angenehme Wärme umfängt mich. In dem mächtigen Kamin knistert gemächlich ein Feuer, auf jedem der runden Tische brennt eine schlichte, weiße Kerze. Während Simon mir aus der Jacke hilft, sieht er sich im Raum nach einem freien Platz um.

»Guck mal, da hinten am Fenster … ach du Scheiße«, unterbricht er sich dann selbst, und ich sehe ihn irritiert an. Dann folge ich seinem Blick, doch noch ehe ich wirklich erfassen kann, was ich sehe, packt er meine Hand und stürzt mit langen Schritten auf ein Pärchen zu, das sich an einem kleinen Ecktisch bei einem Glas Rotwein gegenübersitzt und sich Händchen haltend verliebte Blicke zuwirft. Auf dem Weg stolpere ich über den ausgestreckten Fuß eines jungen Mannes, der mich ziemlich unfreundlich ansieht.

»Entschuldigung«, murmele ich und rappele mich wieder hoch. Noch im Knien sehe ich Simon, wie er sich vor Lutz und seiner Begleitung aufbaut, die erschreckt auseinanderfahren und zu ihm hochblicken. »Simon, nicht«, will ich rufen, aber aus irgendeinem Grund kommt kein einziger Laut aus meiner Kehle hervor.

»Du blödes Arschloch«, wettert Simon los und wendet sich dann der zarten Blondine mit den leuchtend blauen Augen zu, die Lutz gegenübersitzt. Luisa, wenn mich nicht alles täuscht. »Hat der Kerl dir gesagt, dass er eine Freundin hat?«, fragt er sie heftig, und ich kann sehen, wie der Glanz ihrer Augen erlischt. Voller Entsetzen starrt sie von Simon zu Lutz und zurück. Mittlerweile habe ich mich wieder auf meine Füße gestellt und eile zum Ort des Dramas. Ich fasse Simon, der vor Wut zu schäumen scheint, am Arm, sehe Lutz, der mich völlig fassungslos ansieht, und dann Luisa.

»Äh …«, bringe ich hervor, aber noch ehe ich einen weiteren Ton sagen kann, springt Luisa, die eben noch aussah wie die sanfteste Person auf der ganzen Welt, auf. Ihre Hand schnellt vor und landet mit einem hörbaren Klatschen in Lutz' Gesicht, der einen überraschten Schmerzenslaut ausstößt und sich wie in Trance erhebt.

»Luisa«, sagt er beschwörend und will nach ihrer Hand greifen, die sie ihm entreißt.

»Fass mich nicht an, fass mich nie wieder an«, zischt sie, und es klingt wie das Fauchen eines wilden Tieres.

»Bitte, das ist …«, versucht er zu erklären, und ich selber bringe ein weiteres »Äh …« zustande. Luisa reißt ihre Handtasche an sich und greift dann nach dem noch fast vollen Weinglas. Ich weiß, was jetzt passieren wird, aber ich kann es nicht verhindern. Den Bruchteil einer Sekunde später landet die blutrote Flüssigkeit mitten in Lutz' Gesicht und auf seinem bis dato schneeweißen Shirt. Die Gespräche rundum sind inzwischen natürlich allesamt verstummt, sämtliche Köpfe drehen sich neugierig in unsere Richtung.

»Äh«, sage ich ein weiteres Mal, diesmal fast flehend, aber in diesem Moment drängelt sich die wütende Frau an Simon vorbei, versetzt mir einen Stoß vor die Brust, dass ich zurücktaumele.

»Viel Spaß mit ihm«, giftet sie mich an, um dann im Laufschritt das Lokal zu verlassen, die langen, blonden Haare wehen wie ein Schleier hinter ihr her. Hilflos sehe ich ihr nach, wende dann den Kopf und fange Simons Blick auf, der eben noch zufrieden aussah, sich jetzt aber in so etwas wie Mitleid wandelt. Er kommt auf mich zu und streckt mir hilfreich die Hand entgegen.

»Es tut mir so Leid«, murmelt er, »bist du okay?« Ich nicke ungeduldig und sehe meinerseits besorgt zu Lutz, der wie ein begossener Pudel dasteht, sich mit einer Serviette den

Wein aus den Augen wischt und hastig in seiner Jeanstasche herumkramt. Dann wirft er einen Fünfzig-Euro-Schein auf den Tisch und will in Richtung Ausgang davonstürzen. In diesem Moment lässt Simon meine Hand los und erwischt stattdessen Lutz an seiner Jacke. Ich plumpse ein weiteres Mal auf mein Hinterteil, ein scharfer Schmerz durchzuckt mich. Aber ich habe keine Zeit für Selbstmitleid, denn in diesem Moment wirbelt Lutz zu Simon herum, und es sieht aus, als würde er ihm gleich an die Gurgel gehen.

»Lass mich los«, blafft er und baut sich drohend vor ihm auf. Doch Simon denkt gar nicht daran, den Jackenzipfel freizugeben.

»Du bist echt das Letzte«, meint er statt dessen verächtlich. »Das hier ist deine Freundin, und du willst lieber dieser Schlampe hinterher?«

»Nein«, schreie ich, doch es ist zu spät. Von einer Sekunde auf die andere färbt sich Lutz' Gesicht dunkelrot, seine rechte Hand ballt sich zur Faust. Ich meine, sogar die Knöchel knacken zu hören. Und dann schnellt sie hoch und Simon gegen den Kiefer. Es ist ganz anders als man es aus dem Fernsehen kennt. Fast lautlos landet die Faust in Simons Gesicht. Er taumelt zurück, sieht Lutz eher verwundert denn schmerzverzerrt an. Kein Laut kommt über seine Lippen, während um uns herum ein wahrer Tumult ausbricht. Mit einem Satz bin ich auf den Beinen und will gerade besorgt nach Simon sehen, als Lutz meinen Arm packt und mich hasserfüllt ansieht.

»Wenn sie jetzt weg ist, verzeihe ich dir das nie«, stößt er hervor. In diesem Moment sehe ich aus den Augenwinkeln einen Schatten auf uns zustürzen und kann gerade noch zurück springen, bevor Simon Lutz auf den Rücken springt.

»Fass sie nicht an!«, brüllt er dabei, und gemeinsam gehen die beiden zu Boden.

»Auseinander, auseinander«, ruft ein schmächtiger, schwarz gekleideter Kellner, der unschlüssig ein paar Meter entfernt steht und hilflos die Hände ringt.

»Ruf doch mal einer die Polizei«, fordern mehrere Gäste, während ich auf das Gewirr aus Armen und Beinen zu meinen Füßen starre. Keuchend rollen die beiden auf den Fliesen hin und her, bis Lutz schließlich die Oberhand gewinnt und auf Simon liegend dessen Arme festhält.

»Dreckskerl«, knirscht Simon zwischen den Zähnen hervor.

»Jetzt hör mir mal zu, ich war nie mit Vivi zusammen, das war alles eine Lüge.« Simons Augen flackern ungläubig. Fassungslos sehe ich auf die beiden hinunter. Ich stehe da wie erstarrt, während er fortfährt: »Sie liebt dich, und du bist ein Trottel, wenn du das nicht längst kapiert hast.« Ich starre auf den Boden vor mir. Kein Loch, in das ich versinken könnte. Simons Augen treffen meine, der Ausdruck darin löst mich endlich aus meiner Starre. Mit einem Ruck drehe ich mich um und renne in Richtung Ausgang davon. »Und wenn du Luisa noch einmal Schlampe nennst, dann vergesse ich mich«, höre ich Lutz noch sagen, bevor die Tür hinter mir zufällt und die kalte Nachtluft mich umfängt. Ich höre das sanfte Klatschen der Alster an den Steg. Ich will nur noch weg hier.

Kapitel 18

Ich bin den ganzen Weg nach Hause gerannt, ohne ein einziges Mal anzuhalten. Zitternd vor Erschöpfung lehne ich mich im Flur meiner Wohnung an die Wand und rutsche langsam an ihr herunter. Mein Herz rast, und der Schweiß bricht mir aus allen Poren. Wie konnte das nur passieren? Ich schließe die Augen und sehe schon wieder Lutz' Faust vor mir, die in Simons Gesicht landet. Warum nur war Lutz mit Luisa ausgerechnet im Cliff? Und warum sah Simon sich ausgerechnet heute veranlasst, meine Ehre zu retten? Das Blut pocht in meinen Schläfen, während ich die Ereignisse noch einmal Revue passieren lasse. Luisas unmissverständlicher Abgang, die Schlägerei und Simons Gesichtsausdruck, als Lutz ihm die Wahrheit gesagt hat. Das zweite Mal innerhalb weniger Wochen wünschte ich, weder den einen noch den anderen jemals wiedersehen zu müssen.

Irgendwann erhebe ich mich mit wackeligen Beinen und wanke in die Küche, um mir einen Tee zu machen. Während ich in die dampfende Flüssigkeit starre, wird mir langsam klar, was ich angerichtet habe. Das Getränk in meinem Becher wird kälter und kälter, während ich auf Lutz warte. Ich horche angespannt auf ein Geräusch aus Richtung Tür, aber es herrscht nur eine unheimliche Stille.

Erschrocken fahre ich zusammen und richte mich verwirrt auf. Ich sehe zum Küchenfenster hinaus. Draußen herrscht noch stockfinstere Nacht. Wovon bin ich wach geworden?

Und was ist das Nasses in meinem Gesicht? Auf der Holzplatte des Küchentresens vor mir befindet sich eine dunkle Flüssigkeit, daneben mein umgekippter Becher. Ich wische mir die feuchten Haare aus der Stirn und recke meine verspannten Schultern. In diesem Moment höre ich, wie jemand die Haustür öffnet, und ich springe so schnell auf, dass mir schwindelig wird. Aus dem Flur ertönt eine gedämpfte weibliche Stimme.

»Ich habe wirklich keine Ahnung, warum ich mich mitten in der Nacht von dir hierherschleppen lasse. Ich hätte gleich wissen müssen, dass du dich niemals ändern wirst.«

»Jetzt glaub mir doch bitte endlich, Luisa.«

»Lutz«, rufe ich und eile den beiden entgegen. Lutz sieht ziemlich erledigt aus, die tiefen Ringe unter seinen Augen und die Rotweinflecken auf seinem Shirt unterstreichen noch den verwahrlosten Eindruck. Luisa steht sehr aufrecht und mit verschränkten Armen vor ihm und zieht eine Schnute. Ihre hellen Augen sprühen Gift und Galle, während sie uns abwechselnd vernichtende Blicke zuwirft. In gebührendem Abstand zu ihr bleibe ich stehen, während Lutz mir einen auffordernden Blick zuwirft.

»Es tut mir so Leid«, beeile ich mich zu sagen, »wirklich, Luisa, das war alles nur ein riesiges Missverständnis.« Lutz nickt heftig mit dem Kopf, aber Madame ist augenscheinlich noch nicht überzeugt.

»Was war ein Missverständnis?«, fragt sie und sieht mich misstrauisch an.

»Na, alles«, antworte ich und ziehe ein wenig hilflos die Schultern hoch.

»Jetzt lass dir nicht jedes Wort aus der Nase ziehen«, herrscht Lutz mich ungewohnt heftig an. »Schlimm genug, dass du einfach abgehauen bist, als die Polizei kam.«

»Die Polizei?«, frage ich und merke, wie mir das Blut in die Füße sackt.

»Allerdings. Die haben uns mit aufs Revier genommen und wir konnten sie gerade noch davon abhalten, uns über Nacht dazubehalten.«

»In Handschellen?«, frage ich absurderweise, und Lutz funkelt mich wütend an. Schnell wende ich mich wieder Luisa zu und beteuere: »Lutz und ich haben nichts miteinander, jetzt nicht und früher nicht und überhaupt nie. Ehrlich! Das …«, es fällt mir schon ein bisschen schwer, vor einer völlig Fremden die dunklen Seiten meiner Seele zu enthüllen, »das habe ich nur meinem Exfreund erzählt, damit er …« Ja, was eigentlich? Noch bevor ich darüber nachdenken kann, hakt Luisa nach.

»Wirklich?«

»Wirklich.«

»Schwörst du es?«

»Ja, ich schwöre«, nicke ich und hebe zum Beweis Daumen, Zeige- und Mittelfinger in die Höhe.

»Und du hast auch keine andere?«, wendet sie sich nun an Lutz, und ihre Stimme klingt plötzlich ganz verändert. Treuherzig schüttelt er den Kopf.

»Und ich will auch nie mehr eine andere«, sagt er aufrichtig, und ich sehe ihn verwundert an. Luisa sieht aus, als würde sie gleich in Tränen ausbrechen und wirft sich in seine Arme, während ich noch immer mit zum Schwur erhobener Hand dastehe und mir fehl am Platz vorkomme.

Aber keiner der beiden beachtet mich mehr. Sie sind viel zu sehr damit beschäftigt, sich wie die Ertrinkenden aneinanderzuklammern und sich innig zu küssen.

Es ist ein ganz neues Gefühl für mich, jeden Morgen die

gleiche Frau aus Lutz Schlafzimmer kommen zu sehen, aber ich freue mich wirklich für die beiden. Auch wenn ich mir manchmal ein bisschen wie das fünfte Rad am Wagen vorkomme, wenn ich ihnen beim Frühstück gegenübersitze und sie die Hände nicht voneinander lassen können.

»Muss Liebe schön sein«, stöhne ich, während ich meine ganze Konzentration auf den Blaubeerpfannkuchen richte. Zungenküsse vertrage ich am frühen Morgen einfach noch nicht besonders gut, es sei denn natürlich, ich bin selber einer der Beteiligten. Aber an solche Zeiten kann ich mich in meinem eigenen Leben kaum noch erinnern. Leider!

»'tschuldigung«, kichert Luisa und schiebt den sehnsüchtig grunzenden Lutz halbherzig von sich, der damit so gar nicht einverstanden ist.

»Sie ist doch selber schuld«, sagt er und zieht seine Liebste wieder zu sich heran.

»Wie bitte?«, frage ich pikiert, und er sieht mich herausfordernd an.

»Nun, meiner Meinung nach stünden deine Chancen nicht schlecht, hier ebenfalls knutschend am Frühstückstisch zu sitzen. Wenn du nur endlich deinen Stolz überwinden und Simon gestehen würdest, dass du ihn immer noch liebst.« Ich drehe die Augen gen Himmel. Das hatten wir doch schon.

»Simon hat eine Freundin und ist allem Anschein nach glücklich mit ihr. Da werde ich sicher nicht dazwischenfunken. Und ich habe seit neulich in seinem Leben wirklich nichts mehr verloren ...«

Ich lasse den Satz unvollendet, denn uns allen dreien ist besagter Abend schließlich noch lebhaft im Gedächtnis.

»Stimmt es etwa nicht?« Angriffslustig funkelt er mich an, und ich wiege unschlüssig den Kopf hin und her.

»Natürlich empfinde ich eine Menge für Simon, ich habe

ja nie etwas anderes behauptet. Schließlich waren wir viele Jahre zusammen …«

»Erspar mir den Sermon«, unterbricht Lutz mich heftig, und ich klappe beleidigt den Mund wieder zu. »Du hast allein für Simons Geburtstagstorte über fünf Stunden in der Küche gestanden.« Verblüfft hebt Luisa den Kopf, und ich zucke betont gleichgültig mit den Schultern.

»Na und?«, frage ich gereizt. »Das ist schließlich mein Job.«

»Ich denke, das geht über reine Professionalität doch weit hinaus«, beharrt Lutz, »Simon ist für dich kein Auftrag wie alle anderen, das sieht doch ein Blinder. Du gibst dir für niemanden sonst so viel Mühe, wenn ich allein an den Liebesbrief zu seinem Geburtstag denke.«

»Den hast du gelesen?«, frage ich empört, und er grinst ertappt.

»Vielleicht mal kurz reingelinst.«

»Frechheit.« Wütend stoße ich meine Gabel in das letzte Stück Pfannkuchen auf meinem Teller und schiebe es mir in den Mund.

»Weißt du eigentlich, dass es in der Weltliteratur eine vergleichbare Geschichte gibt?«, bohrt Lutz weiter, während ich verbissen kaue. Na, da bin ich aber gespannt. »Du bist wie Cyrano de Bergerac.« Mir rutscht der Bissen in die falsche Kehle, und ich ringe hustend nach Luft.

»Ist das nicht der Typ mit der Riesennase? Den Gérard Depardieu gespielt hat?«

»In der Verfilmung, ja«, gibt Lutz mir kopfschüttelnd recht, während Luisa herbeispringt und mir fürsorglich auf den Rücken klopft. »Nach einem Versdrama von Edmond Rostand. Und es gibt leider kein Happy-End. Da solltest du mal drüber nachdenken.«

Nach dem Frühstück gehen mein Mitbewohner und seine

neue alte Freundin zurück ins Bett, während ich mich mit einem weiteren Milchkaffee alleine aufs Sofa setze und Tristan dabei zusehe, wie er im Aquarium seine Runden dreht. Es liegt ein langes Wochenende vor mir, an dem ich ganz alleine mit meinen Gedanken bin. Immer wieder taucht Simons Gesicht vor mir auf. Seit jenem Desaster im Cliff habe ich nichts mehr von ihm gehört. Kein Wunder. Beim Gedanken an den katastrophalen Abend treibt es mir wieder die Schamesröte ins Gesicht.

»Was denkt er jetzt über mich, Tristan«, frage ich meinen Goldfisch, der sein Maul an die Glaswand presst und mich mitleidig aus seinen schwarzen Augen anguckt. »Wieso habe ich ihm nicht früher die Wahrheit gesagt?« Tristan versteht auch nicht, wie ich so dumm sein konnte. Der Gedanke an Simon lässt sich nicht verscheuchen, doch ich weiß, was dagegen am besten hilft: Blinder Aktionismus!

Ich lege »Ein Tag im Juli« von Juli in den CD-Spieler und putze als Erstes einmal gründlich die Wohnung. Während ich Tristans Aquarium reinige, beschließe ich, die Akte »Hansen« in die Alleinverantwortung von Lutz zu geben. Cyrano hin oder her, es wird jedenfalls nicht leichter, Simon zu vergessen, wenn ich ihm ständig Liebesbriefe schreiben muss. Dann beschließe ich, endlich sämtliche ausstehenden Anrufe bei der lieben Verwandtschaft zu erledigen. Weil Mama sich mittlerweile von Chrissy und ihrem Feng-Shui-Wahn hat anstecken lassen, rät sie mir, meine Wohnung gründlich auszumisten, um mein Leben wieder in den Griff zu bekommen.

»Hör nicht auf deine Mutter, sie will sogar meine Tennisausrüstung wegschmeißen«, höre ich meinen Vater im Hintergrund rufen.

»Die hat er noch?«, frage ich erstaunt, denn so viel ich

weiß, hat er vor zehn Jahren das letzte Mal den Schläger geschwungen.

»Eben, genau mein Reden«, sagt meine Mutter prompt.

»Deine Mutter würde am liebsten alle meine Klamotten wegwerfen, einschließlich derer, die ich am Leibe trage«, ruft mein Vater empört, und ich muss trotz meiner miserablen Laune kichern.

»Meinst du nicht, dass es für Simon und dich vielleicht noch eine Chance gibt?«, wechselt meine Mutter abrupt das Thema, und sofort ist der Anflug von Heiterkeit verschwunden.

»Nein, das meine ich nicht«, sage ich schwach. »Ich muss jetzt Schluss machen, Mama.«

»Na schön«, gibt meine Mutter erstaunlicherweise nach, »aber wenn ich dir noch einen Tipp geben darf?«

»Habe ich eine Wahl?«

»Fang auf dem Dachboden an. Der steht für die Zukunft.«
Ach was?

Nach diesem Telefonat versuche ich, Chrissy anzurufen, um ihr mein Leid zu klagen, doch im Hintergrund krakeelen meine beiden Nichten so laut, dass ich meine Bemühungen schnell aufgebe. Schließlich stapfe ich gehorsam die Treppe zum Dachboden hinauf, weil es ziemlich schwer ist, wegzuhören, wenn zwei Schauspieler mit abgeschlossener Stimmausbildung im Nebenzimmer Sex haben. Hier oben riecht es ein wenig muffig, die nackte Glühbirne unter der Decke spendet schummeriges Licht. Seufzend öffne ich die hölzerne Tür und möchte am liebsten gleich rückwärts wieder rausgehen. In meinem Verschlag stapeln sich mindestens zwanzig randvolle Umzugskisten. In die meisten habe ich seit Jahren nicht mehr reingeguckt. Was den Schluss zulässt, dass ich den Inhalt auch nicht wirklich vermisst habe. Oder?

Vielleicht steckt hier wirklich eine Menge Energie fest, wie meine Mutter behauptet. Einen Versuch ist es wert. Ich greife nach dem erstbesten Karton und öffne ihn. Ach ja, mein Kram von »Wisenberg Consulting«, der mir zugeschickt wurde. Ich sehe ihn kurz durch, massig Papierkram, den ich nie wieder brauchen werde, ein paar BWL-Bücher, in Nullkommanix habe ich den größten Teil in der mitgebrachten Mülltüte versenkt. Dann schütte ich achselzuckend auch noch den Rest hinein. Dieses Kapitel ist doch längst abgehakt in meinem Leben, wozu sich damit belasten?

Da fällt mein Blick auf eine schwarze Mappe mit silbernem Schriftzug. Kopfschüttelnd nehme ich sie in die Hand. Meine Präsentation. Es versetzt mir noch immer einen leisen Stich, dass ich das damals so vermasselt habe. Andererseits kommt mir all das vor wie aus einem anderen Leben. Und angenommen, alles wäre nach Plan gelaufen, wo wäre ich dann heute? Ich würde weiterhin Sechzig-Stunden-Wochen arbeiten, wäre Lutz niemals begegnet, würde am Wochenende in eine kalte und leere Wohnung kommen, die Idee für Amors Wichtel wäre niemals entstanden. Ich versenke die Präsentation im Müllsack, stopfe mehrere Memos hinterher. Ganz unten im Karton liegt eine weitere Präsentationsmappe. Ach ja, ich hatte ja aus Versehen sieben statt sechs Mappen angefertigt. War wirklich ganz schön durch den Wind. Ich blättere ein wenig darin herum und stutze, als mein Blick auf die doppelt unterstrichene, sechsstellige Zahl am Ende des Dokuments fällt. Spinne ich jetzt, oder was? Ich wühle die zweite Präsentationsmappe aus der Plastiktüte wieder hervor und schlage die letzte Seite auf. Und dann wird mir plötzlich sehr schlecht.

Meine Gedanken rasen, während ich so schnell ich kann die Treppe zu meiner Wohnung hinunterlaufe, die beiden Präsentationsmappen mit den unterschiedlichen Zahlen fest an mich gepresst. Unten angekommen stürme ich ins Büro, fahre meinen Laptop hoch, öffne den Unterordner »Vereinsbankprojekt« und beiße mir vor lauter Spannung auf die Unterlippe. Meine Augen fliegen über den Bildschirm, während ich in Windeseile Seite für Seite durchscrolle und mein Verdacht sich bestätigt. Alle Zahlen sind korrekt, das Angebot einwandfrei. Schwer atmend lasse ich mich in meinem Bürosessel zurückfallen, starre auf den Monitor und weiß nicht, ob ich lachen oder weinen soll. Die gute Nachricht: Ich habe keinen Fehler begangen. Die schlechte Nachricht: Irgendwer hat mich reingelegt.

Eine gute Stunde später habe ich einigermaßen rekonstruiert, was sich vor knapp fünf Monaten in der Vereinsbank München zugetragen haben muss: Am 11. Dezember, Donnerstagabend, habe ich in meinem Büro sechs Mappen für die am nächsten Tag anstehende Präsentation gefertigt und sie, gemeinsam mit den Folien für den Overhead-Projektor, auf meinem Schreibtisch gestapelt. In der Nacht von Donnerstag auf Freitag muss irgendjemand meine Zahlen manipuliert, die Unterlagen ausgetauscht, dabei jedoch die letzte Mappe in dem Wust auf meinem Schreibtisch übersehen haben. Die habe ich dann bei meiner Aufräumaktion gefunden und sie in der Annahme, ich könnte nicht mehr bis sechs zählen, in meiner Schreibtischschublade versenkt. Während der Präsentation stand ich wegen Simons SMS so neben mir, dass mir die falschen Zahlen noch nicht einmal aufgefallen sind. Jemandem schien mein Erfolg bei Wisenberg Consulting missfallen zu haben. Aber wem? Wer wollte mich mit dieser linken Nummer abservieren? Wer wusste, dass ich wegen der Trennung von Simon kurz vor dem Zusammenbruch stand? Und wer hat von meinem Rausschmiss profitiert?

Während mein Kopf noch versucht, alle möglichen Ausflüchte zu finden, sagt mir mein Instinkt längst, wer es war: Benjamin.

»Dem hau ich aufs Maul«, regt Lutz sich auf, als ich ihm und Luisa abends beim Spaghettiessen die ganze Geschichte erzähle.

»Bist du denn wirklich sicher?«, erkundigt sich Luisa, und ich nicke bestimmt. Und ob ich mir sicher bin. Das Ganze fügt sich nach und nach zu einem lückenlosen Bild zusammen. Benjamin fühlte sich durch meine Beförderung zum Manager übergangen, und als er erfuhr, wie schlecht es mir wegen Simon ging, witterte er seine Chance. Während er mich glauben ließ, in ihm einen Verbündeten zu haben, bereitete er ganz systematisch meinen Untergang vor.

»Ich hatte mich noch gewundert, dass er an diesem Freitag schon vor halb acht im Büro war. Er hat mir was von einer Ehekrise erzählt, aber in Wirklichkeit hat er die Präsentationsmappen ausgetauscht«, sage ich überzeugt. »Und direkt nach dem Meeting hat er mich mit sanfter Gewalt aus dem Büro geschmissen. Mich sogar dazu gebracht, meine Telefone auszuschalten. Und dann hat die Firma das ganze Wochenende nur meine Mailbox erreicht. Kein Wunder, dass Huber ausgerastet ist. Ich bin ein solcher Hornochse.« Kopfschüttelnd schiebe ich mir eine riesige Portion Nudeln in den Mund und kaue verbissen.

»Ich dachte, so was gibt es nur im Film«, meint Luisa mit kugelrunden Kinderaugen, und ich schüttele düster den Kopf.

»Nein, das ist das wahre Leben«, quetsche ich zwischen den Spagetti hindurch.

»Und was willst du jetzt tun?«

Kapitel 19

Es ist ein eigenartiges Gefühl, wieder hier zu sein. Lautlos öffnen sich die Türen des Fahrstuhls, und ich betrete die Räumlichkeiten von Wisenberg Consulting Hamburg. Der vertraute Duft von Bohnerwachs und Putzmittel steigt mir in die Nase, meine Absätze klackern über den Granitfußboden. Mit einer nervösen Bewegung streiche ich die Vorderseite meiner dunkelgrauen Kostümjacke glatt. Irgendwie fühle ich mich merkwürdig verkleidet in diesem Outfit, das noch vor wenigen Monaten meine tägliche Arbeitskleidung war. Wir haben Montagmorgen, und ich habe von Frau Sandner erfahren, dass Benjamin heute im Hamburger Büro arbeitet. Möglicherweise ist das Vereinsbank-Projekt schon abgeschlossen, und er bereitet sich hier auf einen neuen Kunden vor. Ich bin jedenfalls froh, dass ich für dieses Gespräch nicht nach München fliegen musste. Ich betrete den hohen, rundum verglasten Raum, in dem mehrere Schreibtische mit Trennwänden stehen. Nur wenige sind besetzt, dennoch verursacht mein Auftritt bei den paar Anwesenden einige Aufregung. Ich nicke grüßend und mit einem selbstbewussten Lächeln in die Runde und gehe zielstrebig auf Benjamins Platz zu.

»Guten Morgen«, sage ich freundlich. Er sieht auf und verliert für eine Zehntelsekunde die Kontrolle über seine Gesichtszüge. Wieso? Hat er ein schlechtes Gewissen? Nun, das alleine reicht wohl noch nicht zu einer Verurteilung, deshalb strecke ich ihm meine Hand entgegen. Er lächelt mich an und gibt mir sogar einen Kuss auf die Wange. Den Judaskuss?

»Vivi, was für eine Überraschung. Gut siehst du aus!«

»Danke.« Du nicht, füge ich in Gedanken hinzu, während ich in dem mir angebotenen Sessel ihm gegenüber Platz nehme. Und es stimmt, seine Gesichtshaut ist bleich, beinahe grau, die Augen liegen in tiefen Höhlen. Nun ja, eigentlich sieht er nicht anders aus als ich im letzten Jahr.

»Wirklich, dein neuer Job scheint dir ausgezeichnet zu bekommen«, meint er und senkt dann die Stimme. »Du, wegen der Sache mit Anna noch mal …«

»Hey, das ist nun wirklich nicht meine Baustelle«, winke ich großmütig ab. »Das ist schließlich allein deine Angelegenheit.« Er lächelt mich dankbar an.

»Tut mir Leid, dass ich dich da reingezogen habe.«

»Schon gut.«

»Was kann ich für dich tun?« Er sieht jetzt ein wenig entspannter aus und lächelt mich über seine gläserne und penibel aufgeräumte Schreibtischplatte hinweg an. Wenn der wüsste, dass Chaos manchmal wirklich nützlich sein kann.

»Es ist so«, sage ich und beginne umständlich, in meiner mitgebrachten Aktenmappe zu kramen, »dass ich eine unerfreuliche Entdeckung gemacht habe, was mein damaliges Team in München betrifft«, hier lächele ich ein wenig demütig, »also heute deins.«

»So?«

»Ja.« Ich hole die beiden Präsentationsmappen hervor und lege sie aufgeklappt vor ihm auf den Tisch. Er sieht irritiert von einer zur anderen.

»Was ist das?«

»Das hier«, ich tippe auf die rechte, »ist die Präsentation, die ich ausgearbeitet habe. Und das hier ist die Präsentation, die ich am Morgen auf meinem Schreibtisch vorfand und aufgrund derer Wisenberg Consulting mehr als hunderttausend Euro Verlust gemacht hat.« Mit meinem harmlosesten Gesichtsausdruck hebe ich die Augen und sehe Benjamin an. Fasziniert beobachte ich, wie sein Hals über dem weißen Hemdkragen plötzlich purpurrot wird, sich die Röte langsam über die Wangen bis zu seinem Haaransatz ausbreitet. Volltreffer, würde ich sagen. Dennoch klingt seine Stimme vollkommen ruhig, als er fragt:

»Was willst du damit sagen?«

»Na, verstehst du denn nicht?« Verwundert schüttele ich den Kopf. »Einer der Consultants wollte mich offensichtlich aus dem Weg räumen. Und so wie ich damals drauf war, wegen Simon und so, du weißt es ja am besten, jedenfalls hat da jemand wohl die Gelegenheit beim Schopfe gepackt. Meinst du nicht auch?«

»Hm«, kommt es unbestimmt zurück. Eine dicke Ader, die über seine rechte Schläfe verläuft, puckert aufgeregt, sonst regt sich nichts in seinem Gesicht. Ich beuge mich vor und raune ihm zu:

»Ich will natürlich niemanden beschuldigen, ohne Beweise zu haben, aber ich könnte mir vorstellen …« Hier mache ich eine Kunstpause und freue mich am Pochen der dunkelblauen Schlange. »Nun, Stefan konnte mich noch nie besonders gut leiden, oder?« Da, seine Mundwinkel zucken nach oben, nur für den Bruchteil einer Sekunde, aber ich habe es genau gesehen.

»Das ist eine schwerwiegende Beschuldigung«, gibt er jetzt mit wiegendem Kopf zu bedenken, und ich nicke.

»Das weiß ich wohl, deshalb komme ich ja zu dir.«

»Aha?«

»Vielleicht könntest du unauffällig ein paar Nachforschungen anstellen? Du willst doch sicher auch wissen, wer im Team dahintersteckt. In deinem Team, meine ich.«

»Selbstverständlich«, kommt es wie aus der Pistole geschossen zurück, und wenn ich bis jetzt auch nur noch den geringsten Zweifel an seiner Schuld gehabt hätte, ist dieser jetzt ausgeräumt. Der Mann arbeitet schätzungsweise siebzig Stunden in der Woche. Kein Unternehmensberater, der noch ganz dicht ist, nimmt freudestrahlend auch noch einen Nebenjob als Privatdetektiv an, anstatt sich an seinen Vorgesetzten zu wenden. Es sei denn, er hat was zu verbergen.

»Das ist wirklich total nett von dir, danke!«

»Die behalte ich mal hier, okay?«, meint er und grabscht sich die Präsentationsmappen vom Schreibtisch.

»Sicher«, sage ich dümmlich lächelnd und beobachte, wie er sie in der untersten Schublade verstaut. Für wie blöd hält der Typ mich eigentlich?

»Ich werde tun, was in meiner Macht steht, um der Sache auf den Grund zu gehen«, verspricht er mir und das Pathos in seiner Stimme verursacht mir Übelkeit, »aber versprechen kann ich dir natürlich nichts. Wenn es wirklich Stefan war, wird er vermutlich dafür gesorgt haben, dass man ihm nicht so einfach auf die Schliche kommt.«

»Na ja, immerhin war er dämlich genug, eine meiner Originalmappen auf meinem Schreibtisch zurückzulassen«, sage ich mit einem unschuldigen Augenaufschlag und füge noch hinzu: »Sonst wäre ich niemals dahintergekommen.« Ich sehe Benjamins Adamsapfel hüpfen und lache mir innerlich ins Fäustchen.

»Nun, wir werden sehen«, sagt er schnell. »Und du bist ganz sicher, dass du das nicht doch selbst verschusselt hast?« Ich werfe ihm einen giftigen Blick zu, und er hebt entschuldigend die Hände: »Tut mir Leid, ich wollte ja nur noch einmal nachfragen, bevor ich unschuldigen Leuten nachstelle.« Er lacht gekünstelt. »Schließlich warst du wirklich in einem, nun, emotional labilen Zustand.« Ich muss mich schwer beherrschen, ihm nicht an die Gurgel zu gehen. Doch ich mache ein betroffenes Gesicht.

»Da hast du natürlich Recht. Tja, ich weiß natürlich nicht …« Sein Kopf schnellt nach vorne wie der einer Schlange, die Augen quellen fast aus den Höhlen, während er sagt:

»Das solltest du aber, bevor ich Stefan mit deinen Anschuldigungen konfrontiere. Weißt du, dass er dich wegen Verleumdung anzeigen könnte?« Erschrocken reiße ich die Augen auf.

»Wirklich?« Er nickt.

»Du solltest dir schon hundertprozentig sicher sein.«

»Wann kann man das schon?«, frage ich mit einem hilflosen Schulterzucken, und er wiegt bedenklich den Kopf hin und her. »Nun ja«, sage ich nach einer kleinen Pause, »vielleicht sollte ich das Ganze doch auf sich beruhen lassen. Oder?« Unsicher sehe ich zu ihm hin. Er nickt. »Eigentlich ist ja auch gar kein Schaden entstanden. Ich bin sehr glücklich mit meinem Leben, wie es jetzt ist.« Wieder heftiges Kopfnicken. »Und vielleicht war es doch mein Fehler«, denke ich laut weiter, »manchmal bin ich schon ein ganz schöner Schussel.« Mein Mund lächelt, aber meine Augen sprühen Gift und Galle, weil der Typ jetzt ein verständnisvolles Lächeln zur Schau stellt. So eine Frechheit! Ich bin so ziemlich die unschusseligste Frau, die ich kenne. Wird dem eigentlich nicht langsam mal schwindelig von der Nickerei? Ich erhebe mich, und er steht ebenfalls auf. »Nun, dann will ich mal wieder. Vielen Dank. Es war wohl doch eine gute Idee, erst mit dir zu reden. Eigentlich wollte ich sofort zu Huber gehen.« Wenn der wüßte, dass da nächste Woche mein Anwalt sitzen wird. Mit den Originalmappen. Wieder hüpft der Adamsapfel lustig auf und ab. »Danke für deine

Zeit.« Als er mich auf die Wange küsst, rieche ich das säuerliche Aroma von Angstschweiß. »Also dann.«

»Tschüss Vivi!« Ich wende mich zum Gehen, drehe mich dann noch mal um und gehe wieder auf ihn zu. »Noch was?« Er ist sichtlich angespannt.

»Ja.« Ich lache verlegen. »Weißt du, du warst immer ein guter Freund für mich und …«

»Ja?«

»Ich fühle mich ein wenig schuldig, dass ich dir meine Hilfe versagt habe, als du sie brauchtest. Wegen deiner …« schmutzigen kleinen Affäre »…Freundin. Und deshalb dachte ich, falls ihr noch zusammen seid, könnte ich in deinem Fall mal eine Ausnahme machen.«

»Nein, Vivi, das kann ich nicht annehmen.«

»Oh. Ist es wieder vorbei?«, frage ich mitfühlend, und er schüttelt den Kopf.

»Das nicht. Aber ich möchte dich da nicht in einen Gewissenskonflikt stürzen.« Ich stoße einen übertriebenen Seufzer der Erleichterung aus.

»Danke. Ich wollte es wenigstens angeboten haben.«

»Sehr nett. Aber ich habe alles unter Kontrolle.« Nicht mehr lange, mein Lieber!

»Und das Corpus Delicti hast du ihm auch noch dagelassen? Ja, bist du denn bescheuert?« Fassungslos rauft Lutz sich die Haare, während er wie ein Tiger im Käfig in unserem Büro auf- und abstapft. Ich lehne ganz entspannt in meinem Sessel und nippe an einer Tasse Tee.

»Natürlich nicht«, meine ich ruhig, »hältst du mich für völlig dämlich? Die Mappen werden Huber am Montag einen gehörigen Schrecken einjagen, wenn er Besuch von Jens Krakow erhält, meinem Anwalt. Der ihm auch die Speicherdaten meiner Präsentationsdatei vorlegen wird. Die wurde nämlich nachweislich am Freitagmorgen noch einmal bearbeitet – zu einer Uhrzeit, zu der ich noch nicht im Büro war. Ich gehe davon aus, dass Huber sehr daran interessiert sein wird, die Vereinsbank aus der Sache herauszuhalten – und sich entsprechend großzügig zeigen wird. Und ich will doch sowieso nicht in den Laden zurück.«

»Nicht?«

Ich lächele ihn an und schüttele den Kopf.

»Nein. Warum auch? Um mich halb zu Tode zu schuften? Nicht mehr als fünf Stunden Schlaf pro Nacht zu bekommen? Geld auf der Bank zu horten, das ich sowieso nicht ausgeben kann, weil ich keine Zeit zum Einkaufen habe? Nein, danke! Ich mag mein Leben, wie es ist, zumindest, was den beruflichen Teil angeht«, füge ich einschränkend hinzu. »Du hättest mal sehen sollen, wie fertig Benjamin aussah. Todmüde und total unglücklich. Geschieht ihm ganz recht, dass sie ihn zum Manager gemacht haben. Das ist fast schon Strafe genug, finde ich.«

»Du bist wirklich komisch«, meint Lutz. »Der Typ hat sich deinen Job unter den Nagel gerissen, verdient einen Haufen Kohle, und du willst ihm das einfach durchgehen lassen und ihn nur auf dem Dienstweg abservieren?« Ich schüttele vehement den Kopf und grinse diabolisch:

»Du hast mir wohl nicht richtig zugehört. Ich habe gesagt: Fast.«

Ich kann es kaum erwarten, bis die Woche vorbei ist. Zum Glück habe ich aber wie immer viel zu tun. Endlich ist der Samstagabend gekommen. Um Punkt acht Uhr beziehe ich in meinem Golf Posten vor dem Paolino, einem der nobelsten Restaurants an der Hamburger Außenalster. Ich habe Glück, denn von diesem Platz aus habe ich den Eingang gut im Blick. Mein Herz pumpert aufgeregt, das Adrenalin rauscht mir in den Adern, und das Teufelchen auf meiner rechten Schulter lacht sein schönstes Rache-Gelächter. Ich halte den Atem an, als jetzt eine schwarze Limousine vorfährt, der eine schlanke dunkelhaarige Frau im Abendkleid entsteigt. Anna Sandkamm. Sie schreitet über den Teppich in das Restaurant hinein, in dem ich für heute Abend einen Tisch auf den Namen Walsenfels bestellt habe. Für drei. Ich reibe mir die Hände. Wenn Benjamin hier auftaucht, werden seine Frau und seine Geliebte schon ein interessantes Gespräch miteinander geführt haben. Ich hoffe, sie schießen ihn beide ab! In diesem Moment hält eine weitere Limousine vor dem Paolino und Benjamins Frau steigt aus. Ich beobachte ihre schmale Gestalt, die sich dem Eingang nähert. Wie zerbrechlich sie aussieht. Wie ein kleines Mädchen. Plötzlich ist mir nicht mehr ganz so wohl in meiner Haut. Vermutlich wird gleich ihre Welt zusammenbrechen, wenn sie mit der Geliebten ihres Mannes konfrontiert wird. Ich werfe noch einen Blick auf die zierliche Frau, dann springe ich aus dem Auto und spurte über die Straße. Nein, ich will sie nicht aufhalten. Ich erreiche sie gerade noch rechtzeitig, bevor sich die gläserne Eingangstür wieder hinter ihr schließt.

»Hallo Lydia«, sage ich, und es dauert ein paar Sekunden, bis in ihrem schmalen Gesicht das Erkennen aufblitzt.

»Sie sind doch aus der Firma meines Mannes?«

»Vivi Sonntag«, nicke ich und nehme ihre Hand. Halte sie fest. Sie sieht mich an und lächelt ein wenig verlegen.

»Kann ich was für Sie tun?« Ich sehe ihr fest in die Augen:

»Wenn Ihr Mann eine Affäre hätte, würden Sie es dann wissen wollen?« Eine Sekunde lang passiert gar nichts, dann wird sie plötzlich weiß wie ein Leichentuch und entzieht mir ihre Hand mit einem Ruck.

»Sie?«, fragt sie kaum hörbar. »Sie schlafen mit meinem Mann?«

»Nein, nicht ich«, sage ich schnell.

»Aber er hat eine Affäre?«

»Ja. Es tut mir Leid.« Das tut es wirklich. Am liebsten würde ich die kleine Frau, die mir gerade mal bis zur Nasenspitze reicht, in die Arme nehmen. Aber sie steht sehr aufrecht vor mir, die dunklen Augen wirken fast schwarz in ihrer Ernsthaftigkeit. »Die Geliebte Ihres Mannes sitzt dort drin.« Ich nicke in Richtung des Restaurants, und sie hebt erstaunt die Brauen.

»Nun, dann werde ich sie mir wohl ansehen«, meint sie mit fester Stimme, strafft die Schultern und tritt auf den Eingang zu.

»War es richtig, Ihnen davon zu erzählen?«, frage ich sie noch einmal. Sie schaut nachdenklich zurück. Dann nickt sie langsam.

»Ich habe keine Ahnung, was Sie davon haben, aber seien Sie sicher, dass ich Ihnen dankbar bin.« Ich atme erleichtert aus. Eine Sekunde lang stehen wir noch da und sehen einander an, dann wendet sie sich mit einem Kopfnicken zum Gehen.

»Viel Glück«, flüstere ich leise, ohne zu wissen, ob sie mich hören kann.

Am liebsten würde ich mir jetzt am Fenster die Nase plattdrücken, um die Begegnung der beiden Frauen wenigstens von hier draußen mitbekommen zu können, aber leider werde ich von dem schnöseligen Empfangschef in seiner Livree mit goldenen Knöpfen verjagt. »Haben Sie eine Reservierung? Nein? Wenn ich Sie dann bitten dürfte?«

Ich gehe ein paar Meter die Straße hinunter und wandere geduldig auf und ab, bis nach zwanzig Minuten endlich der Ehrengast der Veranstaltung aufkreuzt. Schwungvoll parkt Benjamin seinen schwarzen BMW rückwärts ein. Ich laufe ihm entgegen und erreiche seinen Wagen gerade, als er die Autotür zuschlägt und per Fernsteuerung abschließt.

»Guten Abend, Benjamin«, sage ich ein wenig atemlos.

»Vivi«, kommt es erstaunt zurück.

»O weh, ich wusste es doch«, sage ich mit einem besorgten Blick auf meine Armbanduhr, die halb neun zeigt. »Ich habe dir die falsche Uhrzeit gesagt. Sie wartet schon da drin.« Schuldbewusst lasse ich den Kopf hängen.

»Wie lange denn?«

»Na ja, so zwanzig Minuten«, sage ich zerknirscht, »es tut mir schrecklich Leid, wie konnte mir das bloß passieren?«

»Schon gut«, knurrt Benjamin und drängt sich an mir vorbei.

»Das Essen geht heute auf meine Firma, tut mir echt Leid«, wiederhole ich, und er nickt etwas besänftigt.

»Meine Frau ist es leider gewöhnt, manchmal auf mich zu warten, das wird sie schon nicht umbringen«, meint er und zwinkert mir zu. Ich schüttele erneut den Kopf über mich selber, als könnte ich es nicht fassen, wie mir das passieren konnte. Dann zucke ich entschuldigend die Schultern und sage:

»Wird nicht wieder vorkommen. Ich bin wirklich ein Schussel.«

»Aber das wissen wir doch«, antwortet er lachend und winkt mir verabschiedend zu. Ich winke fröhlich zurück.

Am darauf folgenden Montag habe ich etwa zehn wutschnaubende E-Mails von Benjamin in meinem Briefkasten. Anzurufen hat er sich aber nicht getraut, der Feigling. Ich lese aufmerksam seine Beschimpfungen durch und lache mir ins Fäustchen. Anscheinend haben sich die beiden Ladies tatsächlich gegen ihn verbündet und ihn gemeinsam in die Wüste geschickt.

»So ein Trottel. Hätte er es richtig angestellt, hätte der Abend mit einem flotten Dreier enden können«, meint Lutz abfällig, während er mir über die Schulter lugt.

»Lass das bloß nicht Luisa hören«, grinse ich.

»Besser nicht«, pflichtet er mir bei und lässt sich an seinem Schreibtisch nieder.

Von: vsonntag@amors-wichtel.de
An: Benjamin.Walsenfels@wisenbergconsulting.com
Betreff: Ich bin ein solcher Schussel!
Und befinde mich zudem mal wieder in einem emotional äußerst labilen Zustand!
Mit freundlichen Küssen,
Viviane Sonntag

Zufrieden klicke ich auf »Senden« und will mich dann wieder gutgelaunt meiner Arbeit zuwenden, als ich hinter mir einen erschrockenen Ausruf höre. Schnell drehe ich mich zu Lutz um, der mich mit großen Augen ansieht.

»Was ist denn los?«, frage ich besorgt.

»Das willst du nicht wissen«, meint er mit düsterer Miene.

»Doch. Sag schon.«

»Es geht um Simon.« Ich spüre, wie ich leichenblass werde, meine Hände umklammern die Lehnen meines Bürostuhls.

»Was ist mit ihm?«, stoße ich hervor. »Ist ihm was passiert?« Sofort schießen mir die Tränen in die Augen, und Lutz springt heran.

»Nein, es geht ihm gut, alles in Ordnung«, versichert er, und ich bin so erleichtert, dass ich jetzt richtig losheule.

»Spinnst du, mich so zu erschrecken«, schluchze ich und haue ihm auf den Arm, was er klaglos hinnimmt.

»Tut mir Leid«, sagt er zerknirscht.

»Ja, schon gut«, schniefe ich. Ich habe mich wirklich furchtbar erschrocken. »Was ist denn nun?«

»Es ist Laura«, antwortet Lutz und legt mir eine Hand auf die Schulter, »sie will mit ihm zusammenziehen.«

Kapitel 20

Wieso kann ich mein Triumphgefühl nicht mal ein paar Tage ungestört genießen, ohne dass sich gleich die nächste Katastrophe anbahnt? Was soll denn das? Jetzt sitze ich schon wieder hier und fühle mich wie ein Häufchen Elend. Eigentlich wollte ich mit der Akte »Hansen« ja überhaupt nichts mehr zu tun haben, aber jetzt, wo Lutz geplaudert hat, möchte ich es auch genau wissen.

»Sie möchte ein romantisches Picknick im Wald, am Freitagabend. Champagner, Antipasti, Erdbeeren ...«

»Erdbeeren? Die schmecken doch jetzt noch gar nicht«, pampe ich so heftig dazwischen, dass Lutz zusammenzuckt.

»Musik, Kerzenschein«, fährt er eingeschüchtert fort, und ich nicke düster. »Und dann will sie ihn fragen, ob er mit ihr zusammenziehen will.« Ich schlucke schwer, dann zwinge ich mich zu einem höhnischen Grinsen.

»Und was weiter?«, frage ich mit vor Spott triefender Stimme. »Wenn alles gut läuft, kauft sie ihm einen Diamantring, geht auf ein Knie und bittet ihn, ihr Mann zu werden?«

»Na ja«, beginnt Lutz, aber ich unterbreche ihn scharf:

»Damit macht sie einen gewaltigen Fehler, das kann ich dir aber versichern. Simon ist nicht der Typ, der sich so was einfach aus der Hand nehmen lässt. Ich kenne ihn besser als sie.«

»Okay«, meint Lutz und legt mir beschwichtigend die Hand auf die Schulter, »wollen wir hoffen, dass du Recht hast.«

»Natürlich habe ich Recht!«

An diesem Abend sitze ich in meine Kuscheldecke gehüllt auf der Couch und starre auf das weiße Rechteck an der gegenüberliegenden Wand. Was ist, wenn ich nicht Recht habe? Was dann? Von hinten höre ich Schritte näher kommen, und gleich darauf lässt sich Lutz neben mir aufs Sofa fallen. Ich spüre seinen besorgten Blick auf mir ruhen, starre aber weiterhin vor mich hin.

»Sag Laura Hansen bitte, dass dies der letzte Auftrag ist, den wir für sie ausführen können«, sage ich mit bemüht neutraler Stimme und fühle mich gleich etwas besser. Vielleicht hätte ich das schon vor Monaten tun sollen.

»Okay.«

»Danke.«

»Vivi, meinst du nicht, es wäre jetzt an der Zeit, Simon endlich deine Liebe zu gestehen?«, erkundigt sich Lutz, und ich rolle die Augen gen Himmel. Wieso muss der bloß immer so pathetisch sein? »Vielleicht ist das die letzte Gelegenheit«, fährt er fort.

»Wir werden ja sehen, ob Laura mit ihrem Antrag«, hier schnaube ich verächtlich, »Erfolg bei ihm hat.«

»Und wenn er Ja sagt?«, gibt Lutz zu bedenken, und ich sehe ihn hilflos an.

»Dann liebt er sie wohl«, antworte ich. »Dann kann ich sowieso nicht dazwischenfunken. Sondern mich höchstens lächerlich machen, und das habe ich meiner Meinung nach schon zur Genüge getan.«

»Die Liebe macht auch kluge Leute zu Narren«, meint er altklug, und ich werfe ihm einen giftigen Blick zu. Doch er redet ungerührt weiter auf mich ein: »Aber weshalb liebt er Laura? Vielleicht liegt es an ihren wundervollen Worten, mit denen sie in ihren Briefen ihre Liebe zu ihm ausdrückt. Oder an der zweistöckigen Geburtstagstorte mit den dreiunddreißig Marzipanherzen?« Er fasst meine beiden Hände und sieht mich glühend an. »Es ist wie bei Cyrano de Bergerac. Simon liebt die falsche Frau.«

»Jetzt hör endlich auf mit dem Blödsinn«, sage ich heftig und entreiße ihm meine Hände. »Ich will nichts mehr davon hören!«

Ich befinde mich auf dem Weg zu meinen Dachboden. Es ist Freitagabend, acht Uhr dreißig. Den ganzen Tag habe ich mich bemüht, nicht daran zu denken, aber Fakt ist, dass vor einer halben Stunde jenes schicksalsträchtige Picknick im Wald begonnen hat, mit dessen Höhepunkt Simon und Laura von dem Status »Pärchen« in »Lebensgefährten« überwechseln. Und dann kann es nicht mehr lange dauern, bis sie Eheleute sind, und schließlich Eltern. Oh Gott, ich mag nicht darüber nachdenken. Das ist nicht meine Angelegenheit, ich sollte tatsächlich endlich loslassen und mein eigenes Leben führen. Auf dem Speicher angekommen, schnappe ich erst mal nach Luft. Hier oben ist es stickig warm, kein Wunder bei der Hitze, die seit einer Woche drückend über Hamburg liegt. Kein Lüftchen weht, und die Sonne brennt für Mitte Mai geradezu unanständig auf die Stadt herab. Auch wenn man sich tagsüber lieber nach drinnen verzieht, sind die Nächte wunderschön und warm. Genau richtig für ein romantisches Picknick. So ein Mist! Warum kann es nicht wenigstens in Strömen regnen? Seufzend greife ich nach dem Karton, auf dem in fetten, schrägen Buchstaben »Simon« geschrieben steht. Ich hole tief Luft und öffne den Deckel. Stofftiere, getrocknete Blumen, bunte Briefumschläge kullern wild durcheinander, ganz unten liegt der Weihnachtsmann-Adventskalender vom letzten Jahr.

»Also wirklich«, hustet er empört, »ist denn das eine Art, mit einem alten Mann umzugehen?« Ich packe ihn an der Zipfelmütze und lege ihn vor mich auf den Steinboden.

Reichlich ramponiert sieht er aus, und entsprechend vorwurfsvoll schielt er auch zu mir hoch. Seine Gaben hängen leicht zerdrückt von ihm herunter, und ohne es wirklich zu wollen, pflücke ich eine davon ab und reiße das Geschenkpapier herunter. Wenige Minuten später sitze ich heulend auf dem kalten Steinfußboden in einem glänzenden Papierberg, vor mir all meine Lieblingssüßigkeiten, Liebesgedichte, vier allerliebste Eierbecher mit Füßen dran, eine Duftkerze und Badeöl. In dem Päckchen Nummer 14 finde ich einen kleinen, beschriebenen Zettel: »Was ist der Unterschied zwischen einem Eunuchen und einem Unternehmensberater? Es gibt keinen! Beide wissen wie es geht. Aber keiner kann es.« Ich ringe mir ein tieftrauriges Lächeln ab.

»Ach komm schon, Vivi, wo ist denn dein Humor geblieben«, macht mich Santa Claus schon wieder dumm von der Seite an. »Der war doch nun wirklich gut.«

»Ja, der war gut«, gebe ich zu, stecke mir mit zitternden Fingern ein Marzipanherz in den Mund und kaue. Es zerbröselt auf meiner Zunge, kein Wunder, nachdem es monatelang hier oben rumgelegen hat. Dennoch zwinge ich mich zu schlucken. Ein letztes Päckchen, die 24. Das schaffe ich noch, und dann ist es vorbei. Dann kommt das ganze Zeug in den Müll, damit es meiner Zukunft nicht länger im Wege steht. Ich fummele an dem Tesafilm herum, gebe schließlich entnervt auf und zerfetze mit einem Ruck das Papier. Ein kleiner Gegenstand fällt klirrend zu Boden. Fassungslos starre ich auf den schmalen, weißgoldenen Ring mit dem eingefassten, herzförmigen Diamant. Plötzlich fühlt es sich an, als steckte mein Brustkorb in einem Schraubstock, der unerbittlich zugedreht wird. Zögernd greife ich nach dem Schmuckstück, drehe es hin und her. Fasziniert beobachte ich, wie sich das schwache Licht der Glühbirne in dem funkelnden Stein bricht. Dann entdecke ich die Gravur auf der Innenseite:

»4ever?«

»Lutz«, brülle ich und stürme ohne anzuklopfen in sein Zimmer. Zwei nackte Leiber fahren erschrocken auseinander, aber ich bin viel zu aufgeregt, um mich auch nur abzuwenden.

»Was ist denn los?«, fragt der Angesprochene halb erschrocken, halb verärgert, während er schützend die Decke über Luisa wirft.

»Wo sind Simon und Luisa, ich muss sofort dahin!«, rufe ich aufgeregt, stürze vor und packe sein Handgelenk.

»He, Moment, darf ich mir wenigstens noch was anziehen?«, fragt er, nachdem ich ihn auf die Füße gezogen habe und er in all seiner männlichen Pracht vor mir steht.

»Wo sind sie?«, wiederhole ich dringlich und zittere dabei am ganzen Körper. Hoffentlich ist es nicht zu spät. Bitte, lass es noch nicht zu spät sein.

»Im Duvenstedter Brook«, antwortet Lutz, und ich stöhne gequält auf.

»Warum denn ausgerechnet da?«, frage ich fassungslos. Das ist eine halbe Weltreise. Hätte die verfluchte Laura denn ihren Antrag nicht einfach im Schanzenpark hier um die Ecke machen können?

»Soweit ich das verstanden habe, wohnen ihre Eltern da auf einem Hof und …« Na prima, mit Familienanschluss!

»Ich muss da hin«, beschließe ich und stürze hinaus. Im Flur schnappe ich mir den Autoschlüssel und verlasse, ohne mir auch nur eine Jacke überzuziehen, die Wohnung. Als ich meinen Golf erreiche, höre ich hinter mir atemloses Keuchen. Als mich jemand am Arm fasst, fahre ich herum und sehe Lutz, dessen Oberkörper erst halb in seinem Shirt steckt.

»Ich fahre«, sagt er brüsk und schiebt mich von der Fahrertür weg.

»Danke«, sage ich inbrünstig. Dann lasse ich mich auf dem Beifahrersitz nieder und schließe die Augen. Bitte, lass mich nicht zu spät kommen!

»Ist es noch weit?«, flüstere ich Lutz zu, während ich hinter ihm her durch den dunklen Wald stolpere. Es ist stockfinster, und wir würden die Hand nicht vor Augen sehen, wenn er nicht geistesgegenwärtig eine Taschenlampe mitgenommen hätte. Hand in Hand folgen wir dem schmalen Lichtkegel. Fröstelnd ziehe ich die Schultern nach oben, denn mit meinem dünnen Spagettiträgertop bin ich auch für eine laue Sommernacht nicht warm genug angezogen. Es knackt dicht neben uns im Unterholz, ein Uhu schreit in der Ferne. »Sag mal, es gibt hier aber nicht irgendwelche gefährlichen Tiere, oder?«, frage ich albernerweise und kann nur erahnen, dass Lutz lächelnd den Kopf schüttelt.

»Keine Angst, niemand wird dich fressen.«

»Außer vielleicht Laura, wenn ich in ihr romantisches Date reinplatze«, sage ich bedrückt und möchte einen Moment lang am liebsten Reißaus nehmen. »Wo sind sie denn nun?« Ich spähe konzentriert in die Dunkelheit, aber rund um uns herum ist nur schwarze Nacht. Eigentlich ist das Ambiente kein bisschen romantisch. Eher furchterregend.

»Ich weiß auch nicht«, meint Lutz jetzt, und ich meine, eine leichte Irritation in seiner Stimme herauszuhören. Ich bleibe abrupt stehen.

»Wie meinst du das?«, frage ich entsetzt. »Willst du damit etwa sagen, wir haben uns verlaufen?« Die Angst kriecht mir den Rücken hinauf. Zum einen davor, nicht rechtzeitig bei Laura und Simon anzukommen. Doch zum anderen auch davor, hier möglicherweise die Nacht verbringen zu müssen. Wie bei »Hänsel und Gretel«, das fand ich schon als Kind höchst furchterregend. Alleine im Wald, all seinen unbekannten Gefahren ausgesetzt. Schon wieder knackt es ein Stück entfernt von mir, und ich mache einen Satz nach rechts. Dabei fährt ein scharfer Schmerz durch meinen Knöchel. Auch das noch.

»Auuu«, jaule ich langgezogen auf und ziehe den Fuß nach oben.

»Alles in Ordnung?«, erkundigt sich Lutz besorgt und legt mir die Hand aufs Schulterblatt.

»Kümmere du dich lieber darum, dass wir die beiden endlich finden«, fauche ich ungehalten, während ich vorsichtig versuche, aufzutreten. Es geht einigermaßen, zum Glück.

»Schrei mich nicht so an, ich kann mir was Schöneres vorstellen, als hier mit dir durch den Wald zu stapfen«, sagt er barsch und kehrt mir brüsk den Rücken zu.

»Ich weiß, es tut mir Leid«, sage ich schnell. »Danke, dass du mitgekommen bist.« Alleine wäre ich schon gestorben vor lauter Angst, füge ich im Geiste hinzu, während ich ihm hinterherhumpele.

»Na also, ich wusste doch, dass ich mich nicht verlaufen habe«, ertönt Sekunden später ein triumphierender Schrei.

»Was? Wieso?«, frage ich verwirrt und senke gleich darauf die Stimme. »Wo sind sie?«

»Offensichtlich nicht mehr hier«, erklärt Lutz mitfühlend und beleuchtet mit der Taschenlampe den Waldboden am Fuße einer mächtigen Eiche.

»Wie meinst du das?«, frage ich begriffsstutzig, und er legt den Arm um mich.

»Hier war es«, sagt er sanft und fängt mit dem Lichtkegel einige heruntergebrannte Teelichter, plattgedrückte Grasbüschel und eine leere Flasche Champagner ein.

»Ja, aber …«

»Halt mal.« Damit drückt er mir die Taschenlampe in die Hand und beginnt, die Sachen in eine Plastiktüte, die hinter dem Baum hervorlugt, zu packen. Dann sieht er zu mir hoch, die Augen voller Mitleid. Ich will es nicht sehen und lasse schnell die Lampe sinken. Ein paar Sekunden stehen wir unschlüssig voreinander, niemand sagt ein Wort. »Wir sind zu spät gekommen«, flüstert Lutz schließlich, und ich schüttele den Kopf. Das kann nicht sein.

»Aber Simon würde niemals den Müll einfach so im Wald liegen lassen«, sage ich mit fester Stimme.

»Anscheinend hat er das aber getan.«

»Nein, das passt nicht zu ihm. Vielleicht hast du dich doch vertan und die beiden sitzen an einer anderen Stelle hier im Wald.«

»Ich habe das hier doch selbst aufgebaut.«

»Aber es ist ganz schön dunkel. Vielleicht hast du dich vertan.« Ich will es einfach nicht wahr haben.

»Und die Abfälle? Wäre das nicht ein enormer Zufall? Sogar die Champagnermarke ist dieselbe«, argumentiert Lutz und hält mir zum Beweis das orangefarbene Etikett entgegen.

»Aber …«

»Wir sind zu spät«, sagt er eindringlich und nimmt mich bei der Hand. Wie betäubt folge ich ihm durch den dunklen Wald. Ich kann immer noch nicht recht glauben, dass Simon einfach so verschwindet, ohne seinen Müll wegzuräumen. Aber vielleicht hat er sich so sehr gefreut, dass die beiden sofort nach Hause fahren mussten, um übereinander herzufallen? Besser gesagt in das Haus seiner Beinahe-Schwiegereltern. Mein Herz zieht sich schmerzhaft zusammen bei diesem Gedanken. Ohne weitere Diskussion öffnet Lutz mir die Beifahrertür und setzt sich selbst hinters Steuer. Stumm blicke ich vor mich hin, ab und zu spüre ich einen Blick von der Seite, aber Lutz ist klug genug, mich jetzt nicht anzusprechen. Ich vergrabe die Hände tief in den Taschen meiner weiten, beigen Leinenhose. Etwas berührt meinen Zeigefinger. Kühl und glatt. Sanft streiche ich über den Ring, wage aber nicht, ihn hervorzuholen. Ich spüre, wie die Tränen hochsteigen. Ich fühle mich so lächerlich. Was habe ich mir bloß bei dieser Aktion gedacht? Vielleicht kann ich sogar froh sein, dass wir die beiden nicht mehr angetroffen haben. Was habe ich mir denn davon versprochen, mitten in Lauras »Antrag« hineinzuplatzen? Dass Simon sie fallen lässt wie eine heiße Kartoffel? Mich in seine Arme schließt und mit mir gemeinsam in die Nacht hineinwandert? Ein gequälter Laut dringt aus meiner Kehle, aber auf Lutz' Nachfrage antworte ich nur mit einem Kopfschütteln. Nicht darüber reden, am besten auch nicht mehr nachdenken. Schweigend steigen wir die Treppen zu unserer Wohnung empor, Lutz schließt auf und lässt mich eintreten. In diesem Moment stürzt Luisa aus der Wohnküche hervor und ruft:

»Und, wie war's?« Mein Anblick lässt sie verstummen, ich kann förmlich spüren, wie Lutz hinter meinem Rücken wild mit den Armen rudert, um sie am Weiterreden zu hindern.

»Nicht so gut«, bringe ich mühsam hervor.

»Sie waren nicht mehr da«, fügt Lutz erklärend hinzu.

»Oh.«

»Vielleicht besser so«, sage ich tapfer und nicke heftig mit dem Kopf, vor allem, um mich selber davon zu überzeugen. Etwas betreten stehen die beiden herum, und ich sehe von einem zum anderen: »Hey, nun schaut doch nicht so. Ich komme schon klar.«

»Bist du sicher?«, fragt Luisa und streichelt mir mit einer zarten Bewegung über den Unterarm. Ich merke, dass es eine schlechte Idee ist, jetzt berührt zu werden. Deshalb weiche ich einen Schritt zurück. Hilflos wende ich mich an Lutz: »Ich wäre jetzt einfach gerne ein bisschen allein.«

»Okay, verstanden«, antwortet er, »wir sind schon weg.«

Damit nimmt er Luisas Hand, und gemeinsam verschwinden sie in seinem Zimmer. Ich gehe langsam ins Wohnzimmer und lasse mich auf die Couch fallen, greife nach der dunkelroten Wolldecke und mummele mich darin ein. Ich schlinge meine Hände um die angezogenen Beine und lasse den Kopf auf die Knie sinken. Plötzlich fühle ich mich zu Tode erschöpft. Wie konnte all das bloß passieren? Wieso nur habe ich diesen verdammten Adventskalender nicht schon viel früher geöffnet? Oder von mir aus überhaupt nicht. Warum jetzt, in diesem Moment? Wenn es zu spät ist. Simon wollte mich heiraten. Er muss mich wirklich sehr geliebt haben. Und ich habe alles kaputt gemacht, einfach alles. Die Tränen strömen mir über die Wangen. Eine ganze Weile sitze ich da und beweine mein Schicksal. Ich habe meinen Mann verloren. Meinen wundervollen, aufmerksamen, liebevollen, zärtlichen Mann. Vor lauter Schluchzen werde ich regelrecht durchgeschüttelt, aber irgendwann beruhige ich mich wieder etwas und hebe den Kopf. Ich werde Simon morgen anrufen und ihn um ein letztes Treffen bitten. Ich werde ihm sagen, was ich für ihn empfinde, dass ich ihn immer lieben werde, ihm aber sein neues Glück dennoch von Herzen gönne. Bei diesem Gedanken schlucke ich schwer. Na ja, ich werde mich zumindest bemühen, ihm sein Glück mit Laura zu gönnen. Und dann werde ich die Scherben meines Herzens aufsammeln und von vorne anfangen. Obwohl ich mir reichlich pathetisch vorkomme, geht es mir schon ein bisschen besser.

»Ich schaffe das«, sage ich leise und sehe zu Tristans Aquarium hinüber. »Nicht wahr, Tristan? Wir schaffen das.« Um zu sehen, ob Tristan mir zustimmt, stemme ich mich ein wenig mühsam vom Sofa hoch und gehe zu ihm hinüber. Er kommt mir schwanzflossenwedelnd entgegen, öffnet und schließt den Mund in der für ihn typischen Art und Weise.

Ich lege meinen Zeigefinger gegen das kühle Glas, und er scheint von der anderen Seite dagegenzustupsen. »Du bist also auch …«, meiner Meinung, will ich sagen, als ich stutze und vor dem Aquarium in die Knie gehe. Was ist das da an Tristans Stirn? Besorgt kneife ich die Augen zusammen. Er hat ganz eindeutig einen schwarzen Fleck am Kopf, der mir vorher noch nicht aufgefallen ist. Können Goldfische etwa Hautkrebs kriegen? »Du darfst mich nicht auch noch verlassen«, sage ich zu Tristan und kämpfe schon wieder mit den Tränen, als ich plötzlich in seinem Felsenhaus eine Bewegung wahrnehme. Eine Sekunde später kommt aus der untersten Öffnung jemand hervorgeschwommen. Ein Goldfisch. Zielstrebig paddelt er auf mich zu, gesellt sich neben seinen Artgenossen und stupst ihn mit der Nase gegen den Kopf.

»Tristan? Bist du das?«, frage ich verwirrt und mustere den Fisch mit zusammengekniffenen Augen. Er hat keinen schwarzen Fleck und sieht auch sonst genau so aus wie mein Tristan. »Aber wer bist dann du?«, wende ich mich an den gepunkteten Goldfisch, der darauf keine zufriedenstellende Antwort liefert, sondern sich stattdessen von Tristan umgarnen lässt. Etwas konsterniert überlasse ich die beiden ihrem Flirt und erhebe mich langsam wieder vom Boden. Wie kommt der Fisch hierher? Ich will gerade Lutz und Luisa fragen, ob sie einen neuen Fisch ins Aquarium gesetzt haben, als mein Handy, das auf dem Couchtisch liegt, piepsend eine SMS ankündigt. Die Nummer kenne ich nicht. Komisch.

TRISTAN HAT SEINE ISOLDE GEFUNDEN. Ich fahre erschrocken zusammen und sehe mich verstohlen um. Was geht denn hier bloß vor? Aber da piepst es schon wieder.

FOLGE DEN BROTKRUMEN lautet die neue Nachricht. Das Telefon noch in der Hand, trete ich auf den Flur. Mein Blick bleibt auf etwas am Boden hängen. Irritiert lasse ich den Arm sinken und gehe einen Schritt darauf zu. Da liegt ein Kinder-Schokobon mitten auf dem Laminatfußboden. Und da hinten, vor der Wohnungstür, liegt noch eins. Folge den Brotkrumen. Ich stecke mein Telefon in die hintere Hosentasche, bücke mich, klaube die Bonbons vom Boden auf und trete dann ins Treppenhaus. Eine Spur von Schokoladeneiern liegt auf den Stufen, die nach oben führen. Eine Sekunde lang stehe ich einfach nur da, dann folge ich ihr mit unsicheren Schrittchen, ein Schokobon nach dem anderen aufhebend. Ich spüre, wie eine prickelnde Erregung durch meinen ganzen Körper läuft, während ich höher und höher steige und schließlich auf dem Dachboden ankomme. Schwer atmend stehe ich vor der schiefen Tür aus dunklem Holz und lege meine Hand auf die Klinke, während ich mit dem anderen Arm einen ganzen Berg von Schokobons gegen meinen Körper presse. Das Herz pocht mir bis zum Hals, meine Mundwinkel ziehen sich unwillkürlich nach oben vor Erwartung. Doch dann rufe ich mich innerlich zur Ordnung. Glaube ich wirklich, dass Simon hinter dieser Tür auf mich wartet? Der feiert doch gerade mit dieser blöden Laura seinen Einzug. Zögerlich trete ich einen Schritt zurück und sehe auf die Bonbons in meinem Arm hinunter. So sicher, wie ich mir eben noch wahr, dass Simon diese Schnitzeljagd initiiert hat, so völlig abwegig erscheint mir jetzt diese Idee. Er ist eindeutig gerade bei Laura, ich habe die Reste ihres Picknicks mit eigenen Augen gesehen, und da man nicht an zwei Orten gleichzeitig sein kann, wartet dort auf dem Dachboden jemand anderes auf mich. Plötzlich bekomme ich es mit der Angst zu tun. Sehe ich zu viele Thriller, oder warum finde ich es plötzlich völlig logisch, das zufällig auserkorene Ziel eines psychopathischen Frauenmörders zu sein, der seine Opfer auf deren eigenem Dachboden in Stücke hackt?

Die Schokobons prasseln auf den Boden, als ich auf dem Absatz kehrtmache und ein paar Schritte in Richtung meiner Wohnung zurückrenne.

Das Handy vibriert erneut, und ich halte inne.

ICH WARTE AUF DEM DACH AUF DICH.

Unsinn, was soll das – nimm dich zusammen, Vivi. Ich muss jetzt einfach nachsehen. Mit einem Satz bin ich wieder auf den Dachboden und reiße die Tür auf. Es ist stockdunkel hier oben, und ich taste rechts nach dem Lichtschalter. Es riecht nach morschem Holz. Meine Augen fliegen umher und bleiben an der Holzleiter hängen, die auf das Dach führt. Auf der dritten Stufe liegt das weiß-orangefarbene Bonbon, das ich gesucht habe. Mit zwei langen Schritten bin ich an der Leiter und steige empor. Oben angekommen greife ich nach dem leicht rostigen Griff der Dachluke und stoße sie auf. Das Erste, was ich sehe, ist ein weiteres Schokoladenei direkt vor meiner Nase. Dann hebe ich den Kopf und sehe Simon, der in Jeans und Langarmshirt an den Schornstein gelehnt sitzt. Um ihn herum befindet sich ein Meer aus Windlichtern, mehr, als ich je auf einmal gesehen habe, neben ihm ein CD-Spieler, aus dessen Boxen »Welch ein Tag« von Mario Jordan erklingt. Mir schießen die Tränen in die Augen. Ausgerechnet zu dieser Schnulze haben wir uns das erste Mal geküsst. In diesem Moment leuchtet Simons Gesicht auf, er springt auf, streckt seine Hände aus und hilft mir aufs Dach. Ein wenig unsicher klettere ich aus der Luke und komme dicht vor ihm zum Stehen. Mein Blick wandert über das romantische Szenario und dann weiter über das nächtliche Hamburg.

»Ein schöner Tag, die Welt steht still, ein schöner Tag, komm Welt, lass dich umarmen, welch ein Tag.« Ich versuche, mich zu sammeln. Versuche, zu begreifen, was hier vor sich geht. Eben noch habe ich mit eigenen Augen die Überreste seines Picknicks mit Laura gesehen, und nun das hier. Was hat all das zu bedeuten? Ich sehe zu ihm hoch, sehe in seine schönen Augen, die einen Ausdruck haben, der mir seltsam vertraut ist, und den ich schon so lange vermisst habe. Und plötzlich brauche ich keine Fragen mehr zu stellen: Simon nimmt mein Gesicht in beide Hände und küsst mich zärtlich. Ich schließe die Augen, schlinge die Arme um seinen Hals, ich schmecke seine Lippen, rieche seinen Duft, höre unser Lied, spüre einen leichten Windzug in meinem Haar und bin einfach nur glücklich.

Eine Ewigkeit später lösen wir uns voneinander.

»Simon«, will ich gerade ansetzen, als ich aus dem Augenwinkel eine Bewegung wahrnehme. Zu unseren Füßen schaut Lutz' verwuschelter Haarschopf aus der Luke hervor. Er grinst wie ein Honigkuchenpferd von einem Ohr zum anderen, zuckt jetzt aber ertappt zusammen.

»Entschuldigung, wollte nicht stören, ich, also, dann geh ich mal. Bin schon weg«, nuschelt er vor sich hin, während er den Rückzug antritt.

»Manno, ich wollte auch mal gucken«, dringt Luisas Stimme zu uns herauf, bevor sich die Dachluke wieder schließt. Dann führt mich Simon hinüber zum Schornstein und setzt sich gemeinsam mit mir auf die bereitliegende Decke. Eine weitere legt er mir fürsorglich um die Schultern.

»Ich habe auch noch einen Pullover für dich, wenn dir kalt ist«, sagt er und hält mir meinen dunkelgrünen Rollkragenpulli entgegen. Ich greife danach und bin gerührt. Kurz fällt mir auf, dass dieses Kleidungsstück aus meinem Kleiderschrank stammt und ich blicke Simon wieder tief in seine wunderschönen Augen.

»Danke für Isolde«, sage ich leise, während er zwei Sektgläser mit Ginger Ale füllt und mir eins davon hinhält.

»Ich dachte, Tristan war jetzt lange genug allein.« Ich nicke zustimmend, unsere Gläser treffen sich mit einem hellen, spröden Laut. Dann beugt sich Simon wieder zu mir herüber, und wir küssen uns erneut. Es ist wundervoll, ich fühle mich so leicht und unbeschwert wie schon lange, lange, lange nicht mehr.

Ich glaube, »Welch ein Tag« lief mittlerweile an die fünfzehn Mal und meine Lippen sind vom vielen Küssen schon ganz wund, aber am liebsten würde ich nie mehr aufhören damit. Dennoch lösen wir uns irgendwann wieder voneinander und sehen uns in die Augen. Ich könnte ewig hier so liegen, aber mir brennt mittlerweile eine Frage auf den Lippen. Also atme ich tief durch, setze mich ein wenig auf und spiele betont gleichgültig mit einer Ecke der Picknickdecke. Ehe mich der Mut verlässt, frage ich schnell:

»Sag mal, was ist denn nun mit Laura? Ich dachte, ihr wolltet zusammenziehen.«

»Wir haben uns schon vor Wochen getrennt«, erklärt Simon und streichelt meinen Bauch. Hä?

»Und wieso wollte sie dich fragen …«, erkundige ich mich verwirrt, »ich meine, das Picknick im Wald heute und … Lutz hat mir doch, hä?« Er grinst mich an und legt den Kopf ein kleines bisschen schief.

»Also, ich war den ganzen Abend hier oben«, meint er mit Unschuldsmiene.

»Aber …«

»Versprichst du mir, nicht böse zu sein?«, fragt er mit treuherzigem Augenaufschlag und fährt, noch ehe ich ihm darauf antworten kann, fort: »Also, ganz ehrlich gesagt haben wir dich ein kleines bisschen reingelegt.«

»Wer, wir?«

»Na ja, Lutz und ich.«

»Lutz und du«, echoe ich ungläubig. »Aber ihr könnt euch nicht ausstehen. Ihr kennt euch doch gar nicht.«

»Oh, wenn man die Nacht gemeinsam auf der Polizeiwache verbringt, dann kann man sich recht gut kennenlernen.« Verständnislos sehe ich ihn an. »Na schön, da waren wir vielleicht noch ein bisschen wortkarg. Aber nachdem sie uns haben laufen lassen, sind wir noch ein Bier trinken gegangen. Und dabei haben wir uns ziemlich interessant unterhalten.« Ich verstehe nur Bahnhof. »Dann sind wir gemeinsam zu Luisa gefahren, um die ganze Sache aufzuklären. Und ich habe mich von Laura getrennt.«

»Aber wieso denn?«, frage ich begriffsstutzig.

»Nun, zum einen hatte ich das Gefühl, eventuell doch noch eine Chance bei dir zu haben, nach allem, was Lutz mir so erzählt hat.« Innerlich knirsche ich mit den Zähnen. Dieses alte Plappermaul. Dann muss ich über mich selber lachen. Schließlich habe ich es ihm zu verdanken, dass ich jetzt mit Simon hier liege, das ist mir mittlerweile klar. »Zum anderen kam ich mir von Laura ziemlich hintergangen vor.«

»Wieso das?«

»Na ja. Ich sage nur: Amors Wichtel.« Erschrocken ziehe ich die Luft ein.

»Das hat er dir auch erzählt?«, frage ich empört, denn jetzt wird es mir allmählich doch zu bunt. Hat Lutz denn nicht kapiert, dass Diskretion das A und O in unserer Firma ist? Und dass wir unseren Kunden genau das versprechen? Ich sehe schon eine gesalzene Klage von Laura Hansen auf mich zukommen, doch Simon legt mir beruhigend die Hand auf den Arm.

»Das habe ich Laura natürlich nicht gesagt.« Ich atme erleichtert auf und sehe ihn dankbar an. Er kennt mich wirklich erschreckend gut.

»Sondern?«, erkundige ich mich neugierig.

»Die Wahrheit. Dass ich dich noch liebe und vermutlich immer lieben werde«, gibt er schlicht zurück, und ich spüre einen dicken Kloß im Hals.

»Ich liebe dich auch«, flüstere ich, und er nimmt mich in die Arme.

»Ich weiß. Auch wenn du ziemlich lange gebraucht hast, das herauszufinden.«

»Das heißt, Laura hatte nie vor, mit dir zusammenzuziehen?«, vergewissere ich mich, und er nickt.

»Wir wollten dich nur ein bisschen aus der Reserve locken. Damit du endlich deinen Dickschädel überwindest und zu mir zurückkommst.« Er grinst mich ein wenig unverschämt an, um gleich darauf meine Hände zu nehmen und mich bittend anzusehen. »Bist du böse?«

»Um mich aus der Reserve zu locken, habt ihr dieses ganze Theater inszeniert und mich mitten in der Nacht durch den Wald stapfen lassen?«

»Ungewöhnliche Dinge erfordern ungewöhnliche Maßnahmen«, sagt er etwas zerknirscht. Ich sehe ihn an, und er windet sich verlegen unter meinem Blick. »Hey, sei nicht sauer, okay? Sag doch mal was.«

»Ich wusste, dass du niemals Müll im Wald zurücklassen würdest«, sage ich lächelnd, und er lächelt zurück.

»Nein, das würde ich nicht.« Ich sehe in seine schönen Augen, und eine Welle von Zärtlichkeit durchströmt mich.

»Ich möchte, dass du nie wieder gehst«, flüstere ich, und er schüttelt den Kopf.

»Nie wieder!«

»Forever?«, frage ich. Er sieht mich an und nickt lächelnd. Ich greife nach seiner Hand, während ich mit der anderen den Verlobungsring aus meiner Tasche ziehe. »Simon Kunstmann, willst du mich heiraten?«, frage ich feierlich.

»Ja«, kommt es sanft zurück.

Ich stecke ihm den Ring an. Er passt gerade so eben an seinen kleinen Finger. Versonnen starren wir beide auf die sehnige Männerhand mit dem herzförmigen Diamanten daran. Dann beginnt Simon neben mir zu kichern. Hoch und gackernd und mit zuckenden Schultern. Gott, wie sehr ich ihn vermisst habe. »Ich glaube, dir steht er besser«, meint er, nachdem er sich ein wenig beruhigt hat, und ich nicke. Ich halte ihm meine linke Hand hin, die vor lauter Aufregung unkontrolliert zittert.

»Für immer?«, fragt er und ich nicke:

»Für immer!«

Fünf Monate später:

Simon und ich haben geheiratet. Es war eine märchenhafte Hochzeit. Mit Kutsche, weißen Pferden und einem Kleid, das selbst Scarlett O'Hara aus »Vom Winde verweht« vor Neid hätte erblassen lassen. Ein Kleinmädchentraum ist wahr geworden; ein Traum, den ich im Laufe der Jahre so weit in mein Unterbewusstsein zurückgedrängt hatte, dass er mir erst wieder bewusst wurde, als ich am Arm meines Vaters zu den Klängen von »Welch ein Tag« zum Altar geschritten bin. Total kitschig, ich weiß, aber das war mir egal! Ich habe mir noch vor dem Ja-Wort mein gesamtes Make-up runtergeheult und den ganzen Tag nicht wieder damit aufgehört. Es war einfach großartig!

Amors Wichtel haben wir in vorzeitige Rente geschickt. Gemeinsam sind wir zu dem Schluss gekommen, dass, wer sich nicht selber Zeit für seine Beziehung nimmt, eigentlich auch keine verdient hat. Lutz hat mittlerweile ohnehin Besseres zu tun: Er spielt Doktor Daniel Dietrich in der Seifenoper »Assistenzärztin Angela« und wird ständig von weiblichen Fans umlagert. Luisa wacht eifersüchtig über ihn, aber er hat sowieso nur Augen für sie.

Ich selber habe mich als Coach erneut selbstständig gemacht und gebe Seminare mit dem Schwerpunkt »Stress- und Zeitmanagement«. Es macht mir großen Spaß, und um achtzehn Uhr dreißig lasse ich den Kugelschreiber fallen und gehe nach Hause zu meinem Mann. Außerdem wartet demnächst noch eine Aufgabe ganz anderer Art auf mich.

Gerade verpacke ich das vierundzwanzigste Päckchen für Simons Adventskalender in glänzendes dunkelblaues Papier und binde eine silberne Schleife drumherum. Ich freue mich jetzt schon auf sein Gesicht, wenn er den winzigen, roten Turnschuh auswickelt. Ob es wohl ein Tristan wird? Oder eine Isolde?

AMORS WICHTEL

Willkommen auf der Homepage von
Amors Wichtel

Sehr verehrte Kundschaft,

aus privaten Gründen haben wir uns entschlossen, unsere Firma nicht weiterzuführen. Wir danken Ihnen für das Vertrauen, das Sie in den letzten Monaten in uns gesetzt haben. Unser Bildschirmschoner mit kleinen Tipps und Tricks, die Ihre Beziehung ohne großen Zeitaufwand besser machen, steht nach wie vor für Sie zum Download bereit.
Des Weiteren haben wir als Abschiedsgeschenk einen Katalog unserer Geschäftsgeheimnisse für Sie zusammengestellt, eine Liste romantischer Ideen, die Ihren Partner/Ihre Partnerin erfreuen. Die Umsetzung liegt jedoch ab sofort in Ihrer Hand.

Mit freundlichen Küssen,
Ihr Amors-Wichtel-Team

Viviane Kunstmann Lutz Wichtel
ehem. Sonntag

HOME BILDSCHIRMSCHONER ABSCHIEDSGESCHENK

AMORS WICHTEL

Romantische Ideen:

- Lassen Sie eine Tasse mit Ihrem Hochzeitsfoto bedrucken.
- Kochen Sie ein Fünf-Gänge-Menü.
- Bringen Sie Blumen mit.
- Basteln Sie einen Adventskalender.
- Schreiben Sie einen Liebesbrief/ein Liebesgedicht.
- Backen Sie die Geburtstagstorte selbst (auch wenn sie nicht so schön aussieht wie vom Konditor).
- Bringen Sie ihr/ihm das Frühstück ans Bett.
- Überraschen Sie sie/ihn mit einem Picknick.
- Bringen Sie von der Tankstelle ein Überraschungsei mit.
- Bereiten Sie ein Schaumbad mit Kerzen und Duftöl.
- Organisieren Sie einen Kurztrip, packen Sie ihren/seinen Koffer und »entführen« Sie sie/ihn.
- Erstellen Sie ein Fotoalbum aus den gemeinsamen Bildern.
- Seien Sie kreativ!

Nehmen Sie sich Zeit für die Liebe Ihres Lebens!

HOME BILDSCHIRMSCHONER ABSCHIEDSGESCHENK

Wie immer habe ich aus meinem Umfeld reichlich kreative Unterstützung erhalten, die mir bei der Entstehung dieses Romans geholfen hat. Ob es nun um Titelsuche, Namensfindungen, Fragen zur Dramaturgie oder um Abläufe in der Welt der Unternehmensberatungen ging, immer tauchte irgendwo ein hilfreicher Wichtel auf.

Vielen Dank,

Nicole, Natalie, Hannes, Teymur, Steff, Petra, Anne, Mutti & Paps.

Und natürlich Guido. Danke für den Adventskalender :)

Handlung und Personen in diesem Buch sind wie jedes Mal völlig frei erfunden!